U0048527

魔鬼的最後一眼

週四謀殺俱樂部IV

The Last Devil to Die: A Thursday Murder Club Mystery

Richard Osman
理察・歐斯曼
鄭煥昇——譯

謹懷著愛與感謝
將本書獻給萊特家的弗來德與潔希
你們永遠是我故事的起點

十二月二十七日，星期四，晚間十一點

庫戴許．夏瑪希望他沒有搞錯地方。他把車停在泥土小徑的盡頭，四周盡是樹木將他團團圍住，在黑暗裡顯得有些陰森。

稍早的下午四點左右，坐在他店裡的後室，他終於下定了決心。盒子當時就靜置在他面前的桌上，同時有〈槲寄生與美酒〉[1]在收音機裡播放。

他打了兩通電話，然後現在他就在這兒了。

他關熄頭燈，坐在徹底的漆黑裡。

這險冒得不可謂不大，這點不在話下。但他已經快要奔八，險留著不冒要幹嘛？最壞還能怎麼著？被他們逮到然後殺掉？

他們確實會找到他，殺了他，但那樣真的有那麼糟糕嗎？

庫戴許想到了他的朋友史提芬。想到了他現在的模樣。那麼地迷惘，那麼地沒有聲響，那麼地不復往日的氣場。那樣的未來也在等著他嗎？他們曾經那麼恣意張揚，他們一大票人，他們的聲量是那麼不同凡響。

這世界對如今的庫戴許而言，已如耳語般氣若游絲。妻子走了，朋友一個個殞落。他懷念生命的怒吼。

然後走進了他生命的，便是那個帶著盒子的男人。

1 Mistletoe and Wine，一九八八年的一首排行榜冠軍聖誕歌曲，原唱是克里夫．理查（Cliff Richard）。

隔著一段距離的某處，黯淡的光霧從林間穿透。冷冽的靜默中聽得到引擎在轉動。雪下了起來，他只希望回布萊頓的路不會太難開。

一道光線掃過他的後擋風玻璃，那是另一輛車在朝他接近。

蹦，蹦，蹦。那是他老驥伏櫪的心在撲通搏動。他幾乎已經忘了自己的心還在胸中。

庫戴許並沒有帶上盒子。盒子現在在一個安全的地方，而這也保證了暫時沒人敢動他。盒子就是他的保命符。他還需要再多爭取一點時間。而要是他做得到這一點，那就，嗯，那就……

他的後照鏡上閃爍著朝他靠近的車輛頭燈，然後燈光一滅，車輪在擠壓聲中停了下來，引擎沉入了怠轉，四周又一次只剩下黑暗與寂靜。

那麼說，要開始了。他該下車嗎？他聽到了有扇車門關上，聽到了有人朝他的方向邁出步伐。

雪愈下愈大。這一搞下去得多久呢？他得解釋解釋盒子的事情，這是肯定的。總是要讓對方稍微安心一點，但然後，他會希望自己可以在雪凍成冰之前上路。結冰的路面可是會要命的。他在想會不會——

庫戴許．夏瑪看到了槍口的閃焰，但沒能活到槍響傳來的瞬間。

第一部

所以，你在等什麼？

第一章

十二月二十六日，星期三，午餐時間前後

「我曾經跟一個來自斯萬西[2]的女人結過婚，」莫文．柯林斯說，「紅髮，典型的紅髮女人。」

「了解，」伊莉莎白說。「聽來好像有什麼精彩的故事可說？」

「故事？」莫文搖了搖頭。「並沒有，我們分了。女人家妳懂的。」

「女人我們確實懂，莫文，」喬伊絲說著切進了一只約克郡布丁。[3]「我們確實懂。」

現場一陣沉默。伊莉莎白注意到，這已不是這頓飯的第一次冷場了。

這天是節禮日，[4]週四謀殺俱樂部成員們加上莫文，一起來到了古柏切斯餐廳。他們一個個都戴著的彩色紙王冠[5]來自喬伊絲帶來的餅乾。喬伊絲的王冠有點太大，大到隨時都可能從王冠變成眼罩。朗恩的則有點太小，小到粉紅皺紋紙在他的太陽穴上顯得很繃。

「葡萄酒很好喝喔，你確定你不想來上一點嗎，莫文？」伊莉莎白說。

「午餐時間喝酒？不了。」莫文說。

俱樂部的成員們度過了各自的聖誕節。這年的聖誕對伊莉莎白而言分外難熬，她不得不承認這點。她原本盼著這個特別的日子可以點燃一點什麼，聖誕節的記憶可以作為燃料，為她的丈夫史提芬注入一絲生氣，一點清明。但沒有。現在的聖誕節對史提芬來講，跟普通的

日子沒什麼不一樣。就像一本舊書末尾的空白頁。她一想到這未來的一年要怎麼過，就有點發抖。

他們約好了要在古柏切斯餐廳共進節禮日的午餐。而在最後一刻，喬伊絲問起了請莫文加入會不會不禮貌。他來古柏切斯已經好幾個月了，但至今都還交不太到朋友。

「他今年聖誕是徹底的孤家寡人。」喬伊絲說，而大家也一致同意應該邀他。「這就叫雪中送炭。」朗恩說，而伊博辛也附議要是有什麼古柏切斯精神，那就是不能讓誰在這裡的聖誕節隻身一人。

就她個人而言，伊莉莎白確實想給喬伊絲的慷慨善良拍拍手，但她也不得不點出，莫文從某些角度看來，就是那種會讓喬伊絲毫無抵抗力的老帥哥。那粗獷的威爾斯口音，那黝黑的眉宇，那八字鬍與銀白色的頭髮。伊莉莎白愈來愈知道喬伊絲喜歡的類型，一言以蔽之就

2　Swansea，位於威爾斯高爾半島東部布里斯托灣畔，是威爾斯第二大城市，也是重工業中心。卡地夫西側約七十三公里處。

3　Yorkshire pudding。約克郡布丁是英國一種傳統麵糊食品，由蛋、麵粉、牛奶或水等原料製成。雖有布丁之名，但更像鹹味麵包，狀似咖啡杯，中間凹陷綿軟，外層略硬且香脆，且由於約克郡布丁易吸收湯汁，因此常做為烤牛肉的配菜。

4　Boxing Day，十二月二十六日，英國與若干大英國協國家的國定假日。傳統上的意義是早年到了這天，雇主會準備一大箱的食物、禮金、布料等東西送給員工當作聖誕禮物，犒賞員工一年來的辛苦付出。

5　英國人在聖誕節戴紙王冠是行之有年，甚至可追溯到古羅馬時代的傳統。很多糖果或餅乾公司每逢聖誕佳節，都會在產品裡附贈這類應景的玩具。

是「不算太不帥的都可以」。「他看起來就像個肥皂劇裡的反派」是朗恩的觀感，而伊莉莎白也很樂於接受這樣的評斷。

自飯局開始，他們已經嘗試跟莫文聊過了政治（「政治我不懂」）、電視（「電視我不看」）跟婚姻（「我曾經跟一個來自斯萬西的女人結過婚」那段）。

莫文的餐點送了上來。他抗拒火雞，廚房答應了幫他改做南極深海螯蝦搭水煮馬鈴薯。

「深海螯蝦控，原來如此。」朗恩說著指了指莫文的餐盤。伊莉莎白不得不佩服朗恩，他是真的想要幫喬伊絲助攻。

「星期三是我的螯蝦日。」莫文順著朗恩的話說。

「今天是星期三嗎？」喬伊絲說。「我每次到聖誕節前後就迷迷糊糊。星期幾都搞不清楚了。」

「今天是星期三，」莫文確認了這點，「十二月二十六日，星期三。」

「你們知道南極深海螯蝦拼做 scampi，但其實這是複數形嗎？」伊博辛說，同時間他的紙王冠歪得很有型。「單獨一隻螯蝦的拼法是 scampo。」

「我確實知道，感謝賜教，」莫文說。

歷年來，伊莉莎白不是沒嗑過比莫文更硬的堅果。有回她得審問一名被押了三個多月、也隻字不語了三個多月的蘇聯將領，結果她不到一小時就讓對方跟她一道唱起了諾爾·寇威爾[6]的歌曲。從柏特妮·維茨的案子[7]到現在，喬伊絲攻略莫文已經好幾個禮拜了。她迄今收獲的蛛絲馬跡有他當過校長，有過婚姻，蘿西是他養的第三隻狗，然後他喜歡艾爾頓·強。但這些了解實在稱不上多。

伊莉莎白決定把這場對話當成一隻小貓，然後將之從頸脖處拎起來。有時候你必須電擊病人，才能讓其恢復生命。

「所以，我們來自斯萬西的神祕朋友先不論，莫文，你的感情生活究竟如何？」

「我有一個女友。」莫文說。

伊莉莎白看著喬伊絲揚起了眉，但幅度微弱到不能再微弱。

「那真是恭喜你了，」朗恩說，「她叫什麼名字？」

「塔提亞娜。」莫文說。

「這名字真美，」喬伊絲說，「但我之前好像沒聽你說過？」

「她在哪兒過聖誕節？」朗恩說。

「立陶宛。」莫文說。

「波羅的海之珠。」伊博辛說。

「你搬來也有段時間了，但我們好像不曾在古柏切斯見過她？」伊莉莎白問起。「你說是吧？」

「他們沒收了她的護照。」莫文說。

「天啊，」伊莉莎白說，「那還真是不幸。他們是誰？」

「有關當局。」莫文說。

---

6 Noël Coward，1899-1973，英國演員、劇作家、流行音樂作曲家，以風趣幽默與曲風華麗聞名。

7 見本系列第三集。

「聽起來是他們會幹的事，」朗恩說著大搖其頭，「天殺的有關當局。」

「你一定想死她了吧，」伊博辛說，「你上次見到她是什麼時候？」

「我們，到目前為止，還沒見過面，」莫文邊說邊把塔塔醬從螯蝦身上刮下。

「你們還沒見過面？」喬伊絲問道。「那不太正常吧？」

「只是不太走運罷了，」莫文說，「她先是有趟班機被取消，接著是有人偷了她的一些現金，現如今又是護照的事情。真愛之路永遠不會是一片坦途。」

「確實，」伊莉莎白表示了同意，「永遠不會。」

「但，」朗恩說，「只要一拿回護照，她就會馬上過來，是吧？」

「按計畫是這樣，」莫文說，「一切都在控制內。我已經給她兄弟寄了點錢過去。」

俱樂部全員點起頭，並相互交換起眼色，至於莫文則吃起了他的深海螯蝦。

「這麼問可能有點天外飛來一筆，」伊莉莎白說著調整了她的紙王冠一下，「你給他寄了多少錢過去？我是說塔提亞娜的兄弟？」

「五千鎊，」莫文說。「前前後後加起來。立陶宛的貪腐很嚴重。所有人都在賄賂來賄賂去。」

「這我倒是有所不知，」伊莉莎白說，「我在立陶宛有過許多美好的時光。可憐的塔提亞娜。還有她被偷的現金，那些錢也是你寄過去的嗎？」

莫文點了點頭。「我把錢寄過去，但海關的人手腳不乾淨。」

伊莉莎白替朋友們添滿了酒杯。「這個嘛，我們會很期待見到她的。」

「非常期待。」伊博辛附議。

「只不過，我在想，莫文，」伊莉莎白說，「下回她找你要錢的時候，也許你可以通知我一聲？我在當地有些人脈，說不定幫得上忙？」

「真的嗎？」莫文問。

「小事一樁，」伊莉莎白說，「讓我確認一下。包你時來運轉。」

「感謝妳，」莫文說，「她對我意義重大。畢竟有人把我當回事，感覺已經是上輩子的事了。」

「我這幾個禮拜明明給你烤了一大堆蛋糕。」喬伊絲說。

「我曉得，我曉得，」莫文說，「但我指的是被人當成戀愛的對象。」

「我錯。」喬伊絲說，而朗恩則趕忙靠喝酒來憋住笑容。

做為一名客人，莫文的表現算是相當脫離傳統，但近來的伊莉莎白已學會了在生活裡隨潮起潮落，不強求那麼多。

火雞與餡料，氣球與彩帶，餅乾與王冠。上好的紅酒一瓶，還有背景音樂裡那幾首伊莉莎白猜想是聖誕節的流行金曲。好朋友同席，還有喬伊絲笨拙地在跟一個似乎被惡行頗重大的國際詐騙犯當盤子的威爾斯男人調情。伊莉莎白想不到一個好端端的節日還能如何過得更加不濟。

「嗯，節禮日快樂，各位。」朗恩說著將酒杯舉起。

眾人聞言紛紛舉杯互敬。

「也祝你十二月二十六日星期三快樂，莫文。」伊博辛補上了一句。

第二章

正常來講，米契．麥斯威爾不會出現在以託運卸貨現場為中心，一百萬英里內的任何地方。他何苦冒天大的風險，跟毒品同時出現在一個倉庫內？但，出於顯而易見的理由，這不是一般的託運品。再就是以他目前的處境而言，涉及的人員愈少愈好。他一直在用手指打著鼓，唯一一次停下來是為了咬指甲。緊張真的讓他很不習慣。

還有就是今天是節禮日，而米契不想待在屋子裡。他需要出來透透氣，真心。孩子們皮得不得了，他則跟岳父為了他們此前是在哪裡看到過《呼叫助產士：聖誕節特別篇》[8]上的某個演員而大打出手。他岳父現已躺進了赫默爾亨普斯特德醫院，原因是下顎骨折。他太太跟岳母都怪米契不好，但他對此感到一頭霧水，於是他心生一念，識時務者為俊傑，所以說這個時候開車上百英里到東薩塞克斯親自監督事情，算是正合他意。

米契來這兒，是為了確保一個普通的盒子與其內含價值十萬鎊的海洛英可以從直接駛下渡輪的某輛卡車上順利卸載。這個錢不是很多，但此次的重點不在錢。

貨可以順利闖過海關。那才是重點。

倉庫位在一處工業園區，草草地蓋在了離英格蘭南岸大約五英里的一片舊農地上。這裡在幾百年前可能有過穀倉跟馬廄，當時這裡可能看得到小麥、大麥與苜蓿，可能聽得到答答的馬蹄，而如今在同樣的足跡上，能看到的只有浪板蓋成的鐵皮倉庫、老Volvo車，還有龜裂的窗玻璃。不列顛的一把老骨頭，在此迸發著咿呀的斷裂聲。

一道高高的鐵圍籬環繞著整片園區，為的是擋掉雞鳴狗盜之徒，好讓圍籬內那些真正的巨奸大惡可以興風作浪。米契的倉庫上掛著一道鋁製的招牌，上頭寫著**薩塞克斯物流系統公司**。隔壁在另一座有回音的機棚裡，你會看到上頭寫著**未來運輸解決方案有限公司**，那是用來賣高性能贓車的幌子。倉庫左手邊是一棟門上沒有招牌的組合屋，裡頭管事的是一名米契尚未打過照面，但顯然會負責量產ＭＤＭＡ[9]與假護照的女人。遠遠地在這塊地的角落，有一處釀酒廠跟酒窖，名叫**布蘭柏——英格蘭最頂級的氣泡酒**，米契最近才發現布蘭柏其實是一門正當的生意。經營布蘭柏的一男一女是手足關係，而且兩個人都會做人到不行，每個人都收到了他們的一箱酒做為聖誕節的大禮。他們的氣泡酒把香檳都比了下去，並且在很大程度上是米契跟岳父打架的原因。

布蘭柏氣泡酒的這兩位老闆有沒有懷疑過他們是整個園區裡唯一的正經生意，米契無法百分百確定，但他們確實看到過米契從未來運輸解決方案有限公司處購得一把十字弓，但眼皮子都沒有眨一下，所以他們應該是靠得住的。米契在想英式氣泡酒是不是很有賺頭，並且也動過投資的念頭。不過到頭來他並沒有一頭栽進去，因為海洛英也同樣很有賺頭，而有時候你就是應該懂什麼就專心做什麼。不過現在的他也慢慢在修正這種觀點，主要是海洛英累積的麻煩已經愈來愈不是一點點。

8　Call the Midwife，時空設定在一九五〇年代與六〇年代東倫敦的時代劇。

9　毒品搖頭丸的主要成分。

倉庫的門關著，貨車的後門則是開的。兩個男人——嗯，嚴格講是一個男人跟一名少年——正在把一個個花盆往下搬。最低限度的組員。還是那句話，考量到他目前的處境，米契已經囑咐過他們要當心一點。是啦，深藏在那些堆高機可以插進去的棧板裡的小盒子，才是最重要的貨物，但那並不表示他們不能靠這些盆栽也賺一點零用錢。米契會把這些盆栽賣給英格蘭東南地區的各個園藝中心，[10]而這是一門挺不錯的正當生意。問題是沒有人會花錢買花盆表面有裂痕的植栽。

海洛英被裝進一個陶製的小盒子裡，並刻意被做舊，不曉得的人還以為那是花園裡的破垃圾，算是被人細看時的一道保險，彷彿那是某種不值一哂的裝飾品。這是他們屬於常規操作的障眼法。在赫爾曼德[11]的某間農舍裡，海洛英被放進了陶盒，然後陶盒會被嵌進個封蓋，變得密不透風。米契組織裡的某人——連尼抽到了這支下下籤——會待在阿富汗當監工，一來確保海洛英夠純，二來看看有沒有人在吃裡扒外。陶盒接著就會在連尼的照看下前往摩爾多瓦，[12]到一個知道要有耳無嘴的小鎮上，那兒自會有人把這些陶盒小心地藏進幾百盆盆栽裡頭，然後由貨車載著橫跨大半個歐洲，這階段的負責人叫蓋瑞，他是身上有前科而無所謂後果的這麼一個傢伙。

米契人在辦公室裡，精確地說是在倉庫遠端的臨時夾層裡撓著手臂，而他手臂癢的地方是一處刺青，上頭寫著「天道酬勤」。艾佛頓二比〇落後給曼城固然是意料中事，[13]但仍舊讓人心裡不太是滋味。曾經有人找米契加入某個財團，為的是把艾佛頓整個球會買下來。這提議確實誘人，能成為他兒時最愛球會的一名股東，擁有一小部分他從小到大最愛的足球，惟米契愈是去深究足球這門生意，他就愈覺得自己仍應該堅定不移，把海洛英給賣下去。

米契收到了老婆凱莉的一則訊息。

爸出院了。他說他要殺了你。

別人這麼說可能是比喻，是氣話，但米契的岳父是曼徹斯特某大黑幫的幫主，而且他有年聖誕送給米契的禮物，是一把警用制式電擊槍。所以你跟他交手最好小心一點。不過話說回來，誰跟自己的姻親相處不該小心一點？米契確信不會有事的——他與凱莉的婚姻證明了愛可以克服一切，他們就像把利物浦跟曼徹斯特連結起來的羅密歐與茱麗葉。米契回覆了訊息。

跟他說我給他買了輛 Range Rover。

---

10 garden centre，英國所謂的園藝中心裡有玩具區、糖果區、衣物區、酒飲區、家居用品區、寵物用品區、季節性商品區、咖啡廳、水族館、寵物美容區及嬰幼兒遊樂區，不知道的人會以為那裡是百貨公司。

11 Helmand，阿富汗的一個省。

12 Moldova，東歐內陸國家，西邊是羅馬尼亞，另外三邊都是烏克蘭。

13 艾佛頓是主場在利物浦的其中一支英超球隊，另一支就叫利物浦；曼城（Man City）是主場在曼徹斯特的其中一支英超球隊，另一支是曼聯（Manchester United）。

薄如蟬翼的辦公室門上響起了空洞的叩叩聲，他的二當家多姆·霍特走了進來。

「一切順利，」多姆說，「花盆都卸下來了，陶盒在保險箱裡。」

「謝了，多姆。」

「你要看一眼嗎？那醜東西。」

「謝了但免了，兄弟，」米契說，「這種距離對我來說已經是極限了。」

「我會傳張照片給你，」多姆說，「那你就算是看過了。」

「東西什麼時候要出發？」米契知道他們還不到可以高枕無憂的時候。但他最擔心的海關已經闖過，所以接下來的安全應該不用太發愁？畢竟還有什麼可以出錯？

「現在上午九點，」多姆說，「開店是上午十點。我會派小弟把盒子送去。」

「辛苦你了，」米契說，「盒子要送到哪裡？布萊頓？」

多姆點了點頭。「古玩店來著。老傢伙叫庫戴許·夏瑪，不是我們平常合作的對象，但節禮日我們找不到別家店有開。問題應該不大就是。」

曼城踢進了第三球，讓米契瑟縮了一下。他關掉了他的 iPad——他不想愈看心情愈差。

「那事情就交給你了。我最好回家一趟，」米契說，「你的小弟可以偷走氣泡酒店前的 Range Rover，然後替我開到赫特福德郡嗎？」

「沒問題，老闆。」多姆說。「他十五歲，但現在這些車都能自己開自己。盒子我自個兒送過去得了。」

米契從火警逃生門離開了倉庫。除了多姆跟少年以外沒人目擊到他，而他與多姆除了一起上過學，更一起被退學，所以這裡讓他心安。

多姆在十年前一把火燒了不該燒的倉庫後，就搬到英格蘭南岸。在這兒他負責所有從紐黑文出去的物流。很好用的一個人。這裡也有很好的學校，所以多姆很開心搬過來。他兒子剛進了皇家芭蕾舞團。一切原本都非常順遂，直到近幾個月。但關關難過關關過，他只需要這次的貨別出差錯。而到目前為止，一切都在計畫之中。

米契扭了扭肩膀，準備踏上歸途。他的岳父不會給他好臉色看，但他們會各來個一品脫啤酒，一起看一集《玩命關頭》，然後一切就又都會照舊。他可能會因為之前的無禮而被賞一隻熊貓眼——他總是得給長輩免費揍一拳，畢竟之前的事是他理虧——但只要 Range Rover 一到，岳父肯定就會氣消。

一個小盒子，十萬鎊的賺頭。節禮日有這樣的業績算是可圈可點。

明天會怎樣，米契不關心。他只關心怎麼把盒子從阿富汗送到布萊頓的一間小古玩店裡。接著只要有人來取走盒子，米契的工作就算是完成了。某個男人，或者女人，誰曉得呢，會在隔天早上走進店裡，買下盒子並走出到店外。盒子裡的內容物會獲得核實，然後款項就會立刻匯入米契的帳戶。

而，更重要的是，他會知道他的組織又可以安然無恙了。這幾個月真的是太誇張了。在港口被人贓俱獲，車手被逮捕，跑腿小弟也被抓。這就是為什麼他這次要如此保密到家，只跟他信得過的幾個人提到這趟生意。這就叫試水溫。

從明天起，他希望自己就再也不用想起那醜不啦嘰的陶盒。他希望可以好好把錢收進銀行裡，然後邁向下一筆生意。

要是米契有在離開園區時看一眼左手邊的馬路對面，他就會看見一部由快遞員騎乘的摩托車，停靠在路邊的避車彎。然後他可能就會閃過一個念頭是這種日子跟這種時間，怎麼會有個人把車停在這種地方，也太不尋常了吧。但米契並沒有看到那個男人，所以這個念頭也就不曾出現，米契就這樣開開心心地開著車，往家的方向而去。

摩托車騎士停留在原地，一動不動。

第三章

喬伊絲

哈囉，又見面了！

我昨天沒寫日記，是因為適逢聖誕佳節，結果玩到太累了。該還的總是要還，你說是吧？貝禮詩奶酒[14]與英式肉餡派[15]再加上電視。公寓裡一開始有點熱，至少喬安娜說她這麼覺得，而等我去處理過之後，她又說有點太冷。喬安娜家有無死角的地暖系統，也就是會發熱的地板，我會知道是她很愛一直提，就怕有人不知道。

聖誕裝飾在我四周掛起，讓我露出了笑容。各種紅色、金色與銀色在燈泡的照耀下閃爍，牆上的聖誕卡是舊雨新知的問候。我的聖誕樹（不是真的樹，你別說出去，那是在約翰

14 Baileys，一種飲品，主要是在愛爾蘭威士忌中加入鮮乳、奶油釀製，再加上可可、香草等香料增添風味，適合搭配甜點。

15 Mince pie，也叫百果餡餅，為英國傳統的節日甜點，多在聖誕節和新年期間製作食用。被稱為mincemeat的內餡是由切成丁的果乾、種子和香料混成。此一傳統可追溯到十三世紀，東征歸來的十字軍帶回了中東的食譜，其中就包括了以肉糜、果乾和香料為原料的食物，不過現代版肉餡派只是名稱，當中一般已不含肉類。

路易斯[16]買的，但老實說你根本看不出差別）頂端放著喬安娜小學時做的天使。那其實是衛生紙捲、一些鋁箔、蕾絲，再加上一個畫在木湯匙上的臉蛋。那天使占據聖誕樹頂已經四十幾年了。人的半輩子！

頭四年還是五年，喬安娜看到自己的天使被放在樹頂，是既自豪又興奮，接著兩三年是尷尬開始累積，再來的整整三十年，她對那可憐的天使可說是徹徹底底的敵意。不過到了最近這幾年，我注意到事情開始融冰，而今年，我在端著盤子跟佳發蛋糕回到客廳裡時，看到的是手在觸碰著天使的喬安娜，還有她眼角打轉的淚水。

這讓我有點吃驚，但話說回來，我想那天使待在樹頂的時間，幾乎等同於她的一輩子。

喬安娜這趟南下，也帶上了她的足球球會主席男朋友，史考特。我原本以為可以去他們家的——喬安娜的房子在ＩＧ上看起來很漂亮，很有聖誕節的氣氛。有花，有蝴蝶結，還有一棵真正的聖誕樹。蠟燭距離窗簾有點近，這點不太合我的意，但獨立自主的她自有她的主意。

喬安娜拖到十二月二十日才宣布他們要到我家過聖誕，並跟我說不用張羅吃的，因為他們會把食物帶齊了過來，且全都是跟倫敦某家餐廳預訂的熟菜。「妳什麼東西都不用煮，媽，」她說，但那於我其實有點遺憾，因為我其實挺期待可以下廚。

所以他們究竟為什麼來我家過節？這個嘛，他們聖誕夜要飛去聖露西亞，[17]而他們的班機在最後一刻從靠近他們家的希斯洛機場，被改到了蓋特威機場，離我家比較近。

所以我只是沾了機場的光。但有時候有得沾光我們也得知足，你說是吧？

讓我跟你說點別的事情，趁我還沒忘記。我們聖誕節晚餐吃了鵝肉。鵝肉！我說我有隻火雞可以煮起來，但喬安娜跟我說鵝肉其實比火雞肉更傳統，而我說鵝肉比火雞肉更傳統個我的腳丫啦，然後她說媽，妳要知道，聖誕節可不是查爾斯・狄更斯發明的，[18]於是我說，這妳以為我不知道嗎（其實我還真不確定她這話想表達什麼，但我察覺到這場架我快要輸了，所以我得趕緊為自己的立場找個放腳的地方），然後她說，那這樣，我們就決定吃鵝肉嘍，而我說那我去拿聖誕拉炮，[19]而她說，拉炮不用了啦，媽，現在不是一九八〇年代了。除此之外這是個挺愉快的聖誕節，我們還一起看了我知道喬安娜其實不是太想看的國王聖誕文告。事實上我也不是很想看，但我們都知道我急需一場母女角力的勝利。我覺得查爾斯[20]表現得不錯——我還記得我第一個沒有媽媽的聖誕節，是怎麼過的。

喬安娜給我帶了樣很棒的禮物：那是一個在太空中用的酒壺，而且上面鐫刻著聖誕快樂，媽！預祝來年一件凶殺案都沒有。我很想知道店家是懷著怎樣的心情在刻下這些字？她也帶了花，球會主席男友則送了我一只我會說心意重於一切的手鐲。

---

16 John Lewis，英國的高級百貨公司。

17 聖露西亞也是大英國協成員，是加勒比海的度假勝地。

18 在狄更斯的作品《小氣財神》裡，守財奴史古基送了員工克拉奇一家一隻火雞當作聖誕大餐，而飲食歷史學者認為這個情節影響了後世無論是貧苦人家還是富裕人家，聖誕大餐的桌上就是要有隻烤火雞才對味。

19 Christmas crackers，英國人傳統上會在吃聖誕大餐前拉響筒狀的紙爆竹，算是全家同樂的小遊戲，筒裡有時會有小禮物或紙條笑話，據傳始於一八五〇年代的倫敦糖果小販。

20 英國的新任國王查爾斯三世，其母伊莉莎白二世於二〇二二年的九月八日辭世。

不過不管怎麼說，開禮物總是開心的事情。我給喬安娜買了凱特．亞金森[21]的新書，外加一些她事先用電郵把品牌名稱寫給我的香水。至於我買給球會主席的禮物則是袖釦，而且是我覺得他應該也會默默覺得心領了的袖釦。我向來的習慣是會把收據放在禮物裡面，那是跟我母親學的。但我很懷疑他會把東西拿回去換，因為我東西是在馬莎百貨買的，而且是布萊頓那家，而他好像人不是在倫敦，就是在杜拜。

今天的午餐是跟俱樂部其他人一道吃的，所以我終於成功吃到了火雞，放到了拉炮——在我的堅持下。你可以看到伊莉莎白先是對兩者提出了抗議，然後想了想又覺得算了，顯見我的表情一定十分堅定。然而我好像犯了一個錯誤是邀請莫文加入我們。我一直以為他會軟化，但我擔心的是自己這次好像喜歡錯了對象，就像俚語說的吠錯了樹。我只希望自己近期可以吠對那棵上頭真的有獵物的樹。再晚我可能就找不到樹吠，或是直接不想吠了。

我們飯後去伊博辛的公寓休息，莫文則直接回家。他透露他有個網路上的女朋友，叫塔提亞娜，重點是他明明一面都沒見過塔提亞娜，卻還是拿錢在資助她。伊博辛說莫文是「感情詐騙」的受害者，還說他會拿這事去跟唐娜與克里斯商量商量。警察在聖誕節後何時開工？傑瑞以前大概是在一月四日前後回去上班，但警察的做法大概不會跟西薩塞克斯郡議會一模一樣。

以下是我們買給彼此的禮物明細：

伊莉莎白買給喬伊絲：足部水療機。他們在電視上打廣告的那台。我人現在就在裡面。至少我的腳在裡面。

喬伊絲買給伊莉莎白：馬莎百貨禮券。

伊莉莎白買給朗恩：威士忌。

伊博辛買給朗恩：某個足球選手的自傳，是我沒聽過的名字。不是大衛．貝克漢或蓋瑞．萊尼克。[22]

朗恩買給伊莉莎白：威士忌。

喬伊絲買給朗恩：馬莎百貨禮券。

伊博辛買給伊莉莎白：一本叫做《反社會人格測試》的書。

伊莉莎白買給伊博辛：一幅以埃及開羅為題的畫，伊博辛看到就哭了，所以他們顯然在某個時刻進行過一場我沒能參與的對話。

喬伊絲買給伊博辛：馬莎百貨禮券。這是在伊莉莎白給伊博辛的禮物之後拿出來，所以我感覺我好像有點被比下去了。

伊博辛買給喬伊絲：馬莎百貨禮券。咻，好險！

朗恩買給喬伊絲：《印度慾經》。[23]呵呵，很好笑，朗恩。

伊博辛買給艾倫：一個會吱吱叫的電話造型玩具。

艾倫送給伊博辛：一個上面印有艾倫爪子的陶板。伊博辛又哭了，水啦！

朗恩送給伊博辛：一個假的奧斯卡獎小金人，上面印著「最佳好朋友」。這可把我們全

---

21 Kate Atkinson，以系列偵探小說著稱的英國小說家。

22 Gary Lineker，1960-，退役足球員，現為BBC的體育節目主持人。

23 Kama Sutra，又稱《愛經》，是古印度一本關於性愛的經典書籍。

部的人都逗笑了。

我們喝了點酒，合唱了一些歌——伊莉莎白不曉得〈去年的聖誕節〉[24]的歌詞，你說這會不會太扯？但反過來想我也不曉得〈在那蕭瑟的仲冬〉[25]的歌詞就是了。我們聽朗恩砲轟了英國王室，大概有二十五分鐘，然後就各自回家了。

回到家後我打開了唐娜送給我的禮物，她真的太有心了，因為我真心不知道警員一個月能賺多少。那是一只狗狗造型的銅飾，瞇起眼睛看會有點像艾倫。她是在布萊頓的坎普頓古玩店買的，那兒的老闆是史提芬的朋友庫戴許，他在我們上個案子裡出過力。聽來像是我會想去的地方。也許我會去那兒走走，畢竟我現在得幫唐娜買個回禮了。我真心喜歡有對象可買東西送的感覺。

所以，整個算下來，我過了個很開心的節禮日，並打算等等要看著茱蒂．丹契[26]的電影睡去。要說少了點什麼，可能就是傑瑞把整盒花街巧克力[27]嗑光，然後把包裝紙都留在盒子裡了吧。那在當時真的讓我抓狂，但現在只要能換他回來，我就算散盡家財眼睛也不會眨一下。說起花街巧克力，傑瑞喜歡的口味是草莓喜悅與鮮橙奶油，而我喜歡太妃便士，而如果你想要問幸福婚姻的食譜是什麼，這就是答案了。

臨行前的喬安娜給了我一個大大的擁抱，還說了她愛我。她或許不懂火雞跟拉炮的好，但她總歸是拿得出一些妙招。聖誕節究竟是怎麼回事？所有不對的事情都變得更糟，所有對勁的事情都變得更好。

我可愛的朋友們，我可愛的女兒。我已逝的丈夫，他已逝的呆萌笑容。

我感覺我應該舉杯敬個什麼，不然就敬「來年一件凶殺案都沒有」吧。

24 Last Christmas，喬治・麥可（George Michael，1963-2016）在轟（Wham）合唱團時期的名曲，發行於一九八六年，歌詞老少咸宜，幾乎全球歌迷都能哼上兩句。

25 In the Bleak Midwinter，一首由英國女詩人克莉絲提娜・羅塞提（Christina Rossetti）寫成的詩作，發表於一八七二年一月時的標題就叫做〈一首聖誕聖歌〉（A Christmas Carol），而後也就經常於聖誕時節獲得吟唱。莎拉・布萊曼曾經翻唱。

26 Judi Dench，1934-，著名英國女演員，〇〇七電影《天降危機》裡的M夫人。

27 Quality Street，雀巢旗下的巧克力糖品牌。

第四章

十二月二十七日，星期四，上午十點

庫戴許．夏瑪很高興聖誕節終於結束了。他很高興能回到店裡。這一帶還有很多小生意會休好休滿，但庫戴許則趁十二月二十七日的早上天正亮，就讓坎普頓古玩店開門大吉。

他為了開店盛裝打扮，那是他向來的習慣。紫色西裝、奶油色絲質襯衫、黃色布洛克雕花皮鞋。[28]開店做生意對他來講，就像身處於一個劇場。庫戴許望著一面骨董鏡子裡的自己，滿意地點了點頭，微微地鞠了個躬。

會有人來嗎？多半不會。誰會在聖誕節過後才兩天，就亟需要裝飾藝術風格的小雕像，還是銀色的拆信刀？答案是沒有人。但庫戴許可以把店裡打理得漂亮一點，可以把有的沒有的小東西整理一下，還可以把網拍的拖網收進來。基本上，他可以設法讓自己閒不下來。一個人的時候，聖誕節與節禮日會過得非常慢。你說要讀書也有個限度，要泡茶來喝也會喝飽，寂寞終究還是會將你團團圍住。你將之吸進體內，你將之哭喊出來，然後時鐘的滴答說多慢，就有多慢，好不容易你才能拖到適合就寢的時段。他聖誕節當天甚至只是隨便穿，橫豎穿給誰看呢？

對面的五金行也開了。老闆大戴夫在十月份走了太太，原因是癌症。山坡下去一點的咖啡店也做起了生意，那兒的老闆娘是個年輕寡婦。

庫戴許在他店裡的後室喝了一小口卡布奇諾。他開門也不過才幾分鐘，店鈴這麼快就響了讓他有點訝異。

在這種時間，又在這樣的日子，找上門來的會是何人？

他將自己推離了椅子，往日由膝蓋負責的工作如今得由手臂代勞。穿過辦公室的門，進到店裡，他見到的是一名穿著體面、身材壯碩的漢子，看上去四十來歲。庫戴許朝其點了個頭，然後撇開眼神，開始找起可以供他裝忙的東西。

對於新客人，你永遠不能正眼盯著他們看。不是沒有人喜歡眼神接觸，但那畢竟是少數。你對待客人得像對待貓，等他們自己靠過來。看起來很缺的樣子，只會把人嚇跑。做得對的話，客人會感覺自己好像受了你什麼好處，彷彿是你准許了他們來你的店裡消費。

這個客人不勞庫戴許費心就是了。他不是來買東西，而是來賣東西的。剃短的平頭、昂貴的人工黝黑膚色、亮到與那張臉不搭的牙齒，但現在好像就是要這樣才時尚。另外在他的手中有一只偌大的真皮包包，看上去比店裡的任何一樣東西都貴。

「你是這兒的老闆嗎？」那人用利物浦的口音問道。聲音裡毫無懼意。恫嚇嗎？或許有一點，但還嚇不倒庫戴許。貴氣的大包包裡不知道放著什麼，但應該會挺有意思的，庫戴許感覺得出來。法所不容，但會挺有意思的。看吧，要是他宅在家裡不開店，豈不是就要錯過這個了？

「在下庫戴許，」庫戴許說，「您聖誕節過得還愉快吧？」

---

[28] brogues，源自愛爾蘭的一種皮鞋，特色是鞋面上的雕花。

「神清氣爽，」男人說道，「我有東西要賣你，一個盒子。很棒的裝飾品。」

庫戴許點了點頭；他聽得懂對方話中有話。這種勾當，其實平時不太會找上他，但或許是因為素日所有的通路都會一路休到跨年吧。但即便如此，他還是應該要試圖掙扎一下。「這我買不得，有點抱歉，」他說，「店裡擺不下了——得先清一清存貨。你會想添張維多利亞時代的牌桌嗎？」

但男人並沒有在聽。他小心翼翼地把袋子放在櫃檯上，然後拉開了一半的拉鍊。「醜盒子，陶器，歸你了。」

「千里迢迢來到這兒，是吧？」庫戴許邊問邊瞄了一眼盒子裡，有點晦暗，有點模糊，一層黑垢掩蓋著某些雕刻紋路。

男人聳了聳肩。「我們不都是嗎。給我五十鎊，然後明天一早會有個年輕人過來用五百鎊跟你收。」

還有必要討論嗎？還有必要跟這男人爭辯嗎？還有必要嘗試讓他知難而退嗎？都沒有。他們已經選上了庫戴許的店，沒有討價還價的空間。他只能掏出五十鎊交給男人，把袋子放在櫃檯下，明早把東西交出去，然後今晚別為了盒子裡是什麼失眠。有時候事情就是得這麼著，乖乖配合才是高招。

畢竟要是不配合，就等著窗外丟來顆汽油彈吧。

庫戴許從收銀機裡數了三張十鎊跟一張二十，遞給了男人，對方一把將之塞進了大衣口袋的深處。「你看起來，不缺這五十鎊吧？」

男人笑了。「你看起來也不缺五百鎊啊，但我們還不是一起演了這齣。」

「你的大衣很有型。」庫戴許說。

「謝了，」男人說，「這是湯姆史威尼[29]的。我想你不會不清楚，但要是這包包不見了，有人會來要你的命。」

「我明白，」庫戴許說，「是說，盒子裡裝的是什麼啊？我不會說出去的。」

「沒什麼，」男人說，「就是個舊盒子而已。」

男人又笑了，這次庫戴許也跟著笑。

「那你慢走，年輕人，」庫戴許說，「布雷克街的轉角有個無家可歸的女士，五十鎊於她可能會挺受用的。」

男人點了點頭，說了句，「別碰包包，」然後消失在門外。

「跑這一趟辛苦您了。」庫戴許說著注意到男人一路往山下走去，目標顯然是布雷克街。一名摩托車快遞員反向從他面前經過。

一早就這麼有趣，惟有趣的事在這一行並不少見就是了。庫戴許近期才參與追蹤起一些珍本書，並跟他的朋友史提芬跟史提芬的太太伊莉莎白聯手，逮住了一名殺人凶手。伊莉莎白搞了一個什麼「謀殺俱樂部」，想不到吧。

這個盒子明天就會易手，屆時他便能將整件事拋諸腦後，畢竟在有些事不好說的這個行業裡，這類事情其實所在多有。

只要你賣古玩，生活裡就會充斥這些有的沒有的小玩意，有的沒有的小麻煩。

---

29 Thom Sweeney，英國的高級訂製裁縫店，男裝很出名。

庫戴許將袋子拎到櫃檯上，再次拉開了拉鍊。裡頭的盒子有種矮胖厚實的美感，但不屬於他能夠拿去賣的東西。他搖了搖盒子。那裡頭確實裝滿了某樣東西。要他猜，他會說是古柯鹼或海洛英。庫戴許從蓋子上刮下一些灰塵。這個不值錢的盒子現在值多少錢？肯定不止五百鎊，那是肯定的。

庫戴許拉上拉鍊，將包包放到他在後室的書桌下方。他會去網路上搜尋海洛英跟古柯鹼的市價。那會讓他感覺日子稍微不那麼漫長。查完他會把包包鎖進保險箱。今天要來偷東西想都不用想。

第五章

「莫文，這話我實在很難啟齒。但塔提亞娜並非真有其人。」唐娜伸出手要安慰他，但那手一直沒有被莫文接下。這只能說唐娜沒有去請教伊博辛。如果有，伊博辛就會告訴她說世間有一種人，他們不喜歡接下別人安慰的手。這種人喜歡與人隔著一段距離去生活，像莫文就是其中一個。

俱樂部請唐娜一起走一趟莫文的公寓，並就他以為的新戀情對象「塔提安娜」跟他聊一聊。喬伊絲覺得若由警員出馬，莫文可能會比較被打動，只不過看著莫文在節禮日午餐席間的眼神，伊博辛已經隱約意識到莫文不是那種輕易可以打動的男人。

莫文微微地笑了。「我手上可是有照片跟電郵等鐵證。」

「那些照片可以讓我們看一下嗎，莫文？」伊莉莎白問。

「我可以看一下妳的私人電郵嗎？」莫文答道。

「這我不太建議。」伊莉莎白說。

「我知道這情何以堪，」唐娜說，「而且可能有點小丟臉——」

「這完全沒有丟臉的問題，」莫文說，「你們的指控完全是無的放矢。你們的話跟真相差了十萬八千里，親愛的。」

「但也可能是你們之間有什麼誤會？」喬伊絲說。

「也許你們是接錯線路了，那並不少見」伊博辛說。

莫文貌似莞爾地搖著頭。「我知道那退流行了，但我這兒有個小東西叫信心。我會說，這東西現在不值錢了吧。警方不當回事，社會上也不當回事。」

莫文看著整群俱樂部的人，說出了這樣的心聲。

「我知道你們四個在這裡很是『風雲人物』一般的存在，這點常識我還有……」

伊博辛注意到喬伊絲有點受寵若驚。

「……但你們也不可能無所不知。」

「我一直這樣提醒他們，莫文，」朗恩說。

「裡面最糟糕的就你，」莫文說，「要不是看在喬伊絲的份上，我早就受不了你們任何一個了。我犧牲了節禮日的午餐陪你們幾個傢伙吃飯，這一條你們可別給我忘了。」

「你的好意我們都銘記在心，莫文，」伊莉莎白說，「而且我同意，我們並不完美，做為個人如此，做為團體亦然，而且在我看來，你覺得朗恩在我們之中是最糟糕的一個，眼光大抵是對的。但我相信唐娜手裡有些東西要讓你過目，你看了說不定會有所動搖。」

「我才不會動搖。」莫文說。

唐娜打開一台筆電，並接連點開一些視窗。

「妳願意在放假日來過來，真的是麻煩妳了。」喬伊絲說。

「別這麼說。」唐娜說。

「你知道唐娜在聖誕節當天逮捕了某人嗎？」喬伊絲告訴莫文。「我沒想到有人做得出那種事情。」

「什麼事情，」朗恩說，「偷馴鹿嗎？」

「召妓，」唐娜說。

「在聖誕節當天，」喬伊絲說著搖起了頭。「我還以為聖誕大餐會讓人飽到不行。」

唐娜終於找著了她想要展示的資料，並把螢幕喬到了莫文方便觀看的角度。「聽著莫文，你寄給喬伊絲的塔提亞娜照片，她轉傳給我了——」

「真假？」

「沒錯，」喬伊絲說，「別一副不爽的樣子。你寄照片不過是想要放閃。」

「男人的虛榮。」伊博辛附議，並為自己終於插得上嘴感到欣喜。

「她很勁爆耶，」朗恩說，「不論她的身分是誰。」

「她就是塔提亞娜，」莫文說，「你們的意見不用告訴我。」

「嗯，說到我們的意見，」唐娜說。她讓莫文看了電腦螢幕，上面一邊是莫文寄給喬伊絲的照片，一邊是另一張一模一樣的照片。同樣的照片，同樣的女人。「你現在可以在網路上以圖搜圖，所以我就把你給的塔提亞娜照片拿去搜尋，結果你會發現那照片完全不屬於某個名叫塔提亞娜的女人。照片上的女人其實名叫拉瑞莎．布萊德利，一名立陶宛歌手。」

「所以塔提亞娜是個歌手？」莫文說。

「不，塔提亞娜並不存在。」唐娜說。

所有人都看得出來這已經是鐵證如山，但莫文還是不肯乖乖就範。

聽著聽著，伊博辛感覺這簡直就像是想跟朗恩聊足球。或聊政治，或是聊任何事情。莫文稱此一新理論「太過分了」。甚至於他說這麼講簡直是「胡說八道」，伊博辛判定那對莫文來講已經是無限接近髒話的表達。莫文反抗著，堅稱著他還有很多沒拿出來的照片、私訊與示愛紀錄。諸如此類的。他甚至為這些東西整理出一個檔案，搞得伊博辛都感覺跟他稍微親近了起來。

接力棒此時傳到了喬伊絲手上。「你有聽過一樣東西叫『感情詐騙』嗎？」

「沒有，但我聽說過一樣東西叫愛。」莫文說。

「有個電視節目就是專門在講這個，」喬伊絲不屈不撓地講著，「《ＢＢＣ早餐》之後播。」

「我不看電視，」莫文說，「電視應該正名為『瞪眼盒子』。」

「是，我想很多人都這麼說，」伊莉莎白說，「發明這個詞的人不是你。」

「題外話，」伊博辛說，「而且我沒有任何言外之意，但出奇地有很多連續殺人魔家裡沒有電視。」

喬伊絲的狗狗艾倫在舔著伊博辛的手手，這是牠一大嗜好。其他人以為是這一人一狗感情好，殊不知伊博辛口袋裡有他常備的法寶：寶路薄荷糖，主要是他發現了艾倫對這種糖果有特殊的偏愛。

唐娜在筆電上打開了一個新視窗，秀出了更多張照片。「詐騙犯會反覆使用同一批照片，裡面有加拿大機師，有來自紐約的律師，有你的拉瑞莎，還有一堆跟她類似的人設。感情詐騙集團玩的是亂槍打鳥。他們主打的是那種姣好但又平易近人的臉孔。」

「我就喜歡那樣的長相。」喬伊絲說。

唐娜給伊博辛看了機師的照片，伊博辛覺得果然有吸引力。一副非常靠得住的神情。

莫文還是不為所動，並抗議說他跟塔提亞娜聊天聊了五六個月。而且有時候一天聊好幾回。

「聊天？」

「你們知道的，筆談，一樣嘛，」莫文說。

伊博辛不難想像那幅畫面，寂寞的男人填補著空虛的時間。那沒人來電，不被需要的每個瞬間。

喬伊絲向莫文點出另外一件事，那就是他已經給塔提亞娜匯了五千鎊過去，而他惱羞地回說不然呢，難道你深愛的人需要買輛新車，或比如說，需要辦簽證，你能不幫忙嗎。他說那是做人的基本。

「你們會看到的，」他補充說，「她一月十九號會過來，而等她一到，罰酒在古柏切斯就要吃不完了。我等著看你們怎麼賠不是。」

至此大家都生出了一股窮寇莫追之感，於是眾人收拾了東西，並懷著有待思考的一款窘境，開始朝喬伊絲家走去。伊莉莎白得回家去陪史提芬，而這也給了喬伊絲機會去問唐娜，她好奇的是唐娜跟波格丹過了什麼樣的聖誕。「那他是全身都有刺青嗎？」

「基本上是。」唐娜替喬伊絲解了惑。

「就連……？」

「不，那裡沒有。」唐娜說。「喬伊絲，有人說過妳很變態嗎？」

「不要這麼拘謹嘛。」喬伊絲說。

伊博辛在想他們應該拿莫文怎麼辦才好。他不是個很好搞的人，這點已經可以確定，而他之所以被納入俱樂部的圈子，只是因為喬伊絲面對磁性的低音跟氣質中的神祕感，就是抗拒不了。但他確實是個寂寞的男人，也確實被人占了便宜。還有一樣就是對週四謀殺俱樂部來說，來個步調上可以好整以暇的新企劃也是不錯。跟平日比起來，殺意少一點的案子確實能讓人換換口味。

第六章

珊曼莎．巴恩斯邊喝著深夜的琴湯尼，邊把畢卡索的簽名與版本號碼加到一些鴿子主題的鉛筆畫上。珊曼莎這些年簽下了不知凡幾的畢卡索落款，搞到她有回不小心在房貸申請表上該簽上自己姓名的地方，也寫成了畢卡索。

她的心思在四處飄移。這是這份工作最有趣的地方。這，跟錢都是。

偽造畢卡索遠比你想像中的簡單。這說的當然不是大型畫作，大型畫作需要用上一套珊曼莎不具備的技術，但素描、石版畫，還有各種買家上網訂購時不會仔細看的作品——那簡單得跟喝水一樣。

真正的骨董有利可圖，這點不在話下，但骨董的贗品的賺頭更大。假的家具、假的錢幣、假的素描畫。

假設珊曼莎購入一張二十世紀中期現代主義的阿納．佛德[30]書桌，進價三千兩百鎊，然後以七千鎊賣出；她的獲利就會是三千八百鎊，貪財了銘謝惠顧。

然而若珊曼莎付五百鎊給一個叫諾曼的男人，由諾曼在他位於辛格頓[31]的老乳牛棚架裡山寨出阿納．佛德的高仿書桌，然後同樣以七千鎊賣出，那她的獲利就會變成六千五百鎊。

---

30 Arne Vodder，1926-2009，丹麥家具設計名家。

31 Singleton，西薩塞克斯郡的地名。

妳，她的葛斯說得信誓旦旦，可以自己算算看。

同理，若珊曼莎把她從橋牌俱樂部返家後的晚間時分，拿來偽造限量版的畢卡索石版畫，就像她這天晚上所做的這樣，那她的材料費大概會是兩百鎊上下，而等到她把這些畫全部拿到網路上賣給覺得牆上有畢卡索簽名畫很酷，但又對畫的來源不是很計較的倫敦人之後，她的獲利將可以高達一萬六千鎊上下。

這一切的一切，都解釋了何以珊曼莎．巴恩斯已經還清了房貸。

為了有圖放上自己的線上商店，她展開了畢卡索假畫的拍照工作。之後她會為這些畫開價兩千五百鎊，但成交價她樂於收下一千八。

珊曼莎並非第一天就黑化，曾經她做事也正正當當。那時是她與威廉搭檔。他們把小店開在佩特沃斯，[32]然後跑遍全英進貨，培養忠實客戶，跟人討價還價，一樣樣工作都讓他們忙得不亦樂乎，而且全都有還過得去的利潤。只不過隨著他們慢慢有了年紀，店面讓他們愈看愈膩，四面牆壁也朝他們愈逼愈近。原本的舒適安全，慢慢變成了綁手綁腳，就像兒時的家再也裝不下長大的他們。跑遍英國變成了煩人的雜務，永遠只是同樣的面孔賣給他們同樣的瓷器貓咪。

於是他們開始玩些小遊戲。珊曼莎與威廉，小珊與比利。[33]不為別的，就為了解悶，為了好玩。漫長的一天你總要找事做吧，是不？而正是這些小遊戲裡的其中一個，讓她準準地來到了今天所處的位置。而她今天處在什麼位置呢？她在西薩塞克斯最頂的豪宅裡，聽著行船人必聽的海象預報，然後一邊假裝自己是畢卡索。

她經常回想起這一切的起點。

威廉買了一只墨水台回家。那是一只破墨水台，是他從默西賽德[34]帶回的整批戰利品中一個毫不起眼的小東西。但就在他們要將之丟棄的瞬間，威廉提議他們來賭一把。威廉賭他可以搶在珊曼莎之前，把這一文不值的墨水台賣到五十英鎊。當然他們不是要把這貨色賣給常客，也不可能將之賣給那些怎麼看也拿不出五十鎊的窮人，而是要把這當成他們兩人間的一種消遣。他們握手敲定了這場賭局，然後就接著開箱其他的骨董真品了。

隔天威廉把墨水台放進了其專屬的上鎖玻璃展示盒內，上頭還附上了標籤：墨水台，可能來自波希米亞，且疑為十八世紀文物，意者可議，非誠勿擾。

這算頑皮嗎？是的，可能有一點吧。他們這麼做應該嗎？不該，肯定不該，但他們實在悶壞了，而且他們還很相愛，愛到他們想幫彼此找點樂子。這絕不是你身在古玩業所能犯下最惡劣的那種罪行。珊曼莎絕對有資格這麼說，畢竟再壞的她都通通犯過了。

常客會走進店內，看一眼玻璃盒，然後問兩句這只貌不驚人的墨水台有何特別之處。珊曼莎與威廉會輕輕地聳聳肩——「多半沒什麼特別吧，只是直覺叫我把它買下」——然後所有人都很快就忘了這事兒。直到三週後，一個大個頭的加拿大人把車停進了店外的身障停車位，進來花七百五十鎊買下了這墨水台。「他從一千鎊跟我討價還價到成交。」威廉透露了祕辛。

---

32 Petworth，西薩塞克斯郡的教區。

33 比利是英文裡威廉的暱稱。

34 Merseyside，英格蘭西北部地名，得名於默西河。

珊曼莎又簽了一張假的畢卡索，然後點了根菸。這兩件事，抽菸跟大規模的造假，都是她在認識葛斯前沒做過的事。但抽菸其實挺有助於紙張的做舊。

他們把「墨水台」這一招重複了幾遍。壞掉的時鐘、經典風格的老盤子、剩下一隻手的泰迪熊。這些「骨董」去到了以為撿到寶的人家中，而賺到的錢則——至少大部分——流向了慈善機構。他們會在一堆骨董的破銅爛鐵裡東翻西找，挑選新的挑戰：帶鎖玻璃展示盒的下一任住戶。這是他們倆之間的小祕密兼對決。

然後威廉死了。

他們去到希臘的克里特島度假。他吃完午餐跑去游泳，結果被浪潮捲走。珊曼莎偕飛機貨艙裡的棺木回到英國，然後自己也被一道浪給捲走。

她接下來的幾年都悲傷到無法好好活，但又害怕到不敢去死，只能踉蹌著在悲痛與瘋狂的霧霾中走過，終日能做的就是勤快地用茶與微笑接待她的客人，收下他們用意良善的同情、打橋牌、顧店、靠記憶複誦客套話與陳腔濫調，同時日復一日期盼著這天會是自己人生的最後一天。

然後有天早上，在威廉走了的三年後，那個買下了墨水台的大個子加拿大人重返她的店裡，這回他帶上了一把槍。

於是所有的事情又徹底改變了一回。

她這會兒聽到葛斯走進門內。雖然他有本事保持安靜，但他選擇不要。

現在是三更半夜，她在想他這種時候能去哪裡，但有時候你問了也是白問。你就是只能讓葛斯當他的葛斯。而他也從不曾讓她失望。

他會看到她的工作室燈還亮著，然後過沒多久，他就會帶著一杯威士忌跟要給她的一個吻，上得樓來。

再把兩張畢卡索簽完，她就要收拾工作結束這一晚。

第七章

喬伊絲

OK，我有一個謎題讓你猜。

你要怎麼做，才能既跟朋友們一起慶祝跨年，但又還是早早去睡？

因為我今天晚上就做到了這件事情。

我們度過了最美好的一個跨年派對。我們喝了點酒，倒數到了午夜十二點，然後看了電視上的煙火。我們唱了〈友誼地久天長〉，[35]朗恩踢到了茶几絆倒，然後我們便各自回家。

所以我們一個個都度過了非常盡興的新年，但最棒的是這時候也不過才晚上十點，所以我還是可以在一個很合理的時間就寢。

揭曉正確答案。

渥茲渥斯苑裡住著一個可愛的男人叫鮑伯．惠特克——先澄清，他不是我的菜——他在大家對電腦都很有一套之前，就已經對電腦很有一套了。他一個人吃午餐，但很好接近。去年他組了一台無人機，讓它飛過古柏切斯上空，然後邀請我們所有人去交誼廳看影片。那影片很棒——他甚至為其配上了音樂。你可以看見駱馬[36]跟湖泊，也可以看見歐卡多[37]的送貨廂型車的車頂上印著ocado的字樣——他們真的是什麼都想到了。我覺得拍片的季節應該是夏天，而且時間是在古柏切斯的第一件謀殺案之前，但你也可能弄混，是不？播完後他以無人機為題講了些東西，而這部分就比較乏人問津了，惟按照伊博辛的說法，他講得很棒。

所以這是鮑伯的主意。他包下了交誼廳，跟大銀幕，然後廣邀了所有人。最終現場應該聚集了有五十幾個人。有時候跟這麼大群人湊在一起，你才會真正注意到自己有多老，就像穿過一條鏡面鋪成的走廊。

我們都自備了吃的，但主要是飲料，然後一起看了幾集鮑伯違法下載的《只有傻瓜和馬》。[38]

然後在大約晚上八點五十，鮑伯把銀幕切換到土耳其的一個電視頻道，看他們在那兒是如何比我們早三個小時倒數跨年。我不曉得他是在哪兒找到這玩意兒的，在網路上吧，我想。土耳其有土耳其電視，也是很合理的，是吧？

土耳其電視上有音樂、舞群，還有一名我們聽不懂在說什麼的主持人，但那種人設大家都不陌生，所以你可以大致猜出他會說些什麼。螢幕上出現了倒數的時鐘——土耳其用的是跟我們一樣的數字——銅管樂隊演奏起土耳其國歌或類似國歌的曲子。數字十的出現，讓我們所有人都加入了倒數的行列，然後等一到這裡的晚上九點，螢幕上的土耳其便跨過午夜，進入了新年，於是他們放起煙火，而我們則陷入相擁、歡呼，互祝新年快樂的氣氛中。一支

---

35 Auld Lang Syne，起源自低地蘇格蘭的不列顛名曲，跨年倒數完後常唱。台灣畢業典禮上的驪歌即其改編。

36 也叫大羊駝。

37 Ocado，英國的食品雜貨網購業者，擁有全球最大的物流配送中心。

38 *Only Fools and Horses*，英國電視情境喜劇，從一九八一開始播出了七年，收視率很高，現在仍有重播。

搖滾樂團開始在電視上演奏，於是鮑伯把音量轉小，然後朗恩唱起了〈友誼地久天長〉，我們搭起肩膀，想起了有多少舊識已經不在，感謝起幸運星把又一年交到我們手上。就此再過了十分鐘，我們就鳥獸散回家了，該慶祝的新年慶祝了，早早睡覺的時間也沒耽誤。

在餐廳裡看到鮑伯，或是看到他在養老村裡晃來晃去，你可能會嫌他無趣，看都不看他一眼。他沉默寡言、性情羞怯，永遠是一千零一件的灰色毛衣下搭配硬邦邦的白襯衫。但這人卻有本事讓我們所有人度過一個美好的夜晚。他既有把土耳其電視搬運到英國銀幕上的能力，也很溫暖地知道這麼做可以讓大家盡興。這樣的他，嗯，是個挺了不起的男人。

然後我知道你在想什麼，但我還是那句老話，他不是我的菜。我也覺得很可惜。

我給喬安娜發了訊，祝她「新年快樂」，而她回覆了ＨＮＹ，彷彿把Happy New Year打出來會累死她一樣。我也傳了「新年快樂」給維克多，而他回傳了「願上天賜與妳健康與財富與智慧，也願妳能看到妳的美感染到身邊的每一位」。這還差不多一點。然後我舉杯遙敬了傑瑞，一如以往。

我也舉杯敬了伯納，[39]去年新年還在的他，如今已然遠去。明年此時我們也不會全員到齊，事實擺在那裡。那些在隊伍末端的人會掉隊，而沒有人會告訴你你排在隊伍的哪裡。只不過活到我這個年紀，我大概心裡有個底。就像伊博辛老掛在嘴上的，「數字並不樂觀。」

所幸生活中讓人期待的事情還多得是，而那就是關鍵所在。要是你沒辦法把生活填滿，那再多給你一年又有什麼意義？我有所期待的是唐娜有什麼辦法去幫助莫文，雖然我本身已經不太想續追莫文本人。渥茲渥斯苑的鮑伯怎麼就不能眉毛長得跟莫文一樣，怎麼就不能跟莫文一樣有磁性的低嗓？而莫文怎麼就不能像鮑伯那般又暖又強？我真膚淺，我可不可以不要這麼膚淺。

仔細想想，傑瑞就又暖又強又有眉毛，所以也許你一輩子，就只能領到一個那樣的男人？

我可以聽到艾倫用尾巴在敲著我書桌的桌腳，雖然牠內心的男人已經熟睡了。

祝你有個非常快樂的新年，願你還有許許多多的歲歲年年。

39 詳見第一集。

第八章

受害者是一個男人，叫庫戴許・夏瑪，他已經陳屍在此幾天了。其身分是布萊頓的一名骨董商人。他的車子是今早大約六點半被一名本地人發現，那位先生是出來遛狗的。新年第一天在烏漆抹黑的地方遛狗？我是說，你高興就好，朋友，你說了算。那反正不是克里斯的問題——他的問題是怎麼處理這具屍體。

於是他們就這樣聚在這裡。這裡無限逼近一幅美好的風景，克里斯邊這麼想，邊看著呼出來的氣在清晨的空氣中結霜。

一條坑坑巴巴的狹小路徑上結著一條條霜脊，切入了肯特郡的林地，終於一處木質的圍籬，圍籬裡圈養著冬季的羊群。那是一幅橫跨了數百年的場景，代代相傳沒有間隙。銀白色的枝條伸向了頭頂，交織出格狀的蔚藍天際。

那要變成一張聖誕明信片完全可以，要不是現場發生了極端的暴力。

克里斯在聖誕期間放了幾天假。派翠絲從倫敦下來，克里斯給她準備了一隻火雞，一隻大得過頭，煮起來超花時間的火雞，但吃的人似乎相當感激。有那麼一下下，可能是派翠絲在看《真善美》電影時哭得唏哩嘩啦的當下，克里斯有點忍不住想求婚，但最後關頭還是吞了回去。萬一她覺得他在發神經怎麼辦？萬一他說這話太早了怎麼辦？戒指還留在他家中的西裝外套口袋。就看勇氣什麼時候爆發出來。

唐娜一直在工作，但聖誕節的局裡往往還挺有趣的。肉餡派、很偶爾去抓個人，還可以領雙薪。她在晚上加入了他們，還帶上了波格丹。克里斯突然心裡一慌，波格丹該不會已經求婚，而且鑽戒還更棒吧？惟他開這個口就真的太早了。

結凍的霜被壓裂在在他腳下。

鳥兒此前不知有無被槍響驚嚇到，就算有也早忘了，因為牠們這會兒都在那兒開心地嘰嘰喳喳。就連羊群都回歸了正常的生活步調。現場一片寧靜又祥和，鑑識組警員的純白連身服閃耀在低垂的冬陽下。克里斯與唐娜鑽過警方的封鎖線，走向了在這「聖誕祕境」中，那輛圓潤且呈莓果紅色的小車。

那條窄徑是從一條巷弄岔出去，那條巷弄又是從一條兩側都是籬笆的道路岔出去，而那條道路又是從肯特郡一個村落中緩慢且平和地蜿蜒出去。那個村子本身很美，美到克里斯一直到他們終於抵達那一幕場景之前，都一直在用手機瀏覽「搬得好」[40]網站。一百八十萬英鎊買個農舍。這村子被描述為「靜謐」。

如今就算是肯特郡最厲害的房仲過來，想對著這裡說出「靜謐」二字都有點勉強。

「媽說你一顆花街巧克力都沒吃，」唐娜說，「整個聖誕節。」

「沒有花街巧克力，沒有泰瑞牌巧克力柳橙，[41]沒有貝禮詩奶酒。」克里斯說。那些屬於過往聖誕節的食物，於他都已經是過眼雲煙。好處是他的腹肌幾乎就要能看得見了。

「我不敢相信你竟然沒有求婚。」唐娜說。

---

40 Rightmove，英國倫敦的房仲業者。

41 Terry's Chocolate Orange，外型做成柳橙形一瓣一辦的巧克力。

「來日方長，」克里斯說，「而且我得先把鑽戒買好。」

比起其他的東西，氣味率先朝他們衝了過來。就目前推測，屍體是從二十七日晚間躺到現在。那就是五天過去了。克里斯與唐娜來到車子旁邊。一名叫艾美．皮曲的鑑識人員跟他們打了招呼。

「新年快樂。」艾美一邊說，一邊小心地把一只染血的頭枕放進塑膠容器中。

「佳節愉快。」克里斯說。「這就是夏瑪先生嗎？」

「根據他打凸到快要變成紙雕的名片，是的，」艾美說，「他手帕上的姓名縮寫也證實了這一點。」

子彈直射過駕駛座的擋風玻璃，然後從頭骨貫穿了可憐的庫戴許．夏瑪。噴濺到副駕車窗上的血液，早就在嚴寒中凍成玫瑰色的冰晶。

克里斯可以從結凍的輪胎痕判斷出有另一輛車來過。兩輛車來到了這條前無去路的僻靜林徑上停著，時間點就在聖誕過後的幾天。他們來這兒幹嘛？辦正事？還是來找樂子？無論如何，有個人死在這裡。

觀察胎痕，克里斯判斷一輛車在大功告成後從這裡倒了出去，也倒回了正常的生活。至於另外一輛車則開到了人生的終點。

他勘查現場。這裡與世隔絕到有點妙不可言。方圓幾英里內杳無人煙。一路上都沒有監視器——你想殺人的話這裡是絕佳的場所。他看了一眼車窗。上頭只有一處彈孔的車窗。

「看起來是專業人士所為。」他說。唐娜盯著屍體。她發現了什麼艾美．皮曲漏掉的線索嗎？

克里斯與艾美．皮曲曾經在歡送一名同事的派對後，挾著醉意共度了一晚，當時兩人的狀況都算不上多好。艾美吐在克里斯的沙發上，但那只是因為克里斯在浴室的地板上睡著，卡死了浴室門。那之後兩人面對彼此都默默地有點尷尬。那一晚的事情永遠不會有人知悉，但他們之間的無地自容之舞無疑會一直跳到兩人退休，或是嗝屁。但即便那樣，也好過把這往事提起。

「判斷這點是你的工作，不是我的。」艾美說。「但你說得也沒錯，這一票做得乾淨俐落。」

艾美如今已嫁做人婦，老公是來自沃德赫斯特[42]的訴訟律師。克里斯最終處理掉了那整張沙發。

在小徑上繼續往前走，保留在冰面上的胎痕正在做模印，當作態樣物證。[43]如果這個案子真的是專家所為，那這點證據也沒法兒讓他們查出什麼。遲早會有某輛被擦乾淨了指紋的贓車浮出檯面。不知道是誰將之棄置在沒有監視器的停車場。或是被壓扁在某個在地又親切的汽車報廢場。多年的經驗叫克里斯不要妄下定論，但這橫看豎看都像是毒販之間一言不合開槍，所有的正字標記都擺在那兒。

好吧，正字標記還是少了幾樣。一名毒販如果重要到會被殺，那他開的通常會是黑色的

42　Wadhurst，東薩塞克斯郡地名。

43　Pattern evidence，又稱型態性證據，為鑑識術語，指的是在刑案現場，因犯罪行為所造成在空間或平面位置上的特定態樣或形狀變化，且可當作證據者。

Range Rover，而不是紅色的Nissan Almera。所以或許他們看到的還不是事情的全貌。

「我見過他。」唐娜說。

「庫戴許．夏瑪？」

「就在我們調查維京人的時候。」唐娜說。

「天啊，」他說，「那不是才最近的事情嗎？」

唐娜點了點頭。「我是跟史提芬一起去的。伊莉莎白的先生。」

「我怎麼一點都不意外。」克里斯說。「也許這個案子我們可以換換口味，別把伊莉莎白跟她的快樂夥伴扯進來？」

「啊，」唐娜說，「想得美。他是個好人。你聖誕節真的買了園藝用的手套給我媽嗎？」

「她自己說她要的啊。」克里斯說。

唐娜搖起了頭。「每次我以為我把你訓練好了，你都會讓我見識到什麼叫前路迢迢。」

他們一起沿著小徑折返。唐娜陷入了深思。

「妳在想庫戴許的事嗎？」克里斯問。「我很遺憾。」

「不，」唐娜說，「我在想，你跟那名鑑識官怎麼感覺怪怪的？」

「哪裡怪？沒有啊，」克里斯說，「我們就是同事啊。」

唐娜揮起了到此為止的手。「最好是，這點我們要再討論。」

「這案子別告訴波格丹，拜託，」克里斯說，「他一定會告訴伊莉莎白。」

「我保證，」唐娜說，「只要你也保證你跟那名鑑識官沒有過什麼牽扯不清。」

第九章

「他們瞄準他的頭部，」這麼說的波格丹埋首在棋盤上。「一槍斃命。」今天是個好日子。史提芬記得他是誰，史提芬記得西洋棋。新的一年有了好的開始。

「好慘，」史提芬說，「可憐的庫戴許。」

「好慘，」伊莉莎白邊附議，邊端著兩杯茶走進了客廳。「波格丹，我只幫你放了五顆糖，你應該要減量了。就當是新年新希望。有嫌犯嗎？」

「唐娜說是專業的，」波格丹說。「是狙殺。」

「嗯嗯，」伊莉莎白說著看向了丈夫，欣慰地看著他眼中那如今經常不知所蹤的光輝。「庫戴許是那種會跟人有恩怨的類型嗎？」

史提芬點了點頭。「喔，絕對是。你說庫戴許？是到不能再是。我沒幾天前才見過他，妳知道吧？」

「我們是一起去見他的，史提芬。」波格丹說。「他幫了很大的忙。非常客氣的老先生。」

「你的話我尊重，老弟，」史提芬說，「但他鬼主意很多也是事實。」

「而且還有人闖入了他的店內？」伊莉莎白說。「我應該沒有聽錯吧？是在他們殺了他之前還是之後？」

「唐娜說是之後。」

「但他們沒找到他們要的東西。」伊莉莎白說。「即使如此，殺了他還是很怪。唐娜私下還說了些什麼？」

「我不能告訴妳，」波格丹說，「警察公務。」

「胡說，」伊莉莎白說。「工作上跟人腦力激盪絕對是有利無弊。店裡有沒有人目擊？有沒有監視器？」

波格丹舉起一根手指。「等等！」他掏出手機，滑出一則語音訊息，然後按下播放。唐娜的聲音瞬時充滿了房間。

「伊莉莎白，哈囉，我是唐娜。我知道庫戴許跟史提芬是朋友。對了，哈囉，史提芬——」

「真是討人喜歡，那孩子。」史提芬說。

「波格丹已經被三令五申不得與你們分享此案的細節，所以你們平常的那幾招可以省省了——」

「我們平常是哪幾招？」伊莉莎白明顯有點不爽。

「他很清楚把細節告訴妳，自己會有什麼下場。妳是見過世面的女子，伊莉莎白，妳肯定猜得到那些下場會是什麼？」

史提芬朝波格丹挑了下眉頭，波格丹點了個頭，意思是「沒錯」。

「……所以麻煩妳就讓我們好好辦案，我會非常感激。我愛大家，先掰了！」

波格丹放下手機，抱歉地朝伊莉莎白聳了聳肩。

「波格丹，她嚇唬你的啦。有你這種性伴侶，我才不會做分手那種拿槍射自己腳的事情，不信你去照照鏡子。別生氣喔，史提芬。」

「喔，我沒事。」史提芬說。「你看看他壯的。」

「我答應過，」波格丹說，「我受約束。」

「天啊，男人在符合自己利益的時候，還真是高尚呢。」伊莉莎白說得火都上來了。「波格丹，你可以在這裡待上兩小時嗎？幫我看個家。」

「是可以啊。」波格丹說。「妳要去哪？」

「我要先去接喬伊絲，然後去庫戴許的店裡看看。感覺我不自己跑一趟不行。」

「妳不能就把事情交給唐娜跟克里斯嗎？」

「老實講，」伊莉莎白說著套上大衣，「真的超浪費大家時間。」

「親愛的，去那兒走走妳也開心啊。」史提芬說。

「那不是重點。」伊莉莎白說。

「替我跟庫戴許打個招呼，」史提芬說，「告訴他我說他是一條老狗。」

伊莉莎白走到丈夫身邊，在他的頭頂親了一下。「我會的，親愛的。」

第十章

庫戴許的店已經面目全非。到處都被翻箱倒櫃，東西也被砸碎。有人來找某樣東西，找不到就發脾氣。唐娜並不想太過深究這裡肯定失去了的一切。她想要多想點開心的事情。

「新年有什麼新希望嗎？」她問起克里斯。唐娜的新年新希望是假裝學一下波蘭文，努力到一個讓波格丹能在她放棄時也不便苛責的程度就好。

「我要去海邊游泳，天天，」克里斯。「那對人好得不得了。血液循環、關節、有的沒有的。」

「你絕對不可能天天去。」唐娜說。

「妳低估我了，」克里斯說，「妳完全看錯我了。」

「那你今天要去游嗎？」

「嗯，今天嘛，今天就不了。」克里斯說。「我們今天有工作，不是嗎？」

「那你昨天有去游嗎？」

「昨天我們在勘查命案現場，唐娜。」克里斯說。「所以，沒有。但其他的日子我都會去。」

他們穿過店內，進到了後面的辦公室，那兒也被攪了個天翻地覆：他們看到抽屜被拉開，紙張散落一地，一個偌大的綠色地板保險箱被撬開來。

「我的天啊。」唐娜說。在腦海中，她仍能看見庫戴許・夏瑪的遺體穿著西裝，還有那件釦子開得之低，讓人不知道該往哪兒看的絲質襯衫。事實上她看背影就認出他來了，那顆光亮的禿頭仍完好無缺。唐娜上一次見到他——其實也是第一次——就是在這家店裡，當時她是跟波格丹與史提芬一起來請他幫忙追查一些珍本書的下落。庫戴許有不可告人的一面嗎？肯定有。他跟毒品有關嗎？唐娜看不出來。但無論如何他們這會兒來到了這裡，在這滿目瘡痍的店內調查著他死於專業殺手槍下的內情。

「有人來這兒想找到某樣東西，嗯？」克里斯說。

這隱約透露著他或許扯上了他不該扯上的某樣東西。

「而且是在他們殺了他之後。」唐娜說。在地的警察接到報案，在十二月二十八日大約中午來到店裡——距離有人把一顆子彈送進庫戴許的腦袋裡，大概只隔了幾個小時。唐娜想起波格丹買給她的女神雕像，那尊庫戴許以愛之名半賣半送，最終只收了波格丹一英鎊的雕像。他的死會讓那尊雕像變得觸楣頭嗎？唐娜希望不至於。

與波格丹共度的聖誕節，對她來說就像美夢成真，或者該說比美夢還更好一點。嗯，也許有一點點小缺憾：他送她的聖誕禮物是四輪摩托車課程。

「所以有人約了庫戴許見面。」克里斯說。

「庫戴許有他們要的東西，他們也有庫戴許要的東西。錢，先這麼假設。」唐娜這會兒翻閱起一本收據簿。

「兩輛車子開進了林徑，停了下來。我們的殺手走出了自己的車子，一顆子彈射穿了擋風玻璃，然後取走了庫戴許手裡殺手要的某樣東西？」

「除非庫戴許此行沒有帶上那樣東西，我是說東西不在他的車裡。比方說，他把東西留在了這裡。」

收據簿顯示庫戴許的店在十二月二十七日非常安靜。只成交三樣物品。一盞燈，收現七十五鎊；一張「無落款的海景」，由一名「泰倫斯．布朗」刷卡九十五鎊，再就是「綜合湯匙組」，賣了五鎊。

唐娜注意到有支手機被卡在暖氣後面。她先是納悶庫戴許怎麼沒有把手機帶在身上，然後想起他已經是個八十歲的老人家。無論如何，他都不嫌麻煩地把手機藏在那兒，所以或許那當中會藏著什麼有趣的內容。她緩緩將之拔了出來，放進證物袋裡。

當然庫戴許作了多少沒留紀錄的交易，都是有可能的。這點他們可以透過監視器去確認。只不過萬一店內的監視器是連線到庫戴許的電腦硬碟上的話，那他們就不太走運了，因為那台硬碟已經躺在空空如也的保險箱旁，支離破碎。

「所以問題是，他們究竟在找什麼？庫戴許手裡的東西是什麼？」

「還有，」唐娜說著又看了空保險箱一眼，「他們找到了嗎？」

他們一邊走出辦公室，唐娜一邊看向安裝在店內的監視攝影機。那機器看起來滿像回事的，而她只希望錄下來的東西能在某個地方有份備份，不要只存在辦公室的電腦硬碟碎片裡。

她聽到外頭傳來熟悉的人聲。克里斯也聽到了。

「來吧？」唐娜問。

「不去也不行了吧。」克里斯說。

第十一章

伊莉莎白與喬伊絲一直無法進入庫戴許的店內。警方的封鎖線仍拉在店門前，破窗上也釘上了大大的木板。這裡可是布萊頓，所以那些板子上已經滿是塗鴉，有人在上頭寫著讓資本主義燒光光吧，也有人在板上貼上了海景第一排的夜店廣告單。伊莉莎白試著在某張板子下面找到些施力點，但沒能得逞。

「妳應該帶把斧頭來的，」喬伊絲說，「我覺得妳跟斧頭會很搭。」

「不要開玩笑了，喬伊絲。」伊莉莎白說。

喬伊絲抬頭看向了閉路電視的鏡頭。

「閉路電視攝影機！」

「不用那麼興奮，」伊莉莎白說，「一個人如果專業到可以隔著前擋風玻璃用一顆子彈幹掉一個男人，就一定不會業餘到忘記讓監視器失效。我們的對手不是三歲小孩。」唐娜與克里斯從側邊的巷弄冒了出來。

「有什麼需要幫忙的嗎，兩位女士？」唐娜問。「我們是警方人員，靠調查犯罪為生，很高興認識妳們。」

「我們只是逛街，想看看窗戶裡有什麼商品。」伊莉莎白解釋著。

「新年快樂！」喬伊絲說。「謝謝妳送我的銅狗，唐娜。」

「妳喜歡就好。」唐娜說著看向了伊莉莎白。「我以為我已經很禮貌地請妳不要插手這案子了？至少以我的標準算禮貌了吧？」

「禮貌到不能再禮貌了，」伊莉莎白沒有異議，「讓我非常以妳為榮。」

「但是——」克里斯以身體代手先比了比兩位女士，又比了比被洗劫過的店鋪，「我們還是集合在了這裡。」

「我意識到我從來沒有來過庫戴許的店，」伊莉莎白說。「我想說我應該要即知即行才對。唐娜，妳近期自然來過這裡，在波格丹與史提芬的陪同下。那是場沒有經過批准的小冒險，所以我想說我自己也可以來一遍。」

「我不覺得史提芬出來冒險需要妳的批准。」唐娜說。

「我的批准是指妳跟波格丹，親愛的。」伊莉莎白說。

「我不覺得我需要——」

「我是確實喜歡骨董。」喬伊絲說。「傑瑞蒐集過馬蹄鐵。他最後的收藏多達七只還是八只。」

「嗯，跟平常一樣，妳似乎有屍體磁鐵的體質。」克里斯說。

「那可不，」伊莉莎白說，「它們老是喜歡朝我靠過來。監視器有用嗎？」

「現在還不清楚，」克里斯說。「或者那不關妳的事情。兩種答案看妳喜歡哪個。」

「我的看法是，」喬伊絲說，「誰有這個專業在鄉林幽徑中用一槍了結了庫戴許，誰就不會業餘到忘記處理掉監視器。」

「那是妳的看法嗎，喬伊絲？」伊莉莎白確認了一下。

喬伊絲這會兒望向貼在木板上的一張彩色夜店傳單。「我在想這上面說的『卡咚』[44]是什麼？」

「我想這條路過去一點有家咖啡店，」克里斯說，「妳們應該會喜歡那裡。」

「喔，咖啡店耶。」喬伊絲說。

「我們是來辦正事的，克里斯，」伊莉莎白說，「史提芬的朋友被殺了。你覺得你可以用家咖啡店打發掉我們嗎？」

「我們也是來辦正事的，」克里斯說，「而且這是我們的工作。我相信妳可以理解的。」

「我完全可以理解，」伊莉莎白說，「我們就不打擾你們繼續了。但你們要是有什麼發現，可以告訴我們嗎？」

「我的老闆不是妳，伊莉莎白，」克里斯說。

「抱歉。」唐娜說。「他覺得妳有一點搶掉了他的男性雄風。甚至連我都有一點這種感受——雖然照理我是沒有什麼雄風可搶啦。但總之或許這一次，妳就讓我們自己來傷腦筋吧。」

「你們自己說的喔，」伊莉莎白說，「那我們也不用什麼都分享了。」

伊莉莎白把喬伊絲的手勾起，拉著她就朝咖啡店而去。

「妳剛剛的反應還真平靜，」喬伊絲說。「我還以為妳會多講兩句。」

「我上來時就注意到了那家咖啡店，」伊莉莎白說。「櫥窗裡的蛋糕……」

---

44 歌手Iceboy Ben在二〇二〇年發表的一首單曲，英文名叫Ket Donk。

「太好了，」喬伊絲說。「我從上午茶[45]之後就沒吃東西了。」

「……跟店外頭的監視器。」

喬伊絲朝她的朋友露出笑容。「那我們可以各取所需囉？」

「正有此意，」伊莉莎白說，「而且我們剛剛才說好了不用什麼都分享喔。」

45 Elevenses，在英國指早餐與午餐之間的點心，時間大概落在十一點左右。

第十二章

康妮·強森拆開了伊博辛寄來的聖誕禮物。那是一本皮革裝訂的黑色小筆記本。

「妳常在電視上看到這玩意，對吧？」伊博辛說。「毒販都喜歡在身上帶本本子。裡面記些數字、交易，諸如此類的。電腦沒法兒讓人相信，那防不了執法單位。所以我一看到這本子，就立刻想到妳。」

「謝了，伊博辛。」康妮說。「我本來也想給你買點禮物，但監獄裡能下單的只有搖頭丸與ＳＩＭ卡。」

「別客氣，」伊博辛說。「況且妳本來也不該買禮物給妳的諮商師。」

「那諮商師就應該買筆記本給毒販嗎？」

「嗯，聖誕節嘛。」伊博辛說。「不過如果妳真心想送我點東西的話，我倒是有兩個問題想要請教妳，不知行不行？」

「我猜你的問題跟我的童年沒關係吧？」

「是關於一件謀殺案的問題。伊莉莎白讓我把問題寫了下來。」週四謀殺俱樂部昨天的例會，完全稱得上是熱鬧又刺激。按照伊博辛的看法，昨天的會議稱得上是童叟無欺，完全有做到週四謀殺俱樂部寫在鐵罐包裝上的廣告用語。「我保證我們會有時間聊妳的童年。」

「問吧。」康妮·強森說。

「讓我假設一種狀況，」伊博辛說，「我們三更半夜人在偏僻鄉間的林地深處，一條小徑的尾端。現場有兩輛車。」

「打野炮。」康妮說。

「不是野炮，我想。」伊博辛說。「開A車的骨董店老闆……」

「我最討厭骨董店老闆。」康妮說。

「……待在駕駛座上，而B車上的某人走到了A車的擋風玻璃前，一槍射穿了骨董店老闆的頭部。」

「就一槍？」康妮問。「致命傷？」

「一槍斃命。」伊博辛證實了這點。他覺得這四個字說起來莫名有種快感。

「這個話題好，」康妮說，「我的童年改天再聊吧。」

「B車就此消失，它從何方來的，就又回到了原處……」

「我認識的人裡，沒有哪個會說『何方』。」康妮說。

「那妳真應該拓展一下社交圈。」伊博辛說。「幾個小時後，那名骨董商的店面就被闖了空門。」

康妮點了頭。「了解，了解。」

「沒有可用的指紋，第一現場與店內都沒有。」

「很正常。」康妮說著在新本子裡做起了筆記。

「喔，妳已經讓它派上用場了，很棒。」伊博辛說。

「那監視器呢？」

「店裡沒有，但在山坡下某家喬伊絲說馬卡龍很棒的咖啡店，監視器捕捉到了一個身穿昂貴大衣的男人。我們知道這一點，但警方目前尚未掌握這項情報。」

「那還真是讓人驚訝，」康妮說。

「那男人走進去吃了東西，還跟咖啡店老闆娘聊了兩句。老闆娘叫路薏絲，如果妳要記筆記的話。」

「我不用，」康妮說，「有問題我會問。」

「好消息是路薏絲說她寧可不要跟警察說話，因為Covid-19就是場騙局，」伊博辛說。「或大概是這個意思。話說，雖然我們不能百分百確定這男人去了骨董店，但他確實是從骨董店的方向走下來的，而且他在要付帳時，從口袋裡掏出了五十來鎊的現金，所以路薏絲推想他應該是去過了骨董店。我也傾向於認為這年頭，會用現金付帳的人類已經不多了。」

「那真是噩夢一場，」康妮說，「就連我現在都得收Apple Pay。他講話有口音嗎，那個男人？」

「利物浦口音，」伊博辛說。「來自利物浦的。」

康妮再次點了點頭。「你知道你偶爾會解釋過頭嗎？」

「謝謝妳的提醒。」伊博辛說。「主流的看法，我們固然不應該盲目地遵守，但主流之所以會成為主流，偶爾也不是沒有其道理的。像在此案裡，主流的看法就是這宗命案帶有各種專業處決的正字標記，而我在想妳對這種看法，會不會有什麼高見？」

「確實我還真有個高見，」康妮說，「你算是問對人了。鄉間小徑、一槍斃命、專業行兇。沒有其它管道的時候，骨董商人脫手贓物的最佳幌子。你保證警方還沒掌握這些資訊？」

「他們仍舊在狀況外。」伊博辛說。

「ＯＫ，那麼打扮入時的利物浦人可能會是一個叫多明尼克・霍特的男人，他在紐黑文經營海洛英生意。現在就住在這附近，房子在海邊。他們應該有用那家店當丟包處：『這海洛英替我們顧二十四個小時』的那種地方。多姆・霍特平常不會自己去送貨，但誰都有不小心的時候。」

「這個多明尼克，他有老闆嗎？」

「有，也是個利物浦人，米契・麥斯威爾。」

「他們是那種會殺人的類型嗎？」

「喔，天啊，絕對會。」康妮說。「或至少是那種會花錢請人殺人的人。」

「一樣意思。」伊博辛說。

「喔，不一樣喔。」康妮說。「親手殺人與雇人殺人完全不一樣。」

「妳要這麼說，好吧，我們就得在療程中找時間討論這一點，」伊博辛說，「因為這兩者是完全一樣的。」

「我們就先尊重彼此的不同看法吧。」康妮說。

「妳知道我可能在哪裡找到他們嗎，這個多明尼克・霍特跟米契・麥斯威爾？」

「知道。」康妮說。

「妳願意稍微展開來說說嗎？」

「不，我覺得我可以把剩下的事情交給你去處理。」康妮說。「你告訴我有個骨董商人被殺，而且當天他曾把現金交給一名來自利物浦的時尚達人。我跟你說了海洛英，也說了多明尼克・霍特與米契・麥斯威爾的名字。再多講，我就變成抓耙仔了，伊博辛。發誓要守密的不是只有你。」

「我不覺得妳真的開口發過什麼誓。」伊博辛說。「而多姆．霍特不是妳的對手嗎？」

「不，他賣的是海洛英，我賣的是古柯鹼。」

「這兩個世界不會偶爾產生交集嗎？」

康妮看著伊博辛，好似看著一個瘋子。「他們有什麼天大的理由能產生交集？聖誕節喝一杯也許。但當然今年是沒辦法了。」

伊博辛點了點頭。「但如果我發現了什麼資訊，妳會希望我讓妳知道嗎？」

「非常希望。」康妮說。「那我們可以繼續療程了嗎？我一直按你所要求的，在思考我爹的事情。」

伊博辛再次點了點頭。「那妳有感覺到生氣嗎？」

「非常生氣。」康妮說。

「太好了。」伊博辛說。

第十二章

喬伊絲

在古柏切斯的內部刊物《切入正題》中，他們常常會把準備搬進來的新戶姓名印出來。當然他們會先取得許可，而這除了確實是個在你跟搬家公司的廂型車一起出現之前，先跟整個社區打聲招呼的好辦法，也讓我們有了機會可以預先八卦一下。

總之，下禮拜會搬進來一個人，叫艾德溫．梅亨。

艾德溫．梅亨！[46]

那肯定是個藝名吧，是不是？也許他是個魔術師，或特技演員？也許他會是個一九六〇年代大明星？無論如何，他都會是我《喬伊絲精選》專欄的絕佳主角。這個月我訪問了一名游泳橫渡英吉利海峽的女士，當年他們一開始忘了幫她計時，所以她只好隔一個月再游了一次。她現在仍有游泳的習慣，在游泳池裡。

我肯定會披荊斬棘開出一條路，到艾德溫．梅亨的門口。我會給他兩天安頓一下，把家具擺成合他意思的模樣，然後我就會帶著檸檬蛋白霜跟訪談記事本前往。

時間晚了，我望出窗外，看著燈光一盞盞熄滅在東一個西一個的窗內。但還是有些人跟我一樣醒著。古柏切斯看上去就像一幅降臨曆。[47]

我今年選了一盒吉百利巧克力[48]的降臨曆，同時我也在十一月底寄了一盒給喬安娜。喬安娜說吉百利改了他們做巧克力的方法，所以她不吃了，但我實在是嘗不出差別。她以前喜歡吉百利的牛奶巧克力，非常喜歡，但你現在得隔很久很久才聽得到她說上一句。也許明年我會給她買一盒裡面是滿滿鑽石或鷹嘴豆泥的降臨曆。

這會兒我又看向了我的保溫瓶。預祝來年沒有人被謀殺。那樣肯定挺好的。或者那樣好嗎？我有點想不起來自己在這麼些謀殺案之前是怎麼過日子的了。我記得我原本準備要去學打橋牌，但那現在已經排不上號了。我存在Sky Plus[49]上的《摩斯探長》集數愈來愈多，多到我都不知道該怎麼辦了。但庫戴許挺可憐的就是了。

逼近八十大關，你真的不用愁想死沒有辦法，還要在那上頭再加上一個謀殺，感覺真的有點不講武德。他們開槍打死了他，所以他顯然惹到了誰。我問伊莉莎白怎麼知道這麼多細節，她說她在一個WhatsApp的群組裡，那兒可以聽說很多事情。我是最近才發現有WhatsApp群組這種東西。我目前屬於一個「遛狗者」群組跟一個「在肯特被目擊的在地名人」群組。我必須把「我孫子跟我說的事情」群組關靜音，因為我覺得那裡面主要都是在放

---

46 梅亨的英文拼法同mayhem，有騷動、混亂之意。

47 Advent calendar，從聖誕節回推四個禮拜的主日，就是降臨節（advent），而從降臨節倒數到聖誕節的月曆，就叫做降臨曆，也叫聖誕曆。後來為了統一及簡化，降臨曆被改成從十二月一日開始，二十四天後就是聖誕夜。降臨曆多以紙盒製成，上有二十四個小隔間，每日可以開啟一格，並從中取出裡頭的禮物。

48 Cadbury，英國老牌的糖果品牌。

49 Sky Plus是衛星電視供應商Sky的錄影服務，可供訂戶利用機上盒錄製、暫停和倒帶直播中的電視。

閃。一個八歲的小孩說，「奶奶，妳看起來跟公主一樣」？不好意思我實在不太相信。我不應該這麼酸的，我知道。

我們關於手邊謀殺案調查的第一條線索，是一個叫做多明尼克．霍特的男人。他開了一家叫做薩塞克斯物流的公司，地點就在距離所有大港都很近、位置很方便的工業園區裡，所以伊博辛會在葬禮隔天開車載我們過去那兒，我們會看看那裡有什麼可觀之處。就像是去蹲點盯梢似的。伊莉莎白會是我們的智囊，伊博辛會是我們的車手，而我會是點心擔當。朗恩抱怨他都沒事可做，但伊莉莎白說他只要在場就能為活動增色，而這話似乎也讓他的臉沒那麼臭了。

朗恩近來一週左右，沒有最彆扭，只有更彆扭。他在聖誕期間跟寶琳吵了一架。他不肯跟我說是怎麼回事，但伊博辛說那跟禮物該什麼時候拆才對有關。朗恩說是早餐後馬上開，但寶琳說要等到午餐以後，然後兩個人就這樣吵得不可開交。伊博辛在聖誕節晚上跑去找他們，他們甚至都不肯跟他玩比手畫腳，而朗恩不會不知道伊博辛有多愛玩比手畫腳，所以他們這一架肯定是挺嚴重的。我記得伊博辛比過一次比手畫腳的謎底是《格雷的五十道陰影》，看過的人都表示大開眼界。

伊博辛的聖誕晚餐是一個人吃的，他說他就喜歡那樣。我有請他過來跟我吃——我的鵝肉絕對吃不完——但他說他其實不是很相信聖誕節這一套。感性過了頭。但你還別說，當他過來帶艾倫去散步時，頭上還是戴著一頂聖誕老公公的帽子。

伊莉莎白不用說，自然是在家守著史提芬。我沒從她那兒問出什麼，只聽她說她拿了一些火雞肉給習慣了來找他們的小狐狸吃。他們給小狐狸起了個名字叫「小雪」，因為牠有白色的耳尖。只要是躺在地上，牠都覺得自己有保護色，隱藏得很好，但牠的小狐狸耳朵總是會讓他破功。牠每天都會來，而且每天都離前院愈來愈近。牠現在應該就在外頭，在黑夜中的某處。

明天在庫戴許的喪禮上，我會見到他們每一個人。我們不算真正認識他，但他身邊已經沒有親人了，所以你會想要盡可能幫他把座位填滿一點，是不？今天換做是你死了，你也會希望別人這樣幫你。

說好的「沒有謀殺案」呢，喬安娜，不過我明天會用上妳送我的保溫瓶。火化場內往往都感覺有陣陣陰風。

第十四章

現在是一月四日，早上八點三十分，警方人馬已經被告知要在費爾黑文警局的案情室集合，為的是討論他們在庫戴許．夏瑪命案調查上的進展。

克里斯理應站在最前面發號施令，討論案情的各種可能性，掌控麥克筆與白板，但今天早上的事態有點令人意外。

這個意外，說白了就是國家犯罪調查署[50]高級調查官吉兒．里根。這件命案現在已經擺明了歸吉兒．里根管——至於理由，他們還沒有誰能夠想得出來。

一名來自布萊頓的骨董店老闆在肯特遇害。這跟國家犯罪調查署有什麼關係？跟高級調查官吉兒．里根又有什麼關係？

此時她正在克里斯的白板上，用克里斯的麥克筆寫著東西，唐娜可以感覺到克里斯像一隻怒髮衝冠的豪豬。

「所以我們現在掌握了些什麼？」吉兒．里根說。「我們現在有開了平方根還是零的零。命案過了一個禮拜多一點，我們還是毫無頭緒，更沒有任何證據，而且我們也沒有——」吉兒緩緩地環顧了集合在案情室裡的警察部隊，「任何情報或智商可言。」[51]

「她真是討人喜歡啊。」唐娜跟克里斯咬起了耳朵。

吉兒接著講。「我們沒有骨董店的監視畫面——至少沒有救得回來的。林徑上的胎痕也對我們毫無用處——是說胎痕這東西何曾有用過？沒有指紋，沒有能用的ＤＮＡ，沒有目擊證人，然後我這兒只有滿屋子屁股黏在椅子上的條子。」

「不是妳叫我們坐下的嗎？」唐娜說。

「我那是一種比喻，別跟我說妳沒聽過。」吉兒說，「四天了，案情沒有一點進展。這種狀況到此為止了。今天中午，我會有一支團隊從NCA過來，而你們通通被解除任務了。這個房間將成為你們的禁區。我的辦公室——克里斯，我有權徵用你的辦公室——也禁止閒雜人等進入。有問題嗎？」

克里斯作勢想要舉手。「我有問題，就是那個——」

「我開玩笑的，」吉兒說，「不准有問題。感謝各位這麼早來。請去看你們南部這邊有什麼犯罪，自己找案子去辦。」

團隊開始解散，其中有些人樂得偷得浮生半日閒。克里斯留了下來，所以唐娜也跟著沒有走開。

「這是怎麼回事？」克里斯追問起吉兒。

「什麼事都沒有，」吉兒說，「現在的問題就是什麼進展都沒有。」

克里斯搖了搖頭。「沒門兒。這一定有什麼蹊蹺。肯特出了件命案，他們會把NCA叫來？」

「我不知道該怎麼跟你說，克里斯。」吉兒說。

50　National Crime Agency，簡稱NCA，是英國成立於二〇一三年的犯罪偵查機構，號稱英國版的FBI。

51　情報跟智商在英文裡都可以叫 intelligence。

「妳需要我幫妳做個簡報嗎？關於我們至今所知的一切？」

「不用了，謝謝你。」吉兒說。「我們沒問題。我們只需要一點安靜跟不受打擾，那樣就很夠了。讓我們有機會把我們的工作做好。你們有找到他的手機嗎？」

「誰的手機？」克里斯說。「庫戴許的嗎？」

「哇嗚，」吉兒說，「這腦袋還真是銳利得像剃刀啊。當然是庫戴許的，不然咧。」

「他身上沒有，」克里斯說。

「店裡也沒有嗎？」

「如果我們在店裡找到過手機，它會被登錄成證據，長官。」唐娜說。她原本昨天要把手機送去登錄的，但證據室昨天沒人顧。總算有一次，唐娜覺得警局預算不足是件值得謝天謝地的事情。

「這跟組織犯罪有關係嗎？」克里斯瞎猜了起來。「跟你們已經在調查的某件國際毒品案有什麼交集之處？」

「就算是那樣，我也不可能告訴你，你說是吧？」吉兒說。「那麼，我想你們一定有你們可以去忙的事情吧。」

「欸，還真沒有。」唐娜說。「班納登[52]附近有人被偷了一匹馬。」

「那就去調查啊。」吉兒說。「我不想看到你們兩個圍著案情室打轉。哈德森探長，他幫你在停車場裡的組合屋中弄了一個臨時辦公室。你可以去玩沙了。」

「所以庫戴許・夏瑪的案子我們就這麼不辦了嗎？」克里斯說。

「那讓我們專業的來就好，」吉兒說，「你們就安心去找那匹可憐的馬吧。」

察覺到今日可能不宜戀戰後，唐娜領著克里斯出了案情室，走到局裡主要的樓梯間。

「妳怎麼看？」他說。

「現實裡竟然真有人這麼機車？」唐娜說。

「英雄所見略同，」克里斯說。「這種人算是一心求死了吧，我是說社死。但她為什麼要這麼想不開呢？」

「關於庫戴許的命案，她好像有什麼事情不想讓我們知道？」

克里斯點了點頭。「那感覺好像是我們應該去調查的事情，是吧？」

「一樣一樣來，」唐娜說，「我先去置物櫃拿庫戴許的手機。」

克里斯又點了個頭。「我們可以很快追蹤一下他的通話紀錄。然後再直接去班納登找馬。」

52　Benenden，肯特郡地名。

第十五章

喪禮上只坐滿了兩排。庫戴許並不是個虔誠的印度教徒，或應該說他根本不是虔誠的任何東西，由此他對身後事僅有的交代就是簡單火化，並由他死去妻子曾在超速覺悟課程[53]中見過一面且非常喜歡的一名英國國教牧師主持（「約翰什麼的，來自霍夫，我相信你們查得到的」）。

坐在前排的有喬伊絲、伊莉莎白、朗恩與伊博辛。坐在他們四個後面那排的有克里斯、唐娜、波格丹，外加一個只自我介紹叫「大戴夫」，戴帽子的男人。莫名被找來的牧師顯得驚魂未定，但還是努力在主持程序。

「庫戴許是個店老闆，是個熱愛骨董的男人。他來自布萊頓，所以他肯定愛過海……」伊莉莎白判定她多半可以跳過這一節，也不會有什麼損失，所以就轉頭去跟後排的克里斯搭話。

「來分享情報吧。」她壓低聲音說。

「我們在葬禮上。」克里斯跟著壓低了聲音。

「他住在奧文丁[54]的一間平房，」牧師接著講，「庫戴許顯然不是個喜歡爬樓梯的男人——」

「OK，」克里斯說，並對伊莉莎白點了點頭，「妳先。」

「我覺得我們的情報應該會比你的好，」伊莉莎白說，「所以，沒有不敬之意，但還是你先吧。」

「感謝妳的沒有不敬。」唐娜說。

「她是對的，以此例而言。」伊博辛轉身加入了對話。「我們掌握了很大一片你們沒有的拼圖。」

「是嗎？」克里斯說。「我甘願賭賭看。我們這邊的進展也不錯。」

「那麼現在請大家跟我一起禱告。」牧師說。「庫戴許要嘛是個沒有信仰的人，要嘛就是個信仰得非常低調的人，但我們不能排除後者的可能性。我們的天父……」

牧師繼續硬掰，伊莉莎白與克里斯則繼續著悄悄話，頭還低了下來。

「監視器是好的嗎？」伊莉莎白說。「你們知道命案當天去找庫戴許的人是誰了嗎？」

「還不知道。」克里斯說。

「這就有趣了，因為我們知道。」

「不，你們不知道。」唐娜說，但這並不影響她閉著眼交扣雙手在禱告。「他們在唬人，克里斯。」

「阿門。」所有人一起為禱告畫下了句點。

「那麼現在，」牧師接著說，「請務必跟我一起默哀，一起緬懷我們的朋友庫戴許・夏瑪。不然就請繼續在下面竊竊私語。你們對他都比我熟，雖然我確實很中意他那跟我有過一

---

53 Speed Awareness Course，超速覺悟課程的目的是讓學員了解開快車對自身與旁人所造成的危險，進而降低學員未來開車超速的可能性。

54 Ovingdean，東薩塞克斯郡地名，在布萊頓與霍夫旁邊。

面之緣的太太。」

克里斯頓了兩拍，然後繼續話題。

「老實講，」克里斯說，「這次我們可以搞定的。調查才過了五天，而我們有一支團隊在努力不懈，一支很優秀的團隊，裡面所有成員的智商都在水準之上，此外我們還有不放過任何線索的鑑識人員。不論這當中有什麼內情，我們都一定會釐清。不是靠變魔術，而是苦幹實幹。」

「所以你跟咖啡店的路薏絲聊過了嗎？」終於出手的喬伊絲問道。「很好。」

「妳說什麼聊過……跟誰？」被殺了個措手不及的克里斯說。

「路薏絲，」伊莉莎白說，「路往下走的那家咖啡店老闆娘啊？那間你打發我們去的咖啡店，記得嗎？你們去問過她了嗎？」

「是，」唐娜說，「我去問過她話了。警察的工作就是要問話。」

「但那就是問題所在，是不，」伊莉莎白說。「不是每個人都信任你們，天曉得為什麼。我覺得你們把警察工作做得很好，當然總會有少少的幾個害群之馬，但不是每個人看法都跟我一樣。所以也許老闆娘會對你們比較保留，但願意對兩個來喝茶配切片蛋糕的老太太全盤托出？」

「其實我們是吃了個馬卡龍。」喬伊絲說。「注意細節，伊莉莎白。」

「接下來，」牧師說，「我相信有位庫戴許的友人要說兩句話。波格丹．楊科夫斯基。」

喬伊絲用掌聲表示著她的喜悅，歡迎波格丹走到前面。這下子所有人都暫停了咬耳朵。

波格丹用食指試戳了一下麥克風，他很滿意聲音的效果。

「庫戴許是個好人，」波格丹說，「並不是每個人都是好人。」

「好，說得好。」朗恩說。

「他很照顧我，很照顧唐娜，他跟史提芬是好朋友。」波格丹說。「我請史提芬跟我說了說庫戴許的事。史提芬說他善良又忠心。說他在路上被人罵得再難聽都會不會停下腳步。史提芬說他是個狠角色，但是是好的那種。總是笑容滿面，總是樂於助人。所以當著上帝的面，我想說的是……」

波格丹看著眼前的超小群聽眾。

「庫戴許，你曾經是史提芬的朋友，那史提芬的朋友就是我們的朋友。所以我保證我們會查出是什麼人對你開的槍。我們會逮到他們，然後幹掉他們——」

「或是逮捕他們，寶貝？」唐娜趕緊緩頰。

波格丹聳了聳肩。「幹掉他們或逮捕他們。謝謝你，庫戴許。請安息吧。」波格丹在胸前比了個十字。

在他回座位的路上，大戴夫嗚吼一聲叫好，大家順勢為波格丹來了一波掌聲。告別式持續往下走，喬伊絲、波格丹與朗恩又補了一些敬意，甚至是幾滴淚滴。典禮來到尾聲，牧師做了一小段結語。「我感覺我今天來這裡有點多餘，但我還是預祝在場的各位事事順心，並且我也真心希望自己曾認識過他。再會了，庫戴許。」

悼念者開始魚貫離開。

「這個路薏絲跟妳說了什麼？」克里斯問伊莉莎白。

「不好意思，」伊莉莎白說，「我以為我們沒有要分享情報？現在的事實是，我們有目擊者描述了命案當天去見過庫戴許·夏瑪的男人是什麼模樣。你們有嗎？」

克里斯與唐娜面面相覷，然後搖了搖頭。

「再者，我們掌握了一個名字，那個名字的主人完全符合目擊者的描述，而提供這個名字給伊博辛的，是在英格蘭南岸進口毒品的一個大毒梟——」

「但我沒辦法指認這個消息來源喔，」伊博辛說。

「你們手裡有有名有姓的嫌犯嗎？」伊莉莎白說。

克里斯與唐娜又一次互看了一眼，也又一次搖起了頭。

「還有，最後一件事，我聽說國家犯罪調查署已經接手了你們的調查工作，所以你們現在的各種花拳繡腿只是虛張聲勢罷了。你們有這種反應我倒是完全能理解，只不過你們這樣只是在拖調查工作的後腿。」

「妳怎麼會知道——」克里斯開了個頭，但伊莉莎白揮手要他別往下說。

「我不知道你現在在處理什麼案子，」她說，「但肯定不會是庫戴許·夏瑪的命案。」

「班納登有人偷了一匹馬。」唐娜說。

「喔唷。」喬伊絲說。

「所以我們這邊的情報一大堆。」伊莉莎白說。「你們有什麼籌碼可以跟我們交換嗎？」

唐娜從包包裡掏出了一支手機。「我們有他的手機，伊莉莎白。這手機不該在我們手裡，但它現在就是在我們手裡。」

「讚喔。」朗恩說。

伊莉莎白鼓起了掌。「太好了，唐娜，太好了。波格丹真是不知走了什麼運，可以跟妳在一起。我要是有點盛氣凌人我道歉。我會自我檢討的。我們的假設是有一批海洛英被一位多明尼克・霍特送到庫戴許的店裡，而庫戴許出於只有他自己清楚的理由，決定把這批貨偷了，而這就又導致了接下來，有人殺了他。克里斯，這有讓你恍然大悟嗎？」

「這確實證實了很多我懷疑的事情——」

「最好是。」伊莉莎白說。「那麼，作為回報，我們可以從手機裡知道些什麼？」

「他撥出了兩通電話，」克里斯說，「在他遇害的當天，大約下午四點。」

「其中一通打給了一個叫做妮娜・米希拉的女人，」唐娜說。「她是歷史考古學教授，人在坎特伯雷。」

「教授，真的假的。」喬伊絲說。

「教授。」朗恩說，並微微翻了個白眼。

「你們去見過她了嗎？」伊博辛說。

「手機紀錄我們是今早才收到的，」唐娜說，「所以還沒。」

「感覺也許輪我們上場了？」伊莉莎白說。

「是，女士，」克里斯說。

「太好了，」喬伊絲說，「我才在盼著我們能去坎特伯雷走走。」

「那第二通電話呢？」伊博辛問。

「比打給妮娜・米希拉的電話晚大概十分鐘，」唐娜說，「但無法追蹤，至少目前還沒成功。」

「無法追蹤，」伊莉莎白說，「天底下就沒有無法追蹤的電話。」

「查詢結果說是『代碼七七七』，」唐娜說，「我們偶爾就會看到這種訊息。」

「原來如此。」伊莉莎白說。

「『代碼七七七』，」喬伊絲說。「那是什麼意思？」

「這常見於高階罪犯，」克里斯說，「那是一種阻斷追蹤的軟體，高度違法，非常昂貴，但可以一勞永逸，替你省下一直買拋棄式手機的錢。」

「來源多半是暗網。」伊博辛邊說邊點頭，一副智者的架式。

「所以庫戴許打給了一名教授，」喬伊絲說，「然後又緊接著打給高階的犯罪者？」

「這肯定會有其他的解釋。」伊莉莎白說。

「有的話我願聞其詳。」克里斯說。

「現在有兩個關鍵的問題，」伊莉莎白說。「庫戴許有打算把這批海洛英賣掉嗎？有的話他想賣給誰？」

「我聽不太下去，」朗恩說，「抱歉。庫戴許收到一批海洛英，然後打算把東西拿去賣？才怪咧，他嚇都嚇死了。一定是有別人跑進來偷走了東西，我跟你們保證。庫戴許絕不可能當這個小偷。」

「對不起，」有個聲音說，「我不是故意要偷聽。」

他們轉頭看向了大戴夫，喪禮上的陌生人。

「但我覺得我應該是最後一個見到他活著的人。」大戴夫說。

「那是什麼時候的事？」伊莉莎白問。

「二十七號傍晚，」大戴夫說，「大約五點。當時我在關店，那天生意不多。」

「他有說什麼嗎？」克里斯說。「他有告訴你他要去哪裡嗎？」

「沒耶，他只是祝我聖誕快樂。」大戴夫說著開始扣起大衣的釦子。「然後他買了一把鏟子。」

第十六章

從喪禮返家的路上冒出了各式各樣的理論。販毒幫派彼此打對台，或是有人想趁機勒索。一如往例，朗恩猜測有黑手黨介入的痕跡。但某些耐人尋味的問題依舊沒有消失。庫戴許為什麼沒有乖乖聽命行事？他打電話給妮娜．米希拉做啥？第二通電話他打給了誰？那通代碼七七七的電話？伊莉莎白沒把克里斯對犯罪者的評論太當回事，但他說的其實沒錯。想擁有一個不留下痕跡的電話號碼，不是誰都做得到的事情。而有某一個族群的人特別愛用這招。

最後當然就是最最關鍵的一點：海洛英哪裡去了？

伊莉莎白打了個哈欠，漫長的一天終於結束，她打開前門。

她第一時間就察覺有哪裡不對勁。她感覺發生了非常糟糕的事。經驗告訴她，她的預感，通常都是對的。

電視是關著的，這點很不尋常。史提芬一般會坐著看一整天的電視。歷史頻道。他以前會把自己看了什麼一一告訴她，但最近頻率降低了很多。有些晚上她會陪著他一起看。最常見的主題是納粹史跟埃及史。還不錯看。

她褪去大衣，將之掛在門廳的一個勾子上。旁邊就是史提芬打過蠟的油布夾克。[55]他們曾經一起散的那些步，那步行的兩人世界。上天下海地走上幾小時，然後找家酒館，裡面有壁爐跟一條親人狗狗的那種，她會幫著思考填字遊戲。如今他們的目標變成一天走一小時，從林中穿過。鄉間壁爐沒了。又一樣東西離他們而去，剩下的是那麼少。她摸了摸夾克的袖子。

屋內很安靜，但史提芬肯定在裡面。鼻腔裡是一種她聞過的味道。感覺很熟悉，但她是在那裡聞到過的呢？

史提芬摔倒了嗎？他心臟病發了嗎？她馬上要發現他躺在地上了嗎？灰暗的臉色加上發紫的嘴唇。所以這就是事情的結局了嗎，這場美麗的戀情？她強壯的男人就這樣癱倒在地毯上？徒留伊莉莎白一人，連聲再見都沒有？

「伊莉莎白？」史提芬的聲音從他書房的門後傳來。伊莉莎白差點就膝蓋一軟，只因為鬆了口氣。她推開門，史提芬赫然出現。他穿得整整齊齊，刮了鬍鬚，頭髮也經過打理，在他長年工作的書桌前坐著。在他藏書的包圍下——伊斯蘭藝術、中東古文物、一整個架子的比爾・布萊森。[56]曾經她會聽著他在書房裡劈哩啪啦地打著他堅持不升級的老文字處理器，[57]一打就是幾個小時。她總是虧他打字像頭大象，但她知道那背後所代表的喜悅。他是多麼熱愛他的工作，熱愛寫作、講課、教學、書信往來。只要能再聽到一次他那傻氣笨拙的打字聲音，她願意付出一切。

「哈囉，親愛的，」伊莉莎白說。「今天怎麼突然跑到這裡？」

史提芬示意要伊莉莎白坐下。她瞄到他桌上有封信件。

---

55 Barbour jacket，老牌的巴布爾公司專做防風防水的塗蠟油布夾克，慢慢巴布爾就變成了所有油布夾克的代名詞。

56 Bill Bryson，1951~，以文筆幽默風趣著稱的旅遊作家。

57 上世紀個人電腦普及前的電子打字機。

「我想要……」史提芬起了個頭。「當然，前提是如果妳不介意，我想要給妳唸一封我今天收到的信，可嗎？。」

她看到了他書桌上的信封。郵件是伊莉莎白離開後寄到的。「你唸。」她說。

史提芬拿起桌上的信，但開口前他直朝著伊莉莎白望了一眼。「同時我需要妳對我誠實，妳明白嗎？我需要妳愛我，並對我有話直說。」

伊莉莎白點了點頭。愛跟誠實，不然呢？這信是誰寄給史提芬的？都寫了些什麼？或許跟庫戴許有關？命案的線索？給老朋友的求助信？

史提芬讀了起來。他以前會在床上給她唸東西。狄更斯、特洛勒普。[58]還有興致來了的時候，賈姬・柯林斯。[59]。

「親愛的史提芬，」他唸將起來，「這封信我寫起來無比地艱難，但我知道你讀起來會比我更艱難千萬。我就不拐彎抹角了。我相信你正處於失智的早期階段，有阿茲海默症的可能。」

伊莉莎白可以聽到自己的心跳聲從胸腔中傳來。究竟是誰選擇了以這種方式打破他們的隱私？這事怎麼會有人知道呢？是她的朋友嗎？是他們其中一個人寫的嗎？他們沒有這個膽，至少沒有這個膽不先問一下。不會是伊博辛吧？她想。伊博辛倒是有這個膽。

「我不是專家，但我確實對這種事情進行過了解。現在的你忘東忘西，現在的你常把事情弄擰。我完全知道你會怎麼說——『但我本來就很健忘啊。我本來就很容易腦袋打結啊！』——你這話說得沒有錯，但我說的忘東忘西跟你說的健忘，是兩碼子事。你的狀況絕不正常，而我所讀到的資料都指向同一個方向。」

「史提芬，」伊莉莎白有話想說，但他溫和地示意要她先別。

「你一定也知道失智是一條單行道。一旦你開始滑坡，且請相信我說你已經在往下滑，那就沒有回頭路了。偶爾你會遇到一些可以放腳的地方，或是一些可以讓你緩一緩的岩架，而從岩架上遠眺的風景不時還挺美麗，但你想重新爬回山頂是做不到的。」

「史提芬，這信是誰寫給你的？」伊莉莎白問。史提芬舉起了一根手指，請她再保持一下下耐心。伊莉莎白的火氣正在消退。這封信是該寫，而且應該由她親自寫給史提芬。這事原本就不該委以一個陌生人。史提芬繼續下去。

「或許這些你都已經知道了，或許你正坐在某處邊讀信邊問：『這個天殺的蠢貨幹嘛自以為是，跟我說一些我早就知道的事情？』但這封信我非寫不可，因為萬一你真的不知道呢？萬一你已經在山坡上滑得好遠好遠，遠到不知道自己是怎麼來到這谷底的呢？即便我的這些文字感覺很遙遠，我也至少希望它們可以在你內心深處產生一些迴響，希望你能體認到我肺腑之言裡的真相。你知道你可以信任我的。」

「信任誰？」伊莉莎白說。

「有差嗎？」史提芬溫柔地反問她。「我從妳眼裡看得出來，信說的是真的。我是說，我知道這是真的，但我想我很欣慰，可以看到妳為我證實這點。讓我繼續吧——這信不長。」

「我必須趁現在寫下這封信，因為史提芬，如果迴響確如鐘聲冒出在你內心，那我需要

---

58 Anthony Trollope，1815-1882，英國維多利亞時代的長篇小說名家。

59 Jackie Collins，1937-2015，英國言情小說女王。

你去做兩件事情。我需要你把這封信唸給你的伊莉莎白聽，還需要你要她保證會每天把這封信唸一遍給你聽，免得你忘記。而按照我的了解，你一定會忘記。」

這下子伊莉莎白明白了是誰寫了這信，她豈能不明白。

「這是你親手寫給自己的信？」她對史提芬說。

「看來正是如此，是的，」史提芬說，「一年前的今天。」

其實，伊莉莎白是沒理由感到驚訝的。「你做了什麼？把信封寄給你的律師們，請他們事隔一年再寄回來給你嗎？」

「肯定是，」史提芬說，「肯定是。但，更要緊的是，我想信裡說的都是實情？」

「都是實情，」伊莉莎白說。

「而且還在惡化？」

「惡化得很厲害，史提芬。能像今天這麼好是很難得的事情。我們是巴在懸崖邊上。」

史提芬點點頭。「那有什麼我們可以做的嗎？」

「那要看你，」伊莉莎白說，「那永遠都要看你。」

史提芬露出一抹微笑。「妳說什麼胡話，看我。是看我們，而且照這個形勢聽來，留給我們的時間窗口不多了。我繼續住在這裡好嗎？我在這裡還住得下去嗎？」

「有難度，」伊莉莎白說。「但不是做不到。」

「很快就會真正做不到了。」

「我不在乎什麼很快，」伊莉莎白說，「我在乎的是現在。」

「這話很浪漫，我承認，但我感覺也許我沒有這樣的福氣了，」史提芬說。「我相信有些專門的機構，可以給我我需要的照顧。這樣妳也不用把自己累死？我應該還有兩個錢吧？我沒把錢都賭光了吧？」

「錢你有。」伊莉莎白說。

「我最近賣了一些書，」史提芬說。「一些很貴的書。」

史提芬肯定看到了一些什麼在她眼中閃過。

「我沒有賣書對吧？」

「沒有，」伊莉莎白說，「不過你確實為了幫忙偵破一樁命案而追查起一些書的下落，一些很貴的書。」

「是喔？我的心靈腹地[60]還挺大喔？」

「你想把信唸完嗎？」

「想，」史提芬說，「我要。」他重新拿起了信紙。

「史提芬，你這輩子過得很是精采。你填滿了不等人也不會重來的每一刻，你找到了伊莉莎白這個很了不起的女人。你度過了一段世人所稱受到眷顧的人生。你是幸運兒裡的幸運兒，你得到了很多人得不到的機會，看到了很多人看不到的風景。做為一直很走運的混帳，你多半有一天得還這筆帳，而那一天也許就是現在。你必須去因應這一切，辦法就看你自己怎麼選，而這封信就是我給你的贈禮，為的是確保就算在最壞的情況下，你也能知道你有什

60 心理學的概念，相對於核心，指的是人心中陰暗的深處，近似榮格學說中陰影的概念，也就是我們不知道自己擁有的心靈角落。

麼樣的未來得面對。我現在每天都在閱讀，都在趁我還清醒時惡補失智症的各種知識，而所有的資料都說在某個時間點上，你會忘記一切，你會連身邊最親近的人都認不出來。我一次又一次讀到那些家庭，那些忘記妻子是誰的丈夫，那些認不得親生骨肉的母親，但在那些名字與臉龐從你的記憶中消失之後，似乎還能撐在那裡的，是愛。所以不論你今天身在什麼樣的處境，我希望你知道你是被愛的。伊莉莎白不會把你送離身邊，我們都知道這一點。不論你的狀況變得多惡劣，也不論事情到了多糟糕的局面，她都不會任你被深鎖在某個安養院內。但你必須說服她，你必須讓她接受這麼做是對的。她不能繼續這樣咬著牙，照顧你下去，那樣對她不好，對你也沒有幫助。伊莉莎白不是你的看護；她是你愛的人。麻煩你把信唸給她聽，然後不要理會她的任何抗議。我留了一頁相關機構的推薦名單，就夾在《巴格達考古博物館手冊》的書裡，而書則在你從右手邊數來的第三個架子上。我希望那裡面會有你覺得合用的選項。

「史提芬，我的神智不斷在衰退——我感覺得到自己日復一日在與意識告別。我在此獻上我的愛，我親愛的你，一年後的我自己。我希望你能拿這封信做點有用的事情。我愛你，而假設你正按指示在唸這封信給伊莉莎白聽，那麼伊莉莎白，我也愛妳。你最忠實的，史提芬敬上。」

史提芬放下了信。「所以就是這麼回事。」

「原來是這麼回事。」伊莉莎白附議。

「感覺我們兩個都應該應景地哭上一哭？」

「我覺得我們倆都可能需要讓腦袋保持一下冷靜，」伊莉莎白說。「哭有得是時間。」

「我們以前是不是已經有過這樣的對話？」史提芬問。「我們聊過失智症的事嗎？」

「三不五時，」伊莉莎白說。「你確實知道自己出了狀況。」

「那還能繼續多久，我知道這個問題有點強人所難，但我們還能繼續這樣的討論到什麼時候？像這樣的時間窗口我們還剩下多少個可用？」

伊莉莎白已經無法再自欺欺人下去，她已經無法再繼續憑一己之力把史提芬留在這裡。她知道遲早要來的那天，終於來臨。她失去他的節奏一直是一段接著一段，但如今一個篇章寫完。整本書也來到了尾端。

史提芬，穿得整整齊齊也刮過鬍鬚的他，在他的書叢中佇立。他行萬里路所帶回的甕與雕像，他覺得有意義或有美感的物品，乃至於種種他蒐集了一輩子的戰利品。所有的獎項、照片、在船上露出微笑的老朋友、校園中打扮得像大人的一群少年、站在山上的史提芬、在沙漠開挖現場的史提芬，在遠僻酒吧裡舉杯的史提芬、在婚禮當天吻上妻子的史提芬。這個房間，這顆繭的每一寸空間，都承載了他的思想、他的微笑、他的寬厚、他的交友、他談的戀愛、他開的玩笑。他的心智，在這裡得到了完全的展示。

而他知道如今這一切將到此為止。

「不多了，」伊莉莎白說，「你的好日子會愈拉愈開，而你不好的日子會每況愈下。」

史提芬鼓起了雙頰，盤算起自己愈來愈沒有選擇的選擇。「妳得送我走，送我到某個機構，伊莉莎白。某個他們可以照顧我的機構，二十四小時全天那種。我會去看一下我留給自己的推薦名單。」

「我可以照顧你，不成問題。」伊莉莎白說。

「不，」史提芬說，「這我可依不了妳。」

「我希望我對這件事也能有發言權。」

史提芬把手伸過書桌，握起了伊莉莎白的手。「我要妳保證，我要妳答應我不會毀了這封信。」

「我不想輕諾而寡信。」伊莉莎白說。我的天啊，他的手，我的手，她心想，他們倆真的太合了，他們就該是一對。

「我需要妳每天讓我看一次這封信，」史提芬說，「妳懂嗎？」

伊莉莎白看著她的丈夫。然後又看了眼這個聰明的男人在一年前寫給自己的信。肯定很煎熬的他都歷經了什麼？那些他笨拙地打著字的日子，其中一天就是為了這封信。說不定他還在寫完之後燦笑著回到客廳。「來杯茶嗎，美女？」

答應每天讓史提芬看一次這封信，無異於失去他。但不讓他每天看這封信，又形同背叛了他。而她無論如何不可能這麼選擇。

「我保證。」她說。

這話讓史提芬流下了眼淚。他們站著相擁。史提芬又是顫抖，又是啜泣。他說著「對不起」，她也說著「對不起」，但他們是對不起誰，又是對不起什麼，兩人都已經不知該從何講起了。

伊莉莎白在宛如隔世的一刻鐘前進屋時，所聞到的味道，她知道是什麼了。她就知道自己認識這個味道。

那是恐懼。讓人渾身血冷，汗流浹背的恐懼。

第二部

不論你要找什麼，都一定能在這裡找到！

第十七章

理論上，朗恩絕對支持去一個進口海洛英的集散要地盯梢，也絕對支持把殺人犯找出來。

然而實務上到目前為止，所謂的盯梢更像是枯坐在他那輛大發汽車的後座，用他在利多[61]買來的雙筒望遠鏡，瞪著一個小時都沒有人進出的大倉庫，然後一邊聽著伊博辛給喬伊絲唸一篇《經濟學人》的文章，內容講的是厄瓜多。

「原來當間諜這麼無聊的嗎？」他問伊莉莎白。她今天安靜得很不像她。

「九成就是這麼無聊沒錯，另外百分之五是文書工作，百分之五是殺人的活兒。」伊莉莎白說。「伊博辛，你的文章還要唸很久嗎？」

「我覺得很好聽啊。」喬伊絲說。

「喬伊絲說很好聽。」伊博辛搬起救兵，並繼續唸起在講該國首都基多的科技業如何感受到壓力的段落。

一輛黑色Range Rover停在他們前面的避車彎，擋住了他們的出路。

「注意、注意，」朗恩說著放下了他的望遠鏡。伊莉莎白的手本能地伸向了她的包包。他們前面有個男人踏出了Range Rover駕駛座，走近了大發。他敲上了伊博辛旁邊的車窗。伊博辛將窗戶搖了下來。

男人把頭探進車窗的洞，輪番掃視起了裡頭的四個人。

「出來郊遊，是不？」男人用利物浦口音說。

「賞鳥。」朗恩說著拿起了他的望遠鏡。

「你這大衣挺討喜的。」喬伊絲說。「你要來個佩西豬[62]嗎？」

她把一袋糖果伸向了男人；男人拿了一顆，然後邊嚼邊說話。

「你們已經盯著我的倉庫盯了一個小時，」他說，「看到什麼了嗎？」

「什麼也沒看到，霍特先生。」伊莉莎白說。

聽到自己的名字，多明尼克・霍特不禁愣了一下。

「叫我多姆就好。」多姆說。

「我們什麼都沒看到，多姆，連一丁點海洛英都沒有看到，」伊莉莎白說，「你們有這種表現值得稱許。只不過我想也是因為出貨量現在寥寥無幾吧？」

「大多日子都只剩行政工作可做？」喬伊絲說。

「我開的是正正當當的物流公司。」多姆說。

「那我就是人畜無害領退休金的老人。」伊莉莎白說。

「我也是，」喬伊絲說。「再來一顆佩西豬？我吃一顆是絕對不夠的。」

多姆・霍特舉起手婉拒。「我可以請教一下，你們是怎麼知道我名字的嗎？」

「南海岸海洛英貿易稍微了解一下皮毛，犯不著深挖，你的大名就會跑出來了。」伊莉

61 Lidl，平價超市名。

62 Percy Pig，粉紅小豬造型的軟糖。

莎白說。

「倒也是。」多姆思索了一下說。朗恩不是沒見識過週四謀殺俱樂部對人產生的效果。

「你搞不懂我們葫蘆裡賣什麼藥，是不是，小伙子？」朗恩說。

多姆又瞅了他們四個一眼，並似乎在心中有了定論。

「我來告訴你們我覺得你們在變什麼把戲。」多姆說。他首先指著朗恩。「你是傑森・李奇的老爹。洛伊？」

「朗恩，」朗恩說。

「我見過你跟他一起出現。他不是什麼好東西，所以我想你應該也差不多。」多姆接著指起了伊博辛。「我不知道你姓誰名啥，但我知道你是那個會去達威爾監獄看康妮・強森的人。傳言說你是個摩洛哥的古柯鹼進口商。此話當真？」

「無可奉告。」伊博辛說。朗恩有見過這麼拿翹的伊博辛嗎？

「妳。」多姆說著對伊莉莎白點了個頭。「妳是誰我沒頭緒，但有把槍在妳的包包裡。妳會不會藏槍啊。」

「我沒有在藏啊。」伊莉莎白說。

「終於輪到我了，快點快點。」喬伊絲說。

多姆看著喬伊絲。「妳感覺像是交到了壞朋友。」

喬伊絲點點頭。多姆招呼起所有人。「來吧，出來。通通都有。」

俱樂部四老下了車。朗恩覺得能舒展一下手腳也不錯。多姆打量起了做為一個團體的他們。

「所以我這兒有個可疑的考克尼[63]、一個古柯鹼毒販、一個有噴子的老鳥，還有……」

他再次看向喬伊絲。

「喬伊絲，」喬伊絲說。

「……還有喬伊絲。」多姆說。「在一月的早上跑來我倉庫外面盯梢。你們應該能明白一個不是不講道理的人，會有一些問題想問吧？」

「明白得很。」伊莉莎白說，「而我們也有我們想問的問題。那你何不邀我們進去呢？我們可以像朋友暢所欲言一番，把所有誤會解開。」

「妳用過那把槍嗎？」多姆說，同時手指著伊莉莎白的包包。

「你是說這一把槍的話，沒有，這把槍還乾乾淨淨。」伊莉莎白說。「我可不是素人。」

「你們替康妮．強森工作，是這麼回事嗎？」多姆問道。「你是她爺爺還是什麼的嗎？她的目的是什麼？」

「康妮只是我們的朋友。」伊博辛說。

「她可不是我的朋友，」朗恩說，「持平而論。」

「她想殺了朗恩。」喬伊絲進行了說明。

多姆看著朗恩並點了點頭。「是嗎，那我可以理解。所以這究竟是怎麼回事？你們圖什麼？我需要擔心你們嗎？還是我可以正常過日子？」

「聽到答案你就會鬆一口氣了，因為很簡單，」伊莉莎白說。「我們在找殺了我們朋友的

---

63 Cockney，倫敦東區，且通常在泰晤士河以北的藍領勞工階級。

那個人。」

「成，」多姆說，「你們的朋友是誰？」

「庫戴許．夏姆。」

多姆此時搖起了頭。「沒聽說過。」

「但你在聖誕節剛過時去過他的店，」喬伊絲說，「也許你不小心忘了？骨董店。在布萊頓。」

「並沒有。」多姆說。

「他在二十七號被殺了，」伊莉莎白說。「所以我們何以會覺得你脫不了干係，你應該可以理解了，是吧？」

多姆再次搖起頭。「壓根沒聽過他，也一次都沒去過他的店，更沒有殺了他。但請各位節哀便是。」

「你有找到那些海洛英嗎？」伊博辛說。「你在大肆搜查他的店鋪時？也許此時此刻，東西就在你的倉庫裡擺著？」

「你的想像力還真是豐富，」多姆說，「這我不得不佩服你。」

「這個嘛，你肯定聽說過庫戴許，」伊莉莎白說，「我們提到他名字的一瞬間，就很明顯了，傻子都看得出來。而且關於你去過他店裡一事，我們掌握了相當扎實的證據。」

「證據？」

「不是什麼可以在法庭上成立的東西，」伊莉莎白說，「所以別緊張。」

「所以我們剩下的最後一個問題就是，」朗恩說，「你是不是殺了他？」

「所以我們才會來到這裡。」喬伊絲說。

「就是來看看這裡有什麼可看的，」伊博辛補充說，「順便郊遊。」

「等等。」多姆說著並回到了他的車上。

喬伊絲看著多姆．霍特在Ranger Rover的後車廂裡翻來找去。「他感覺挺客氣的。以一個海洛英毒販而言。」

「糟了，」朗恩說，他越過喬伊絲看了出去。多姆．霍特走回來後，手上多了一支高爾夫球桿，然後又從量身訂做的大衣裡抽出了一把大刀。他向這群老人家朋友點頭致意。

「我確認一下，你們幾個是AA[64]的會員吧？」

「從來都懶得去辦，」朗恩說，「貴得不像話。」

「朗恩，你是怎麼能像這樣活在鋼索上。」伊博辛說，朗恩對此聳了聳肩。「你晚上怎麼睡得著？」

「嗯，聽著，」多姆說，「我現在要把你們的輪胎劃破，擋風玻璃打破。所以你們等下可能會需要一點道路救援。」

「或許你可以考慮——」伊博辛剛開口，多姆人已經蹲了下去，劃破了右前輪。

「我不能讓你們這樣整天跟著我。不過這條路過去大概一英里左右，就有家修車廠，」重新彈起來的多姆說，「我會把他們的電話給你們，黑手老闆會來幫你們脫困。」

「感謝，」喬伊絲說，「沒你我們可怎麼辦才好？」

64 Automobile Association，英國汽車協會，提供意外保險與道路救援等服務。

「要是再讓我看見你們，事情就沒有這麼簡單了。」多姆說。

「你知道這種種，都會讓我覺得你真殺了庫戴許．夏姆吧。」伊莉莎白說。

多姆聳聳肩。「我無所謂。這是我工作的地方，我不想被打擾。特別是不想被一個考克尼出身而不肯花錢成為ＡＡ會員的窮酸西漢姆聯球迷、一個跟康妮．強森牽扯不清的古柯鹼藥頭、一個有槍卻沒膽子開的老女人，再加上喬伊絲，聯手起來打擾。你們的朋友不是我殺的，但如果你們繼續像個不速之客在這裡探頭探腦，我會殺了你們。」他再次一頭栽了下去。

「一個有槍卻沒膽子開的老女人？」伊莉莎白說，同時車身也再一次哐啷一聲撞向地面。「我們走著瞧。」

「我想你們幾個應該不曉得海洛英在哪兒吧？」多姆問，雙手扠腰，剛操勞完的他此刻還在喘。「要是你們有什麼消息，告訴我會比較聰明，明白嗎？」俱樂部通通無言以對。

「我不同意你對ＡＡ的看法，」朗恩說，「真的想省錢的話，你應該——」

但不論朗恩最後反駁了什麼，他的話都淹沒在擋風玻璃被一名凶神惡煞的利物浦人，用球桿反覆敲碎的聲響之中。

在避車彎的更前方，一名騎著摩托車的快遞員目擊這一幕，並同時向路邊的餐車買了一個漢堡。

第十八章

事情是這樣的。比起被另外一名罪犯盤問，被警察問話簡直輕鬆到不行。米契・麥斯威爾接受警察盤查可不是一次兩次了，而警方不論是可用資源與能鑽空的機會都極其有限。所有的一切都要錄影錄音，你的天價律師可以坐在你身邊，替你搖頭拒絕各種問題，而且警察還得幫你泡杯茶，那是法律規定。

不論你都幹了些什麼——放火燒工廠、綁架合夥人、把裝滿大麻的無人機飛進監獄，也不管他們掌握了什麼證據——「你應該不否認這段監視畫面裡有個手拿汽油桶從現場逃離的人，而那人就是你吧，麥斯威爾先生」——你都可以好整以暇地坐在那兒，對閉嘴在等你回答的警察說「無可奉告」。反正只要等上二十四小時，他們就得乖乖放你走。

是啦，警方的審訊是有點礙事。或許你已經跟哥兒幾個約好了要打幾桿小白球，也許你排好了要去公路休息站的洗手間收取一整箱現金。但只要你不是個傻子，而米契・麥斯威爾就不是個傻子，那就不會有人被警方起訴任何罪名。

所以雖然在理想的狀態下，米契會希望完全不要有人來問他事情，但要是非問不可，他十次有十次都會慶幸來質問自己的是警察，而不是——比方說——稅務人員、記者，或是他的好朋友兼事業合夥人，那個正拿著撞球桿朝他的腦袋揮來的路卡・巴塔奇。

「你要是敢騙我，」路卡嘶吼著，並用撞球桿擊中了米契的頭顱，「我就殺了你。」米契被這樣打過不只一兩次了。這還好。痛是會痛，但死不了。路卡要是真想讓他死，他會用棒球棒。

「路卡，兄弟。」米契說。

「十萬鎊的海洛英不見了，你還有臉叫我兄弟，是嗎？」路卡咆哮著，並把撞球桿砸向了混凝土牆。米契心想他們這是在哪兒啊。路卡這裝潢還真不賴。寬敞、角落有張球桌，到處都是斷掉的球桿，很顯然隔音十分講究。嚴格說，路卡這樣有點亂來。一來是老資格的米契早不該受這種對待；再者這兩人應該算是平等的存在。路卡進這行稍微久那麼一點，米契不否認，但兩人的豪宅都有游泳池、網球場與馬廄。你懂嗎？兩人是平等的。

此外他們最近遇到了什麼麻煩，路卡清楚的程度不會輸給米契。兩人都因此受到了影響。

他們平日都各司其職，分工得挺好。米契幹的是硬活兒，負責把毒品進口到英國國內。路卡幹的也是硬活兒，負責把到貨的毒品分銷出去。兩人都不需要過問另外一邊的工作是如何完成，一丁點都不用。

惟就在兩人之間，存在一個十分簡單但也十分關鍵的機制。具體的細節會有變動，但一般的狀況可以歸納成這樣：米契信得過的某人會帶著一個海洛英裝滿到邊上的陶土盒子進入某家骨董店，然後隔天，路卡信得過的某人會走進同一家骨董店，買下那個陶盒。這一買一賣之間，就是米契工作的終點與路卡工作的起點。

但這次的情況，我們可以說事情出了點差錯。海洛英被送抵了骨董店。打勾。但時間來到隔天上午，骨董店卻大門深鎖，陶盒也消失無蹤。一夜之間，價值十萬鎊的海洛英就不知去了哪兒，而路卡也無可厚非地很有挫折感。畢竟他們近期可說是諸事不順，出貨被攔截，獲利大崩潰。

「我為什麼非這麼做不可，你懂吧？」路卡說，此時的他已經冷靜下來了一點。

「當然，」米契說，「換成我也會做一樣的事情。該一點的i就要一點，該一橫的t就要一橫。」

路卡點了頭。「那個盒子在某個地方，是吧？在某人的手裡？」

米契知道路卡在想什麼。要嘛是替米契跑腿的信差多姆當了一回賊；要嘛是骨董店的那傢伙來了個黑吃黑；再不然就是路卡的信差搞的鬼。這分明是送分到不能再送分的謎團，但擺在眼前的事實是，盒子還沒回來。

所以路卡肯定也多少在琢磨著一種可能性：在幕後把盒子給吞了的人，就是米契自己。這也就是為什麼此刻的米契會被綑在椅子上，太陽穴上流著血，而遠遠牆上的大螢幕電視有《名人骨董公路行》[65]在播放，而且聲音很大。米契一句抱怨的話都沒有。

「當然，東西一定在某人手上。」米契附議。在《名人骨董公路行》節目裡，一名八〇年代的流行歌手在購買一個大啤酒杯，感覺像在花冤枉錢。

路卡又點了點頭。「重點不在那十萬鎊，你知道的。重點在我們整個事業的未來。我們正在失血至死。」

「我明白。」米契說。米契跟路卡之間的這個小設計，對兩人而言都是一種暴利。一路上少不了有一些顛簸，但如今的困境還真是從來沒有過。而一如路卡所言，那點錢真的不是

65 *Celebrity Antiques Road Trip*，BBC的電視節目。

重點。他們整體的友誼，他們倆共同的生意，是在互信的基石上建立。路卡要是信不過米契，那整個事業就會難以為繼。

「在把你帶到這裡的過程中，」路卡說，「有個我看到過幾次的傢伙，他會騎著輛摩托車在那裡鬼鬼祟祟。他是你的人嗎？」

「不是耶，」米契說。「警察？」

「不是耶，」路卡說。「不是警察。」

路卡開始幫他鬆綁，米契方得以好好地環顧四下。

「好地方，路卡，」他說，「這是哪？」

「某家IKEA底下，」路卡說。「很扯吧？」

喔，難怪這裡的槍都擺在木頭質感的系統架上。

米契知道他跟路卡固然是老朋友，老到不行的朋友，但只要路卡不再信得過他，那他們倆不管認識再久都沒有差。

路卡把他扶起，跟他握了個手。但望進老朋友的雙眼——那個他在少年犯懲教所裡初識的約翰—路克．巴特渥斯，路卡．巴塔奇是他覺得需要嚇唬嚇唬人時的名號——他知道一個不小心，今天這局面就會釀成你死我活。張力這麼高，不是在開玩笑的。

整體而言最好的做法，就是把那盒海洛英找到。那大家就都可以好好過日子了。他跟多姆絕對是把骨董店拆了個大卸八塊，結果一無所獲。東西一定在某個地方。或者說得更切中要旨一點，東西一定在某人的手上。

現在是大概凌晨四點，而他七點得帶女兒去滑冰。滑冰場這麼早開就是為了有人想認真練習。

「我們談完了嗎？」米契問。

「暫時，」路卡說，「一名兄弟會開車送你回去。」

米契舒展了一下肩膀。他得來一點紐洛芬[66]止痛劑，看一點花式滑冰，然後找出滿滿一盒的海洛英。

以目前的狀況而言，他已經有了一條有點詭異的線索。多姆說一群靠退休金度日的老人跑來探頭探腦，東問西問。其中一個是康妮．強森的手下。米契會查出他們的住處，然後去稍事問候一下。

甘苦人就是勞碌命。

66 Nurofen，藥物品名，成分為布洛芬的強力止痛劑。

第十九章

「可惜我沒念過大學。」喬伊絲說，她偕伊莉莎白在妮娜．米希拉的辦公室外等著。

伊莉莎白知道坎特伯雷有種會影響人的氛圍。中世紀的牆垣，鵝卵石的路面，故意要拼成 tea shoppe 而不是 tea shop 的茶店。如果喬伊絲是貓，那坎特伯雷就是強力的貓草。她從下火車之後就迷茫得不得了。

「上大學妳要念什麼？」伊莉莎白問。

「喔，念什麼我不知道，」喬伊絲說。「我只是覺得能騎著腳踏車，再裹條圍巾，在校園裡優雅地晃來晃去，一定會很愜意。妳念得開心嗎？」

「跟我做其他每件事情一樣開心，」伊莉莎白說。

「那時候妳有跟比妳大的男性發生過豔遇嗎？」

「妳不要什麼都覺得跟上床有關好嗎，喬伊絲。」伊莉莎白說。比她大的男人當然有，比她小的也有一兩個。那與其說是「豔遇」，不如說是「職業傷害」。她念的學院裡有十二名女性，男性則有約兩百人。這一點讓她方便地預先適應了間諜的世界。伊莉莎白一直對自己說她比較喜歡身邊有男人陪，只不過近來她慢慢發現，那好像是因為她在這件事上沒得選。她很開心地發現在她們稍早步行通過的肯特大學校園內，年輕的女性一點也不比男生少。

「我完全可以想像妳，人在圖書館裡，」喬伊絲說。「對面是一個戴眼鏡的害羞男孩。」

「不要再瞎掰了，喬伊絲。」伊莉莎白說著望出等待室的窗口，讓視線越過了銀色天空下的石材建築。學子們又是抱團，又是彎腰駝背地對抗著寒冷，行色匆匆地朝著溫暖而去。但喬伊絲起了個頭就停不下來。

「妳對上了他的眼神，他雙頰飛紅，只能低頭看著書本。他的雙眼前覆蓋著滑落的瀏海，就像休．葛蘭。妳問起他在讀些什麼……」

透過窗戶，伊莉莎白看見一個年輕女性掉了書。在喬伊絲的世界裡，某個同學會停下腳步幫忙她撿，然後兩人會四目相接。

「然後他說，我也不知道，『歷史吧』，好像啦，然後妳說：『別管什麼歷史了，我們來聊聊我們的未來吧。』」

「妳差不多一點，喬伊絲。」伊莉莎白說。好死不死，這會兒當真有個帥氣的年輕人在幫剛剛的年輕女子撿書。她一邊把鬆落的一縷頭髮塞回耳後。

「而妳把手往桌上一擱，他順勢把手按在妳的手上。然後他脫下眼鏡，盡顯一臉帥氣，宛若柯林．佛斯，提出了共進晚餐的邀請。」喬伊絲繼續著她的劇情，而那手忙腳亂的女孩與帥氣的男孩則各奔東西。在喬伊絲的世界裡，那兩人會分別在回望中撇過頭，但時機都差了點準頭。而現實裡他們也真就這麼做了。老套。

「然後妳先說了不。但緊接著又說：『我明天還會來，後天也會來，有朝一日我會說好。』而他說：『我連妳叫什麼都不知道。』對此妳說：『有朝一日你會知道的。』」

伊莉莎白看著她的朋友。「妳最近是不是又開始迷上看書了？」

「是。」喬伊絲招了。

這時候門一開，伊莉莎白看見了妮娜．米希拉。高挑、優雅，頭髮上一道紫色的挑染，沒必要但讓她看來顯得趣味盎然。

妮娜微笑起來。「伊莉莎白與喬伊絲？真抱歉讓妳們久等了。」

「沒有的事。」伊莉莎白起身說道。會見晚了七分鐘開始，完全在可接受的範圍內。十二分鐘才是禮貌與失禮的分界線。妮娜領兩人進了她的辦公室，然後在辦公桌後坐了下來，伊莉莎白與喬伊絲則在她對面入座。

「我喜歡妳的紫色挑染。」喬伊絲說。

「謝謝，」妮娜說，「我喜歡妳的耳環。」

伊莉莎白這才注意到喬伊絲戴的耳環。看上去就是中規中矩。

「妳們想跟我聊聊庫戴許？」妮娜說。「妳們受的打擊一定很大吧。他生前跟妳們是朋友嗎？」

「他是我先生的朋友。」伊莉莎白說。「那你們是朋友嗎？」

「其實他是我爸媽的朋友，」妮娜說，「但他三不五時會過來請我幫個忙。而庫戴許開口，我沒有說不好的時候。他對人就是會有這種效果。」

「幫忙的意思是？」

「他會遇到一些事情，」妮娜說，「然後來問我的意見。」

「妳做為歷史學家的意見嗎？」伊莉莎白說。

「做為一個睿智友人的意見。」妮娜說，「庫戴許不見得是來問我對骨董的看法。有時候他拿不定主意的是……道德問題。」

「所以他有時不見得是要來找妳估價，而是——」

「而是來問一些——」她小心翼翼地挑選起用字，「來源的問題。」

「他們在《環英古董行》[67]裡很常聊到來源的話題。」喬伊絲說。

「來源的意思是，東西是不是贓物嗎？」伊莉莎白問。

「是不是贓物？」妮娜說。「是不是好得太離譜，不可能是真的？這東西怎麼會流落到英國？每回有事情感覺不對勁，他都知道可以來找我。法律怎麼規定？那是我專業上的一個領域。而他信任我。信任。因為我絕對不會把他的事情告訴別人。」

「那他多常會覺得事情不太對勁？」

妮娜微笑著。「我爸媽都是骨董商，伊莉莎白。不是很成功的那種。他們都太老實了。骨董與古物的世界不總是那樣一塵不染。我爸媽對此心知肚明，我也心知肚明，庫戴許更是心知肚明。」

「曾經心知肚明，該用過去式。」伊莉莎白說。

「喔，天啊，是。」妮娜說。「可憐的庫戴許，抱歉。」

「他出事那天，你們聊了什麼？」

「妳怎麼知道我們那天談過話？」

「我們也不都總是一塵不染。」喬伊絲說。

「但我保證我跟喬伊絲真的是朋友，」伊莉莎白說，「同時我也保證我們不是警察。」

---

67 *Antiques Roadshow*，英國的老牌巡迴古董鑑價節目。

「那妳們是什麼人？」

「我們是週四謀殺俱樂部，」喬伊絲說。「但我們沒有時間細說從頭，因為我們有四點十五分的火車要趕。」

妮娜鼓起了雙頰。「庫戴許問我好不好，我們閒聊了一陣，我當時在趕時間，當然現在的我有點後悔，但總之他就切入正題，坦承他遇到一個我或許可以幫他一把的問題。」

「問題？」伊莉莎白說。「那是他的原話嗎？」

妮娜想了一下。「困境，他是這麼說的。困境。然後他需要建議。」

「那是什麼樣的困境，妳有概念嗎？」

妮娜搖了搖頭。

「如果要妳猜猜看呢？」

「通常會是下列幾種情形。有人帶來了庫戴許知道是贓物的東西。他該不該照樣買下來？」

「不該。」喬伊絲說。

「有人帶了樣值錢的東西來找庫戴許，但對方並未意識到這東西的價值。庫戴許該不該把實情告訴對方？」

「該。」喬伊絲說。

「或是有人請庫戴許賣樣東西，保管某樣東西，或是不要將該物品登錄到帳簿裡。」

「洗錢，」喬伊絲說，「嗯，洗錢我們很懂了。」

「是嗎？」妮娜說。

「那妳的直覺這次怎麼告訴妳？」伊莉莎白問。

「他這次的口氣感覺跟以往都不同。」妮娜說。「所以不論他遇到的是什麼問題，那問題都會有一定的嚴重性。」

「或一定的價值性。」伊莉莎白說。

「或一定的價值性。」妮娜附議。「但如果妳要問我的直覺的話，我會說他聽起來既害怕，又興奮。」

「就像看到乳牛的艾倫一樣。」喬伊絲說。

「我想是吧。」妮娜說。「比起『妳絕對猜不到我剛買到什麼』，他的感覺更像是『我怎麼會讓自己蹚進這種渾水？』」

「妳幫了大忙，妮娜。」伊莉莎白說。「妳有吸過海洛英嗎，順便問一下？」

「妳說什麼？」

「海洛英，妳吸過嗎？看著妳頭髮上的紫色挑染，我在想妳是不是對另類的生活情有獨鍾？」

「她真可愛，妳的這個朋友。」妮娜對喬伊絲說。

「她對時尚一竅不通。」喬伊絲說。

「妳覺得這當中牽涉到海洛英？」妮娜問。

「我們認為有個叫多明尼克・霍特的男人留了包海洛英在庫戴許的店裡，時間就在命案當天上午。」伊莉莎白說。

「喔，庫戴許，」妮娜說，並在椅子上略顯癱軟，看似頗受打擊。

「是被逼的，我們判斷。」伊莉莎白說。「但海洛英就是海洛英。」

「隔天上午，」喬伊絲說，「另外一個男人前來領取包裹，但庫戴許卻不知所蹤。」

「庫戴許偷走了海洛英？」妮娜問。「他不會這麼笨的。不可能，對不起。但真的不可能。」

「但他被人用槍打死了，」伊莉莎白說，「而且是在跟妳談過話之後，誰知道呢，說不定還是安排了要見妳之後？而失蹤的海洛英還是沒被找到。」

「所以這確實看起來有點可疑，」喬伊絲說。

「所以他沒有安排要見妳嗎？」伊莉莎白問。

「沒有，」妮娜說。「也許他說了一句『改天見』，但沒有約什麼具體的時間地點。」

「然後他沒有跟妳提到海洛英的事情？」伊莉莎白說。

「海洛英？當然沒有。」妮娜說。「他肯定知道說了我會有什麼反應。」

「妳不會受到誘惑，有點想趁機賺點錢吧？」喬伊絲問。

「妳會動心也是無可厚非，」伊莉莎白說。「妳是第一個接到他電話的人，所以神不知鬼不覺，是吧？」

「妳們不是說自己不是警察？」妮娜說。

辦公室門上傳來急促的叩叩聲，妮娜出了聲讓訪客進來。一個微駝也微禿，歲數從四十五到快七十都有可能的男人，走進了房間。他的入場與他的敲門聲一樣，都帶有一股唯唯諾諾的氣息。

「打擾了，」他說，「您找我？女士。」

「這是梅洛教授，」妮娜．米希拉說。「他是我的……你會怎麼形容，莊裘？」

「有點像是妳的老闆？」莊裘試探性地說著。

「很高興認識你，梅洛教授。」喬伊絲說著站起身。「我是喬伊絲，而這是伊莉莎白，她也有點像我的老闆。」

梅洛教授朝伊莉莎白點了個頭，伊莉莎白回了個禮。然後梅洛教授便坐下來。

「我們有一個『每週例會』，」妮娜說，「是系上的活動。大家聚在一起分享彼此的煩惱。而，我希望妳們不介意，但我分享煩惱的對象是莊裘。他替一些在地的拍賣行做顧問的工作。」

「主要是跟軍事有關的東西。」莊裘說。

「所以這件事確實有其他人知道？」伊莉莎白表示。

「我只是想說他可能幫得上忙，」妮娜說。

「這太有趣了。」莊裘說。「扣掉殺人的部分不談，太有趣了。有趣這說法正確嗎？妳們是遇害那位先生的朋友嗎？」

「我們在調查他的死。」伊莉莎白說，並一邊思索者莊裘看似老實的舉止是不是演技。如果是，那他演得很好。

「妮娜是最後一個跟庫戴許交談的人。」喬伊絲說。

「就我們所知啦。」伊莉莎白說。

「就妳們所知。」莊裘說著從口袋裡掏出一顆柳橙，剝起了皮來。「問題是，我們可以看過一百萬隻白天鵝，但我們還是不能就此下定論說天鵝一定是白色的。反之只要我們看見一隻黑天鵝，我們就可以斬釘截鐵地說不是所有天鵝都是白天鵝。」

「艾倫前兩天才被一隻天鵝追。」喬伊絲說。

「來瓣柳橙？」莊裘說著對不特定人伸出了柳橙。喬伊絲接下了一瓣。

「維他命C是很重要的維他命，僅次於維他命D。」她說。

「妳對毒品交易了解多嗎，妮娜？」伊莉莎白說。「你呢？梅洛教授？你們做這一行的，跟毒品會有交集嗎？裝滿海洛英的箱子，或諸如此類的？」

「滿滿的一包海洛英嗎？」莊裘說。「這下子更好玩了。」

「我聽說有些公司會拿骨董店當幌子。」妮娜說。

「進口一些不應該被進口的東西。」莊裘補充說。

「但這種等級的事情，庫戴許遠遠玩不起吧。」妮娜說。「他在費爾黑文的某處跟鎮議會租了個小小的上鎖車庫，他會在那兒存放一些『簿子裡沒有的』東西，但不會是什麼海洛英，這點我很確定。」

「妳不會剛好知道他的上鎖車庫在哪裡吧？」伊莉莎白問。

妮娜搖了搖頭。「我只知道他有這麼個車庫。」

「請容我問最後一個問題。」伊莉莎白說。「我們知道庫戴許在大概下午四點給妳打了通電話，是吧？他沒有開口說要見妳嗎？」

「沒有，他沒這麼說。」妮娜確認了這點。

「這是妳的說詞，」伊莉莎白說。「他在那通電話裡說了什麼，只有妳知道。」

「妳很嗆，」莊裘說，「我喜歡。」

「幾分鐘後，庫戴許又打了另外一通電話。」伊莉莎白說。

「但我們追蹤不到這通電話的去向。」喬伊絲說。

「所以我的問題是，」伊莉莎白說，「如果妳以跟庫戴許一樣的方式取得了這些海洛英，而妳出於某種裡由決定把東西賣掉，妳會打電話給誰？」

「珊曼莎．巴恩斯。」妮娜說。

「珊曼莎．巴恩斯。」莊裘附和了一聲，毫無猶豫。

「我得說你們倆把我給搞糊塗了。」伊莉莎白說。

「骨董商，」莊裘說，「住在一棟氣派的宅邸裡，地點就在佩特沃斯郊外。」

「住在氣派宅邸裡的骨董商人很多嗎？」喬伊絲問。

「並沒有。」莊裘說。

「除非——」伊莉莎白說。

「嗯，確實。」妮娜表示了同意。「她的交遊甚廣。我有點怕她，但我猜妳們兩位應該不會被她嚇到。」

「我也這麼覺得，」伊莉莎白說。「她是那種會對海洛英有獨特見解的人嗎？」

「她是那種對任何東西都有獨特見解的人。」妮娜說。

「不要又來一個。」喬伊絲說。

「而庫戴許會認識她？」

「最起碼會知道她，」妮娜說。

「那麼我想我們恐怕該去拜訪一下珊曼莎．巴恩斯？」伊莉莎白說。

「坎特伯雷、佩特沃斯，現在是社交旋風之旅嗎？」喬伊絲說。

「您有她的聯絡電話嗎？」伊莉莎白問。

「我可以找到她的電話，」莊裘說著把柳橙匆匆解決掉，「但就是，別跟她說是我們牽的線。」

第二十章

珊曼莎．巴恩斯對她的讀書會總是滿懷期待。每個月的第一個星期二，不見不散，唯二的例外是艾琳腳受傷住院的那次，還有珊曼莎自己因為詐騙了維多利亞與阿爾伯特博物館[68]而被倫敦大都會警局找去問話。兩人都三兩下就出來了。

葛斯總是隨她們去。因為文學不是他的菜——「這整個東西就是一堆謊言，親愛的，那一切都沒有發生過。」他在她的姊妹淘裡是個神祕人物，大家總是喜歡提早一點到來多看他兩眼。她們會說「哈囉，葛斯」，而他會說「我不知道妳們誰是誰」或直接完全無視她們。他發自內心的無所謂似乎正對了女士們的味兒。

珊曼莎懂那感覺。他走回店裡那天——大鬍子、格子衫、羊毛帽——並且拿槍指著她，而沉浸在悲痛中的珊曼莎只是哭了起來。沒有恐懼，也沒有討饒。就讓他開槍斃了她吧。葛斯等了一會兒，非常有耐心地等了一會兒，直到她哭完了才開口說話。

「妳為什麼賣我那個墨水台？」

「好玩。」

「我不覺得好玩。」

68 Victoria and Albert Museum，位於海德公園附近的工藝與美術博物館，成立於一八五二年，一八九九年由維多利亞女王改成這個名字，以紀念她已故的丈夫阿爾伯特親王。

「抱歉，但你確實把車停在殘障停車格裡。」

「我在英格蘭是初來乍到，我不懂什麼殘障停車格不殘障停車格。」

「你要開槍打我嗎？」

「沒，我只是想要問妳幾個問題。妳老公呢？」

「他死了。」

「那還請節哀，女士。是說妳喜歡好玩的事情嗎？」

「我喜歡。」

「有幅偷來的畫，妳想買嗎？」

然後她連自己也大吃一驚地發現，她想。

今天，一如以往，葛斯並沒有告訴珊曼莎他要去哪兒，但由於他手拿著板球的球棒出了門，所以她衷心希望他真的是要去打板球。但遇到葛斯這個人，什麼都很難說。

她的姊妹淘在仰頭灌著酒，《狼廳》[69]得到的評價也愈來愈棒。在廣場的獸醫院上班的吉兒說如果自己活在那個年代，她會想把湯瑪斯·克倫威爾[70]罵個狗血淋頭。她們知道珊曼莎是吃哪行飯的嗎？她們應該多少有點概念吧。比如說在熟食店上班的布羅娜就曾經在找洗手間的時候迷路，不小心在誤闖的房間裡看到了一幅剛畫好在放乾的傑克森·波洛克[71]贗品。再就是整個佩特沃斯也就她有一輛法拉利特斯塔羅莎。[72]線索俯拾可查。

珊曼莎退到廚房裡去煮咖啡。她在所有人到達前接到了一通電話，這讓她心裡一直有個疙瘩。不說擔心是因為那樣就太過了。頂多就是個疙瘩。

來電的女人叫伊莉莎白。聽上去很有自信。很抱歉打擾妳，但我在想妳是不是聽說過一個男人叫庫戴許．夏瑪？珊曼莎拒絕提供這項資訊給伊莉莎白。若非必要，永遠不要乖乖把資訊供出來。這是這幾年來珊曼莎學到的教訓。是喔，伊莉莎白嘆了口氣，真是可惜。我還確信妳會聽說過的。伊莉莎白的某種態度讓珊曼莎拉起了防護罩。她有種在被某個很厲害的間諜偵訊的感覺。珊曼莎對海洛英的毒販了解多少，是伊莉莎白接著好奇的事情。這個嘛，她還真敢問。珊曼莎不是不可以給她一個詳解，但最終她選擇給出了一個「不清楚」的簡答。伊莉莎白又頓了一下，就像她在把聽到的東西寫下來一樣。伊莉莎白接著問起了佩特沃斯好不好停車，而終於有個問題可以放心回答的珊曼莎很開心地表示，那簡直像是魔鬼的傑作，而伊莉莎白說，他們不會高興聽到這個答案，但恐怕他們也只能碰碰運氣了。對此珊曼莎自然而然地回應說，他們是誰，這個他們又要碰什麼運氣？伊莉莎白告知「他們」是很快就會去見她的喬伊絲跟伊博辛，並表示他們倆都很健談，風格不太一樣但都沒有惡意。珊曼莎說她接下來幾天都不會在家，因為她有個在阿倫德爾[73]的市集要參加，所以她也覺得很可惜，而對此伊莉莎白說，珊曼莎，謊言對騙子無效。

---

69 *Wolf Hall*，英國小說家希拉蕊．曼特爾（Hillary Mantel）的布克獎得獎作品。

70 Thomas Cromwell，英國政治家，為英國國王亨利八世的親信，曾推行宗教和政治改革對抗羅馬教廷，解散天主教修道院。做為英格蘭的宗教改革大將，他安排解除了亨利八世和元配凱薩琳的婚約，好方便國王迎娶安妮．博林。

71 Jackson Pollock，1912-1956，美國抽象表現主義畫家。

72 Testarossa，義大利文為「紅頭」之意，停產三十年，有最美法拉利之稱。

73 Arundel，西薩塞克斯的城市名。

她接著便祝珊曼莎有個愉快的晚上，掛掉了電話。

她該怎麼想呢？珊曼莎端著大家的咖啡走回了讀書會，迎接她的是眾人驚喜的嗚嗚啊啊。也許她接下來的幾天應該深居簡出？就當避一避風頭？

珊曼莎對麻煩的嗅覺很敏銳，但她也很能察覺機會。鼻子反正是同一個，老實說。

伊莉莎白聽起來不像警察。沒有這麼老的警察，更沒見過禮數這麼周到的警察。所以也許她應該跟這個喬伊絲與伊博辛談談？有什麼好損失的呢？反正他們肯定什麼都不知情，是吧？還是他們其實知道一些事情？

姊妹們已經脫離了書的討論，聊起了更年期之後的性事。珊曼莎舉起了咖啡杯，說她沒什好抱怨。這點她說的是實話——她的加拿大大熊辦起事來，從來不會偷工減料。

在電話中，伊莉莎白吊著一些非常誘人的水果在那兒晃啊晃。庫戴許・夏瑪。海洛英。也許珊曼莎可以得知一些有利於她的情報？她會先跟葛斯商討一下，但她知道葛斯會怎麼講。反正他每次講的東西都一樣。

「寶貝，這裡面有錢可賺嗎？」

而就以此例而言，賺錢的機會可能還真的存在。

第二十一章

昏暗的燈光，低沉的音樂，而且如果他願意老實講的話，克里斯內心也既昏暗又低沉。喬伊絲正在為關於多姆．霍特的一則小故事收尾，多姆．霍特就是那個海洛英毒販。

「用高爾夫球桿，你敢相信嗎，」喬伊絲說。「還有用來劃破輪胎的一把大刀。那就像在看紀錄片一樣。我原本應該拍張照片的，但我沒有機會開口問，又不想當個不禮貌的人。」

「我猜你們不想提出告訴吧？」克里斯問，同時喝了一小口萊姆配無糖通寧水。

「欸，你偶爾放自己一天假好嗎？」伊莉莎白說，同時派翠絲也笑著喝起了威士忌。

克里斯像被打敗了。他會想要逮捕多姆．霍特，辦他一個小小的刑法毀損罪。那會讓費爾黑文監獄重新熱鬧起來，就像俗語說的把貓往一群鴿子裡扔一樣。他前兩天經過案情室，只是想去瞄一眼，但百葉窗全都被拉了起來。派翠絲帶著他與唐娜來到酒館，想讓兩人心情好點，而伊莉莎白與喬伊絲則成了陪客。

為什麼調查工作會從他們手中被搶走呢？他還是想不出個答案。

「多明尼克．霍特的辦公室就在紐黑文附近，」喬伊絲說，「伊莉莎白說我們應該闖進去好好調查一番。」

「妳別亂來，」克里斯說，「我是認真處在一種很想逮捕人的心情裡，逮捕妳也完全沒問題。」

「可是嘛，總是得有人想辦法做點什麼，克里斯，」伊莉莎白說。「高級調查官里根那兒有什麼消息嗎？」

「她前幾天有請克里斯把車子移開，因為她要停他的位子。」唐娜說。「這算嗎？」

「我以前的學校裡，有老師有她專屬的廁間。」派翠絲說。「那間廁間的門板上用寶貼[74]貼上了**桃樂絲・湯普森專用**的字樣。」

「我猜妳還是照用不誤？」唐娜說。

「那還用說，」派翠絲說。「我們都還是照用。但那讓我想起了你的高級調查官里根。那種事情長期來講都不會有用的，是不？最後她跟宗教教育科[75]的主任搞起了外遇，還被抓到在理科實驗室裡打炮。你只需要跟這種人比氣長就是了。」

「妳是喝了多少威士忌，媽？」唐娜說。

「不多也不少。」派翠絲說。

「但他們還沒有找到海洛英？」伊莉莎白問。

「就我們所知還沒有。」克里斯說。

「那就好，」喬伊絲說，「我還是比較希望海洛英由我們找到。」

一名服務生拿來了帳單，克里斯揮手擋開了其他人。「這我來就好。我還是管點用的。」

「多明尼克・霍特的老闆有消息了嗎，我是說米契・麥斯威爾？」伊莉莎白問。「他們有在跟蹤他嗎？」

「就算有我們也不會知道。」克里斯說。「我的狀況妳到底是哪部分不懂？」

「說點正經事。你們知道珊曼莎・巴恩斯這個名字在里根的雷達上嗎？」伊莉莎白問。

「你們的雷達上也有這個名字嗎？」

「我沒聽過這個人。」克里斯一邊說，一邊帶著一絲悔恨看著手上的帳單。

「她就像是康妮．強森，」喬伊絲說，「不過是骨董界的。」

「我們該要對此感興趣嗎？」克里斯問。

「不，不，」伊莉莎白說，「我相信完全沒關聯。所以你對多姆．霍特有什麼計畫？」

「我們完全沒有能做的事情，」克里斯說，「案子不在我們手裡。」

「喔，永遠都有你能做的事，」伊莉莎白說，「就看你想不想而已。」

「我們可不是妳，伊莉莎白，」克里斯說著把他用來付款的感應式卡片靠上了服務生的機器，「我們是不能犯法的。」

伊莉莎白點點頭，站了起來，開始套上她的大衣。「但扭曲法律這種事偶一為之，你也不會少塊肉，親愛的。我想喬伊絲跟我可能需要與多姆．霍特保持距離一段時間，所以現在可能就是你好好表現的時候了。另外，也謝謝你招待的飲料。」

「我的榮幸，」克里斯說，「只要不突破上限。」

「我把這些豬皮脆片帶回家給艾倫，大家不介意吧？」喬伊絲問。

「還有我在想我可不可以請你們幫我個忙。」伊莉莎白說著掏出了她的手機。「唐娜，妳可以幫我檢查一下我的電話紀錄嗎？看看我都打給誰過？」

「妳打過電話給誰，自己還不清楚嗎？」唐娜問。

---

74 Blu-Tack，可重複使用的黏著劑，也叫藍丁膠。

75 RE，religious education的縮寫，這在英格蘭與威爾斯是公立中小學體系中的必修課程，屬於一種社會道德科目。

「妳這問題不能說不合理，」伊莉莎白說，「但即使如此我還是希望妳能配合我一下，好嗎？」

唐娜接過了手機。「有什麼我不應該看的東西嗎？」

「多得是，」伊莉莎白說。

「我們有要找的某個目標嗎？」唐娜問。

「靠妳的好手氣，我希望能找到我們的頭號嫌犯，」伊莉莎白說，「感謝妳，親愛的。」

第二十二章

朗恩受不了電腦。他一直對來自渥茲渥斯苑的鮑伯·惠特克在勾勒著的，就是這樣的一種看法。

他的講話，在他自個兒的心目中，激昂但不失公平。在某個點上他聽到自己用出了一個句子「卡爾·馬克思肯定會在棺材裡翻來覆去，不得安寧」，但總體而言，他講話的內容十分扼要、有邏輯，而且一針見血。朗恩這會兒才剛說完他最後一段的慷慨陳詞，在一句「而我這還沒開始跟臉書算帳」後往椅背上一攤。

朗恩嘗試解讀鮑伯的眼神。佩服？非也，那不是佩服的臉。思索中？好像也不太對。另外就是，伊博辛跑哪兒去了？

就像是聽到自己被點名似的，伊博辛走回了客廳。

「我在走廊上站了八分鐘又四十秒，朗恩，」他說，「就等你把話說完。」

「我是在跟鮑伯聊天，」朗恩說。「我們在聊電腦。」

「是啊，好棒的聊天，」伊博辛說，「在那整整八分鐘又四十秒裡頭，可憐的鮑伯只說了四件事情，而我替你把這四件事都筆記了下來。原文照登，他首先說的是『原來如此』——那是在過了大約一分鐘半後。在三分十七秒時他說：『是，我懂你為什麼會有那種想法。』在剛過五分鐘時，你換氣的時間夠長，所以他才得以說了一句：『嗯，那確實是一種我曾經聽過的觀點』，而在大約九十秒之前，鮑伯對這場對話最後的貢獻是：『我們知道伊博辛去哪兒了嗎？』」

「嗯，那又怎樣，那表示他就有在聽啊。」朗恩說。「大家都愛聽我發表意見；他們向來都聽得很過癮。」

「但你看看他坐在那兒的模樣，看起來既無聊，又害怕。」

啊，是了，朗恩這才恍然大悟，原來那表情是這個意思啊。無聊又害怕。朗恩必須承認自己——已經不是第一次——有點得意忘形了。

「抱歉，鮑伯，」朗恩說，「性情中人偶爾就會這樣，多包涵。」

「沒事沒事，」鮑伯說，「很多我可以思考的材料，受益良多。而且有機會遇到ＩＢＭ的人，我一定會向他們傳達你的回饋。」

「你很快就會發現，鮑伯，你對朗恩不需要這麼彬彬有禮，」伊博辛說。「我想通這點花了大概一星期。」

鮑伯點了點頭。

「還有他很容易分心。下次你發現朗恩又開始天馬行空，這是還滿常發生的事情，那你只要簡單來一句『那場足球你看了嗎？』或『那場拳擊你看了嗎？』，就可以讓他重開機。」

「切爾西那場比賽是怎麼贏的，我始終沒概念，」朗恩說著大搖其頭，「簡直是光天化日的搶劫。」

「那麼，言歸正傳，兩位。」伊博辛說。

鮑伯的筆電打開在伊博辛的書桌上，三個男人抱成團。朗恩與伊博辛昨天又去莫文那走了一趟，解釋了他們認為現在是什麼情況，那是男子漢之間坦蕩蕩的對話。由他們來告知，莫文會比較聽得進去，是朗恩的判斷，他覺得莫文是那種女人家的話即便正確，他一個大男人也聽不進去的傢伙。

莫文同意了對對方冷處理一星期的作戰，並把他與塔提亞娜的通信都移交給朗恩與伊博辛。大方向是要設下一個陷阱，看看詐騙的幕後主使是誰，也看能不能引蛇出洞。要是做得到這一點，那下一步照朗恩的意思就是要「給他們點皮肉痛吃吃」，或是按伊博辛的想法是要「檢附證據把案子移交給有關當局」。

而當然，莫文還是感覺塔提亞娜有可能真的就是塔提亞娜，果真如此那他的寂寞就可以告一段落。這種心情朗恩懂。他的聖誕節是跟寶琳過的，而那過程並非一路順風。她是一身亮彩的鳥兒，她真的是，而朗恩也知道他是在越級打怪，但朗恩就是想要在早餐後再開禮物，因為那才是正確的做法，而寶琳則想要等到午餐後。他們最後是在午餐後開了禮物，想也知道，但那感覺已經不對了。朗恩對於妥協一事並不陌生，事實上正好相反，但他們這次都小題大作了點。他們短暫的分開是為了讓雙方的火氣都慢慢小一點。朗恩想她歸想她，但他也不打算為了一件明顯是他對的事情道歉。

鮑伯．惠特克在精采的跨年活動上露了一手後，便被週四謀殺俱樂部找來當科技專家。他們當時一起隔空見證了土耳其的新年，然後東倒西歪地各自返家就寢，但朗恩與伊博辛仍保持著清醒，喝著威士忌，並在三小時後迎來了真正的新年，然後遙敬了不在現場的喬伊絲與伊莉莎白一杯。

喬伊絲警告過兩人鮑伯可能會害羞到拒絕，但伊博辛把計畫解釋給鮑伯聽，而跟喬伊絲看過同一個「感情詐騙」節目的鮑伯顯得非常樂於幫忙。老實講，他是朝這個邀約撲了上來。

他剛打開塔提亞娜發給莫文的最後一則訊息。在簡短的三方談判後，朗恩得以在共識下負責把訊息讀出來，對此朗恩非常滿意，因為他感覺不論是伊博辛或鮑伯，都讀不出當中該有的抑揚頓挫，而少了抑揚頓挫，那當中的樂趣肯定會少掉一大半。朗恩讀將起來。

「我的達令，我的王子，我的力量泉源——好吧，挖咧，天啊——再一個星期多一點，我就可以見到你了，屆時我就可以融化在你的懷裡，可以跟你如情人一般相吻——這下子我真的抑揚頓挫不下去了——我希望你也跟我一樣期待。但我這邊有一個小問題，我貼心又善良的男孩——喔，要開始騙了——我的兄弟最近在工作時出了點意外，還住了院。他是從梯子上摔了下來，醫藥費大概要兩千鎊——兩千鎊是吧，最好是——要是付不出這筆錢，我怕我可能就沒辦法過去見你了，因為我會放心不下我的兄弟。達令，你說我該如何是好？——妳怎麼不問我，辦法我有得是——我不能再跟你要錢了，畢竟你一直以來已經對我那麼大方了。但話說回來，要是沒有錢，我怕我就得留下來照顧兄弟了。你向來都很會出謀劃策，我的莫文，要不你替我想想該怎麼辦才好。但下星期也許見不到你了的念頭讓我心碎不已。永遠愛你的，塔提亞娜。」

「可憐的莫文。」伊博辛說。

「所以現在怎麼辦？」鮑伯說。

「現在我們來回信。」伊博辛說著打起了字。「我親愛的塔提亞娜，我是多麼渴望妳的觸碰……」

他固然很愛浪漫的詩句，但朗恩還是決定今晚到此為止，剩下的就交給鮑伯與伊博辛吧。老伊看來很樂在其中。朗恩還在為了他們沒有在聖誕夜玩到比手畫腳而內疚。但伊博辛明白這件事是原則問題。

走在古柏切斯村內的路上，朗恩突然看到一隻狐狸行色匆匆，從他的面前通過。他認得那白色的兩只耳尖。朗恩很常看到牠從灌木叢間鑽進鑽出。跟狐狸在一起，你會知道自己身在何處；牠們不會裝做自己不是的模樣來欺騙你。

「祝你好運，兄弟。」朗恩說。

寶琳的事情，或許朗恩原本就沒有多久可以擔心了？午餐後拆禮物，有這種事嗎。另外他們還吵了好幾次架，老實說。她聽的是BBC Radio 2，而不是「談運動」[76]，她會要他陪她看法國電影，諸如此類的。雖然習慣了以後，BBC的廣播二台也沒有那麼糟糕，甚至那部法國電影還相當不錯，謀殺案的佳作，英文字幕也有。再者事實上，在午餐以後開禮物也還OK啦，他只是人在氣頭上而無法去轉念品味那種做法。或許她對他是一股好的影響？只不過，如果她對他是好事一樁，而朗恩內心的小陪審團又還在閉門審議，那他對她算得上是好事一樁嗎？寶琳從他身上得到的除了固執的牛脾氣，又還有什麼呢？即便他這個人只會擇善而固執，所以這點他也不會去改變，不可能，沒門兒。

但朗恩就是希望，他發現，寶琳此刻能在身邊。

朗恩看著他的手機。沒有新訊息。這個嘛，那已經說明了一切。她肯定沒有給他一個晚安的吻，就逕自上床睡覺去了。他應該要主動有所表示嗎？他好一會兒瞪著自己的手機，就

76 talkSPORT，體育廣播電台，英超足球聯賽的合作夥伴。

像手機上會有某種答案似的。

事實上，他後來意識到，這或許就是何以他會沒看到事情不對勁的徵兆。他沒注意到自己的公寓是一片黑暗，但明明出門把燈開著是他的習慣。

所以他才會直直地走進陷阱而渾然無感。

第二十三章

史提芬在客廳裡晃盪著。

時間很晚了，而他是一個人，這似乎不太正常。感覺怪怪的。但怪在哪兒又說不太出來。

他認得沙發，沙發代表安全。那是他的沙發，這一點他很確定。咖啡色，材質是某種天鵝絨，而且被他的屁股坐出了一處顏色較淺的金黃色區域。如果他認得沙發，那事情就不至於離譜得太誇張。實在不行了的話，就先讓自己坐下，觀察一下情況，一切最終肯定都會有個合理的說法。

他千方百計，都找不到自己的菸。他甚至找不到一個菸灰缸。沒有打火機，沒有任何東西。他打開廚房的一個個抽屜。史提芬可以從廚房遙望到沙發，所以他可以合理推斷這是他家的廚房。這兒有某種該死的陰謀在進行中，而且是背著他在進行中。但那陰謀是什麼呢？這麼做的理由又是什麼呢？

關鍵是不要慌。他對此刻所經歷的一切，有種似曾相識的感覺。這種混亂，這些思考過程。在內心深處他想要尖叫，他想要呼救，他想要高喊爸爸來接他，但實際上他只能咬著牙保持樂觀，保持正向。沙發，那是他的沙發。

廚房的流理台上有一張照片。照片裡是他，而且是比他記憶中老很多的他，而且他身邊還有一個女人。他知道她，他甚至應該知道她叫什麼。他一時想不起來，但他知道那名字就在他腦中的某處。香菸會讓他冷靜下來。他把菸放哪兒了？他是不是在忘記事情？是什麼東西在天旋地轉？不是這個房間，也不是他的雙眼。那是他的記憶。他的記憶在天旋地轉。他死命地拉扯要將之定住，但那記憶就是不肯就範。

他決定開車去轉角的加油站，那兒可以買點菸。門廊的掛鉤上有一件外套，於是他將之穿上，並找起了車鑰匙。但怎麼找都沒有。應該是有人來了個春季大掃除。搞什麼啊——東西就不要動啊，該放哪兒放哪兒，這樣移來移去有意思嗎？又開始天旋地轉了。去沙發坐一下吧。

史提芬坐下來歇了歇腿。他感覺自己比想像中老，或許他應該去看個醫生，但有個直覺告訴他不要。直覺說他有個祕密不能讓人知曉。在沙發上乖乖坐好，不要引發警報。一切很快都會重新聚焦。迷霧不會長久縈繞。

外頭的安全燈閃了起來。史提芬望出窗外。外頭有一片他認不太出來的空地通往一處他說不太出來是哪兒，但他確信自己今天曾途經過的菜園，重點是空地上有個他的老朋友。一隻狐狸朋友。

狐狸每晚都會來，而且每晚都會靠近一點；史提芬對這一點很有印象。牠會彎彎繞繞地走來，眼神忽東忽西地掃描著四周，牠懂得恐懼，懂得人類要對牠不利。然後狐狸安頓了下來，頭靠在爪子上，目光望進了窗口，就像牠每晚都會做的那樣。史提芬回望了牠一眼，也像他每晚會做的那樣。他們朝彼此點了個頭。史提芬當然知道他們並不是真的在對彼此點頭——他並不傻——但他確定他們肯定著彼此的存在。雖然是男生，但史提芬管牠叫小雪，因為牠兩隻耳朵都有著白色的尖端。小雪躺了下來，自以為自己隱藏得很好，但其實那一對耳尖總會讓牠露餡。史提芬自己現在也是白頭髮了；他是今早才看到的，那把他自個兒也嚇了一跳。他父親也是白頭髮，所以或許是他搞混了也說不定。

小雪在地上打起滾，距離露台只有大約二十英尺，然後史提芬想了起來。*伊莉莎白*。照片上的女人。老女人。史提芬笑了：這個嘛，她當然是個老太太啦，他自己也是個老爺爺了。他可以在窗戶的映影中認出自己的輪廓。伊莉莎白跟他說過不要鼓勵小雪，也跟他說過小雪是害獸。她看到牠就會把牠噓走。但他們家的露台上多了一碗狗食，而那不是史提芬所放。

伊莉莎白很快就要回來了。她會找到他的車鑰匙，然後他會出門去買菸。也許他會去探望一下他爹——史提芬有話要跟他說，但他這會兒怎麼都想不起他要說的是什麼。他肯定將之寫在了什麼地方。

小雪、沙發、伊莉莎白。史提芬是被愛的，也是安全的。不論其他的真相是什麼，可以非常確定的一件事是，史提芬是被愛的，也是安全的。那是一個起點。是個堅若磐石的立足點。

外頭有隻狗狗在吠，小雪決定先行撤退。史提芬認可這一點；凡事小心一點不會吃虧。在草地裡滾來滾去固然開心，但你絕對不能對在吠叫的狗兒充耳不聞。那就明天見吧，我的狐狸朋友。

伊莉莎白住在這裡——史提芬可以從牆上的一張張照片看出這一點，還有就是門廳桌上有兩個杯子也是證據。他是被照顧的那個。他們結了婚；說不定還有孩子。那是他應該要知道的事情。為什麼不呢？那是他需要去搞清楚的問題。

等伊莉莎白來了，他會上前親她，親一下就知道他們是不是夫妻了。他確信他們是的，但還是那句話，凡事小心點準沒錯。面對狗吠或有的沒有的事情，都適用這個道理。他會幫她泡杯茶。他晃進了廚房，他的廚房，只不過他不知道也值得原諒，然後他意識到他不曉得茶要怎麼泡。那當中肯定有什麼訣竅，這點他倒是知道。他開始擔心起他是不是該在哪裡上班。有樣工作還等著他去做。不曉得緊不緊急？還是說他已經做好了？

那傢伙叫什麼來著？他的朋友？庫戴許，沒錯。這名字大家都琅琅上口。普莉莎是他老婆，史提芬有請庫戴許代為問候過。

他轉開了水龍頭。他確信那是第一步，而下一步肯定也不會難到以人的智慧研究不出來。他尋找起線索。他人在廚房裡，但不是他的廚房。他開始覺得渺小而孱弱，但他告訴自己要冷靜，要呼吸。一切都會有個解釋的。他哭了起來。那只是恐懼，他心知肚明。天殺地你給我振作一點，老傢伙。不論這是怎麼回事，一切總會過去；雨過天青，某個安慰他的聲音總會來臨吧？

回去沙發，或許是現在最安全的決定。回去沙發，等待這個伊莉莎白。給自己一點時間思考，試著想清楚這當中他漏掉了什麼。也許看看小雪今天會不會來看他。小雪這隻狐狸長著白耳朵，看起來十分與眾不同，而且每天晚上都會來他這兒走走。伊莉莎白會偷偷餵牠，她還以為史提芬不知道她在幹嘛。

他坐了下來。鎖頭上響起了鑰匙插入的聲音。外頭說不準是誰。史提芬有點害怕，害怕但做好了準備。水從碗槽中滿了出來，落到了廚房的地板上。

結果進門的是伊莉莎白，照片裡的那個女人。她微笑著，然後看見廚房地板上鬧起了水災。她啪啦啪啦地涉水去關上了水龍頭。並且她長得很漂亮。

「我原本想幫妳泡杯茶。」史提芬說。他肯定是忘了把水龍頭關上。

「嗯，我這都回來了，」伊莉莎白說，「泡茶的事兒就交給我吧？」

她走向沙發，親吻了史提芬一下。那一吻可真不得了啊，天啊，喔天啊，喔天啊，他們這婚可是結了！

「我就知道。」他說。但為什麼他不記得呢？他為什麼這麼不確定呢？他內心深處響起了鈴鐺。又尖銳又刺耳的一響。

她碰觸著他的臉龐，他眼淚又一次開始流淌。

伊莉莎白親掉了眼淚，但他還是止不住自己的淚水。

「有我在，」伊莉莎白說，「別哭了。」

但淚滴還是不停地滾落。因為史提芬有一道記憶閃過，他想起了什麼。那道閃光模糊且曲折，就像一束陽光射穿破碎的彩色玻璃窗。但那已然足夠。那一瞬間他已經確切知道，究竟發生了什麼。他看見了廚房地板上的積水，再低頭朝自己破爛的睡褲望了一眼，然後把自己心靈的碎片湊在一起足夠長的時間，讓自己明白那代表的意義，乃至於那未來會代表的意義。喔，史提芬，為什麼是你。他看向了他的妻子，並在她的眼裡看出了她也知情。

「我愛妳。」他說。因為除此之外他真的無話可說。

「我也愛你。」伊莉莎白說。「你冷嗎？」

「有妳在就不冷。」史提芬說。

伊莉莎白的家用電話響起。響在午夜正好十二點鐘。

第二十四章

朗恩一打開前門，就被推到了地板上。一隻手摀住了他的嘴，膝蓋朝他的背上一頂。迫切的低語在他耳邊咕噥了起來。

「出聲我就殺了你，聽懂了嗎？」某人用利物浦口音說著。不是多姆．霍特就是了。朗恩點頭表示同意。八〇年代的他常在罷工的糾察線上遭到警察這樣的待遇，但當時的他要比現在年輕個四十歲。先把燈打開，評估一下情況吧。

手從他的嘴上挪開，兩隻強壯的手臂將他從地板上扶起。「起來起來，沒事吧，老傢伙。但別輕舉妄動，也別出聲。」

「輕舉妄動？」朗恩說。「我都快八十了，兄弟。欺負老人家了不起嗎？」

「別唉了，」男人說，「我看過你兒子打拳。所以我不想冒險。」

一盞燈被撥開了開關，朗恩看了一眼那個男人。四十幾快五十，馬球衫的領子從一套深色西裝裡透出來，金鍊，濃密的黑髮與藍眼。有張帥臉的傢伙。多姆．霍特的打手嗎？看起來好像太有錢了。男人示意要朗恩找張椅子坐，然後在他對面坐了下來。

「朗恩．李奇？」

朗恩點頭。「你是？」

「米契．麥斯威爾。你知道我所為何來嗎，朗恩？」

朗恩聳了聳肩。「你有反社會人格？」

「那你就想簡單了，我必須講。」米契說。「有人偷了我一樣東西。」

「我不怪他們。」朗恩說。他的尾椎開始隱隱作痛。而且是那種隔天早上也不會退掉的痛。「你是替多姆．霍特辦事，是吧？」

米契笑了。「我長得像是替人打工的臉嗎？」

「誰不是在替人打工，」朗恩說，「只有弱者才會自欺欺人。」

「牙尖嘴利的嘛你，是不是？」米契說。「果然是西漢姆聯的球迷。是多姆．霍特在替我打工。」

「是嗎？那轉告他他欠我修理大發的三千鎊。」

「李奇先生，」米契說，「十二月二十七日，一個徹底裝滿了海洛英的小盒子被送到你朋友庫戴許．夏瑪那兒。隔天那盒子、盒子裡的海洛英，還有你的朋友，都一起消失了。如今你的朋友出現了，只是腦袋上多了個彈孔，我很遺憾，但我的海洛英還是不知所蹤。我們把他的店砸了個稀巴爛，但仍一無所獲。所以也許你知道東西去哪兒了？庫戴許拿著海洛英一整天。也許他把東西帶到了這裡，嗯？也許他來請朋友幫他顧一下東西，好讓他能騰出手來去耍些花招？」

「他不是我的朋友。」朗恩說。「我聽說過他，但沒跟他見過面。」

「但你聽說他死了是嗎？你說是多姆殺了他？」

「是咧，」朗恩認了這話，「那很合理，不是嗎？渾蛋海洛英毒販被坑了，然後他把坑自己的人給殺了。我對你的伙計沒有不敬之意，因為那渾蛋也可能是你。你看起來也是那種貨色。」

他的尾椎開始轉成抽痛。朗恩無意讓人看出他的屁股不舒服。

「人被殺了，」米契說，「但海洛英還是沒出現。而我在趕時間。」

「所以你就闖進了我家？」

「你設身處地替我想想，朗恩，」米契說，「正常無比的一趟海洛英託運，裝作貨車後面的一個小盒子，進入了這個國家。結果東西不見了。兩天後你大駕光臨我的辦公室。傑森．李奇的老爹，叫我不感興趣也難。然後我聽說康妮．強森的一名伙計也跑來湊了個熱鬧，外加有個老太太帶了把槍。你怎麼想？」

朗恩露出了微笑。「你覺得庫戴許在死前把海洛英交給了我們？」

「這是一種可能性，」米契說，「除非你能證明沒這回事。」

朗恩往前一傾，且小心翼翼不要露出瑟縮的表情，用雙手撐著下巴。「你接下來有兩小時的空嗎？」

米契看了一眼手錶。「我兒子上學前要先去練街舞，那之前的時間我可以留給你。」

「我去打兩通電話，」朗恩說，「把我朋友叫過來。看我們能不能把這事兒研究出來。」

「我可以信得過他們嗎？」米契說。

「不能。」朗恩說著拿起手機開始撥號。「我們可以信得過你嗎？」

「不能。」米契說。

「那麼，我們就見機行事吧。」朗恩一邊說，一邊等待著電話接通。

他首先打給伊莉莎白。他必須如此。要是他先打給伊博辛，事情肯定瞞不住她，到時候可有得他受了。「莉茲，我朗恩啦，套上鞋子過來我家一下。妳ＯＫ嗎？妳確定嗎？ＯＫ。

我相信妳，但另外幾百萬個人不信。那妳打給喬伊絲，我打給老伊——是，是我的話大概會帶槍過來。」

他按掉了電話，打給了伊博辛。

「威士忌？」朗恩問起米契。「我們邊喝邊等？」

米契點頭並站起身來。「我來。你需要什麼讓屁股好一點嗎？」

朗恩搖了搖頭。他裝沒事的能力顯然沒有自己想像中的好。但即便如此，朗恩也不打算讓米契覺得自己真的傷到了他，正所謂輸人不輸陣。「我走走就沒事了。」

朗恩的電話接通了。「老伊，是我。我，朗恩。這種三更半夜你覺得還會有誰打給你？梅根．馬寇嗎？」

「我通常可以拿到海洛英，」米契說。「要是你痛得受不了的話。」

第二十五章

米契寧可跟路卡聊天。他寧可在地下倉庫抵擋一棍棍打來的破撞球桿。跟路卡聊天你會知道自己身在何處。你會知道規則是什麼。但這會兒他三更半夜坐在舒舒服服的單人沙發裡，喝著上好的威士忌，身邊有靠退休金度日的老人家四名。

毫無疑問地，米契脫離了他的舒適圈。

他的計畫原本沒有這麼複雜。他原本就想把這個叫朗恩．李奇的傢伙嚇掉三魂六魄，然後折磨他，讓他說出海洛英的下落。但天不從人願。之前那個帶槍的女人似乎是他們的大姐頭。伊莉莎白，好像是她的名諱。槍嚇不倒米契，但她嚇到他了。像那樣的目光，他這些年曾經在某些人的眼裡看到過。那些人如今大都要不是死了，在坐牢，就是住在西班牙的豪宅裡，而且圍籬蓋得老高。

「你對自個兒的謀生之道感到自豪嗎？」伊莉莎白問。

「我們不是來聊我的。」米契說。

「以一個半夜闖進別人家的傢伙來講，你最好還是回答幾個問題會比較尊重人一點。做人總要有基本的禮貌。」這是那個自介是伊博辛的男人。那個跟康妮．強森一夥兒的男人。他在做著筆記。

「那有點見不得光，是吧？畢竟是買賣海洛英？」這會兒又換成伊莉莎白開口，槍就放在她的大腿上。她又是什麼來頭？這一行裡沒有米契不認識的人，但他偏偏就是不認得她。

一個身形嬌小的老太太，身穿綠色羊毛衫，往前靠了過來。「麥斯威爾先生，我們可沒有邀請你，是你自己送上門來。」

「說得對，喬伊絲，」伊莉莎白說，「你把我們的朋友打得鼻青臉腫——」

「他沒有把我打得鼻青臉腫。」朗恩說。

「這個嘛，我們明天諮詢一下你的家庭醫師，看他認不認同你的高見。」伊莉莎白說。「現在，你會注意到，麥斯威爾先生，我們對於你是何等的狠角色完全沒興趣；再狠的傢伙我們都收拾過。」

「你想擠進前十都得吊車尾，」伊博辛說，「我不是開玩笑，我真的列了個十大狠人榜。」

「容我說一句，我覺得我們好像有著一個共同的目標，麥斯威爾先生，」伊莉莎白說。

「我們想要查出是誰殺了庫戴許，而你想要找到你的海洛英。沒錯吧？」

「我想要把貨拿回來，」米契說，「我必須要把貨拿回來。」

「喔，天啊，」伊莉莎白說，「就別裝清純了吧；我們既不是小孩也不是警察。海洛英就海洛英。」

「我需要拿回海洛英，」米契從善如流，「它裝在一個小陶盒裡邊，值不少錢，而那是屬於我的東西。」

「道德上你肯定覺得賣海洛英這毒品，良心上有點過不去吧？」伊博辛說。

「替康妮．強森辦事的人說這話，你好意思？」米契回嗆。「聽著，在我們繼續往下之前我有一個小問題想問。你們是何方神聖？」

「我是喬伊絲。」喬伊絲說。

「而我們都是喬伊絲的朋友。」伊博辛說。「那麼，身分之事既已釐清，且讓我們追問你幾個問題，好讓我們也能多認識你一點。多一分認識就多一分信任。」

米契兩手往上一攤。「想問就問吧。」

「你自豪於自己是個海洛英毒販嗎？」伊莉莎白重問了一遍。

「我自豪於我的成功，」米契說，同時他也意識到自己從沒有真正想過這件事情。「但，我想，我並不以當個毒販為榮。我只是誤打誤撞進了這行，而顯然我對此也十分擅長。」

「你不能轉行做別的嗎？」喬伊絲試著問道。「科技業如何？」

「我都快五十了。」米契說，心想他也巴不得把這一切都放下。等找到海洛英，就算是個頭了。他就不幹了。

「你進過監獄嗎？」伊博辛問。

「沒有。」米契說。

「你有被逮捕過嗎？」喬伊絲問。

「那倒是很多次。」米契說。

「你有殺過人嗎？」朗恩問。

「我要是到處大言不慚地說自己殺過人，早就進監獄了，是吧？」米契分析起了道理。

「你的屁股還好嗎，朗恩？」喬伊絲問。

「我屁股沒事，」朗恩說。

「而最大的問題是，」伊莉莎白說，「殺了庫戴許・夏瑪的凶手是誰？你嗎？」

米契笑了。「妳一句話就要問出這個難題，是不是有點兒戲？」

「再來點威士忌？」伊博辛問。

米契回絕了。他一會兒還得開車回赫特福德郡，外加他後車廂裡還有一把半自動武器，所以他要是酒駕被攔下可不是普通的晦氣。

「那問你一個簡單一點的問題。」伊莉莎白說。「有個盒子裡裝著海洛英的事情，還有誰知道？」

「幾個阿富汗人。」米契說。「但他們要海洛英都沒必要用偷的。一個負責監督毒品進入摩爾多瓦的中間人——但他是我的人。」

「他貴姓大名？」伊博辛問，並等著寫進筆記。

「連尼。」米契說。

「這裡有個住戶剛添了個叫連尼的曾孫。」喬伊絲說。「名字用著用著就會開始重複，是不？」

「我們可以在哪裡找到這位連尼？」伊博辛說。

「多姆應該會有他的電話。」米契說。

「啊，我們的好朋友多姆。」伊莉莎白說。「你們內部應該沒有他不知道的事情吧？你肯定也捫心自問過，是不是多姆監守自盜了那盒海洛英？是不是他設局陷害了庫戴許？」

米契搖起了頭。「他確實什麼都知道，但我相信他，用命相信他。」

「但他曉得盒子裡是什麼東西。盒子是他送去的。他見到了庫戴許？」

「而那可不是一筆小錢。」喬伊絲說。

「格局放大點其實也還好。」米契說。

「他賺的錢可沒有你多。」朗恩說。

「十萬鎊對多姆來講還是挺多的。」

「免稅嗎？」伊博辛問。「喔，當然免稅啦，我多問的。你知道你在益智節目上贏到獎金，也都是免稅的嗎？這是益智節目與海洛英的一個共通點。」

所有人都在等伊博辛的發言確定已經沒有下文了。

「所有人在有二心之前，看起來都是忠心耿耿。」朗恩說。

「我不覺得。」米契說。「抱歉。」

「還有誰是你覺得可以推薦我們去查查看的嗎？」伊莉莎白問。「你是賣海洛英的，那買海洛英的是誰呢？」

「不不不，」米契說。「我能回答的都回答完了。」

「這我們再說。」伊博辛表示。

「我可以問幾個問題嗎？」米契說。「在我走之前？」

他們都似乎都不反對。所以他轉過頭，先是看向了伊博辛。

「你真的在替康妮．強森工作嗎？」

「我是啊。」伊博辛確認了這點。

「你替她做了什麼？」

「這我不能說。」伊博辛說。

「說了會死人，嗯？」米契說。他接著又跟伊莉莎白搭起了話。「還有妳，妳弄把槍在身上幹嘛？」

伊莉莎白露出了謎樣的微笑。「我弄把槍在身上幹嘛？當然是用來射人啊。」這哪門子回答啊。米契看向朗恩。「我真的弄傷你屁股了嗎？」

朗恩點了頭。「怎麼可能沒傷到。我可是個老頭子，你這白癡。」

「抱歉，」米契說，「我以為你偷了我的東西。」

「我們沒有。」喬伊絲說。

「還有我想問你們全體，不開玩笑，」米契說，「你們真覺得多姆會是內賊嗎？雖然十萬鎊是不少啦，但那說不通啊。他怎麼會以為自己可以手腳不乾淨而不被發現？」

「這個嘛。」這一夜相對安靜的喬伊絲開了口。米契此前幾乎忘了她的存在。「你自己都說你相信他到可以託付性命，他多半也知道你這麼想，是不？既然如此，他不偷你偷誰？」

她這話說得是那麼慈祥和藹，以至於米契一聽完就覺得她說的就算是真相，也完全不奇怪。

第二十六章

一大早，組合屋辦公室冷得跟什麼一樣，所以唐娜仍穿著她那件羽絨外套。克里斯則用雙手捧著從自動販賣機那兒買來的熱茶。

「我愈是到處打聽多姆．霍特跟米契．麥斯威爾，事情好像就愈不妙，」克里斯說。「庫戴許根本不曉得自己在跟誰打交道。」

「但多姆．霍特應該不會偷自家的海洛英，是吧？」唐娜說。

「或許他跟他老闆有事鬧得不愉快？」克里斯猜了起來。

他揉了一顆紙球，朝房間角落的垃圾桶射出一道高拋物線。球打到邊邊，彈到了桶子外面。

「也是，老闆最討人厭了。」唐娜說。「總之，我們可以去查一查他這個人，而不用知會高級調查官里根跟她的快樂夥伴吧？我們有誰可以去談談的嗎？」

「傑森．李奇？」

「朗恩的兒子？」唐娜說。「他在一些很耐人尋味的圈子裡走動。」

克里斯這會兒對手哈起了氣。「我們可以看看他知道些什麼。我會先跟朗恩打聲招呼。」

一陣一月份的冷風像炮彈一樣，竄進了組合屋辦公室裡，開門的是高級調查官吉兒．里根。

「妳忘了敲門。」克里斯說。

「妳現在變成穿這樣當班嗎？」吉兒問起唐娜。

「就有個白癡把我們流放到組合屋裡啊，」唐娜說著把羽絨衣拉鍊又拉高了一點，「長官。」

吉兒找了個位子坐下。「妳有管長官叫白癡的習慣，是嗎，這位警員？」

「她還真有，」克里斯說，「我已經都習慣了。您有什麼需要我們效勞的嗎？」

「有件事兒，我感覺有點怪。」吉兒說。

「您服務的單位是國家犯罪調查署，」克里斯說，「怪事少才奇怪吧？」

「他的手機去哪兒了？」吉兒說。「我有點想不通。」

「您說的是誰的手機？」唐娜問。

「庫戴許．夏瑪，」吉兒說。「他的手機能跑去哪兒呢，我實在很納悶？」

「那不是我們的案子。」克里斯說。

「也是啦，」吉兒說，「我也是這麼想。你們現在是在外頭追馬嘛，對吧？」

「我們盡了全力，」克里斯說。「但馬跑起來真的是非常快。」

「只不過……唐娜昨天去申請了通話紀錄。」吉兒說。她說著搓起了雙手。「這裡真不是普通的冷，是吧？」

「那是例行的申請而已。」唐娜說。

「我有往回查了一下，」吉兒．里根說，「所以妳之前也應該申請過其他的例行通話紀錄，是吧？但我好像沒有看到之前的結果回來耶？」

「我們是警察，」克里斯說，「我們申請電話紀錄是家常便飯。我在想您在樓上的案情室裡，該不會有多的暖氣派不上用場吧？」

「你們要是藏著他的手機不拿出來，」吉兒說，「那可是要被警隊革職的問題，你們知道吧？」

「那還好他的手機不在我們這裡。」唐娜說。

唐娜、克里斯與吉兒相互大眼瞪小眼了好一會兒。克里斯試著輕輕在椅子上轉動了一下，結果其中一個輪子掉了下來。在唐娜看來他圓得還不錯就是了。

「離這案子遠點。」吉兒說。

「當然，」克里斯說。「國家犯罪調查署辦事，我們放心。妳要是需要我們，我們會挨在柵門邊嚼著些乾草。」

吉兒站起身來。「要是你們恰好找到了那支手機？」

「我們知道要去哪裡交給妳。」克里斯說。

「同事對同事，」吉兒說，「我的忠告是不要蹚這渾水。」

「收到，」克里斯說，「出去時記得把門關好。」

吉兒走了出去，身後留下了敞開到不能再敞開的門板。

克里斯起身去關門，並確認了一下她已經走遠。「伊莉莎白的手機有傳東西來嗎？」

唐娜看了一眼手錶。「應該馬上就會有消息了。」

第二十七章

這是個星期四，大家照例聚在拼圖室裡。拼圖桌上有個半解體的維多利亞海綿蛋糕。時不時他們都會邀請專家來給他們講話，而今天的來賓是妮娜・米希拉跟她的老闆莊裘，他們要給俱樂部上一課骨董行業的運作方式。書到用時方恨少，你永遠不知道什麼知識會在什麼時候派上用場。伊博辛，一如他每次參加這種研習，都會稍微預習，搞得他懷疑自己這天究竟還學不學得到新東西。

「如果從最基本說起的話，」莊裘說，「骨董就是所有超過一百歲的東西。不到一百歲的都叫做經典，或收藏品。」

「那跟我讀到的一樣，」伊博辛附議，「他說的是對的。」

「原來如此。」喬伊絲說。「我們也算收藏品耶，伊莉莎白。」

「而任何東西只要超過一百歲，就會有故事可講。」莊裘說。「這東西是誰在哪兒做出來的？」

「誰買了它，用多少錢買的，買在何時？」妮娜說。

「這當中它是被好好照顧著，還是被把玩著，被摔在地上，被修復過，被重新上過漆，被曝曬在陽光裡，諸如此類的。」莊裘說。

「傑瑞有次在後車廂拍賣會上買了只肉汁船，」喬伊絲說。「他堅信那玩意有幾百年的歷史，但我們後來在英國的ＢＨＳ[77]看到了一模一樣的東西。」

「ＢＨＳ的七〇年代風格商品，其實現在很流行。」妮娜說。

「喔，他要能聽到這話應該會很開心，」喬伊絲說，「我當時把他罵到臭頭。」

「但即便是超過了一百歲，」莊裘說，「大部分的東西也還是幾乎一文不值。量產的不行，品質差的不行，單純沒人要的也不行。」

「我爸媽以前偶爾會帶回來一些很棒的東西，」妮娜說，「孔雀造型的開瓶器、像大笨鐘的餅乾鐵盒，他們會把這些東西放在店裡，一張十英鎊鈔票就讓你帶走。」

「妮娜說的沒錯，」莊裘說。「絕大部分東西都值不了什麼錢。想做骨董這行做到有一筆小錢，最快的辦法就是先有一筆大錢，然後慢慢把它賠到變成小錢。而這就代表讓整個骨董行業轉起來的，其實就是少數幾樣值點錢的東西。以目前來說，那指的可能是克萊麗絲・克里夫[78]的全套餐具組，或是伯納德・里奇[79]的某件陶藝作品。至於來年又會流行別的東西。」

「所以你要是只想混口飯吃，」妮娜說，「那算式其實不算太複雜。如果你打算賣十英鎊可以帶走的東西，那請你務必把成本壓在五鎊以下，也請你一定要掌握好現在流行什麼。」

「流行等於賣得出去。」莊裘說。

「拿捏得宜的話，一年年累積下來，你可以打造出還算挺舒服的生活，」妮娜說，「我爸媽一直沒有拿捏得很好。他們總是會愛上東西。」

「骨董遊戲的第一條準則，」莊裘說，「永遠不要跟東西談戀愛。」

「聽起來也是很好的人生守則。」伊博辛說。

「而那會不會就是庫戴許所打造出的生活呢？」喬伊絲問。

「我會說是，」莊裘說，「他在這行幹了五十年，他知道要進什麼貨，有客戶對他信得過，還有一個他付得起房租的店頭。我確信他也會有以星期計的淡季，但本來就是有起有落才是一門健康的生意。」

「而且在那過程中，你還可以與不凡的、美麗的、稀罕的東西朝夕相處，享受它們帶給你的喜悅。」妮娜說。「你是賺不到百萬英鎊，變不了富翁，但你也不太會有覺得無聊的時候。」

「而要是你非成為百萬富翁不可呢？」朗恩問，「有什麼推薦的做法嗎？」

莊裘舉起一根手指到空中。「嗯，那不就是我們今天要討論的主題嗎？」

「你們去見過珊曼莎・巴恩斯了嗎？」妮娜問。

「那是我們下一筆待辦事項。」喬伊絲說。

「讓我給你們看一樣東西。」莊裘說。

莊裘把頭探進了一個皮革公事包裡，取出一個小小的天鵝絨束口袋。他接著戴上白手套，鬆開袋子的束繩，然後倒出一枚銀色獎章到他的手中。

「哇。」喬伊絲說。

莊裘把獎章平放於掌心，秀給每個人看。「你們眼前的這個東西——看就好，別摸——

---

77 British Home Stores的縮寫，英國的大型居家用品店。

78 Clarice Cliff，1899-1972，英國陶藝設計師。

79 Bernard Leach，1887-1979，英國陶藝家。

是一個DSM，也就是傑出服役獎章，頒發於二次大戰期間。這原本一直是某個人家的傳家寶，但他們要供家中的曾孫去念大學，所以才把東西帶來讓我估價。」

「這在IG會很上相。」喬伊絲說。「我平常都是專攻艾倫的照片。你不介意吧？」

「先等一下，」莊裘說，「我問過委託人家中對這枚獎章的價值有什麼期望，結果他們說他們讀過的資料說這有可能賣到一萬鎊。」

「最好是啦。」朗恩顯然不以為然。

「我必須跟他們說他們的資訊來源有誤，」莊裘說，「還得讓他們知道其實考慮到獎章的保存狀態與保存史，畢竟這寶貝從頒發以來就一直沒有轉手過，我會說它比較合理的價位在三萬鎊上下。」

「幹。」朗恩嚇了一跳。

「欸。」喬伊絲被朗恩的粗口嚇了一跳。

「很美，是不？」莊裘說。

「美極了。」喬伊絲說。

莊裘把獎章滑回了天鵝絨袋子裡，然後脫掉了手套。「喬伊絲，要妳說的話，它美在哪裡？」

「這個嘛，它很……閃？」

「我來告訴妳它美在哪裡，」莊裘說，「而那個答案就會告訴妳要如何在骨董圈變成百萬富翁。它就美在那個天鵝絨袋子，美在白手套，也美在我出於對它的尊重而降低了聲線。」

「我有時候也會那麼做。」伊博辛說。

「它美在其背後的那個故事，」莊裘說，「美在故事裡的寶貝曾孫，美在這家人終於決定割愛的抉擇。」

「嗯，確實，」喬伊絲說，「除了亮以外，故事的部分確實也很美。」

「但那都是謊言，」莊裘不當回事地把獎章倒回了桌上，「這就是塊破銅爛鐵，在距此二十英里的小工廠裡隨便做出來的。那兒有位先生就是專門做這個為生，所以你必須很小心地提防這種魚目混珠的偽品。這塊獎章鑽進了在地一家拍賣行的濾網，而他們又很幸運遇上我能為他們指點迷津。從那之後我就一直留著這只假貨當教材，好用來給人上一上我現在給你們上的這一課——而這一課的教訓就是只要你會說故事，你就能把五先令的一塊鐵牌賣到三萬英鎊。這就是你能變成百萬富翁的辦法。」

「而這也是珊曼莎・巴恩斯在耍的把戲，」妮娜說，「製造贗品、山寨東西。她主攻藝術品。你在網路上看到的所有限量版畢卡索版畫，幾乎都是出自她的手筆。還有大部分號稱班克西的塗鴉、戴米恩・赫斯特[80]的作品也是。此外她也做勞瑞，[81]稱得上包山包海。」

「而且我在想她參與的事情，現在應該又不止於此了。」莊裘說。「而庫戴許應該知道她。」

「也知道她在外頭的名聲。」妮娜附議。

---

80 Damien Hurst，1965-，英國當代藝術家。

81 Laurence Stephen Lowry，1887-1976，英國藝術家，以「火柴人」風格著稱，作品主要描繪英格蘭西北部工業區的生活場域。

「我在有些地方讀到說班克西其實是《DIY SOS》裡的某人。」喬伊絲說。「尼克・諾爾斯[82]嗎？我不知道這說法有沒有所本。」

伊博辛聽到這兒，就覺得自己應該導入今天的正題了。

「時間線是這樣的。」他說著開始發下護貝的講義。「我慢慢開始覺得我應該發放數位資料了。紙本真的很浪費。可以的話，我會希望週四謀殺俱樂部能在二〇三〇年前達到碳中和。」

「你也可以不要再什麼東西都護貝了。」朗恩提出了建議。

「一步一步來，朗恩，」伊博辛說，「一步一步來。」

內心深處他知道朗恩是對的，但感性上他不覺得自己有辦法跟他的護貝機說再見。美國對於火力發電廠，大概就是這種感覺了吧。

「我十一點四十五要先走，」伊莉莎白說。「先說一聲。」

「但會是開到十二點耶，」伊博辛說。「一直都是啊。」

「我有事。」伊莉莎白說。

「什麼事？」喬伊絲說。

「跟史提芬去兜風，」伊莉莎白說，「透透氣。伊博辛，來講講時間線吧。」

「車誰開？」喬伊絲問。

「波格丹。」伊莉莎白說。「伊博辛，麻煩了，別讓我耽誤你。」

「我好像也有一點想去兜風。」喬伊絲像在自言自語，又像在對所有人說。

伊博辛重新抓回了主key。他恨不得自己早知道他們只有四十五分鐘可以開會。他的生活是以小時為單位的。算了——就見機行事吧，伊博辛。他準備的開場白有大概八分鐘，講的是邪惡的本質，但這下子他只能開門見山，直接講重點了。邪惡的本質就改天再分享吧。可惡。

「若論這件命案的核心，」他起了頭，「有待我們回答的關鍵問題似乎有兩個。一來，海洛英現在在哪裡；二者，庫戴許在打給妮娜之後，又打給了誰？我有漏掉什麼嗎？」

「他買鏟子做什麼？」朗恩說。

「那已經歸在『綜合事實』下面了，請參照講義，朗恩，」伊博辛說。

「我誠摯道歉。」朗恩說。「所以海洛英在哪裡？」

「妮娜是不是說庫戴許有個上鎖車庫在費爾黑文？」喬伊絲說。

「確實，」妮娜說，「確切位置不清楚就是。」

「或許海洛英就在那兒。」喬伊絲說。「我想找東西應該難不倒我們。」

「或許，」伊博辛接下了話，「又或許東西已經給賣了。我相信海洛英的銷路應該不差。現況看來海洛英肯定是不在米契．麥斯威爾那邊，所以東西到底在誰手裡？」

「我在想，」伊莉莎白接著說，「康妮．強森會不會還有別的情報可以提供，伊博辛。我們還不知道米契原本要把貨賣給誰說。」

「我禮拜一會去見她。」伊博辛說。

82　班克西是世界級的神祕塗鴉大師，DIY SOS是BBC製作的自己動手做主題節目，尼克．諾爾斯（Nick Knowles）為主持群成員。

「康妮．強森是誰？」莊裘問。

「你可以把她想成是另一個珊曼莎．巴恩斯，不過是毒品版的。」喬伊絲說。「或許我可以幫她烤些司康，伊博辛。我不覺得他們在牢裡吃得到司康。」

「妳真周到。」朗恩說。「那女人想殺朗恩耶，我來烤些司康給她吃吧。」

「那妳要做什麼？」喬伊絲問起伊莉莎白。「在外頭溜達的時候？」

「就辦點事兒，看看人，」伊莉莎白說。

喬伊絲的手機響起。她看了眼螢幕，講起了電話。

「哈囉，唐娜，妳怎麼會打來，真開心。我昨天還惦記起妳。ITV3上面有一集重播的《警花拍檔》，[83]然後卡格妮，還是蕾西，反正就是金髮的那個，人在酒吧裡，然後她說……喔……是喔，當然，是……」喬伊絲有些洩氣地把手機遞給了伊莉莎白。「找妳的。」

伊莉莎白把手機放到耳邊。「喂？嗯嗯……嗯嗯……嗯……嗯。是……是……那不關妳的事……是……謝謝妳，唐娜，感激不盡。」

伊莉莎白把手機遞還給喬伊絲。

「卡格妮或蕾西其中一個人在酒吧，我剛剛還沒說完，然後——」

「伊博辛，」伊莉莎白說，「你今天下午有空嗎？」

「我是打算去跳尊巴啦，」伊博辛說，「他們找了個新老師，而他——」

「你跟喬伊絲去一趟佩特沃斯，」伊莉莎白說，「我需要你去跟珊曼莎．巴恩斯談談，馬上。」

「這個嘛，我確實挺想逛逛骨董店，」伊博辛說，「也很有興趣了解一下海洛英走私是怎麼回事。這些社會的黑暗面——」

伊莉莎白舉起手，要他別講了。「唐娜一直在查看我的通話記錄。」

「是不是，有沒有。」朗恩說。

「星期二，下午四點四十一分，我打了通電話給珊曼莎．巴恩斯。」

伊博辛從筆記中抬起頭來。「然後呢？」

「然後，」伊莉莎白說，「珊曼莎．巴恩斯的號碼在通話紀錄上，顯示為代碼七七七。」

83 Cagney & Lacey，一九八二到一九八八年的警探劇，講述紐約兩名女性警官的故事。

第二十八章

剛過寇斯敦，他們在A23的北上路段隨車流爬著前進，但跟開車的波格丹一起在前座的史提芬似乎一點兒風的興致都不減。從離開古柏切斯的第一刻起，他就不停地問著波格丹問題。

「那兒有個博物館，」史提芬說，「在巴格達。你去過嗎？」

這是史提芬第二次問這個問題了。

「我有沒有去過巴格達？」波格丹確認了一下。「沒有。」

「喔，那你一定要去，」史提芬說。

「OK，我會的，」波格丹說。

這是個很糟糕的時機：伊莉莎白也不想像那樣提早結束例會。但維克多的行程很緊湊，而她非見維克多一面不可。維克多也非見史提芬一面不可。

喬伊絲看著他們所有人進了車子，但卻全然不想揮手說掰掰，所以也許她也察覺了哪裡有點怪怪的。她希望喬伊絲銜命去見珊曼莎．巴恩斯之行，可以成功分散她的注意力。伊莉莎白是瞎貓遇上死耗子，是出於某種直覺，才會讓唐娜去查一查珊曼莎的號碼，看那在紀錄上會不會顯示為代碼七七七。庫戴許真的打給了珊曼莎嗎？是請教事情？還是要賣她海洛英？

伊莉莎白試著把這些問題從腦中排開。她有比這重要很多的事情需要專心。

「那裡的東西會讓你不敢相信。」史提芬說。「幾千年的光陰，會賦予東西不太一樣的格局。你有親手碰過六千年前的東西嗎？」

「沒有，」波格丹說，「朗恩的車算嗎？」

「我們一定得去看看，伊莉莎白，我們都得去看看。等會我們繞去平常去的那家旅行代辦。」

「現在已經沒有什麼旅行代辦了。」波格丹說著用巴士專用道超車了一整排車流。

「沒有了？」史提芬說。「這倒新鮮。」

「交給我吧，我會去了解一下。」伊莉莎白說。「巴格達。」天曉得她有多希望能真的踏上這樣一趟旅途。身邊有史提芬伸手環抱著她。佐以冷冽的伏特加，還有中東的太陽。

波格丹這會兒又開上路肩去超越另一輛車。

「你開車真是又狠，」伊莉莎白說，「又不守交通規則耶。」

「我知道，」波格丹說，「但我答應過妳要在一點二十三分到達。」

「我們時間多得是，」史提芬說。「時間在我們身邊打轉，嘲笑著我們。」

「這話你去跟Google地圖說。」波格丹說。

「我們要上哪兒去？」史提芬說。

這他之前已經問過一遍。

「倫敦，」伊莉莎白說，「去看一個老朋友。」

「庫戴許嗎？」史提芬問。

「不是庫戴許，不是，」伊莉莎白說。她邊說邊感覺到有點內疚。她近來拿庫戴許問了史提芬一大堆問題。有沒有已知同夥，諸如此類的。她甚至提到了珊曼莎．巴恩斯與佩特沃斯，但一絲靈感都沒有從他腦裡閃過。

「我的老朋友，還是妳的老朋友？」史提芬問，「回程時我們可以繞去改革俱樂部[84]探個頭嗎？他們的圖書館裡有本我在找的書。」

「我的老朋友，但你也見過，」伊莉莎白說，「他可以幫上忙。」

史提芬從前座轉頭看向她。「幫誰的忙？」

「我們所有人的忙，」波格丹說，「前提是我們能在一點二十三分前趕到。」

車流一直到巴特錫都沒有稍緩。倫敦整個塞爆了。

伊莉莎白對倫敦的想念已然很淡。她跟史提芬曾一天到晚在這裡跑來跑去，一會兒是舞台劇跟展覽，一會兒又是俱樂部裡的午餐。他們有次在皇家阿爾伯特音樂廳目睹過布萊恩．考克斯[85]教授發表演講，聽他說著宇宙的莊嚴雄大。我們都出身自星塵，也都將回歸滿天星辰。演講她聽得很盡興，但她真希望沒有那些雷射筆。

她當時有意識到那是一段黃金歲月嗎？她曉得自己身在天堂嗎？她覺得她是知道的，沒錯。她知道自己被上天贈與了一份大禮。在火車車廂裡，做著填字遊戲的史提芬會在身邊放一罐啤酒（「我只會在火車上喝啤酒，別的地方都不行，不要問我為什麼。」），眼鏡在鼻子上要掉不掉，然後他會把答案的線索讀出來。真正難解的祕密是當他們深情對望，兩人都覺得是自己高攀了對方。

但，不論生命怎麼教導你天下無不散的筵席，東西不見時你還是會無比地震驚。你就是沒辦法眼睜睜看著你用盡每一絲力氣去愛的男人，開始一個原子一個原子地，回歸星辰。

而倫敦呢？倫敦又慢，又灰，又塞。如今的你必須要涉水一樣，從中緩緩地通過。她與史提芬是不是也開始要過起這樣的生活？艱辛地在漫天廢氣與煞車燈閃爍中，拖沓地度過。

波格丹使出渾身解數趕路，而史提芬則負責指著地標。「伊莉莎白妳看！橢圓體育場！那是橢圓體育場！」[86]

「那是打板球的地方，是吧？」

「妳就知道了，幹嘛問我。」史提芬說。

波格丹逆向開進了一條狹窄的鋪石後巷。

他們在一點二十二分抵達。

84 Reform Club，位於倫敦市中心的會員制俱樂部，原本是男性專屬，一九八一年起也接納女性會員。

85 Brian Cox，1968-，因為電視科普節目出名的英國物理學家，以狂用雷射筆著稱。

86 The Oval，英國倫敦著名的板球場，啟用於一八四五年。

第二十九章

伊博辛開始不抱希望了。他們已經開進了佩特沃斯的正中央，但到處都看不到有停車位的跡象。這個小鎮很美——鋪石的街道，窗邊的花朵，每三五步就是一間骨董店——但他無暇欣賞。要是根本找不到位子停車，那該如何是好？怎麼辦怎麼辦？難不成要違停？不，謝了，他可不想輕則前擋被夾一張罰單，重則車子被拖走。到時候他們可怎麼回家才好？他們會動彈不得。困在佩特沃斯。而佩特沃斯固然被導遊書寫得多迷人又多迷人，但於他就是個陌生的地方。不論他身在何處，也不論他在做些什麼，伊博辛腦子裡的第一要務永遠是「我要怎麼回家？」。被扣車他還想順利回家？作夢。

他試著控制自己的呼吸。他已經來到嘴邊的話是：「我們找過了，停車位沒有就是沒有，喬伊絲，所以我們打道回府，改日再來吧，」但右手邊的停車格就在此時倒出了一輛Volvo。賓果。

「我們今天走運了，」喬伊絲說，「我們應該去買張樂透！」

伊博辛嘆了口氣，但也很開心可以給喬伊絲一次重要的機會教育。「喬伊絲，剛好相反，我們就是這種時候才不該去買彩券。人世間沒有所謂的『幸運日』，我們有的只是一綑一綑分開來的『好運』。」

「喔。」喬伊絲說。

天上掉下來的停車位既寬敞，開口又好停。就連後照鏡放開來都不感覺擠。

「我們只是領到一包好運：停車位突然冒了出來。期待第二個幸運包馬上跟著出現，那叫做一廂情願。像這種一點一點的小幸運，放進大格局裡，其實是一種壞運氣。」

「我們要下車了嗎？」喬伊絲說。

「話說我之所以說這是一種壞運，」伊博辛沒有要閉嘴，「是因為按照邏輯，我們可以大膽推定每個人的一生，都被配置了同樣數目的隨機好運。先別管那些我們靠努力奮鬥為自己掙來的『運勢』；我現在單純說的是那些莫名其妙掉到我們大腿上的幸運。吟詩作對一下，我們可以說那就叫『柳暗花明疑無路，得來全不費工夫』。」

「我覺得艾倫可能要上廁所了。」喬伊絲說，而在後座跑來跑去的艾倫則附和地吠了一聲。

「而如果我們真的在這些隨機的幸運上有固定的額度，」伊博辛說著把車子的方向又喬正了（他希望是）最後一次，「那浪費在無謂的小事上真的不是什麼好事。妳可能在最後一秒搭上公車，或是找到一個完美的停車位，但運氣在這兩種小事上用掉，就可能代表你遇到大事無法吉星高照，不論那所謂的大事是中樂透，還是與夢想中的男人相逢。所以妳認真想要中獎的話，就應該找一個我們確定找不到停車位的日子說：『我們應該去買張樂透。』妳懂了嗎？」

「當然，我懂。」喬伊絲說著解開了她的安全帶。「謝謝你，每次都這麼詳盡的解說。」

伊博辛不覺得她是真的懂了。喬伊絲有時就會這樣遷就他。很多人都是這樣。但他是對的。把你的好運留給大事，把你的壞運留給小事。喬伊絲先下了車，正在替艾倫穿牽繩。伊博辛踏出車外，環顧四下。如今停好了車，他方得以有心思欣賞，而佩特沃斯果真是個標緻的地方。如果他記在腦中的地圖沒錯的話，那珊曼莎．巴恩斯的骨董店肯定就在眼前這條路直直走，第二個路口右轉然後第一個路口再左轉。而喬伊絲想要去吃午餐的咖啡店則在沿原路回來時先左轉，然後第一個路口右轉。他替喬伊絲下載了菜單，但沒有印出來，因為凡事總要有個起頭。伊博辛在他的印表機與護貝機上都貼了一張便利貼，上頭寫著：格蕾塔．童貝里會怎麼做？[87]

喬伊絲走在前頭，犬心大悅的艾倫則每幾步路就要停下來聞一聞美好的新事物。牠對一名郵差吠了起來，那是艾倫不論到哪裡都會上演的定番，然後牠又拉著喬伊絲要過馬路，因為牠看到馬路對面有另外一隻狗狗。他們按計畫在第二個路口右轉，第一個路口左轉，然後就發現自己面前的店招牌寫著**G&S骨董店——原S&W骨董店**。

門上的店鈴發出了悅耳的小鎮風叮鈴聲，迎接他們進到店內。珊曼莎．巴恩斯已經在恭候他們，畢竟伊莉莎白已經警告過她，而她的回應是店內櫃檯上的一壺茶，還有一塊巴騰伯格。[88]伊莉莎白會想要知道珊曼莎．巴恩斯生得什麼模樣。伊博辛很不善於注意這種事情，但他會努力試試。她穿得一身黑，看上去很是優雅。再往下伊博辛就不覺得自己有資格評論什麼了。靠著全神貫注，他可以看到她的黑頭髮與紅唇膏。剩下的細節就交給喬伊絲去填了。

「兩位一定是喬伊絲與伊博辛了吧？」珊曼莎說。

喬伊絲握上了珊曼莎的手。「跟艾倫，是。承蒙您這樣歡迎我們；妳肯定是個大忙人吧。」

珊曼莎朝空蕩蕩的店內比劃了一下，算是回答。「我挺有興趣聽聽你們有什麼話要問。

艾倫渴了的話，櫃檯後面有碗水。」

伊博辛伸出了手要握。「在下伊博辛。妳不會相信我們把車停在哪裡。妳肯定不會相信。」

「您說得是。」珊曼莎在附和聲中握住了伊博辛的手。她招呼兩人坐下，給兩人倒了茶。「話說，海洛英什麼的是怎麼回事？聽起來很不佩特沃斯。」

「海洛英就像雨後春筍啊，到處都是。」喬伊絲說。「差別只在於你有沒有專心去看。妳倒茶，我幫妳切巴騰伯格。」

「還有謀殺？」

「常見到嚇死人。」伊博辛說。「聽說妳的房子很漂亮，果然名不虛傳，巴恩斯太太？」

「叫我珊曼莎。」珊曼莎說。「你是聽誰說的？」

「我們耳朵很靈光，聽到什麼就會往兜裡放。」喬伊絲說。伊博辛看得出此行沒有伊莉莎白壓陣，喬伊絲就開始有點伊莉莎白上身，而且她顯然樂在其中到有點欲罷不能。

「是喔，這裡的規矩是東西往兜裡放，你就要來跟我結帳。」珊曼莎說。「牛奶跟糖？」

「正常的牛奶嗎？」喬伊絲問。

「當然。」珊曼莎說。

喬伊絲點了點頭。「我們兩個都牛奶就好。我們的朋友庫戴許・夏瑪被殺，妳聽說了

---

87 Greta Thunberg，瑞典環保少女。

88 Battenberg，切面呈二乘二的棋盤格，分屬兩種顏色的蛋糕。

嗎？」

「是，我在《阿格斯晚報》[89]上讀到了報導。」珊曼莎說。「而你們覺得，人是我殺的？真假？還是你們覺得我知道凶手是誰？覺得我可能是下一個受害者？不論是哪一種，我必須說，都很誇張。」

「我們只是希望妳這兒會有什麼線索。」伊博辛說。「我們覺得有人利用庫戴許的店，在賣海洛英的一批貨。這妳聽著會覺得很扯嗎？」

珊曼莎拿起茶，喝了一小口。「扯？完全不會。我不會說這在骨董店的世界裡是家常便飯，但這也不是什麼聽都沒聽過的天方夜譚。」

「那，有人開口要妳做過一樣的事情嗎？」喬伊絲問。

「那倒沒有，」珊曼莎說，「他們也不敢。」

「所以這麼看來，庫戴許是決定放飛自我，自個兒把海洛英拿去賣掉，」伊博辛說。「他們在《阿格斯晚報》裡有提到這一點嗎？」

「報上沒這麼寫。」珊曼莎說。「你們知道他把海洛英賣給誰了嗎？」

「我們來就是為了查清楚這點啊。」喬伊絲說。「這個巴騰伯格蛋糕好吃極了，我必須說，是馬莎百貨買的嗎？」

「我老公葛斯親手做的。」珊曼莎說。

「那他是天才。」喬伊絲說。「我們來不是為了揭妳的瘡疤，也不是要給妳安一個有的沒有的罪名。只不過妳的骨董店橫看豎看就是這麼小——」

「但妳賺的錢卻那麼多。」伊博辛說。

「所以我們就想，」喬伊絲接著說，「當然我不否認伊莉莎白有稍微提點，妳可能在關於骨董店與犯罪會在哪兒擦撞出火花的議題上，是個可以請益的理想人選。這樣的假設，妳覺得聽來合理嗎？」

「我確信我不知道你們想表達的是什麼，」珊曼莎說，「但我可以提供一些業餘者的觀點，如果你們覺得會有幫助的話？」

「那樣就夠了，」伊博辛說，「我們圖的就是一個新鮮的視角而已。」

「假設妳出於某種原因，入手了一大批海洛英——」喬伊絲問。

「多大一批？」珊曼莎打了個岔。

「價值十萬鎊，大約，」喬伊絲說，「妳可能會想到要去賣給誰？有沒有哪些個見不得光的人物，是妳可以一通電話撥過去的？」

「一時間我是想不太到。」珊曼莎說。

「我有一個想法，」伊博辛說，「單純只是一個想法，那就是如果庫戴許動了心思要賣掉那些海洛英，他說不定會打給妳。」

「認真？」珊曼莎說著喝了口茶。「你哪來這麼奇葩的想法？」

「庫戴許打了通電話到一個無法追蹤的號碼，」伊博辛說，「時間就在他去世之前不久。而出於某種妳自己最清楚的理由，肯定完全清白的妳也有一支無法追蹤的號碼。想到這一點，我們就想說妳該不會就是我們在找的那個，見不得光的人物？」

89 *Evening Argus*，布萊頓的地方報。

「嗯，」珊曼莎說，「這也太跳躍了吧。而且還是邊跳邊抹黑。」

「妳的錢，是怎麼賺來的？」喬伊絲一邊問，一邊試著把茶吹涼。「妳不介意我當個三姑六婆，有此一問吧？」

「骨董。」珊曼莎說。

「我們在Google上搜尋了妳的房子，」喬伊絲說。「沒想到骨董帽架有這麼大的商機啊。」

「一會兒你們走了，我也有東西要去Google上好好查查。」珊曼莎說。

「有什麼外快嗎？」伊博辛問。

「我另外在銀髮俱樂部當排舞老師，」珊曼莎說，「義工性質就是了。」

「總之，」喬伊絲說，她的茶終於涼到可以小小地喝一口了，「海洛英。」

此時店門開啟，一名身穿羽絨外套與羊毛帽的大漢塞滿了門框，然後彎身走進門。

「葛斯，親愛的，」珊曼莎說，「這是喬伊絲跟伊博辛。」

「還有艾倫。」喬伊絲說。

葛斯看著喬伊絲與伊博辛，面無表情，然後又看向珊曼莎，聳了聳肩。艾倫直朝著這個新出現的男人，饒富興味地跑了過去，但也不知道葛斯有沒有注意到艾倫朝他撲了過去，反正他臉上是看不出任何動靜。

「聽說這是你做的巴騰伯格蛋糕，」喬伊絲手拿著蛋糕叉說，「這真的很好吃。」

「石磨麵粉。」葛斯說。

「葛斯，親愛的，」珊曼莎說，「這位喬伊絲在納悶有誰會是十萬鎊海洛英的買家？」

葛斯直視喬伊絲。「妳要賣海洛英？」

「不是啦，」喬伊絲呵呵笑了起來，「是我們的一個朋友。只不過過個一兩年，我不會完全排除這種可能性。」

「有人把自己的命玩掉了，」珊曼莎說，「好像是某樁買賣出了差錯。海洛英不見了，而我們被當成了徵詢專家意見的對象。」

「這些事情我們一概不懂，」葛斯說，「星期四跑來問這些問題，也太奇怪了吧。」

「可不是嗎？」珊曼莎說。

艾倫對葛斯對牠不聞不問不是普通的挫敗。牠使出了渾身解數，壓箱底的把戲都耍出來了，但葛斯連看都不看牠一眼。葛斯在思考著，就像一部強大的超級電腦在閃爍的指示燈中活了過來。他瞪著喬伊絲，對其發射了一道雷射般的目光。

「妳知道海洛英現在的下落嗎，老太太？」

「我叫喬伊絲。」喬伊絲說。「但我不知道，在某個地方飄飄蕩蕩吧。我想它肯定在某個人手上。一定有這麼一個人的，是不是？你不覺得嗎，葛斯？」

「東西一定在某處，這點不在話下。」葛斯說。「妳有什麼想法嗎？還是有什麼東西讓妳覺得可疑？」

「你會打給誰，葛斯？」喬伊絲問。「如果你突然在抽屜裡多了滿滿一盒海洛英？」

「我會打電話報警。」葛斯說著朝珊曼莎點了個頭。「我很乖的，是不是寶貝？」

「任何違法亂紀的事情，」珊曼莎附和起來，「我們都會直接去找警察。我們是用生命在相信警察。」喬伊絲喝了口茶。

「你們覺得自己快要找到海洛英了嗎？」珊曼莎問。「再來杯茶嗎，喬伊絲？」

「我這年頭的膀胱已經沒有兩杯茶的容量，」喬伊絲說，「我以前在這方面，可不輸給駱駝。」

「我們會把東西找到的，」伊博辛說，「我對此一直抱持信心。如果你有興趣聽我的看法，我在思考過後認為——」

葛斯一邊繼續擔綱被艾倫撲上來的對象，一面用後腦杓對著伊博辛，朝喬伊絲發了話。「這隻狗也太嗨了吧，真要說。」

「你可以摸摸牠啊，要不要？」喬伊絲說。「他叫做艾倫。」

葛斯搖了搖頭。「人對狗就是要用欲擒故縱那套。他們想得人寵就得拿出點本事。」

「說得是。」伊博辛邊說邊偷偷地把一盒寶路薄荷糖放回口袋裡。

「伊博辛，我有個問題，」珊曼莎說，「那個把海洛英送到庫戴許店裡的男人，你不會剛好知道他的身分吧？」

「我們確實知道，」伊博辛說，「事實上我們已經見過他了。他看來還滿明理的，頂多就是情緒容易有起伏。不過我想幹他那一行的，會這樣也無可厚非吧，是不？販毒可不像賣鞋，對吧？或是賣骨董。販毒肯定會招來某種——」

葛斯舉起手，讓他別再往下說。「我需要你少說點。我感到無聊的閾值很低，生來如此，醫生也一籌莫展。」

「原來如此。」伊博辛說。「無聊的閾值低往往代表——」

葛斯重新舉起了手。伊博辛有點辛苦地克制住自己。討厭耶，他有個有趣的論點要發表呢。每次都是他才來到某項觀察的山腳下，別人就把他打斷了。那實在很讓人感覺挫敗。不讓伊博辛有時間醞釀並達到高檔，天曉得這個世界錯過了多少，損失有多大。今日的社會肯定苦於某種注意力缺失。現代世界鋪天蓋地的刺激簡直要毀掉了……伊博辛意識到有人剛問了個問題。

「妳剛剛說什麼？」伊博辛說。

「我說，那位先生的名字叫什麼？」珊曼莎說著又切了一片葛斯的巴騰伯格蛋糕。

「多明尼克．霍特先生，」伊博辛說，「出身利物浦。」

「妳是不是，有聽說過他？」喬伊絲問。

「多明尼克．霍特？」珊曼莎看向葛斯。葛斯搖了搖頭。

「我們沒聽過這號人物，」珊曼莎說，「抱歉。」

但伊博辛一邊欣然接下了第二片巴騰伯格蛋糕，一邊想著就算要把他在佩特沃斯的停車位賭上，他也覺得這兩個人在說謊。

第三十章

「伊莉莎白叫我來找你聊聊，史提芬。」維克多說。「威士忌？」

「我就算了，我等會兒還要開車，你知道他們現在管得多嚴。」史提芬說。

史提芬與維克多坐在一張寬敞的白色半圓形沙發上，沙發則在維克多那超大坪數的頂樓公寓裡。倫敦攤開在他們眼前，當中只隔著那些全景的窗戶。伊莉莎白與波格丹已經移駕到外頭，往維克多的陽台上一坐。外頭的寒意讓兩人把自己緊緊包裹。

「史提芬，你得了失智症，」維克多說，「我想你也心裡有數吧？」

「我，嗯，確實這最近是個話題，對吧？我還沒有完全當機。我電池裡還有點電。」

「伊莉莎白每天早上都會給你看這封信，是嗎？」維克多遞過了史提芬親手寫的那封信。史提芬接過信，目光也隨之飄了過去。

「是，我曉得這封信。」

「你相信裡頭寫的是真話嗎？」

「嗯，相信，我也只能相信。」

「這封信寫得很勇敢，」維克多說，「也很有智慧。雖然挺悲傷的。伊莉莎白說你們不知如何是好，兩個人都想不出辦法的樣子？」

「你再說一次你是誰？」

「維克多。」

「是，我知道你叫維克多，我上來的時候只聽到『維克多東』跟『維克多西』」。問題是你是幹什麼的？我們又聚在這裡做什麼？」

「我以前在KGB做過不小的官，」維克多說。「現在嘛，怎麼講，算是國際罪犯之間的一個仲裁者吧。我會去排解糾紛。」

「那你會認識我太太，是因為？」

「我會認識她，是因為她在軍情六處幹過，史提芬。」

史提芬望向陽台，看著他的妻子。「真是匹黑馬，那傢伙。」

維克多點起頭。「黑到發亮。」

「你知道，我還是個小男生的時候，」史提芬說，「英國有一種公車，一種無軌電動公車，也叫無軌電車。你知道無軌電車嗎？」

「跟公車差不多嗎？」

「跟公車差不多，當然。不完全是公車但像台公車。車頂有電線供電。跑遍了整個伯明罕，那兒是我的故鄉。我老家在伯明罕，你不曉得吧？」

「不，」維克多說，「我不會知道這種事情。」

「你不會知道，但以前在學校，同學會打到我說出來。總之我小時候，在我家大馬路盡頭再過去的鎮上，有一輛無軌電車——我們住在很陡的山上，山頂邊上就是個懸崖——只要有那台電車代步，我們就不用費力爬山回家，你可以在鎮的正中心搭上電車。但我們不會搭電車到鎮上，因為，你知道去鎮上是……」

「下坡。」維克多說。

「下坡。」史提芬揭曉答案。「但問題是，兄弟，問題是。你知道那輛電車是幾號嗎？」

「不知道，」維克多說，「但你知道。」

「四十二號，」史提芬說，「星期六開的叫四十二A，然後星期天休班不開。」

維克多點了點頭。

「這些我都可以記得，而且清楚得跟大白天一樣，在我腦海裡閃閃發光。但我不記得我妻子在軍情六處幹過。我猜她有告訴過我吧？」

「她有。」維克多說。

「在這樣的我身邊，」史提芬問，「伊莉莎白過的是什麼日子？」

「很辛苦的日子。」維克多說。

「這不是她自願參與的日子，嗯？」史提芬說。

「不是，但她自願參與了愛，」維克多說，「而她非常愛你。你在這事兒上非常幸運。」

「幸運，是嗎？你是不是自個兒也對她有點意思？」

「大家不都是嗎？」

「其實並不是，兄弟，」史提芬說，「據我所知就我們哥倆而已。」

兩個男人都笑了。

「她信得過你。」史提芬說。

「她信得過我，」維克多說，「所以跟我說說你的感覺吧。」

史提芬深呼吸。

「維克多，在我腦中，趁我現在還有辦法解釋……各種事物並沒有在往前走。這個世界在持續往前開展，這點我明白，也能察覺。世界不會為了什麼停下來，它會一直往前走。但我的大腦卻在走回頭路。即便是這一刻，我也在倒退著。那感覺就像浴缸被人拔掉了塞子，水流在裡面不停地打轉、打轉、打轉，然後每一圈都有更多全新的東西，我不明白的東西，而我只能七手八腳地想從漩渦的側邊爬上去。而現在這樣已經是我最好的狀態，是對事物還有一點掌握的我。」

「我明白，」維克多說，「你講得很清楚。」

「那輛四十二號電車，維克多，那兒就是我停駐的地方。其他的一切都是樓上鄰居的噪音，都是我聽起來一團糊糊的話語。」

「史提芬，我是來幫你的，至少那是我的希望啦。」維克多說。「我是來聽一聽、看一看你身處於什麼樣的痛苦中。那是伊莉莎白想要知道的。而她曉得由她來問，你一定不會告訴她真話。所以她需要透過我來問你。」

史提芬明白。

「我想這個問題我應該是多問的，」維克多說，「我想你的表情已經回答了我。但你感覺很痛苦嗎？」

史提芬微笑著，看向了地板，看向了陽台上的伊莉莎白與波格丹，最後又讓目光回到了維克多身上。他讓身體重心前傾，為了穩住身子而一手按在維克多的一膝。

「你說對了，兄弟，就是這樣。那痛，我不知道該怎樣形容。」

第三十一章

喬伊絲

我剛用石磨麵粉[90]做了些巴騰伯格蛋糕，葛斯的建議果然沒錯。但我做的依舊差他一味，所以我想他恐怕還是藏了一手。有機會再見我非問個明白不可。

而我想這機會還挺大的，你不覺得嗎？

我覺得伊博辛跟我都能看出珊曼莎．巴恩斯與葛斯沒說實話。

但他們沒說的實話是什麼呢？他們肯定知道些什麼，但沒有說出來。

但不論他們老不老實，葛斯的蛋糕著實好吃。

昨天的佩特沃斯之行實在是非常過癮。在告別了珊曼莎與葛斯之後，我們去幾家店遛了遛。我的戰利品是個馬蹄鐵，因為我覺得傑瑞會說我買得好，而伊博辛不知道腦子裡在想什麼，買了個老式的倫敦路標：「伯爵宮路」。他說他看上的是這個路名頗具王家之風，但我覺得他有點在唬弄我。他肯定有什麼理由，伊博辛買東西從來都有理由。我拿朗恩跟寶琳是怎麼回事問他，但他說他正想問我同一件事，所以我想事情可能差不多沒救了。果真如此那就太遺憾了。因為看到有人鑄下大錯，想去插手真的是一種很大的誘惑，你說是不？

我們一回到家，我就立刻跑去伊莉莎白那兒串門子。我想跟她做個彙報但撲了個空，因為她人還在外頭。這麼看來不論她跟史提芬還有波格丹去了哪裡，他們都不是去打醬油。

去參觀安養院嗎，你覺得呢？為了史提芬？暫時我其實不太想聊這事兒。反正時候到了我們自然會明瞭。總之巴騰伯格蛋糕是給她的，如果她想要。

我最終還是打消了給康妮・強森烤司康的念頭。一方面朗恩說得挺對。一方面伊博辛說康妮定期會有蓋爾斯麵包店[91]外送到獄中，所以她恐怕也不稀罕。蓋爾斯如今在費爾黑文也有了據點，而我雖然還是比較青睞在岸邊的維根素食咖啡店，但唐娜還是叫我試試蓋爾斯的英式香腸捲，結果我必須說我被勾住了。我現在的習慣是先在「任何有脈搏的東西」[92]店裡來杯茶配馬芬，然後再在回社區小巴的路上外帶個香腸捲，回家熱一熱就可以看完一集《警佐貝爾熱拉克》。[93]

有次我回到家，把香腸捲忘在包包裡就去忙了，結果等我再回到客廳時，只見地上散落著我的口紅跟錢包，而一嘴麵包屑的艾倫則在那裡給我裝無辜。

我上網查過了，那個即將搬進古柏切斯的男人還是什麼資料都沒有。艾德溫・梅亨，而愈是查不到我就愈覺得他神祕，愈覺得興奮。要是他不騎著一台摩托車來，我會很失望。

明天是週六，而所有的事情或動靜好像都會避開星期六，你有沒有這種感覺？除非你是運動迷啦，運動迷的話就剛好反過來，星期六是最忙的一天。我希望我明天可以跟伊莉莎白

---

90 相對於鋼磨麵粉，顆粒粗一點，但生產中的溫度比較低，營養保存得比較好。

91 Gail's Bakery，分店主要在倫敦地區的麵包暨咖啡連鎖店。

92 店名，維根素食主義就是任何有脈搏的東西都不吃。

93 Bergerac，BBC首播於一九八一到一九九一年間的犯罪懸疑刑偵影集。

回報一下收穫，但她好像真的有一點心事重重。

這完全是可以理解的，但我們對於凶手或海洛英的追查都沒有什麼進展，所以也許這次我應該稍微挺身而出，稍微當一下主角？

喬伊絲當主角？我不知道耶。我其實不太喜歡下命令；我比較喜歡被命令。但我也喜歡有人聽我說話，所以也許我就應該要勇敢一回。

因為如果伊莉莎白不管事，那總是要有人跳出來吧？

伊博辛？

朗恩？

我光用想的就笑了出來。總之呢，只要伊莉莎白復行視事前不要出什麼大事，那一切就都可以平平安安。而就像我說的，星期六基本上什麼也不會發生。

祝每一個人都好夢。

第三十二章

有時候，唐娜寧可自己是週四謀殺俱樂部的一員，而不是警察。週四謀殺俱樂部不用穿制服，不用對蠢貨長官敬禮，也不用顧忌什麼警察與刑事證據法，是吧？他們只看成果，而唐娜有個理論是，她要是可以自由地去栽贓毒品、拿槍指人、假裝死人、給嫌犯下藥，那她應該也能做出一番成果。

今天是她第一次嘗試測試這個理論。

嚴格說她不應該這麼做，或者該說她當然不該這麼做。但唐娜感覺被高級調查官里根激到了。克里斯比較沉得住氣，但唐娜真的很想將里根跟國家犯罪調查署一軍。然後或許她也想證明給伊莉莎白看，她也是可以違反幾條規定的。所以關於多明尼克・霍特，她今天非查出個一兩條線索不可。天是會塌下來嗎？

再來就是，她從來沒有去看過足球賽，這下子她可以有幾個小時去找波格丹，還不用有假公濟私的罪惡感。

週六午餐時間的比賽，企業包廂慢慢開始滿了。包廂裡的暖氣室中有自助餐跟吧檯，而暖氣室外現在滑門後面的，是二十個座位，而且全都可以俯瞰足球場的正中央。球場賞心悅目，看起來就像一個碧綠的圓形劇場。被足球比賽糟蹋真是可惜，但既來之則安之。

唐娜從來沒有便衣臥底過。當然她此刻也不是正式在出便衣的任務。要是被克里斯發現她在幹嘛，他會殺了她。這完全是規定不容許的事情。克里斯此刻正在陪她媽媽逛園藝中心，因為她老媽擔心克里斯的公寓會缺氧。

唐娜本來以為她會格格不入，但目前為止走進包廂的每個人都拚了命要配合服裝要求——領帶ok、西裝外套ok、牛仔褲out、球鞋out——看上去彷彿現場全都是便衣警察。波格丹給她帶來了一瓶英國氣泡酒。這酒出自一處本地葡萄園；他們可以讓人進去參觀。波格丹喝的是礦泉水，氣泡水傷琺瑯質。

「他還沒來嗎？」波格丹問起，並四處張望著。

唐娜搖搖頭。這個包廂的主人是馬斯癸汽車總代理，而如果英國內政部的電腦資料沒錯的話，這家公司應該是奉公守法的汽車經銷商。就統計學而言，外頭肯定還是散落著幾家企業做的是合法的生意。

唐娜吃起了一份維根香腸捲。每遇主場比賽，戴夫・馬斯癸都會廣邀友人與客戶來看場比賽，喝幾杯酒，或許順便做點買賣。天曉得這個排場花了他多少錢，但唐娜估計這一定是划得來的。賣幾輛Range Rover跟Aston Martin，就不知道可以買多少香腸捲了。

唐娜看到戴夫・馬斯癸朝她與波格丹走來。

「你有辦法跟人揮[94]嗎？」唐娜急忙跟波格丹確認。

「揮？沒問題，」波格丹說。

「你確定？你跟誰揮過，我怎麼沒聽說？」

「簡單啦，」波格丹說。「我住英國都多久了。妳負責聊點是高爾夫話題吧。」

戴夫・馬斯癸來到他們面前，朝波格丹伸出手。他不知道是沒看到唐娜，還是不想理她。但那無妨。要是得在把女人當空氣的男人跟把女人當氧氣的男人中二選一，她十次有十一次會選空氣。再者，她也很樂於盡可能保持低調。她一直很擔心會有她逮捕過的人在下一秒走進包廂，然後一眼就認出她。畢竟這可是足球啊。

「你是貝瑞嗎？」戴夫．馬斯癸問起波格丹。

「我是貝瑞。」波格丹確認了這點。

「尼可說你是個要死了的傳奇人物。」

「尼可」是波格丹的一個朋友。尼可拉斯．勒斯布里吉—康斯坦斯。他發明了一種可攜式風力渦輪，然後五十歲就退休吃自己的了。波格丹替他幹過些活兒。希望只是工地的活兒，唐娜暗想——她從來不想太用力去窺探波格丹的隱私。尼可稍早很開心地引見了波格丹，且眼睛眨都不眨地用上了波格丹請他使用的假名。波格丹真的是個非常優秀的營造工人。

「尼可說，『戴夫是個好人』，」波格丹說，「他說，好車，好價格，但高爾夫爛。」

戴夫狂笑了一聲，一掌拍在波格丹的背上。「喔，你我欣賞，貝瑞！你我欣賞！」

「你欣賞我，我欣賞啤酒！」波格丹說著也往戴夫的背上拍了回去。戴夫又是一陣狂笑。

「啤酒，聽這小子說什麼！我們這裡有個活寶！」

所以波格丹還真能揮。她幹嘛要懷疑這一點呢？唐娜再次瀏覽起自助餐桌，男生們要聊就讓他們去聊。她看到一盤明蝦，但唐娜對於哪些部位要吃下肚，哪些部位要丟著，始終拿不出什麼自信，所以她最後還是拿了炸雞柳條這個安全牌。

94　台語「亂聊亂扯」的意思。

「貝仔，你覺得這場的比分會是怎樣？」戴夫問起波格丹。喔喔，波格丹可能在很多事情上是專家，但不包含足球這一項。

「我覺得三比一吧，」波格丹說。「這支艾佛頓隊的防守太抖，被踢進太多球，隊上老將囤積太多。維貝克[95]與三笘薰[96]他們應付不了。而要是艾斯圖皮尼昂[97]也先發的話，那艾佛頓就玩完了。」

所以昨晚她在看《終極警探》的時候，波格丹拿著手機就是在忙這個喔。

「希望你是對的，貝仔。」戴夫說。「真的好想贏利物浦人。啊，這才說到利物浦人。」

戴夫．馬斯癸轉頭望向門口。唐娜也順著他目光看了過去。多姆．霍特，一身貴氣咻地走了進來。總算，有個人看起來不像是臥底條子了。戴夫丟下了波格丹，開始糾纏起這個更有錢的新獵物。

他們能發現什麼原本不知道的事情嗎？某個男人看足球看得太盡興，又因為喝了酒而口風鬆了些，結果把說出來會死人的事情說溜了嘴？一點她能帶回去給克里斯獻寶的小金塊？希望如此吧。不論怎麼想，與庫戴許．夏瑪之死的牽連都滿到了多姆．霍特那被喀什米爾圍巾裹住的脖子。雖然要證明這一點的代價是要待滿九十分鐘的足球比賽，但這點犧牲會值得的。她帶了一本書來算是以防萬一，也不曉得會不會有機會翻開。

她想起克里斯，她的上司，此刻正推著推車，在園藝中心的花草樹木間走來走去，手臂還跟她媽勾纏在一起。對不起了，克里斯，有時總有人得跳出來當個獨行俠，而你這輩子已經獨不了了。

95 Danny Welbeck，1990-，英格蘭國家隊黑人前鋒，現為英超布萊頓隊球員。

96 Kaoru Mitoma，1907-，日本國腳，現為英超布萊頓隊球員。

97 Pervis Josué Estupiñán Tenorio，1998-，厄瓜多國腳，現惟英超布萊頓隊球員。

第二十三章

克里斯仰頭灌下了他的第二杯英國氣泡酒。來這兒參觀的話有兩杯的免費額度，第三杯起就要自己花錢買了。

嚴格說起來，克里斯不應該跑來這裡，但他真的很想將那個高級調查官里根一軍。他真的不該這麼小心眼的。他不該真的有所反應，而應該要學學唐娜內心的堅強，但總之他就是跑來了這裡。兩杯氣泡酒，一個與派翠絲共度的午後，然後在某個點上，趁著某段適當的冷場，他會把自己變不見，偷偷溜去就在停車場對面的薩塞克斯物流，嗅一嗅那兒的倉庫四周有沒有什麼線索。唐娜要是知道了他人在這裡，肯定會要他的命；照講他應該要在園藝中心才對。唐娜與波格丹去了黑斯汀斯看一個藝術展。他對誰都做不出這麼殘忍的事情。

雖然布萊頓咖啡廳的那個女人已經指認出了多姆．霍特——正如週四謀殺俱樂部也是——但信不信由你，她這個人證在法庭上是站不住腳的。他們說什麼也不可能拿到令狀去搜索薩塞克斯物流，再過一百年也不可能，所以克里斯心一橫，想辦的案子就自己動手。

這很不像他，老實講，但他已經厭煩了看伊莉莎白與她的快樂夥伴切各種他於法沒辦法去切的西瓜，抄各種他抄不了的捷徑。那不公平，克里斯決心要搶在高級調查員里根之前破案，甚至最好還能搶在週四謀殺俱樂部前破案，憑良心說。他巴不得能由自己找到海洛英，找到殺害庫戴許的凶手，然後好好欣賞一下伊莉莎白臉上是什麼表情。而不論週四謀殺俱樂部今天的行程是什麼——也許是要去某個被挖空的火山肚子裡跟人用槍火拚——他都很確定他們不會闖進薩塞克斯物流去一探究竟。

還有一個人今天也不會來這裡，那就是多姆・霍特，克里斯對此相當確定。英超今天要由布萊頓對上利物浦的艾佛頓隊，在英格蘭南岸的布萊頓是主場。像多姆・霍特這樣的男人肯定會身在某個企業包廂內。克里斯一直想去足球賽的包廂內見識一下。他從外頭見過包廂好幾面，主要是在水晶宮[98]的比賽中：酒水與食物，舒服的座椅，熱呼呼的暖氣，還有男人的手在那邊握來握去。有朝一日吧。當警察在七〇年代肯定好過得多，那時候你可以大大方方公開收賄。他記得他警隊生涯初期的一名老警探只是不小心搞丟了一項關鍵證據，就在溫布頓網球賽的中央球場裡，換到了皇家包廂的貴賓席。

或許此刻的薩塞克斯物流裡根本一個人都不會有？大家都去度週末？克里斯聽說了很多米契・麥斯威爾的事情，他是多姆・霍特的老闆，而且前幾天還去拜訪了一下週四謀殺俱樂部，但他其實住在倫敦北邊的赫特福德郡，鮮少會南下來這兒衝鋒陷陣。

或許某處的窗戶會被放著沒關？防火門會只是半掩著？警報系統肯定是會有，但克里斯拆起這些東西駕輕就熟。而且就算警察真的被叫來，克里斯身上也帶著無線電，闖空門的調查他可以搶在所有人之前。

品酒的環節告一段落，酒廠的人建議大家在參觀開始前去上個洗手間。克里斯還以為他們要看的是葡萄園，但原來葡萄園跟葡萄酒廠是兩碼事。他今天真的是獲益良多。

他看著派翠絲，朝門的方向點了點頭。她也回點了一個頭。她在他描述計畫的時候，展

98 Crystal Palace，英超其中一支屬於南倫敦的球隊。

現出的是一種無與倫比的熱情（所以我可以親身體驗什麼叫真正的把風？總算有個像樣的約會了。）這兩人趁沒人注意溜出去，進到冷冽的空氣裡，他牽起她的手，往上頭就是一親。

「準備好犯點法了嗎，我的女王？」

「為了你，大人，赴湯蹈火在所不辭。」派翠絲說。「唐娜會想殺了我們倆，是吧？」

「她這會兒在黑斯汀斯看藝術展，」克里斯說。「她可能會想先尋個短。」

第三十四章

波格丹設法坐到了多姆・霍特旁邊的座位。為此他不得不以輕到不能再輕的力道把擋住他路的一個小孩擠掉，只因為他說什麼也不想讓唐娜失望。他把他渾身肌肉的骨架沉入了那勉強具有座椅功能的座位。就像兩個陌生人在火車上邂逅，他跟多姆・霍特相互點了個頭。波格丹從外套裡抽出一條艾佛頓隊的圍巾，往他寬厚到不像話的肩膀上一披。這吸引了多姆的注意。

「你是艾佛頓的？」他問。

「是，艾佛頓。」波格丹說。「我想這兒就我一個了吧。」

「我也是這麼想，」多姆說著伸出了手，「這下子我們有兩個人了，在下多姆。」

波格丹跟多姆握手。很棒的一握，雖然那不是重點，但好些個壞到骨子裡的傢伙，都讓波格丹見識過什麼叫扎扎實實的握手。「我是貝瑞，雖然不是真名。我本名是波蘭文。」

「我無所謂，」多姆說。「一個波蘭小伙兒，怎麼會變成艾佛頓的球迷？也太慘了吧。」

「我祖父和一個來自英格蘭的殺人犯當過獄友，那人是個死忠的艾佛頓球迷。後來他殺了一個警衛，獄方則開槍斃了他，所以我祖父後來就見不著他了，不過我們家從此就變成了艾佛頓的球迷。」

多姆點了點頭。「你說了算，貝仔。我不看好我們今天能打贏對面的陣容，你呢？」

「我也不知道自己為什麼要每個禮拜都接受這種折磨，」波格丹說，「足球是真要命。」

波格丹可以察覺唐娜在多姆．霍特正後方的座位上豎直了耳朵。波格丹說過那沒有必要，他說他會把所有的事情記在腦裡，但唐娜是個獨立的女人。

「你怎麼會認識戴維．馬斯癸？」多姆問。

「我認識一個認識他的傢伙，」波格丹說，「然後我幫了那傢伙一個忙。」

「你是幹哪一行的？」

「這個做做，那個做做。」波格丹說。

「我們又多了一個共通點，」多姆說，「我也是這種工作型態。」

比賽正式開踢，波格丹也開始限制自己只跟多姆．霍特聊場上的動靜。「伊沃比[99]一直在找持球者，他們都跑哪兒去了？」

「說得好，兄弟，說得好。」

他想要讓唐娜以他為榮。聖誕節是一場美夢，睡到自然醒，看澳洲的電視實境秀，玩贏不了的桌遊。波格丹上一次想讓人以他為榮，他媽還沒死。他喜歡那種感覺。

艾佛頓在第十分鐘失了一球，兩個艾佛頓球迷臉頓時一起變臭。二十五分鐘時布萊頓又進了一球，這下子兩人的注意力都開始從比賽中飄走。

「你是在這一帶活動嗎？」多姆問起。

「費爾黑文。」波格丹說。「但你知道，我會移動。到處跑來跑去。哪裡有工作，哪裡就有貝瑞。」

「你是不是很積極想坐在我邊上？」多明尼克．霍爾說。他這會兒滑起了手機，沒正眼看波格丹。

「蛤？」波格丹說。

「你一開始就直奔我過來，」多姆說。

「這位子棒啊，」波格丹說，「而且你的大衣很好看。」

多姆繼續滑著手機。「我想你的名字是波格丹．楊科夫斯基。」

「這我沒辦法騙你，」波格丹說，「要是有辦法就好了。你的波蘭文發音很標準。」

「還有坐在我們背後的是唐娜．德．費雷塔斯警員吧，」多明尼克從座位上扭過身，朝唐娜伸出了手。

「多姆．霍特。」多姆說，而唐娜則握起了他的手。「但妳早就知道了。」

波格丹搞砸了。

「很有趣的設計，這個圈套。」多姆說。「妳跟妳男朋友？這是肯特郡警察的常規操作嗎？還是妳不按規矩辦事？」

「只是單純來看個足球，」唐娜說，「不違反大英律例吧。」

「妳能說上個艾佛頓球員的名字嗎？」

「喔天啊，我無法。」唐娜說。波格丹昨晚有給她特訓過，算是以防萬一。但說正格的，誰有閒工夫去記那個？你能說上個甜心寶貝[100]的名字嗎？

「今天我要收工了。」多姆．霍特說著站了起來。「這次我就算了，你們會想這麼做我

---

99 Alexander Chuka Iwobi，奈及利亞籍邊鋒，二〇二三年還在艾佛頓，二〇二四年已轉隊到富勒姆。

100 Sugababes，英國流行音樂女團，團員歷經多次變動。

懂。但要是讓我看到你們誰再跟蹤我，我就要去申訴了。這樣不過分吧？」

「海洛英在哪兒，多姆？」唐娜靜靜地問了他。「你是正在找？還是東西根本就你偷的？」

多姆同樣平靜地答道：「難怪他們要拿走你們的案子，交給國家犯罪調查署去辦。業餘。」

布萊頓又進了第三球，多姆在周遭球迷爆出的喝采中大為洩氣。波格丹把手彎成一個小喇叭，靠在了多姆的耳朵上。

「唐娜是客氣。我認識庫戴許・夏瑪。若是你殺了他，我會要你的命。你聽懂了嗎？」

多姆・霍特退後一步，打量起波格丹。歡呼的群眾冷靜下來，坐回了位子。他來回看著波格丹與唐娜。

「祝你們觀賽愉快。」

第三十五章

按規矩，安東尼是不做家訪的。但有些規矩，就是立來打破的。

伊莉莎白替他泡了杯茶，然後在沙發上坐下，看著安東尼剪著史提芬的頭髮。她原本應該在去找維克多之前，就把這件事辦了，但維克多不是會在意這種事情的人。

「伊莉莎白是怎麼把到你的？」安東尼對史提芬說。「我這腦袋想不通啊。妳手上真是揣著個野生克隆尼[101]等級的帥哥啊，伊莉莎白。」

「克隆尼？」史提芬說。

「跟她過日子是什麼感覺，史提芬？」

史提芬看著鏡子裡的安東尼。「對不起，我有點被你搞迷糊了——」

「我是安東尼。」安東尼邊說邊修剪著史提芬的耳側。「跟伊莉莎白住在一個屋簷下，是什麼感覺？」

「伊莉莎白？」

「我是說，我們都喜歡強悍的女子，是不是？」安東尼說。「但肯定凡事都有個極限吧？我是說，我們都喜歡雪兒，[102]是不是，但你會想跟她住在一起嗎？兩個禮拜也許不錯，

101 George Clooney，1961-，好萊塢型男演員喬治．克隆尼。

102 Cher，1946-，美國女歌手兼演員。

廚房會變成你們的舞池，但終究你會有哪天晚上想要休息一下。」

史提芬微笑著，點了點頭。「是，你說得感覺挺對。」

「你頭髮一直都是安東尼剪的，史提芬。」伊莉莎白說。星期四去完維克多家，回來的一路上三人都非常安靜。史提芬是睡著了，而伊莉莎白跟波格丹則知道已經沒有什麼可討論的了。

「是喔？」史提芬說。「好像有點印象。但又說不出在哪裡見過你，但那多半是我的問題。我不是隨時都在狀況內。」

「我是那種大眾臉，沒錯吧？」安東尼說著用梳子順過史提芬頭髮的前緣，仔細尋找著進攻的發起點。「我很能融入到人群中。那在你躲警察的時候很好用，但在Grindr[103]上是一場惡夢。」

「我白頭髮好多，看起來好灰喔。」史提芬看著自己說。

「亂講，」安東尼說，「伊莉莎白才叫灰，你這個叫『白金拋光』。」

「你真的很會剪，安東尼。」伊莉莎白說。「他看起來可真帥，是吧？」

「他真的可以靠臉吃飯，這傢伙。」安東尼附議。「你瞧瞧那顴骨。你帶著這臉蛋去布萊頓驕傲[104]，保證撐不過一分鐘，史提芬靚仔。馬上就會有人把你捲走，帶到他們下榻的Airbnb去為所欲為。」

「你來自布萊頓？」

「波茨萊德村。」安東尼說。「跟布萊頓沒兩樣了，是吧？」

「那你搞不好會認識我朋友，庫戴許？」

「你朋友是嗎，那我留意一下他，」安東尼說。

「但他跟白冠雞[105]一樣禿，」史提芬說著都笑了。

安東尼與鏡中的史提芬對上了眼，也呵呵笑了起來。「那我可就做不到他的生意了，是吧？」

史提芬點了點頭。「你是幹哪一行的，安東尼？」

「我嗎？我是髮型設計師，」安東尼邊說邊把手指放上史提芬的太陽穴，扶著他的頭往不同方向傾斜。「你呢？」

「這個嘛，」史提芬說，「我就到處晃來晃去，做點園藝，在社區農場[106]種地。」

「我恨不得能有個社區農場可去。」安東尼說。「我會在我的日曬機下面種大麻，但也就如此而已了。你剪這頭是有什麼特殊的場合嗎？要去跳舞？」

「只是覺得時間到了該整理一下。」伊莉莎白說。

「你要是看到庫戴許，幫我說聲史提芬問候他。」史提芬說。「跟他說他是個老頑童。」

「我喜歡頑童。」安東尼說。

103 男同性戀版本的Tinder交友軟體。

104 Brighton Pride，全名是Brighton and Hove Pride，一年一度的LGBT驕傲節，辦在英國的布萊頓與霍夫市。

105 一種全身黑色的小水鳥，唯獨頭頂是白色的。

106 讓社區居民進行園藝與農事耕作的場地。收成的安全作物可自用或捐贈給他人。社區農場還可以避免人群在現代生活中相互疏遠。

「我也是。」史提芬說。

史提芬還能記得的朋友已經少之又少，主要都是以前的同學。伊莉莎白反覆聽著同樣的故事，在同樣的地方笑出來，因為史提芬就是可以同樣的故事講一百遍，一百遍都讓你覺得好笑的那種人。語言從他體內流瀉而出，就是會帶著一種品味與喜悅。如今的他，大部分時候說起話都有點掙扎，但那些老故事還是保持著一字不差，而他說起那些故事時的笑臉也仍舊真誠無瑕。他記得庫戴許是因為那是他最後的冒險。跟身懷任務的波格丹與唐娜去外頭闖蕩。那肯定曾讓他覺得自己活過來了。

「我以前會去埃德巴斯頓[107]剪頭髮，」史提芬說，「你知道那裡嗎？」

「我地理是零分啦。」安東尼說。「我一直以為杜拜在西班牙，結果飛機坐到讓我懷疑人生。」

「有個叫弗萊迪的理髮師。青蛙哥，他們都這麼叫他，但為什麼我不知道。」

「舌頭都很長？」安東尼猜了起來。

「你可能猜對了。」史提芬笑了。「他是個老小子，多半已經死翹翹了，你說呢？」

「你這說的是哪一年的事情？」安東尼問。

「天啊，一九五五嗎？大概那陣子吧。」

「那，多半死翹翹了。」安東尼說。「也許他嗝屁前呱了一聲？」

史提芬笑了，罩袍下的肩膀抖動了一下。伊莉莎白有幸能活著見著這樣的瞬間。還有多少次這樣的機會呢？能在這裡坐著陪他真好。偶爾一回別想那些案子了，案子就讓其他人去忙吧。不論那些海洛英在哪裡，等一下都沒有關係。喬伊絲大概會知道有什麼不對勁。喬伊絲的雷達總是能偵測出有哪裡不對勁。找個時間，伊莉莎白得去跟她聊聊。

安東尼開始收尾，伊莉莎白則為了拿錢包而翻找起包包。比起他們去找維克多之前，她的包包如今多了一些重量。

「妳不要三八喔，」安東尼說，「我剪帥哥是不收錢的。」

伊莉莎白朝鏡子裡的史提芬露出了微笑，而他也報以笑臉。愛有時候就是能這麼簡單。她決定把手機關機。他們一天沒她不會怎麼樣。她不是不想知道喬伊絲與伊博辛去找珊曼莎·巴恩斯有什麼收穫，但此刻她寧可全神貫注在史提芬身上。人生不是只有工作。

安東尼朝鏡子裡的史提芬看了最後一眼。「好吧，你應該一陣子不用擔心髮型了。」

史提芬欣賞起自己。「你有見過一個叫青蛙哥弗萊迪的傢伙嗎？」

「埃德巴斯頓的弗萊迪？」安東尼問。

「就是他，」史提芬說，「他還活蹦亂跳嗎？」

「生龍活虎著呢。」安東尼說。

「果然還在跑來跑去，青蛙哥弗萊迪，」史提芬說。

安東尼把手搭在史提芬的左右肩膀上，然後往他的頭頂親了一下。

107　Edgbaston，伯明罕市南邊的一個地名。

第三十六章

拿著搜索狀直闖進建物稱得上趣味十足，而那當中又沒什麼比得過拂曉突擊。那代表你可以在世界醒來之前就在廂型車裡享用完培根三明治，然後把一個只著內褲的毒販繩之以法。有時候他們會在屋子後面來場警匪追逐，然後你會看到上氣不接下氣的警佐像在打橄欖球一樣，擒抱住毒販。

還有些時候他們會在閣樓上藏著，這時候你就只好在樓梯平台上守株待兔，先打個撲克牌，等他們要尿尿就會出來。

但如果沒拿著搜索狀去闖進建物，那就完全是另外一回事了。派翠絲往圍起停車位的路阻旁一站，酒廠倉庫、薩塞克斯物流公司，還有工業園區的入口，就都盡收她眼裡。克里斯在派翠絲的指揮下等了一會兒，直到一名身穿紅大衣的老太太消失在視野中，他才開始行動。讓他驚訝的是他發現窗戶已經被人強行打開了。多久以前打開不得而知，但可以確定的是那得是個極其勇敢，或者該說是極其愚蠢的傢伙，才會哪壺不開提哪壺，哪家不闖闖這家。克里斯選擇不去反思自己是勇敢還是愚蠢。窗戶領著他進到了一間擺滿清潔產品的小儲藏室。警報聲暫且沒有響起。

緩緩把儲藏室門打開後，克里斯發現自己來到了一間寬敞開放的倉庫，遠端的牆邊堆滿了箱子。天曉得裡面裝滿了什麼？三張破沙發被排成了馬蹄形，把一台老到甚至不是平面螢幕的電視圍在中間。平常是誰會坐在這沙發上沒人知道，但反正他們現在不在這裡。他的腳步聲迴響在混凝土地板上，呼吸則結霧在冷空氣中。

在倉庫的其中一端，金屬樓梯往上通向了一間組合屋辦公室，形成一個夾層。克里斯可以瞥見辦公室門上有個掛鎖。這兒終於，算是有了點安全防護。

克里斯決定先不管那些牆邊的箱子，去辦公室瞧瞧。他期待找到什麼呢？電話號碼？其實什麼都好，真的。只要是伊莉莎白沒有的東西就好，他意識到。所以他的心結已經大到這種程度了嗎？像強迫症似地為了守住專業上的玻璃心，說什麼也要把一個老人給比下去？

或許海洛英就在這裡的某處躺著？那他不就等著當英雄了嗎？

這棟建築物裡沒半個人影，但他走在格柵式的鐵樓梯上還是如履薄冰。在一處小小的樓梯平台上，他看見了菸屁股，而在辦公室的地板上，他看到了彷彿是乾掉的血漬。乾掉很久了就是——拜託不要讓他在那感覺弱不禁風的門後看見一具新鮮的屍體。

克里斯可能得硬把鎖扯開。那會讓警報終於響起來嗎？這麼會兒了都毫無動靜，感覺不太對。克里斯摸上了掛鎖，而光是這麼做，鎖就開在了他的手中。這門壓根就沒鎖。

克里斯站在原地良久，一動不動，只是豎著耳朵。辦公室裡鴉雀無聲。倉庫只傳來冬風打在關閉的裝卸貨區鐵門上零星的金屬碰撞聲。他壓下了把手，然後很輕很輕地用右腳側踢開了門。

警報還是沒響。克里斯看到了他希望能看到的檔案櫃，也看到了一張木頭辦公桌的桌角。走進辦公室，他看到了整張桌子。而在桌子的後面，在一張符合人體工學的高背椅子上，坐著多姆．霍特。

準確說是頭上有顆彈孔的多姆．霍特。

第三十七章

「所以我沒辦法用電話叫支援，你懂了吧，」克里斯說，「因為我根本就不應該出現在這裡。」

「收到。」這麼回答的朗恩偕喬伊絲一起端詳著多明尼克·霍特的屍體，臉上還帶著一般人假裝專家時會有的那副漠然神情。「所以你第一時間聯絡的是我們兩個？」

「當然。」克里斯說。

「前面沒有別人的那種第一時間？」

「伊莉莎白沒接電話。」克里斯說。

「真難想像派翠絲幫你把風的樣子。」喬伊絲說著回到小沙發，在派翠絲身邊坐下。

「他把那說成是一種約會。結果我完全可以。」派翠絲說。

「這有點像是種密室逃脫遊戲，」喬伊絲說，「喬安娜跟同事去玩過一次，但她整個恐慌症爆發，他們不得不放她出來。她有回在托雷莫利諾斯[108]被困在了電梯裡，從此就都走不出那個陰影。」

「我只打算在裡面待五分鐘而已，」克里斯說，「很快翻一下檔案資料，看當中有沒有什麼數字，還是可用的人名。」

「那是違法的，克里斯。」喬伊絲說。「結果你有找到什麼東西嗎？」

「妳知道嗎，喬伊絲，」克里斯說，「我一發現屍體，就覺得自己稍早太衝動了。」

「你這樣也叫專業的喔。」朗恩說。「那你把我們叫來做什麼？」

「我需要你們幫個忙，」克里斯說。「我需要有人假裝聽到槍響，然後給我打了電話。這樣才能解釋我為什麼會出現在這裡。你們就說你們來參觀酒廠，然後中途出來透透氣，可以吧？」

「對警察說謊。」朗恩說。「是啦，伊莉莎白肯定會是箇中高手。」

「我們也做得到的，」喬伊絲說，「我們不用凡事都非伊莉莎白不可。」

「話說她人在哪兒？」派翠絲問。

「這問題通常是別問比較好。」朗恩說。

「所以有人在過來的路上了嗎？」喬伊絲問。

「如今你們既然平安到了這兒，我這就來打電話給國家犯罪調查署的高級調查官，」克里斯說，「吉兒．里根。我會跟她說我接到受驚嚇的民眾報案，而我破門後，就發現了屍體。」

「他們過來要多久？」喬伊絲說。「你覺得？」

「他們全都在費爾黑文。」克里斯說。「二十五分鐘？」

喬伊絲看著她的手錶，然後又看向了檔案櫃。「這點時間夠我們用了。我們趕緊來查檔案吧。」

「我們現在不能碰那些檔案。」克里斯說。

---

108 Torremolinos，西班牙黃金海岸的度假聖地。

喬伊絲翻了個白眼然後戴起了手套。「換做伊莉莎白會怎麼做？」

「要是我讓你們看檔案，你們就願意配合我的計畫演出嗎？」克里斯問。

「你沒有資格讓我們做任何事情，克里斯。」喬伊絲說。「你現在的立場就是只能乖乖別擋路罷了。」

「妳現在連講話口氣都變成伊莉莎白了。」派翠絲說。

「那還用說，親愛的。」喬伊絲說，然後兩個女人呵呵笑成了一團。

「你有計畫我們很歡迎啊。」朗恩說。「半小時前我還在家蹺著腳，看著電視上的冰壺比賽轉播，現在你看看我。又是倉庫，又是屍體，整套大全餐。」

「你打給你那個高級調查官的時候，記得一定要上氣不接下氣，克里斯，」喬伊絲說，「別忘了，你才剛發現一具屍體。」

「而不是在私闖民宅後撞見屍體，然後打電話叫兩個退休人士來幫你解圍。」朗恩說。

克里斯踏出了辦公室，在金屬階梯上打起了電話給吉兒．里根。喬伊絲試開了一下最靠近的檔案櫃的頂層抽屜，但抽屜文風不動。

「朗恩，拿副手套戴上，看你能不能找到鑰匙。」

「去哪裡找？」

「他的口袋裡。」喬伊絲說著指了指多姆．霍特的屍體。「拜託，朗恩，用點腦子。」

朗恩不太情願地從外套裡抽出一雙駕駛用的手套。

喬伊絲沿著檔案櫃一個個查看了起來，輪流試著打開抽屜。她瞥見了旁邊的朗恩正小心翼翼，想把手伸進多明尼克．霍特的口袋裡。

「是說，要不要換我來？」派翠絲說。「如果你覺得勉強的話？」

「唉呦，少來了。」喬伊絲說。「他超過癮的好嗎。我們一回去，他就會拿這個經歷去跟伊博辛獻寶。」

朗恩發出了一聲勝利的怒吼：「找到那王八羔子了！」然後遞過一大串鑰匙給喬伊絲。他接著悄悄對多明尼克．霍特說了一句「對不住了，兄弟」，意思是不好意思打擾他了。

喬伊絲開始嘗試起一排細細的小鑰匙，而克里斯則穿過門回到了辦公室內。

「小隊在路上了。」克里斯說。

一個抽屜彈了開來，然後又有第二個、第三個。喬伊絲開始從櫃子裡抽出檔案。她把檔案放到桌上，過程中小心避開血跡，然後開始發號施令。

「派翠絲，妳有手機嗎？」

「這妳別說，我還真有。」派翠絲說。

「我不想催妳，但妳可以盡可能多拍一些檔案的照片嗎？克里斯，把朗恩帶開。朗恩，你得看起來更面無血色，更驚魂未定一點，什麼叫無助的老人家懂嗎。」

「我不太確定我喜歡新版的妳，」朗恩說。「我們可以把原版的喬伊絲換回來嗎？」

喬伊絲快手快腳地幹起活來。她感覺自己回到了護理師的崗位上，回到了那種手一直停不下來，但又容不得人犯下任何錯誤的忙碌晚上。派翠絲每拍下一個檔案的內容，喬伊絲就會把資料放回到原本的位子，順序要跟原本的模樣分毫不差。這兩個女人的分工天衣無縫，任由多姆．霍特以毫無生氣的眼神在一旁監工。

最後一個櫃子被清空又回填後，喬伊絲順順地把鑰匙放回了多姆．霍特的口袋，並輕聲細語地說了聲「謝了」，然後示意派翠絲追隨她閃人。

在走下鐵梯之前，喬伊絲仔細思考了一下還有什麼伊莉莎白會做的事情沒做。她有沒有忘了什麼？有沒有什麼要是沒做，他們回去後會被伊莉莎白翻白眼的事情？一道靈光打中了她，她於是拉著派翠絲回到辦公室內，並讓派翠絲從各個角度拍攝屍體的狀態。真是個好主意。

第三十八章

葛斯在喬伊絲的公寓裡走來走去，旁邊跟著盡忠職守的艾倫。天底下沒有查不到的住處，只有不知道要去哪裡查的人。而葛斯就是那種知道要去哪裡查的人。

艾倫三不五時會朝牠的新朋友吠一下，對此葛斯會回答說，「你說對了」或「這點我與你所見略同，小兄弟。」

他原本希望喬伊絲可以在家，但既然她不在，他索性就四處看看。他聞到空氣裡有烘焙的氣味，而且很像是他的巴騰伯格蛋糕，只差沒加肉桂。

她把住處打理得一塵不染——但這點絲毫沒讓葛斯感到驚訝。喬伊絲原本就是個整潔的女士。葛斯喜歡她的穿著，喜歡她的談吐，而且如今參觀了一下，他顯然也喜歡她的生活方式。葛斯自己的阿嬤，他最愛的阿嬤，在多倫多經營一個藝術品竊盜集團。所以說葛斯對這一行產生興趣也算是家學淵源。她偷竊藝術品，也熱愛藝術品，並把這兩種優勢都傳給了葛斯。他的另外一名阿嬤在曼尼托巴[109]的電視台播報氣象。

聖誕節的裝飾品有些還掛在那兒，這對運勢可不是太好。葛斯問起艾倫，喬伊絲知不知道這會帶來壞運氣。艾倫吠了一聲。喬伊絲果然知道：她只是太喜歡了而捨不得拆下。

葛斯有點想替她把東西拆下，免得喬伊絲傷到了自己的運勢，但他並不想讓她知道自己

109 Manitoba，加拿大中部的省分。

來過。他不想嚇到她，也不想侵犯她的隱私。喬伊絲有很多聖誕卡，也就是很多朋友，這點同樣不讓人驚訝。葛斯也希望自己能多些朋友，但他在這一點上始終不得要領。在遇見珊曼莎之前他總是跑來跑去。

葛斯打開冰箱。杏仁果奶。喬伊絲真跟得上時代。

他與珊曼莎剛去拜訪了一個女人叫康妮．強森。康妮是古柯鹼毒販，他們原本不認識她本人，但對她早有耳聞。他們對她有個提案。如今外頭好像有個做海洛英生意的契機，他們想知道她有沒有興致一起組隊？她的業界人脈，加上他們的資金，這應該是沒人會白忙一場的買賣。

康妮說她會考慮一下，但這話葛斯並不買帳。他盤算著他們可能得一切靠自己了——做個海洛英生意是能有多難？

葛斯這雙手，這輩子也算是玩轉過了不少東西。他上過藝術學院，偷過一整群野牛、當過一陣子貝斯手。此外他還犯下過加拿大歷史上最大的一場銀行搶案。只不過那不是只靠他自己——他的表親保羅也幫了忙。他的阿嬤則替他洗了一大筆錢。

葛斯還當過一段時間的商業間諜，神不知鬼不覺地闖入過各式地點。由於他個頭很大，所以葛斯從小就知道要小心。他看起來是頭大熊，但動起來宛若小老鼠。這樣的葛斯無論擾動了什麼，都會記得要物歸原處。

他究竟在喬伊絲的公寓裡尋找什麼？他也沒概念。要是喬伊絲在家，他會想問她什麼事情？還是沒有概念。但要說起這些年來是什麼東西讓葛斯能活到現在，那就是小心駛得萬年船，而他得確認喬伊絲沒有在算計他們什麼。因為把功課做得太透徹而沒命的傢伙，他至今還沒有聽說過。

他先去伊莉莎白的公寓勘查過了，但她找了一名髮型師到家中，而且伊莉莎白還裝了他只在最高安全等級監獄才看到過的警報系統。

這裡什麼都沒有，葛斯有此把握。就在要離開的時候，他聽到了喬伊絲的朋友伊博辛的敲門聲，伊博辛甚至透過信箱與艾倫說起了話。葛斯默默地給自己泡了杯茶，靜候著伊博辛與艾倫的對話告一段落。而那真的是好長的一個段落。

伊博辛離去後，葛斯會把杯子洗好弄乾淨，甚至還會小小地遊歷一下古柏切斯。有什麼看什麼。

這地方充滿了機會，葛斯嗅得到那個味兒。這地方也充滿了祕密，但天曉得那祕密是什麼？

然後他得好好想想康妮・強森這個人。

第三十九章

下了樓梯，來到外頭屬於工業園區的院子裡，喬伊絲與派翠絲過去找克里斯與朗恩。克里斯看起來有點緊張，但那真的沒有必要：一切都在掌控之中。

朗恩活像個被嚇壞了的無助老人，這讓喬伊絲看著很是欣慰。喬伊絲這才意識到他們有時候太不把朗恩當回事了。他這輩子可是累積了不少豐功偉業。他是喜歡裝傻，但他其實一點都不傻。

第一輛巡邏車在輪胎的尖叫聲中通過了薩塞克斯物流的大門。有什麼必要讓車發出尖叫聲，喬伊絲不太懂。又不是說還有人需要搶救。

兩名便衣警察從車上跑了下來。還是那句話，跑什麼跑啊？

克里斯抓住了其中一人的手臂。「在這裡面，我帶你們過去。」

另一名警察留在朗恩、喬伊絲與派翠絲身邊。他有問題要問他們。

「OK，女士們，先生，我需要你們幫我個忙，先冷靜一下。你們做得到嗎？」

朗恩淚灑當場，喬伊絲過去安慰他，年輕警察看起來有點尷尬。

「你們慢慢來，跟我說說都發生了什麼事情。」

「我們，我是說我朋友跟我——他是朗恩，我叫喬伊絲。我們參加了布蘭柏氣泡酒公司的參觀活動。就在那邊而已。」

「這是我兒子送我的禮物，」朗恩說，「憑券就可以參觀。」

好了，朗恩，不要再給自己加戲了。這時喬伊絲才恍然意識到，既然她當起了伊莉莎白，那朗恩就只好當一回喬伊絲了。而正常的喬伊絲肯定會提到參觀券。今天所有人都在自我突破喔——好好幹，朗恩。

「我們對今天超級期待的，」喬伊絲說，「但我們遲到了——我們迷路了。」

另一輛巡邏車靠邊停了下來，在問話的警察揮著手，把新到的同事叫進了倉庫。

「我們才剛下車，真的大概就是只有幾秒鐘的事情，」喬伊絲說，「我們就聽到一聲槍響。」

「妳確定自己聽到的是槍聲？」警察問。

「是。」喬伊絲說。

「問題是，」警察說，「很多東西聽起來都跟槍聲差不多，不是經驗豐富的人很難分辨。」

「要經驗我有一些，」喬伊絲說，「那聲音聽來是傳自我們當時左手邊的房子，也就是這一棟，薩塞克斯物流。」

「我明白了，」警察說，「所以你們就——」

「這個嘛，朗恩有個他打過交道的警察電話。」

「哈德森探長？」

「他是個好孩子。」朗恩說著恢復了鎮靜。他演得超開心。

「而且長得非常帥氣，」喬伊絲說。

「所以我打給克里斯。」朗恩說。

「他是說哈德森探長。」喬伊絲說。

「然後我就表示『這裡有聲槍響』，他就表示『妳確定？』，我就說『我確定，我確定，趕緊給我過來，這裡說不準有個瘋子在外頭亂竄』或之類的，而他這小子也挺勇敢，一溜煙跑了過來，就怕我們有個三長兩短。他們也不全都是渾蛋，是不，我是說條子？」

問話的警察看向了派翠絲。「那妳呢，女士？」

「我是克里斯的伴侶，」派翠絲說，「他們來電時，我們正在去園藝中心的路上。」

「OK，」警察說，「高級調查官等會兒還會有別的事情請教幾位。」

這才被點到名，高級調查官吉兒．里根就開著一輛閃著低調藍燈的Lexus來到現場。

「好車。」朗恩對喬伊絲說。

「你表現還是一貫的好，朗恩。」喬伊絲說，兩人互捏了一下手掌。

「屍體在倉庫，女士，」年輕的警察說，「是這兩位聽到了槍聲，並聯絡了哈德森探長。」

吉兒輪著審視了喬伊絲與朗恩。「所以你們怎麼會手裡有哈德森探長的私人手機號碼？」

喬伊絲在腦中搜索起了適合的答案，朗恩則嗶的一下又老淚縱橫起來，並把頭埋到了喬伊絲的肩膀上。喬伊絲用嘴形對吉兒說了聲「抱歉」。吉兒只得搖了搖頭，一語不發地走進了建築物。

「請問，我們還得在這兒待上很久嗎？」喬伊絲向問話的警察發問。

「不用不用，」警察說，「我們會再跟你們聯繫，但現在你們應該很想趕緊回家吧。」

想到一個不行啊，喬伊絲心想。那一大堆文件照片還等著他們過目。

第四十章

伊博辛原本想跟伊莉莎白說說他跟喬伊絲去見過珊曼莎．巴恩斯的心得，但伊莉莎白的手機關機。所以他就想不然帶艾倫去散個步吧，結果喬伊絲也出門了。伊博辛可以聽見艾倫在叫，所以他們就透過信箱小聊了一會兒，但在沒有鑰匙的狀況下，他們一人一狗也只能這樣過過乾癮了。起碼朗恩會在家吧，他心想，他可以去找他一起看部電影。但，也不行，朗恩家也無人應門。他這會兒可以死去哪裡？也許是他跟寶琳和好如初了？

拖著腳步回家的他想著珊曼莎．巴恩斯，想著葛斯，也想著這兩人是如何在他們談到海洛英的時候眼睛為之一亮，然後伊博辛突然想起他有一個新朋友，還有一樣新工作。他不是沒有週四謀殺俱樂部就沒了生活！

就這樣，伊博辛與鮑伯．惠特克此刻喝起了薄荷茶，興致十分高昂。他們要做的事情很嚴肅，但嚴肅的工作也可以做得很快活，這兩者並不衝突。伊博辛在閱讀著他們近來——假扮莫文——與塔提亞娜進行的交流，而鮑伯則在一旁小口喝著茶，一副因為可以出門走走而很開心的模樣。

莫　文：我的愛敞開著，就像一朵花的花瓣，曾長年在春寒的冰霜中閉合，怯生生地迎來能帶來生命的陽光。我的愛敞開著，就像一個傷口，敏感而脆弱，但期待著被呵護。我的愛敞開著，就像一間小屋上的那扇門，在林中等候妳蒞臨的步伐。

塔提亞娜：錢還是沒有收訖耶。你可以再試一次嗎，親愛的？

莫　文：錢在這些愛裡算些什麼？不過是草原上的一枝櫻草花，瀑布裡的一滴淚珠。

塔提亞娜：銀行端說還沒有收到錢。我需要錢買機票。

莫　文：飛到我身邊吧，塔提亞娜。讓愛的寬廣載著妳投入我的懷抱。我會在蓋特威機場等著妳，那兒的北航站有很棒的停車位，但就是訂價結構有點檢討空間。

「這點我完全同意你的看法。」鮑伯說。「十五鎊又五十便士，我才停了一個小時耶。」

塔提亞娜：我愛你，莫文。我必須在接下來的六個小時內拿到錢，否則我會心碎。

莫　文：我會再跟銀行談談。但今天是星期六，他們一直問我這錢是做什麼用的。我跟他們說這是為了愛，然後他們就說他們得做進一步的確認。

塔提亞娜：跟他們說這錢是要買車用的。不要提到愛。

莫　文：我怎麼能不提到愛，親愛的？我現在可是每次心跳都在吟唱妳的名字？

塔提亞娜：跟他們說你匯錢是要買車。還有，拜託，快點。我必須趕緊去你身邊。

莫　文：我用現金給妳成嗎？

「所以這是在下套？」鮑伯說。

「那還用說。」伊博辛說。「唐娜的主意。」

塔提亞娜：那麼你要寄現金來嗎？

莫　　文：用寄的？可是英國的郵差現在在罷工耶。皇家郵政的系統性資金不足已經是經年累月的沉痾了。原本忠心耿耿的員工開始採取工業行動，[110]有什麼好奇怪的嗎？他們還有別的選擇嗎？這就是晚期資本主義[111]的弊病。

塔提亞娜：我請一個朋友去收現金，好不好？我在倫敦的一個朋友，如何？

莫　　文：朋友？這個主意真是太好了。能認識妳的朋友也是一種美夢成真。我們可以聊妳聊到三更半夜。

塔提亞娜：他可能沒辦法跟你聊太久。他在倫敦有很重要的工作要做。所以我們不能太打擾他。

莫　　文：妳說了算，親愛的。我這幾天會去領好現金，等妳的指示。然後我的美夢就可以開始了。

塔提亞娜：兩千八百鎊。

莫　　文：機票有這麼貴喔。

塔提亞娜：這裡頭含了各種稅。

110 Industrial action，勞資關係中由工會組織的各種反抗運動，最常見的就是罷工。

111 Late capitalism，經濟學術語，主要指二次大戰之後的經濟擴張。

莫　文：啊，我想是富蘭克林說的吧，人生唯一逃不掉的就是死亡跟繳稅。很多人都誤以為這是王爾德說的，是吧？

塔提亞娜：別把死字掛在嘴上，我美麗的莫文。

莫　文：妳的話真有智慧，塔提亞娜。

塔提亞娜：我得去工作了。我的朋友會跟你聯繫，然後我們就能廝守到永遠了。我對那夢寐以求。

莫　文：當然，王爾德確實說過的一句話是人生中只有兩種悲劇。一種是得不到你想要的東西，而另一種是得到了你想要的東西。

塔提亞娜：你這位姓王的朋友懂好多啊。接下我的飛吻連發。

莫　文：彼此彼此，我可愛的塔提亞娜。

「那麼接下來我們就是等了。」鮑伯說。

「嗯，就等吧。」伊博辛附議。

鮑伯看向伊博辛。「你的文筆很美。」

伊博辛聳了聳肩。「我這行幹久了，多少都會聽到幾句情話。有樣學樣於我不是很難。基本的祕訣就是把邏輯丟開。」

鮑伯點了點頭。「你不覺得那當中有什麼真實性可言？」

「你說愛情嗎？」伊博辛思考了起來。「鮑伯，你跟我是一丘之貉。」

「哪一個丘？」鮑伯問道。

「系統、模式、零與一的那個丘，那個世界。那個世界裡盡是想讓生命變得合理的二進制指導方針。我們或許能夠分析出愛的優點與缺點，但要把愛視為一種客觀的實體存在，我們還是不要去跟詩人搶飯碗了吧。」

「所以你不是詩人？」鮑伯問。

伊博辛的門上傳來迫切的敲門聲。

伊博辛去開了門，走進來的是喬伊絲與朗恩。喬伊絲看起來不知道在興奮什麼。

「你們肯定猜不到發生了什麼？」喬伊絲說。

朗恩看著鮑伯與伊博辛。「你們背著我把塔提亞娜給處理了？」

「你就不在家啊，」伊博辛說，「我電話可是打給你了。」

喬伊絲這才注意到原來鮑伯也在。「哈囉，電腦宅鮑伯！」

「鮑伯就可以了。」電腦宅鮑伯說。

「但我以為我們要一起對付塔提亞娜的？」朗恩說。

「鮑伯跟我也是朋友啊。」伊博辛說。「所以我們肯定猜不到什麼？」

「多明尼克．霍特死了。」朗恩說。伊博辛輕輕吹出了一聲口哨。

「而且死在一個星期六！」喬伊絲說，彷彿這很神奇。

「多明尼克．霍特？」鮑伯說。

「一個毒販。」朗恩邊說邊不當回事地揮了揮手。

「這問你就對了，」喬伊絲對鮑伯說，「我們手機上有一些照片想放到電視螢幕上，你知道怎麼弄嗎？我確定喬安娜從智利玩回來時有這麼做過。」

「喔，當然沒問題，」鮑伯說。「那再簡單也沒有了。妳只要從手機分享照片到電視上就行。妳拿的是iPhone還是安卓？」

「你問倒我了，」喬伊絲說，「我手機殼是黃色的啦，這算線索嗎？」

「好，沒關係。」鮑伯說。「如果是iPhone的話，先到『設定』，然後是『控制中心』。妳在那兒會看到一個選項叫『螢幕鏡射』。現在我要假設妳有蘋果的Apple TV。假設妳確實有，那就請妳從它的選單中選擇螢幕鏡射，這麼一來──」

「你可以過來替我們操作嗎？」喬伊絲問。「你會非常非常忙嗎？」

「還好，這個忙我應該幫得了，如果你們不介意我這個陌生人跟你們回家的話？」

「你不是陌生人，」喬伊絲說，「你是電腦宅鮑伯。」

「來嘛，鮑比帥哥，」朗恩說，「你會如魚得水的。」

「那就帶路吧。」鮑伯說。

「但出發前我想先問一下，」喬伊絲說，「我們大部分拍的都是文件，但如果裡面有幾張死人的照片，你可以接受嗎？」

「嗯，」鮑伯說，「這還真不好說。我從來沒遇過這種事情。」

「習慣成自然。」伊博辛說著套上了大衣。

第四十一章

雪開始降了下來，古柏切斯沐浴在銀白色且彷彿通了電的光芒中。辦案大軍已經雲集，甚至連伊莉莎白，都在急切的敲門聲與用犯罪現場照片所提供的憧憬中，遭到了喚醒。「可以放我一天假嗎？」她嘆了口氣說。

視聽室在星期六晚上幾乎都是空無一人，但這晚不知從哪兒冒出一個老公喜歡順手牽羊，名叫奧黛莉的女人。她往室內正中央一坐，並堅持她想要在大螢幕電視上看《蒙面歌王》。短暫而無果的談判之後，他們只得設法用錢賄賂。只不過回頭看來，他們開出的價碼確實太低，因為你要知道她老公在被特易購強迫退休前，盜用了多大筆公款。伊博辛試著訴諸奧黛莉善良的那一面，但他發現這招要行得通，首先對方得有善良的一面。某個點上奧黛莉威脅要報警，對此克里斯回答說「我就是警察」，但只換來奧黛莉一道不屑的眼神跟一句：「穿著T恤？省省吧。」

奧黛莉一手握著遙控器，就像她握著老媽的手在等紅綠燈，另一手則拿著伏特加加通寧水。顯然她沒有要移駕的意思。

這之後他們又多耽誤了一會兒，主要是喬伊絲試著解釋《蒙面歌王》的節目形式給被面具震驚了的伊莉莎白，然後是伊博辛想看看那個打扮成垃圾桶的歌手到底是不是伊蓮・佩吉，112

112 Elaine Paige，1948-，英國歌手。

而這又多浪費了他們一點時間。「我就是可以感覺到。」他在被硬拖走之前說。

於是乎雖然喬伊絲的公寓對他們這一大夥人來說小了一點，但他們還是聚在這裡。喬伊絲、伊莉莎白、朗恩、伊博辛——還在嘰哩呱啦地講著伊蓮．佩吉的他——克里斯與派翠絲、唐娜與波格丹，以及還為了眼前的全新事物僵在那兒不動的電腦宅鮑伯。椅子不夠，波格丹還跑了趟朗恩家去多搬了幾張。

艾倫巡視著全場，一一確認牠得到了所有人都應該要給牠的關注。電腦宅鮑伯是新面孔，所以艾倫多花了一點時間與他建立關係，確定他夠上道。

在喬伊絲的電視螢幕上是一張多姆．霍特的正面照，照片裡的他往後癱坐在椅子上，額頭上的彈孔清晰可見。

「妳不是跟我說妳要去園藝中心，」唐娜對她媽媽說。「結果現在給我演這一齣。」

「我只是負責把風而已，」派翠絲說，「別在那兒大驚小怪的。」

「如螢幕上所示，」喬伊絲說，「又一條人命、又一次專業殺人的行兇。一顆子彈貫穿頭顱。」鮑伯怯生生地想舉手。

「是，鮑伯。」喬伊絲說。

「為什麼說又一條？」

「我們的朋友庫戴許死於毒販的槍擊，」伊博辛說。「艾倫，你可以讓鮑伯喘口氣嗎？他們在一條鄉間小徑上朝他開了槍，原因是他偷了毒販的一些海洛英。」

「還有其他問題嗎，鮑伯？」伊莉莎白問。「還是我們可以繼續了？」

鮑伯揮著雙手像在說，「沒問題了，請繼續，別管我了。」

「所以，」喬伊絲說，「誰殺了他，動機是什麼？」

「肯定是米契．麥斯威爾。」朗恩說。「多姆弄丟了海洛英，至於怎麼丟的根本不重要，反正米契不能接受，所以就朝他腦袋開了一槍。」

「而且米契肯定知道哪裡能找到多姆，我想。」喬伊絲說。

「這有個問題。」克里斯說。「我闖進去的時候……」

唐娜翻起了白眼。

「一樓窗戶已經被人撬開了。米契．麥斯威爾可以走前門進去。」

「也許他不想被人看見。」唐娜說。「順道一提，你在減肥之前絕對擠不進去那扇窗。懂得你以前的身材惹過多少麻煩了吧。」

「且容我發表一點意見？」喬伊絲說。「伊博辛跟我去拜訪珊曼莎．巴恩斯時，在佩特沃斯——鮑伯，你去過佩特沃斯嗎？」

「嗯，沒去過。」鮑伯說。

「你一定得找時間去一下，」喬伊絲說，「那裡非常別緻，而且週間人潮不算多，我們等於是包下了那個地方。而如果你去了的話，那裡有一間很漂亮的咖啡廳，就在——」

「妳不是有意見要發表，喬伊絲？」伊莉莎白說。

「喔，對。」喬伊絲說。「我的天啊，艾倫，鞋子這種東西你不是見過了嗎，抱歉，鮑伯。是，我們當時曾提到多姆．霍特的名字，就當著珊曼莎．巴恩斯與她丈夫的面……」

「葛斯，」伊博辛說，「幾乎可以確定是加拿大人。」

「……他們都信誓旦旦地說自己沒有聽過這個名字，但他們是在扯謊，是吧，伊博辛？」

「他們確實是。」伊博辛說。

「你們怎麼能確定這一點？」唐娜說。

「我就是能，」喬伊絲說，「就像我知道妳跟波格丹肯定不是去看完藝展過來。但那件事我們可以稍後再談。」

「你們去了哪裡？」克里斯問。

「我們去看了足球。」波格丹說。

「艾佛頓那場？」克里斯問。

「誰對誰我沒有太注意，」唐娜說。「可能有艾佛頓吧。」

「有在那兒見到什麼有趣的人物嗎？」

「所以米契．麥斯威爾，還有珊曼莎．巴恩斯跟她的加拿大男人，都是多姆．霍特凶手的候選人，」伊莉莎白打了個岔，「還有誰嗎？」

「不論米契．麥斯威爾是把海洛英賣給誰，」唐娜說，「那人都有更大的殺人動機，沒錯吧？」

喬伊絲點了點頭。「所以我們才會想把檔案的照片拍回來。我希望我做了對的事情，伊莉莎白？」

「妳做了對的事情，喬伊絲。」伊莉莎白說。

喬伊絲感覺突然長高了一寸。「所以，鮑伯，可以麻煩你替我們滾動到我們拍下的文件照片嗎？中間可能會經過好一些槍傷的特寫照，你多擔待。」

鮑伯俐落地滾起了捲軸，直到第一張檔案照於螢幕上現身。

「而我們肯定能從這些檔案中查出米契把海洛英賣給了誰，」伊莉莎白說。「多虧了喬伊絲。」

「跟我，」朗恩說。

「跟他，」喬伊絲說。「他還演了哭戲。」

「幹得好，朗恩，」伊莉莎白說，搞得朗恩也瞬間長高了一寸。

「我應該要去泡點茶嗎，也許？」喬伊絲提議。「我們的這一晚應該會很漫長。」

「我來吧，」伊博辛說，「看來其它人都得各司其職。」

「這些檔案看來是用暗號寫成，伊博辛，」伊莉莎白說，「你在破解暗號上會管上大用，茶就給我泡吧。」

朗恩與喬伊絲四目相交。這肯定是破天荒頭一遭。

「我不確定我們家能湊出九個馬克杯就是了。」喬伊絲說。

「我可以不用留下來，」鮑伯主動表示，但馬上被一波「你待著，待著」的聲浪打回來，而艾倫更是在他腳邊捲成一團，讓這件事就此定案。

「我去伊莉莎白家拿馬克杯，」波格丹說，「順便跟史提芬說聲嗨。」

伊莉莎白捏了一下波格丹的手，走向廚房。

第四十二章

波格丹並不是特別喜歡雪。在他長年的經驗中，會真正喜歡雪的只有兩種人：並不那麼常見得到雪的人，比方英國人；或是住在山邊的人。在波蘭，他見過的雪真不是普通的多，但沒有誰在滑雪。所以雪對他有什麼好？

他給自己開了門，進了伊莉莎白與史提芬的公寓。客廳的燈亮著，所以波格丹走了進去。史提芬站在窗邊，向外瞪著黑暗中的那片雪。

「史提芬，」波格丹說，「是我。」

「老弟，」史提芬說，「有件事情怪怪的。」

「是喔。」波格丹說。「你要來杯茶嗎？你要來杯威士忌嗎？還是看點電視？」

「我認識你，」史提芬說。「我們說過話。」

「我是你的朋友，」波格丹說，「你是我的朋友。我們前幾天去開車兜過風。」

「我也這麼覺得。」史提芬說。「如果我跟你說件事兒，你不會覺得我的搖椅歪掉了吧？」

「你的搖椅歪了？」這對波格丹而言又是個新的英文俚語。

「我的搖椅歪了。」史提芬說著突然不耐煩了起來。他此前從來沒有對波格丹不耐煩過。「發神經、腦袋一團糨糊，這點英文都不會？」

「你的搖椅很正。」波格丹希望這句他舉一反三的用法可以歪打正著。

「只不過，」史提芬說，「有條狐狸，會跑來看我。」

「小雪？」

「小雪，對。」史提芬說。「你認識牠？長著白耳尖的朋友？」

「我認識牠，」波格丹說，「牠是隻好狐狸。」

「牠今天晚上沒來。」史提芬說。

「雪的關係吧，」波格丹說，「牠應該躲到某個地方去取暖了。」

「胡說，」史提芬說，「狐狸才不會介意這麼一點雪。狐狸才不會介意這麼小的事情。你對狐狸什麼都不懂嗎？」

「我是真不懂。」波格丹說。

「那就我這個懂狐狸的說了算。牠去哪兒了？」

「也許牠有來但跟你錯過了？」波格丹問。

「我從來不會錯過牠，」史提芬說，「不信你去問我太太，她不知道去哪兒忙什麼了。我從來不會錯過牠。我們從來不會錯過彼此。」

「你想的話我可以去外面找找？」

「我覺得我們應該一起去找。」史提芬說。「老實跟你說吧，我很擔心。你有手電筒嗎？」

「有。」波格丹說。

「我們是哥兒們嗎？好哥兒們？」

波格丹點了點頭。

「我剛剛是不是對你兇了點？」史提芬問。「我感覺我剛剛有點兇，但我不是故意的。我沒想到你會來，你知道吧，而且家裡又什麼吃的都沒有了。」

波格丹搖了搖頭。「不，你沒有對我兇。我們來穿衣服吧。外面冷。」

「稍早還來了一個留著鬍子又戴著帽子的大傢伙，」史提芬說，「外加發生了一堆事情。」

第四十三章

客廳裡，他們一頁頁滑過文件並讓伊博辛檢查，同時間伊莉莎白則在廚房裡聽取他們的進度。伊莉莎白想過要一通電話打給她的一名前同事凱西雅。凱西雅做為軍情六處有史以來搞不好最偉大的密碼學家，現在的老闆是特斯拉電動車的伊隆．馬斯克。但一聽到伊博辛在向喬伊絲解釋說「你看這個A代表1，B代表2，以此類推」，伊莉莎白就意識到他們這次遇到的密碼還不需要凱西雅出馬。

上帝保佑喬伊絲，她這次的表現真沒話講。伊莉莎白很快又會需要再休息一下，目前看起來問題不大。

伊莉莎白低頭看著她泡好的一杯杯茶。喬伊絲是對的：這兒只有八個馬克杯；但即便如此，伊莉莎白還是需要煮開三壺水。然後她忘了把第一輪的茶包拿出來，所以有幾杯茶特別濃，濃很多。接著她又不小心加成了杏仁奶，因為她一時忘了喬伊絲冰箱裡放的是這個。最後是她拿反了糖的袋子，結果把東西撒得一地。伊莉莎白立刻把現場清理乾淨，因為她想起喬伊絲有回跟她說過糖會招來螞蟻。喬伊絲兩次從外頭喊著：「妳在裡頭需要幫忙嗎？」伊莉莎白也兩次回覆她完全有能力泡好一杯茶，感謝關心，喬伊絲。

有些事伊莉莎白做得到，有些事伊莉莎白做不到。

用托盤端起一個個馬克杯，伊莉莎白盼望這些茶能讓所有人都喝得下去。他們肯定會七嘴八舌發出鼓勵的聲音，她心知肚明，但她會聚焦在喬伊絲的眼神，那是一對永遠不會說謊的雙眼。

伊博辛給出了一個名字，一個他從那不很專業的加密檔案中揪出來的名字。

「路卡．巴塔奇，伊莉莎白，」喬伊絲說，「如果我沒唸錯的話。」

「我都唸ba-ta-chi。」朗恩說。

「不好笑，朗恩。」喬伊絲說。

「閒著也是閒著，」鮑伯說，「我上網查了一下，結果沒有任何發現。或者應該說沒有任何跟毒品有關的發現。我查到叫這名字的，有義大利的好幾個市長跟園藝承包商，有倫敦西南區的一名學童，但就是沒有警方的紀錄，沒有叫這名字的人被逮捕，也沒有任何與犯罪相關的內容。」

「多半是假名，」喬伊絲說。

「多半是假名，」伊莉莎白附議。喔，天啊，這會兒變成她在學喬伊絲說話了嗎？真是夠了！是時候當回大姐大了。她雙掌一拍。「OK，所以這個路卡．巴塔奇成了庫戴許命案裡的新嫌犯，同時也可能與多明尼克．霍特的命案有關。」

「所以接下來怎麼做？」唐娜邊問邊環顧起四下。「我在足球賽現場被識破，然後克里斯發現了屍體。所以我想若論不把法律當回事，我們兩個還是沒有你們在行。」

「別自責，這樣的人本來就很少。」伊莉莎白說。「我們需要的是一場高峰會。」

「喔，一場高峰會耶，艾倫！」喬伊絲說。伊莉莎白注意到喬伊絲到現在還是一口茶都沒喝。

「我們得找個辦法讓所有人共處一室，然後掀開他們的底牌，」伊莉莎白說。「此時此刻，似乎所有人都在對我們說謊。米契．麥斯威爾在對我們說謊，珊曼莎．巴恩斯跟她老公在對我們說謊。克里斯與唐娜，國家犯罪調查署在對你們說謊。多姆．霍特對我們說了謊，以及考慮到他頭上的彈孔，多姆．霍特恐怕還在對我們以外的某人說謊？」

「這就是砸壞我的大發汽車的下場。」朗恩說。

「茶很棒，伊莉莎白。」喬伊絲說。

「不要連妳也這樣吧，喬伊絲，我的老天。」伊莉莎白說。「所以我們就先來找找路卡．巴塔奇。伊博辛，我想你的朋友在這事兒上可以派上用場，是吧？」

「鮑伯嗎？」伊博辛問。

「康妮．強森。」伊莉莎白說，「但你這回答挺讓人感動的。問問康妮．強森我們可以在何處找到巴塔奇，然後我們會邀請他、米契、珊曼莎與葛斯，一起來參加下禮拜的週日午餐。看看我們能看出什麼端倪。」

「我八百年沒喝過這麼好喝的茶了。」朗恩說著朝伊莉莎白舉起了馬克杯。這倒是讓她感到一股刺激的驚喜。

「能讓我們全體一起出動，我樂見其成。」喬伊絲說。

「還有，喬伊絲，」伊莉莎白說，「我希望我們能在高峰會前找到庫戴許的車庫，可以嗎？星期一怎麼樣？」

「妳真的回來了，是吧？」喬伊絲問。「這種改變挺不賴。」

喬伊絲並不是在酸，伊莉莎白知道。她只是知道伊莉莎白哪裡不對勁，然後有點擔心她而已。伊莉莎白從來都不善於面對身邊人的關心。

高峰會是個好主意。那會讓每個人都有點事要忙。而，等這件事忙完，伊莉莎白就可以接著去做她手邊真正的要務了。

說到要務，伊莉莎白開始納悶起波格丹怎麼去了那麼久。要是出了什麼問題，他應該會打電話過來，她很確定這點。也許他跟史提芬下起棋來了？是的話還滿令人寬心的。只不過現在的史提芬好像不太可能。也許他們坐著在聊天？這些日子以來，史提芬已經不是每次都能認得波格丹是誰，但波格丹冷靜的個性滿討他喜歡。前幾天他靠在波格丹的肩頭上睡著，為此波格丹寧可錯過重量訓練，也不肯讓老人家的睡眠受打擾。

第四十四章

兩個男人步履維艱地走在剛落定的新雪裡，在一個黑與白的世界中留下了鈉燈照出的朦朧剪影。他們腳底踩著雪，頭頂也落著雪。史提芬穿戴著波格丹在壁櫥深處找到的長版大衣、羊毛帽、手套、兩條圍巾，還有登山靴。波格丹自己則難得示弱，穿起了長袖T恤。路面堪稱溼滑，所以波格丹牽起了史提芬的手。他往白色的草地上照手電筒，尋找著狐狸小雪的行蹤。他鎖定的是掃動的尾巴、發亮的瞳孔，還有尖尖的耳朵。

史提芬停下腳步看向了右手邊。他們距離公寓大概已經有四十碼的距離。在花圃的前面是一個小丘，或者應該說是在地面上鼓起來的一包，說實在沒什麼。但史提芬鬆開了波格丹的手，朝小丘爬起坡。波格丹把手電筒一轉，照亮史提芬前方的路。史提芬跪了下來，把手放在小丘的頂端。波格丹趕上去，從身後看見了史提芬看見的東西。雪裡有隻狐狸，靜默而沒了生氣。牠雪白的耳尖埋沒在一片白色裡面。

史提芬看著波格丹，點了點頭。「死了。我想是心臟衰竭；牠看起來很安詳。」

「可憐的小雪。」波格丹說著，跪在史提芬的身旁。史提芬從小雪的皮毛上刷去了剛落下的冰晶。

史提芬回望自家的窗戶。「我想牠是來看我的。牠是要來跟我道別，但沒能如願。」

「我們不是每次都能好好說再見。」波格丹說。

「是不能，」史提芬說，「能夠道別往往都是運氣使然。對不住了，我的老朋友小雪。」

波格丹點了點頭，撫摸小雪的皮毛。「你難過嗎？」

史提芬撫弄著小雪的耳朵。「我們會隔著窗戶，看著彼此，而我們都知道我們將不久於世。就是這一點拉近了我們的距離。我身子骨已經不好了，你知道嗎？」

「你沒事的。」波格丹說。「伊莉莎白會難過嗎？」

「再告訴我一次，她是誰？」

「你的妻子。她會難過嗎？」

「我想會吧。」史提芬說。「你認識她？她是那種會難過的人嗎？」

「不算是，」波格丹說。「但我想這應該會讓她難過。」

史提芬站起身來，並把雪從褲子膝蓋上刷掉。「你的意思呢？全副軍禮厚葬嗎？」

波格丹再次點了點頭。

史提芬用靴子的腳尖測試了一下地面。「挖洞你拿手嗎？你看起來滿像有那回事的。」

「我挖過一些洞，沒錯。」波格丹說。

「不過冬天的土，特別難對付喔，」史提芬說。「就像要打破柏油路一樣。」

「哪裡可以讓我們保存牠到早上？」

「牠在這裡會沒事的，」史提芬說，「這種天氣下不會有掠食者出來。但把牠的臉轉向窗戶的方向，讓我知道牠能看到我。」

波格丹輕輕地移動小雪的身體。他讓小雪的頭擱在前爪上，方向對準了史提芬與伊莉莎白的公寓。

史提芬彎下腰，輕輕拍了拍小雪的頭。「這下子安全了，老朋友。很快就不冷了，也不用邊戒備邊睡覺了。很高興認識你。」

波格丹把手放到史提芬的肩膀上，輕輕捏了一下。

第四十五章

克里斯與唐娜問了他們能不能跟傑森聊兩句。憑良心說，他們問得很有禮貌，況且朗恩也沒有覺得這有什麼大問題。朗恩去問了傑森的意思，傑森也不覺得有何不妥，所以就有了現在的他們，神清氣爽地起個大早，在星期一的早上齊聚一堂。

朗恩很喜歡來他兒子的家。那兒整個地下室就是個小窩。傑森在那兒擺了張撞球桌、一台點唱機，還弄了個吧台，再來就是他用來健身的東西。這讓朗恩感到十分驕傲。

這筆不小的開銷來自拳擊，但傑森不是傻子。他不像有些拳擊手那樣把錢都揮霍光。但即便如此，朗恩也曾看到他的寶貝兒子掙扎過幾年。發薪日沒了，工作也沒了。但他發憤圖強，在實境秀上闖出了一片天，也偶爾當當名嘴，甚至還偶爾客串演戲，於是錢又開始進帳了。傑森是個懂得努力的人，而沒有什麼比這更讓朗恩感到欣慰了。此外，他好像也開始安定下來了。

此刻的朗恩人在一張墨黑色的沙發上，旁邊還一起坐著克里斯跟唐娜。這個瞬間，他們三個都在看傑森站在房間中央的地毯上，對著空氣打拳。他開口要三個觀眾閉嘴幾分鐘，所以大家也都正在照做。朗恩討厭安靜不說話。傑森一邊揮拳，一邊搭配實況報導。

「傑森・李奇出著刺拳，試著擾亂東尼・維爾的節奏，但效果並沒有出來。東尼・維爾這個韌性十足的男人，今年四十五歲，也不知道從哪冒出來，突然就要挑戰中量級的世界冠軍。而他也把握機會，打出了一場好拳。維爾朝傑森・李奇狠甩出一記右手的重拳。李奇身子一沉躲了開來，這兩名偉大拳手的你來我往真是扣人心弦。此時鈴聲響起……」

傑森停下了揮拳的手，披了條毛巾在肩膀上，然後朝著設置在吧台上的一台筆電彎下腰。他直視筆電上的攝影鏡頭。

「嗨，東尼，老兄，這裡是傑森．李奇。生日快樂，大塊頭，打得好。尊夫人蓋比告訴我你今天又繼續年輕到了四十五歲，她還說她愛死你了。所以請繼續左閃右躲，不要被拳頭打中，兄弟，就算被打倒了，你就重新再站起來。蓋比跟孩子們，諾亞與薩絲琪亞，都希望我能為你獻上最大的祝福，所以好好過個快樂的生日吧，別吃太多蛋糕，明天回來健身房報到。今天就怎麼開心怎麼來，夥伴，傑森祝你心靈安詳，也願你擁有滿滿的愛。」

傑森做出了他正字標記的誇張眨眼動作，然後才按下了螢幕上的停止鍵，並轉頭面向他的幾個客人。

「東尼．維爾是哪位啊？」朗恩問。

「某個阿貓阿狗，」傑森說，「不認識。」

「你人真好，還祝他生日快樂。」朗恩說。「對方應該會很受用吧，好孩子。」

好孩子這三個字是說給克里斯與唐娜聽的。朗恩知道傑森有些人脈是上不了檯面的，但同樣地他也想提醒克里斯與唐娜一件事，那就是傑森本質上仍是個好孩子。五十歲的好孩子。

「他們是付錢的客人，老爹，」傑森說，「這叫做『友情演出』。只要給錢，你就能讓名人用訊息祝你生日快樂什麼的，結婚週年快樂也行。我還剛做完一則訊息是有人要離婚。」

「做這個有錢拿？」克里斯說。

「四十九鎊一則，」傑森說，「名人都有在做這條，而且我可以只穿著內褲錄，就看我想不想。」

「千萬別顧忌我。」唐娜說。

朗恩大惑不解地搖起了頭。「你的案量有多少？」

「一天十個，」傑森說，「大概這個水準。外頭很多拳擊迷。」

「所以你每天光是說『繼續左閃右躲』，然後眨個眼睛，就有五百鎊進帳？」唐娜問道。

「我以前可是靠用頭扛揍賺錢，」傑森說，「我想我有這個資格。」

「大衛．艾登堡[113]也有在做這個嗎？」朗恩問。

「我想他老人家應該沒有，爸，」傑森說，「他應該不像我這樣缺錢。」

「你現在感覺混得還不錯，」克里斯邊說邊張望著傑森地下室的吧台與撞球桌。「說起混得不錯，我們這兒有幾件事你可能幫得上忙。」

「這兩位說你做的事很可疑，傑斯，」朗恩說，「但苦無證據。」

「我們不是說他本人很可疑，」唐娜說，「我們只是說他認識的幾乎每一個人都很可疑。」

「事情偶爾是挺刺激。」傑森對唐娜的話並無異議。「你們想知道什麼？」

「你有聽聞任何關於海洛英的風聲嗎？」朗恩問。「比方說最近？」

「怎麼突然問起這個？」傑森問道。

「有批海洛英不見了，」朗恩說，「而我們想以毒追兇，看看能不能查出是誰殺了我們的一個朋友。你知道一個叫多姆．霍特的傢伙嗎？」

「利物浦人？」傑森說。「在艾佛頓的比賽後被一槍爆頭那個？」

「就是他。」唐娜說。

「我有聽說一些事情。」傑森說。

傑森的伴侶凱倫從門後探出頭來。「我要去買甜菜根跟木瓜，哈囉朗恩，哈囉兩位，還有什麼要我順便帶回來嗎？」

「哈囉，親愛的。」朗恩說。克里斯與唐娜舉了個手。

「我把藜麥吃完了。」傑森說。

「了解，沒問題。」凱倫說。「我出個門，大概二十分鐘。愛你喔。」

「我也愛妳寶貝。」傑森說著目送走凱倫。

「她搬進來了？」朗恩問。

「幾乎等於。」傑森說。

「很好。」朗恩說。然後他又一次看向克里斯與唐娜說：「好孩子，他是個好孩子。」

「我想我們還是把話題拉回海洛英？」克里斯說。「你知道些什麼？」

「這裡有一個主要的幫派，」傑森說，「一條主要的毒品進口通道。有個傢伙叫麥斯威爾。道上傳言他遇上了麻煩，所以鯊魚在他身邊游啊游。」

「鯊魚指的是？」克里斯問道。

「爸，你的朋友就是其中一條，」傑森說，「康妮．強森。她就在到處嗅。」

「康妮．強森怎麼會知道麥斯威爾有了麻煩？」唐娜問。

113 David Attenborough，1926-，生物學家，與BBC合作拍攝過很多知名的自然紀錄片。

「有個老人家會去獄裡找她，」傑森說，「他們幾個禮拜前見過一面，那之後她就成了行動站。整個英格蘭南岸都瘋了起來。沒人知道那老人家是誰，所以別問了。」

「我們知道那個老人家是誰。」克里斯說。

「伊博辛。」朗恩說。

「天啊，爸。」傑森一聽都笑了。「不是伊博辛還能是誰。你跟你的朋友挑起毒品戰爭了耶。我真有點懷念那個只會寫信到議會抱怨收垃圾的你。」

「我還是覺得一個禮拜一次比較對，傑斯，」朗恩說，「我可是繳了議會稅。」

「你剛剛提到『行動站』，」克里斯說，「是什麼意思？」

「只是說她開始有所行動，」傑森說，「接觸麥斯威爾的人馬，看他們想不想跳船到她這邊。」

「為了在古柯鹼交易外再控制海洛英交易？」克里斯說。

「這個嘛，亞馬遜也懂得不能只賣書的道理，對吧？」傑森說。

「她跟多姆．霍特談過話嗎？」唐娜問。

「不知道，」傑森說，「這些只是酒館裡的八卦。」

「路卡．巴特奇呢？」克里斯問。「她有跟這人談過話嗎？」

「這人我沒聽過。」傑森說。「我想我幫到這裡已經仁至義盡了吧。我一直忘記你們兩個是警察。」

「我自己也一直忘記我是警察，」克里斯說，「這都要怪你爸。」

「如果康妮有人想殺？」唐娜問。「她會有辦法從牢房裡遙控這件事嗎？」

「那還不容易，」傑森說，「簡單到爆。」

這讓所有人都陷入了思考。伊博辛這會兒就在康妮那兒。但朗恩腦中在想著的是別的事情。「我可以也問你一個問題嗎？」

「你問，爹。」傑森說。

朗恩往前傾身。

「你跟凱倫在聖誕節當天，都是什麼時候拆禮物？」

「早餐一吃完，」傑森說，「不然還能什麼時候拆？」

「是不是。」朗恩說。

朗恩看向克里斯，又看向唐娜。平反兩個字寫在他的臉上。克里斯等了一兩拍，才又繼續他之前的話題。

「康妮會用誰，傑森？」克里斯問。「如果她有人想殺？」

「好問題。」傑森說著也重新起身，準備要錄製下一段影片。「過去這兩個禮拜，康妮．強森可不是只有伊博辛這一個神秘訪客。有個四十來歲，或是快四十歲的女性，去了兩次吧。沒有人認識她，但她渾身散發著一種危險的氣息。而且這麼說的還都是牢裡的兄弟。」

「所以不知道姓誰名啥？」克里斯說。

「不知道，」傑森說，「兩週前不知道從哪裡突然冒出來的。就在你們查的那樁謀殺案後不久——的樣子？」

第四十六章

伊博辛原以為監獄裡的星期一，會有點不一樣的氛圍，但結果星期一就是星期一。他想那或許就是坐牢的意義所在吧。

即便身為精神科醫師，有責任要完成，伊博辛今天還是有求於康妮。伊莉莎白給了他一項任務，他也會全力以赴讓她得到滿足。

康妮往後靠在椅背上。她今天戴著一支名貴的新手錶。

「我在想，妳可曾聽說過一個名叫路卡．巴塔奇的男人？」他問。

康妮讓腦袋轉了轉，同時從她手中的KitKat巧克力上掰下了一塊，並將之蘸了一下她的馥列白。[114]「伊博辛，你會不會偶爾覺得自己不是個很厲害的精神科醫師？」

「我想，客觀地說，我的諮商技術相當嫻熟。」伊博辛說。「我有沒有自我懷疑過？自然有。我是否覺得自己幫助過許多人？答案也是肯定的。就以妳來講，我有幫助到妳嗎？」

康妮此刻已經吃起了她掰下的第二條KitKat。她用巧克力朝伊博辛比畫了一下。「我跟你說個故事。」

「我可以做筆記嗎？」

「警察會看到這些筆記嗎？」

「不會。」

「那你就做吧。」康妮說，然後放心說起了故事。「今天中午放飯時，有個小女生插到我前面——」

「是喔，挖咧。」伊博辛說。

「嗯，挖咧，我想她是不清楚我的身分吧。偶爾會有年輕人不認識我。總之，她用霸王肘擠進了隊伍，所以我點了點她的肩膀說，真的很不好意思喔，但妳好像占了應該是我的位子。」

「妳真的是這麼說話的嗎？」

「那倒沒有。」康妮說，「總之她轉過身來對我說，對不起喔，但本姑娘是不排隊的，妳要是看不排隊的人不順眼，就是看我不順眼——當然，她確切的用詞也不是這樣。說完她就推了我一下。」

「喔，挖咧。」伊博辛又忍不住說了一次。「她有名字嗎？這個女生？」

康妮想了一下。「史戴西，急救人員好像是這麼叫她的。反正四下安靜了一下，不然呢。所有人都睜大眼睛在看。你看得出來她好像慢慢意識到自己推了不該推的人——」

「她是怎麼意識到這一點的？」

「有名獄卒過來要排解事情，但聽到我叫他滾，他只是點了個頭，對那個女生用嘴形表示『掐謝』，然後就走了。我想那女生就是在此時知道，完了。所以我就一拳揮過去，讓她在地上躺平。」

「ＯＫ，」伊博辛說，「這個故事有要表達的重點嗎？我不是很喜歡這故事。」

114　Flat white 咖啡的音譯。

「重點是接下來發生的事情。」康妮說。「我看著她躺在那兒，呈大字形攤開在塑膠地板上，然後就在我捲起袖子，準備好好用拳頭讓她知道自己錯在哪裡的時候，我的腦裡出現了你的聲音。」

「天啊，」伊博辛說，「我的聲音說了什麼？」

「你叫我從五倒數到一。還問我妳感覺是自己的主人嗎？此刻的妳覺得跟自己達成和解了嗎？妳的內心是誰在發號施令，妳還是妳的怒氣？哪一條行為路徑才稱得上理性？」

「原來如此。」伊博辛說。「那麼妳在內心找到的答案是什麼？」

「我看不出把膝蓋壓上她胸部或繼續對著她狠揍能達成什麼效果。那就好比是，剛剛那一拳已經夠了，我想表達的意思已經藉由那一拳傳達出去了。再多就是自我在作祟了。」

「而妳不等於妳的自我，」伊博辛說，「至少不只等於妳的自我。」

「而這個女生，」康妮說，「我也不得不佩服她：人也要挺有種才敢在監獄裡插隊，所以這小妮子肯定不簡單。她的這一課教訓，已經學到了，我看得出來，所以我只是從她身上跨了過去，拿了我的午餐，繼續過我的日子了。為此我感到十分自豪，同時我還萌生了一個念頭：『我打賭伊博辛也會以我為榮。』」

「那那個女生後來呢？」伊博辛問。「她還好嗎？」

康妮聳了聳肩。「誰管她啊？所以你有以我為榮嗎？」

「某個程度上有吧，」伊博辛說。「多少算是一種進步，是不是？」

「我就知道你會的，」康妮說著便笑得滿面紅光。

「我在想會不會有朝一日，」伊博辛說，「妳連那第一拳都會再三思一下？」

「她可是插隊喔，伊博辛。」康妮說。

「我沒忘，」伊博辛說，「而不假思索、沒有猶豫的妳，採取了迅雷不及掩耳的暴力來做為反應。」

「謝謝你的誇獎，」康妮說，「我的反應是挺快的。現在讓我來給你個下台階，讓你從你那擺得有夠高的架子上下來吧，因為我感覺你是想來跟我打聽路卡．巴塔奇的事情，沒錯吧？」

「這個嘛……」伊博辛欲言又止。

「身在此處的我，」康妮說，「一隻折翼的鳥兒，付錢讓你治癒我，帶領我遠離暴力與自我的歧途，帶領我在混亂不堪的生命中覓得一些意義——這些話都是你親口說的，你明白吧——」

「我知道，」伊博辛說，心裡滿是感動。

「但每次的療程，你都把我又拖回混亂裡頭。人妳會怎麼殺，康妮？牢房裡的東西妳能不能幫著偷，康妮？而這回又變成：康妮，妳認不認識英格蘭南岸一個來頭不小的海洛英毒販？」

「我的做法確實不太正統，這妳講得沒錯，」伊博辛說，「我道歉。」

康妮揮手讓他別再說了。「我是無所謂啦——但我不能讓你這樣自以為清高下去。我只是希望你偶爾去照照鏡子。你進來這裡，拿一個低等罪犯的事情去問一個脆弱的病人，好，這就算了。但我跟你說了一個故事，讓你知道我是怎麼只打了某人一拳，而沒有打她十三或十四拳，而我老實跟你講，伊博辛，你看起來並不覺得那有什麼了不起。」

「我承認我有不足的地方，」伊博辛說，「而若是我沒有充分體認到妳的拳頭猛到可以砰一下就把某個年輕女子打到要送醫院，是多了不起的事情，那我願意道歉。」

「謝謝你，」康妮說，「是，我認識路卡·巴塔奇。我知道他是誰。」

「那妳會不會剛好有辦法聯繫得上他？」

「有是有，」康妮說，「但你問這個幹嘛？」

「我們想邀他一起吃個午飯。」伊博辛說。

「我想他應該只吃他殺死的東西。」康妮說。

「我們想約個星期天去吃燒烤，」伊博辛說，「好吃極了。妳一定要來吃吃看，前提是他們哪天終於放了妳，再加上妳保證不要朗恩的命。所以路卡·巴塔奇的電話，妳可以給我嗎？」

「你再說一遍這跟治療有什麼關係？」康妮說。「你沒忘了我是付錢的客戶吧？」

「治療永遠都是一種舞伴關係，」伊博辛說。「我們必須隨著音樂起舞。」

「你真的是行走的幹話大全耶。」康妮說。「算你走運，我喜歡你。我沒辦法給你他的電話，但我可以幫你帶個話。他的小舅子在這裡上班。」

「獄政體系裡有他的姻親？」

「我知道，光用看的，你還以為這裡的人一塵不染，是吧？」

伊博辛低頭看著筆記。是時候改變話題了。

「伊莉莎白想知道妳對星期六的命案有沒有什麼看法？」

康妮掰下了第三條KitKat。這有點脫離她的人設——正常狀況下的她會在一次療程吃個兩條，剩下的兩條帶回牢房。伊博辛的專業，就是會讓他注意到這種細節。

「誰死了？」康妮問。

「多明尼克．霍特，」伊博辛說。「妳跟我們提到過的某個人。KitKat還好吃嗎？」

「是喔，」康妮說，「是人都有這一天，是吧。」

伊博辛的手機震動了起來。進達威爾監獄要交出手機，是所有訪客的常識，但只要報上康妮的名字，他們就會睜隻眼閉隻眼。他查看了一下訊息。是唐娜來著。

「原來妳的常客不只我一個嗎？」伊博辛問。

「我是有一些例行的會見，」康妮說，「運動按摩師、塔羅牌老師、西班牙文家教。」

「四十出頭的女性，」伊博辛說，「幾個禮拜前才冒出來的。」

康妮聳了聳肩。「我有個三不五時會過來一下的花藝師。牢房久不打理會有點死氣沉沉。」

「我不覺得她是什麼花藝師。」伊博辛說。

「那你就當這是個羅生門囉。」康妮說。「還有什麼你有求於我的事情嗎，還是我們可以來點真正的心理治療了？」

「妳把一切都告訴我了嗎，康妮？」伊博辛問。「妳已經知無不言，言不無盡了嗎？」

「你不是專家嗎，」康妮說。「你告訴我啊。」

第四十七章

喬伊絲

這個嘛，我們找到庫戴許的上鎖車庫了，而且沒費太多力氣。不過你也不要興奮得太早。

伊莉莎白希望我們能在「群賢畢至」的「高峰會」前找到車庫。她還想著明天要去拜訪一下高級調查官里根，理由我並不清楚，但我會很期待能一窺究竟。

我說「我們」找到了車庫，是因為伊莉莎白很聰明地想到可以假扮是庫戴許的遺孀，然後現身在費爾黑文鎮議會辦公室。

她在那兒一整個戲精上身。尚未走出哀慟的寡婦哭喊著車庫的鑰匙不見了，居家照片與紀念品等道具也一應俱全。前後足足花了五分鐘，她演得非常投入，時不時引得費爾黑文鎮議會的那個小姐——她叫萊絲莉來著——帶著眼神中的同情點頭頻頻。伊莉莎白最後來了個天花亂墜的精彩大結局，完全把萊絲莉、費爾黑文鎮議會，還有各路神仙的溫情都勒索殆盡。

至此萊絲莉最後一次用點頭表示了憐惜，然後開口讓伊莉莎白知道他們無法讓她知道車庫的地點，主要是《資料保護法》說不行。

我早跟伊莉莎白說了會這樣。在搭社區小巴下山的一路上，我都一直在告訴她，妳這樣是浪費時間，鎮議會什麼也不會告訴妳的。對此她說，連俄羅斯的核武情報都被我從KGB嘴裡套出來了，我想區區一個費爾黑文鎮議會應該難我不倒。然而我知道她錯了，也樂見她被證明錯了。我甚至賞了伊莉莎白一個「我就說嘛」的表情包，那每次都能讓她氣到。

然後她使出了我很常在派對上表演的崩潰落淚。她今天有超水準的演出，這我願意肯定她，但早知道我也會勸她這同樣是白搭。萊絲莉守著費爾黑文鎮議會的立場，寸土不讓。某個點上她問起伊莉莎白要不要來杯水，但除此之外她完全沒有軟化的跡象。

所以我只好站了出來。

就在伊莉莎白癱在塑膠椅上，一把眼淚一把鼻涕的同時，我對萊絲莉提到由於庫戴許已死，他的帳戶也已經被凍結，所以他這個月的租金肯定沒繳。這話讓萊絲莉聽了進去。要說有什麼事情能比《資料保護法》更討地方自治市鎮的議會歡心，那就是白花花的英鎊了吧。

我告訴她我很樂意把庫戴許賒欠的款項清一清。我甚至感覺那是我不容推卸的責任。幾分鐘後我已經把列印出來的請款單揣在手裡，上頭印著：「應繳租金37.60鎊／鎮議會儲存車庫編號一七七二，佩文西路，費爾黑文。」

我告訴萊絲莉我們馬上會去繳錢，謝過了她，然後領著伊莉莎白出了左右雙開的議會大門，重獲了自由。

伊莉莎白對我的表現讚不絕口，而我們有說好了未來再遇到KBG就交給她，遇到地方議會則交給我。誰都需要有個專長。譬如我問伊莉莎白車庫要怎打開，我們又沒有鑰匙，對此她只是報以微笑。

我提議既然要去查探，那我們不妨打給妮娜．米希拉，讓她一起來。我們就算找不到海洛英，也有機會找到某樣能領著我們去找到海洛英的東西，而妮娜會比較有概念那會是什麼東西。伊莉莎白說我根本就是想跟妮娜搞女女戀，而我也不能說她說錯了什麼。我確實喜歡強大的女性。不是肌肉練得很大的那種強大，不過我這個解釋應該是多餘的吧。總之，妮娜同意了在早上講完課後過來與我們會合。

我們晃晃悠悠到了佩文西路；它就在海岸邊上。我問伊莉莎白覺不覺得我們會被邀請去參加婚禮，要是唐娜與波格丹哪天結婚了的話。對此她回答說：「妳能不能有兩秒鐘專心在海洛英的事上？」

那兒有面對面的兩排車庫。門是亮綠色的，且每一扇上面都貼著安全告示。其中兩三間車庫的門是開著的，且有敲打跟鋸東西的聲音從裡面傳出來。我們從兩排車庫的中間走過，但偶爾得偏到一旁給散步的海鷗讓路，直到最後我們來到了一七七二號。

伊莉莎白從包包裡取出了一樣東西。我看得不是很清楚，但那應該是細細扁扁的一根鐵條。她把鐵條插進了車庫的鎖中，用掌心倏地一推，然後就順利地往上一拉，打開了車庫的門。

我不知道自己在期待什麼。某種藏寶處吧，我想。那種你會在迪士尼卡通中看到的地方，放眼望去全是黃金與珠寶與達布隆。[115]但實際上那兒只有靠著牆的一些舊紙箱，每個箱子上頭都草草寫著一個數字。就在我們把頭幾個箱子的蓋子掀開來時，搭計程車前來的妮娜加入了我們。

她頭上戴著一個很漂亮的髮夾。

想也知道，我們沒有找到海洛英。要是我們有找到，我一定不會藏著掖著，我保證。要是飯廳桌上擺著價值十萬鎊的海洛英，我才不會在這裡又是漂亮髮夾又是強大女性地講個沒完。

箱子裡有哩哩扣扣的各種東西。舊手錶、首飾、甚至還有兩張畢卡索的版畫。伊莉莎白問起我們能不能替這裡的哪樣東西找到好的歸宿，但妮娜的看法是這裡的很多東西都恐怕是贓物，所以它們的第一站應該要是在地的警察局，而我回說我明天就會去那兒一趟。伊莉莎白問起畢卡索版畫值不值錢，但妮娜看了一眼就說那滿明顯是贗品，所以伊莉莎白跟我應該各認領一幅回去，而我們也照辦了。我拿的是一幅鴿子的速寫，此刻正被我立起在壁爐架上。海華茲希斯有個手藝很好的裱框師傅，所以我下次去那兒會把畫一併帶著。當然，到時候我會假裝那是真跡。我想贗品之所以可以暢行無阻，就是因為這樣吧？不把話說破對大家都好。

順帶一提，我稍早那番話可能會讓人以為我喜歡強大的女人而不喜歡健身練肌肉的人。我完全沒有那個意思。健身只是不適合我，但我可以理解你為什麼會樂在其中。那是很健康的娛樂，只是比起不健康的娛樂沒那麼棒。

這會兒你可能會覺得下午這趟出門有點令人失望，但其實完全不是這樣。伊莉莎白說車庫是我們的王牌。我們需要做的就只是在星期天的午餐席間暗示有這麼個車庫存在，然後持續監視它。他們一個個都有能力找上那個車庫，也一個個都會想去看上一眼。

還有當然了，要是有誰沒來看一眼，我們就可以假設誰不需要這麼做，因為海洛英已經

---

115 Doubloon，古西班牙金幣。

在這人手裡了。

這就是伊莉莎白的計畫，而她也已經請了妮娜與會來協助她投下麵包屑。妮娜在被嚇到的同時也顯得躍躍欲試。而我想，那就是我從認識伊莉莎白以來都沒有停止過的心情吧。

所以明天我們會去見高級調查官里根。我們能在星期天的午餐前掌握愈多資訊，伊莉莎白就會愈開心。不過她此時此刻倒說不上有多開心。今天有過一場喪禮，而且是場並不一般的喪禮。我會先整理好自己的想法，再多跟你說說這是怎麼回事。我問伊莉莎白我們明天跟高級調查官里根是否有約，結果她說當然是——沒有，但又叫我別擔心。我還提醒了她社區小巴星期二沒開，但她說朗恩會開車載我們進城，因為他最近很沒有參與感，並且他的大發從修車廠牽回來了。

我感覺到對於查出是誰殺了庫戴許一事而言，這將是至關重要的一個禮拜。甚至對找到海洛英而言也是。伊莉莎白似乎已經在把手中的拼圖湊成一幅圖案了。她是不是已經胸有成竹了？

艾倫有點鬧脾氣，因為我一整天都不在家裡。你沒辦法跟狗狗解釋什麼是海洛英，什麼又是凶殺案。嗯，緝毒犬也許可以啦。牠在客房裡擺著張臭臉，還每幾分鐘就嘆口氣給我聽，就怕我不知道牠在那兒。我知道牠沒本事一直臭臉下去。讓我叫牠看看。

果然牠進了我的房間，尾巴還搖啊搖的，氣早就消了。

第四十八章

「我找高級調查官里根。」伊莉莎白對費爾黑文警局顧櫃檯的警佐說道。

「請問您是哪位要找她？」警佐問，她是個五十出頭的女警。

「您可以告訴她來人是伊莉莎白與喬伊絲，」伊莉莎白說，「跟多明尼克．霍特的兇殺案有關。」

「您是要來供述什麼的嗎？」警佐邊問邊撥起了樓上的電話。「我這兒有一名伊莉莎白跟一名喬伊絲要找高級調查官里根。她們有多明尼克．霍特案的線索要提供。」這之後警佐等了一下，然後她點頭並說了聲：「謝了，吉姆。」

「她公出了，很抱歉，」警佐說著看向了她們。「也許妳們可以先留個電話？」

「她公出了？」伊莉莎白問。

「不好意思。」警佐說。「您的供述恐怕得再等等了。」

「嗯，那就怪了，是不是喬伊絲？」伊莉莎白朝喬伊絲比劃了一下。「這位是喬伊絲。」

「是很怪。」喬伊絲說。「我們看著她進警局，是——」喬伊絲翻開了她的筆記本，「上午十點二十三分的事情。而那之後我們就一直盯著警局的前門，也沒看到她再出來過。」

「他們有配車代步，」警佐說，「並且妳們不應該跑來監視警察局。」

「喔，我們是在公共場所這麼做的。」伊莉莎白說。「公園裡有張小長椅。」

「我帶了保溫瓶。」喬伊絲說。

「而那之後只有兩輛車離開了警局，兩輛車裡都沒有她，」伊莉莎白說。「現在是——現在是什麼時候來著，喬伊絲？」

「十一點零四分。」喬伊絲說。

「現在是十一點零四分——」

「十一點零五分了。」喬伊絲說。

「而我們覺得這些時間應該夠高級調查官里根在辦公室安頓下來，聽取完晨間的簡報了。我想她這會兒應該是在喝著咖啡，讀著電郵吧。」

「所以我們就想說此時不來，」喬伊絲說。

「更待何時，」伊莉莎白說，「所以可以麻煩妳再打一通電話上去，確認一下溝通沒有誤會嗎？我們非常想要跟她聊聊。回古柏切斯的社區小巴會在下午三點發車，而且我們今天也還有一些雜事要辦。」

櫃檯的警佐站了起來，用兩隻手掌撐在檯面上。

「兩位女士，這雖然很好玩，但高級調查官里根確實不在這兒。這棟建築物並不是只有一個出口——」

「是，朗恩在後門的出口，」伊莉莎白說。「她沒有從那裡出去。」

「我現在就是在告訴妳她出去了，」警佐說。「所以可以請妳們把電話留一留嗎，我保證會把訊息轉告給她。與此同時，我想強烈建議妳們不要把警察局當成監視的對象，除非妳們想被逮捕。」

伊莉莎白掏出手機，給警佐拍了張照片。

「拍照完成，十一點零七分，」喬伊絲說。

「妳敢再拍，」警佐瞪著伊莉莎白說，「我就把妳們抓起來。」

伊莉莎白看著喬伊絲，揚起了一邊的眉毛。喬伊絲看著她的手錶，思考了一下，然後輕到不能再輕地點了個頭。

伊莉莎白拍下了第二張照。

第四十九章

薩伊德低頭掃視起山區。谷底的一草一木都是他的，北邊山坡的一草一木也都是他的。南邊的那些山坡則在巴基斯坦境內，至於主人是誰薩伊德並不清楚，但雙方向來都相安無事就是。能夠不生事端他已經夫復何求，畢竟這段日子的麻煩已經夠多。

他從星期三以來就沒再收到哈尼夫傳來的消息了。他當時人在摩爾多瓦打聽事情，然後又說他要去英國，所以他一定是有了什麼發現。除非這事兒能水落石出，否則薩伊德心裡不會真的痛快。他當然痛快不起來。甚至他也不應該搭著這台直升機飛在天上——這可能會招致厄運，而且只要一枚流彈就可以導致墜機。但不這麼做，他就只能花六個小時搭吉普車跟騎馬。

他並不習慣這樣的處境，而這必須要盡快處理。他會再給哈尼夫一個禮拜左右的時間。他知道哈尼夫會在追查那批貨的去向。又不是說哈尼夫可以電話拿起來就打給他聊上兩句。

哈尼夫會去找米契．麥斯威爾問話，而米契．麥斯威爾會去找路卡．巴塔奇問話。一開始都會客客氣氣，但要是問不出想問的東西，他們可能就會收起笑意。薩伊德並不喜歡被耍或被騙。耍他或騙他就是死路一條。

當然如果他們這幾個人生不出海洛英的下落，那哈尼夫也必須受到懲罰，這點不在話下。所以起碼他不會提不起勁幹活兒。

在敞開的直升機門外頭，薩伊德可以看到滿山遍野快開花的罌粟田，由此他的心情難免有點雀躍。因為誰都曉得整片盛開的紅罌粟花只代表一樣東西。獲利。

第五十章

高級調查官吉兒．里根的狗眼看人低，溢於言表。

「至於妳，」她指著喬伊絲，「妳去了多明尼克．霍特被槍殺的倉庫。」

「我是去了。」喬伊絲說。「不錯喔妳，很多人遇到我都很臉盲。要不然就是想不起跟我是在哪裡認識的。我有事隔多年的病人在森寶利超市[116]湊上來說——」

「拜託，」吉兒說，「饒了我吧，有樁命案的調查還等著我去指揮。」

「那妳可以指揮得好一點嗎，」伊莉莎白說，「我這人說話比較直，別介意。」

「我是介意，」吉兒說。「妳們倆誰有逮住過殺人犯嗎？」

「還真有。」伊莉莎白說。

「而且不只一個。」喬伊絲補充說。

「我給妳們五分鐘，」吉兒說，「妳們有什麼線索可以提供？最好是真貨。」

「我能否先請教一句，」伊莉莎白說，「您來這兒都做了些什麼？」

「跟黃金女郎們一起在偵訊室裡坐著？」吉兒說。「妳問倒我了。」

「不，」伊莉莎白說。「妳別揣著明白裝糊塗。國家犯罪調查署為什麼會被調來調查庫戴許．夏瑪的命案？」

「那，關妳們什麼事？」

「我們既是納稅人，」伊莉莎白說，「也是有好奇心的觀察者。」

「妳認識哈德森探長？」吉兒問喬伊絲。

「認識，」喬伊絲說，「我還認識他女朋友，叫派翠絲，妳知道她嗎？」

「是他叫妳們來的，對吧？」

伊莉莎白笑了。「天啊，並沒有。反倒我能想像他要是知道我們來了，應該嚇都嚇死了。」

「原來覺得衰的不只我一個。」吉兒說。

「妳起碼可以聽聽我的理論。」伊莉莎白說。「我不覺得妳對庫戴許有多大的興趣，國家犯罪調查署更沒有。我覺得妳是對海洛英有職業上的興趣。」

「不是每件事都得弄得諜影幢幢，」吉兒說，「這不是在演Netflix。」

「喔，我過的日子，會讓Netflix不好意思把東西拿出來播喔，」伊莉莎白說。「我想海洛英應該是國家犯罪調查署某個大行動裡的一個目標。你們的計畫是追蹤海洛英，讓它帶著你們深入鄉間，然後將所有人一網打盡。我沒說錯吧？」

「如果妳就只有這點東西，那我該回辦公室了。」吉兒說。

「但海洛英不見了，」伊莉莎白說了下去。「那些被你們當成餌，投放到鄉間的海洛英不見了。那些你們在紐黑文放水讓其通過的海洛英不見了。所以你們的行動也毀了，國家犯罪調查署的威名岌岌可危。但這也不是頭一回了，大家都是明白人。更重要的是，有個無辜的男人被槍殺了，嗯，這個『無辜』可能要打個引號，但至少他是我們的朋友。我敢說你們此

116　Sainsbury's，英國的平價超市。

前從未聽說過庫戴許·夏瑪，他被牽扯進來於你們也是種意外。所以我固然確定你們會想偵破他的命案，但我也相信你們首要的目標是要找到那些海洛英。」

「好吧，」吉兒說，「我想時間到了。」

「然後多姆·霍特也接著遇害，」伊莉莎白說，「我在想他會不會是你們在販毒集團裡的內應？結果有人發現了他的身分？」

「妳是什麼人？」吉兒說。

「總算，來了個有點智商的問題，」伊莉莎白說，「我是個可以幫妳一把的人。」

「幫我？怎麼幫？」

「我們可以幫妳找到海洛英，」伊莉莎白說，「是不是，喬伊絲？」

「我們有找到過鑽石的實績。」喬伊絲給出肯定的答案。

「如果妳們知道這些海洛英在哪裡，並且這些海洛英又不——」

伊莉莎白噓停了吉兒。「這些海洛英不在我們手上，高級調查官里根，東西當然不在我們手上。但我敢賭我們會比妳更接近目標許多。而且由於我想要查出是誰殺了我們的朋友，所以我真的想從妳這兒知道的事情是：誰在替妳工作？誰是妳在保護的內應？難不成就是多姆·霍特？」

「我沒有在保護任何人。」吉兒說。

「嗯，」伊莉莎白說，「所以妳是在沒有任何臥底的狀況下，就策劃了這場行動？這倒也不是絕對做不到。我們在六八年的布達佩斯就是這麼幹的，但我恐怕得說我還是不太相信。」

「妳說的布達佩斯是怎麼——」

「所以接下來，喬伊絲會念四個名字給妳聽，」伊莉莎白說，「他們其中一個會正在替妳工作，或是曾替妳工作過，我們看妳的反應就能判斷了。肌肉的一丁點抽動就是我們需要的全部線索。」

「夠了，」吉兒說，「這太亂來了。」

「米契．麥斯威爾。」喬伊絲說。

吉兒起身就要離開。「失陪了，兩位女士。」

「路卡．巴塔奇。」喬伊絲說。

「吉兒，妳是這樣念他的名字的嗎？」伊莉莎白問。

「珊曼莎．巴恩斯。」喬伊絲說。

「我會叫個警員過來帶妳們出去。」吉兒說。

「多明尼克．霍特。」喬伊絲說。

吉兒停在了門邊。「要是再讓我看到妳們倆個，那最好是因為妳們找到了我的海洛英。」

「那些海洛英，沒問題。」伊莉莎白說，而吉兒則消失在關上的門後。

伊莉莎白轉頭看向喬伊絲。「她挺有一套。」

「她一下都沒抖。」喬伊絲說。

「這就代表兩件事情。」伊莉莎白說。「要嘛她是個心理變態——」

「喔喔。」喬伊絲說。

「這我想是不至於，」伊莉莎白說，「畢竟她在下來見我們之前補了些口紅。所以她是想要給我們一個好印象的。」

「我怎麼覺得心理變態跟塗口紅並不衝突。」喬伊絲說。

「再不然，喬伊絲，」伊莉莎白說，「就是她之所以沒抖動，是因為販毒集團裡真的沒人替犯罪調查署辦事。」

「那調查署的人為什麼會跑來這裡？」

「也許那是因為有人在犯罪調查署裡替販毒集團辦事？」

第五十一章

這幾年來，古柏切斯的餐廳也算是見識了很多事情。它看著一名前高等法院法官在等待香蕉太妃派的時候一命嗚呼。它見過有人吵架吵得如此之兇，最終搞到一個八十九歲的女人把她六十八歲的老公給休了，它甚至還見過一回在眾目睽睽下的求婚，那在當下被轟轟烈烈地傳為佳話，直到大家都忘得差不多了，消息才爆出說求婚的那個男方根本是有婦之夫。這兒見過了慶祝會、告別式、新戀情、曬兒子、曬孫子、曬曾孫，甚至還歷經了一場百歲壽辰的派對，且其結局是警察接到報案過來處理跟男性脫衣舞者有關的糾紛。

但它就是從沒有見過此時此刻圍著溫室裡一張私人餐桌而坐的聚會。兩個英國最多產的毒品走私者，一個身價數百萬的骨董商人跟她身形巨大的加拿大丈夫，一名肯特大學的歷史考古學教授，一個渾身刺青的波蘭建築工人，至於餐桌的主位則坐著今天聚會驕傲的主人，一名前護理師，一名前特務，一名前工會幹部，還有一名偶爾還在執業的精神科醫師。

對話的主題是他們可以在何處找到海洛英的一筆貨。眾人完成了自介。對話時不時會被打斷是因為服務生來上菜，而大家的默契都是在這些瞬間，與會者要共同假裝他們是一個籌辦委員會在討論慈善的夏季饗宴。

「這會兒我們各自有各自的目的，」伊莉莎白說，「才會共聚一堂。米契，你的海洛英讓人偷了，你的二當家被人一槍斃命。當然我們也不能排除他就是你殺的——」

「我沒有，」米契．麥斯威爾說。

「反正是有人殺了。」路卡．巴塔奇說。

「嗯，所以我們聚在這裡，」伊博辛說，「就是要開誠布公地討論這些問題。」

「路卡，」伊莉莎白說，「你也是財務上的輸家，所以同樣地，你也可能是海洛英不知去向的嫌犯，以及一槍斃了——」

「還有讓小朋友在裡面跳啊跳的城堡，」喬伊絲搶過話的瞬間，三名妙齡女服務生正好送來了開胃菜，「那些充氣城堡租起來很划算。我們可以每次收費五十便士。」

「兩英鎊一次。」珊曼莎．巴恩斯說。

「一鎊又五十便士，」米契．麥斯威爾說，「兩英鎊，妳當真？」

「不准這樣跟我老婆說話，」葛斯邊說邊朝服務小妹點了點頭。

「關鍵中的關鍵是進城堡一定要脫鞋，」伊博辛說，「就算有保險，我們也必須——」

「——多姆．霍特的凶手，」伊莉莎白接回了剛剛說到一半的話，主要是最後一名女服務生已經離他們而去。

「我無時無刻不會拿槍殺人。」路卡說。

「你這樣等於是說你隨時都在拿槍殺人，」伊博辛說，「正確的否認說法應該是——」

朗恩按下了伊博辛的手臂。「現在不要，兄弟，人家是賣海洛英的。」

伊博辛點了點頭，回頭吃起他的水牛莫札瑞拉起司。

「珊曼莎與葛斯，」伊莉莎白說，「你們會被請來有好幾個理由。首先，你們在這方面算是專業人士。再者，因為你們騙了喬伊絲與伊博辛，你們說過你們沒聽過多姆．霍特是誰。」

「我們是兩個騙子，是不？」珊曼莎說。「誰說的？」

「喬伊絲與伊博辛說的，而他們的話對我來說就已經足夠。」

「你們肯定是在說謊，很抱歉。」喬伊絲說。「還有我應該點明蝦的，你們的看起來好好吃。」

「還有最重要的，你們在手機上裝了代碼七七的隱藏號碼程式，那可是極為罕見的事情，所以我們懷疑庫戴許在他被殺前的那天下午，曾打過電話給你們。」

「我想米契跟路卡也有裝隱藏號碼程式吧，」珊曼莎說。

兩個男人搖起了頭。「我們是直接把手機扔了。」米契說。

「所以我們才會想請妳出席，珊曼莎，」伊莉莎白說，「雖然我確實納悶你們為什麼願意應邀前來？這種不起眼的小聚會，於你們能有什麼好處？」

「問得好，」珊曼莎說，「我們今天是要知無不言嗎？」

「那就看滿桌的騙子與郎中有多少誠意囉，請便。」伊莉莎白這樣回她。

「外頭流落著價值十萬鎊的海洛英，而我賭……」珊曼莎說，「……我們可以設置些攤位賣果醬和印度酸辣醬。」

「我們甚至可以辦個比賽，看誰的最好吃。」喬伊絲說。「評審就在地方上找一個名人。我們認識邁可．瓦格宏恩，那個新聞主播。」

女服務生在桌上擱下一壺新的水，然後就離開了。

「而我賭這裡有人會找到海洛英，」珊曼莎說，「所以葛斯跟我想來洗耳恭聽，看能不能在這裡撿拾到一些線索。」

「然後再把東西偷到手，」葛斯說，「只是為生活增添一點樂趣——這點錢對我們不算什麼。但我想我們是這張桌上最聰明的兩個人，所以我挺看好我們的勝算。」

「我測過智商，」伊博辛說，「小時候在學校測的，測出來是——」

朗恩又一次按住了朋友的手臂。「就讓他覺得他最聰明吧，伊布，我們可以打蛇隨棍上。」

「但這裡最聰明的是我。」葛斯說。

伊博辛作勢要開口，但朗恩對他使了一道眼色。

「妮娜受邀是因為她是我們確知最後跟庫戴許說話的人，所以她自動取得了嫌犯身分；我們可以證實這一點，所以抱歉了，親愛的。」

「沒這回事，」妮娜說。「要是你們放過我，我才會覺得被看不起呢。」

「而波格丹在這兒是以防萬一，搞不好你們誰會想幹掉我們。」伊莉莎白說。「我是有槍，但你們人數太多，所以小心一點為上。」

「另外就是我餓了。」波格丹說。「而且我跟庫戴許認識。」

「那你們四個又是怎麼回事？」珊曼莎·巴恩斯反問。「你們把我們通通找來，圖的是什麼？」

「我們圖的就一件事，」伊莉莎白說，「有人殺了我丈夫的朋友，而我賭凶手就是現場的一員，為此要賭一大筆錢我也甘願。」

「所以我們只會靜靜坐著傾聽，」喬伊絲說。「好好享用一頓午餐，然後邊吃邊看有沒有誰會露出破綻。」

「不管他們有多聰明。」伊博辛說這話時故意誰也不看。

「要是找到了海洛英，」伊莉莎白說，「東西都歸你們，我們對毒品一點也沒興趣。所以我們可以從頭開始了嗎？伊博辛？」

伊博辛取出了一個檔案。「麥斯威爾先生，就從你開始吧。海洛英的源頭在哪裡？阿富汗嗎？」

「再來一個啤酒帳篷，」朗恩說。「供應在地的啤酒，看我們能不能談到什麼折扣。」

大家的主菜在這時來了。

第五十二章

哈尼夫下榻的地方叫克拉里吉飯店，地點在倫敦的正中心，並且他要了一個在頂樓的房間，而那也是頂樓僅有的一個房間。這個房間附有私人管家，一座游泳池，還有一架平台式鋼琴。哈尼夫既不會游泳也不會彈鋼琴，但這些東西放在ＩＧ上就是面子十足。

這是他最愛的一間飯店，理由很多，非常多。它的地點好到無法挑剔，近處就有龐德街[117]與薩佛街[118]的店鋪，科克街[119]的藝廊也不是很遠。倫敦的本色就是酒吧與餐廳，放鬆卻優雅且貴得一點也不猶豫。但這些地方真正最棒的一點，還是工作人員的守口如瓶。哈尼夫不論精神好壞，都很會忘記東西，有次他下樓吃早餐的時候，把一把左輪跟八萬鎊的現金撂在了飯店床上，結果回來的時候，他發現房務員把東西整整齊齊收到了床邊的抽屜裡。你在連鎖旅店是得不到這種服務的。

他已經聯繫上米契．麥斯威爾並發出了最後通牒。限他月底前找到海洛英，否則就殺無赦。同時他也確保路卡．巴塔奇收到了相同的訊息。本來期限應該給得短一點，但哈尼夫一心想在倫敦好好享受兩個禮拜；他上次身在倫敦已經是大學時代的事情，而且他也真的很想在溫布利球場[120]聽一場酷玩樂團[121]的演唱會。要是一來就把米契跟路卡給殺了，他待在倫敦的理由就沒了，而且多給這兩人一點時間，對他們也沒有壞處。哈尼夫與路卡．巴塔奇只是耳聞過彼此，但他跟米契曾在二〇二二年卡達世界盃的ＦＩＦＡ[122]企業包廂裡見過面，當時兩人處得相當融洽。話說米契向他保證了一切都在控制之下，所以哈尼夫樂觀地認為他應該不需要殺他。

這整件事情，這筆貨，都是哈尼夫的主意，而薩伊德對事情的走向很是不開心。要是貨找不回來，那沒有第二句話，哈尼夫會殺掉米契與路卡，但等他回到阿富汗去覆命時，也沒人能保證薩伊德不會殺掉他。惟這就是一場博弈，這就是他有錢可以領的原因。他今天下午會去按摩享受，他會試著在那一小時內把煩惱拋諸腦後。

今晚在梅菲爾有一場派對。那是場週日晚間的社交聚會。作東的是他在伊頓公學的老同學。哈尼夫人在倫敦是讓對方深感驚喜的發現，只不過哈尼夫彈著鋼琴的ＩＧ照片令人有些不解。

他挺期待能夠見見老朋友、聽聽他們在忙些什麼，騙騙他們自己在做些什麼，然後看有沒有誰有興趣游個泳。

哈尼夫轉動了一下他的肩——有個一直卡在那兒的結。他希望按摩師的魔法可以順利施展。

117　Bond Street，倫敦的時尚購物中心，街上雲集了數十家世界級的時裝及珠寶品牌店面。
118　Savile Row，購物街區，因傳統的訂製男裝行業而聞名。
119　Cork Street，倫敦梅菲爾區的畫廊一條街。
120　Wembley Stadium，位於倫敦，可容納九萬人的專業足球場，也可舉辦演唱會。
121　Coldplay，出身倫敦的另類搖滾樂團，成軍於一九九六年。
122　國際足球總會的法文名稱縮寫。

他真的希望這個計畫可以順順利利。哈尼夫真的不想被逼著去殺人，當然也不想被人殺掉。他給自己的時間是到這個月底。

說來說去，有人能找到那個盒子會是再好不過的消息。

要是可以痛痛快快地聽一場酷玩樂團的表演，而且事前不用殺人埋屍，那會是他的第一志願。

第五十三章

案情在主菜與甜點的陪伴下進行了討論與剖析。服務生送咖啡上來的時候，他們辯論了一下他們是應該找一個大帳篷租下去，還是應該對八月的英國天氣有信心。

「庫戴許是什麼人，我在他死前根本沒聽說過。」米契．麥斯威爾說。

「我也是，」路卡．巴塔奇說，「他只是個開了家店的普通人。」

「但你有對手也是事實吧，」朗恩說。「在英格蘭南岸賣海洛英的，不會只有你這一家，別無分號吧？」

「老實講，」米契說，「要是這一帶突然有人有了海洛英可以賣，我們不會沒有耳聞。你可以去跟你的夥伴康妮．強森確認一下。」

「她才不是我的夥伴。」朗恩說。

伊莉莎白問：「而你們倆還是不承認庫戴許聯絡過你們嗎，珊曼莎？葛斯？」

「要是他有聯絡我們就好了，」珊曼莎說，「那樣我們就可以輕鬆談成筆生意。同時我也就沒必要殺了他。」

「葛斯？」

「我大概還是會殺了他，圖個乾淨吧。但我沒有就是了。」

「我有一個想法，」珊曼莎說，「不知道會不會有有用？」

「請說，」伊莉莎白說。

「那個用來走私海洛英的盒子，長得什麼模樣？」珊曼莎說。「我不覺得那些海洛英會在盒子裡待上很長的時間，所以用完的盒子應該會在某處出現。也許某一天，某人的店裡就會突然多出了那個盒子？而那人就會是你們要找的凶手？」

「這感覺機率不太大。」妮娜說。

米契笑了。「說得是。我給妳看看那盒子，等我一下。我不覺得有誰會把那玩意兒放在骨董店裡賣。」

伊博辛抓起了韁繩。「我們還沒有討論到多明尼克·霍特的命案。誰殺的跟為什麼。」米契在手機上滑啊滑，找到了他要的那張照片。接著他把手機推過桌面，使之來到珊曼莎的面前。珊曼莎拿下了眼鏡，把螢幕靠到眼前。「這真的是你用來裝十萬鎊海洛英的盒子嗎？品味還真差。」

她把手機傳給了葛斯，葛斯做了個鬼臉。「這頂多放在二手的舊貨店。但這個想法不錯，寶貝。我們可以留意一下。」他說著把手機推回給了米契。

「這東西確定不在他的上鎖車庫裡。」妮娜說。這句話是伊莉莎白傳授給她的。

「妳說在他的什麼裡？」米契說。

「那只是他對他店裡面的叫法，」伊莉莎白說，「我們去那兒翻過。」

「沒有人管店裡面叫上鎖車庫好嗎，」路卡說，「妳該不是在說庫戴許租了個上鎖車庫吧？」

「抱歉。」妮娜對伊莉莎白說。而這當然，也是她們說好的劇本。

「好吧，」伊莉莎白說，「是，庫戴許跟鎮議會租了個上鎖車庫，但不，我不會把車庫在哪裡告訴你們。」

葛斯舉起手來。

「不，葛斯，就算你威脅要殺了我也一樣。」

這場面讓誰的臉色都不好看。簡直太完美了。

「但不論怎麼說，」伊莉莎白說，「我會想要搶在高級調查官朗森之前找到海洛英。」

「是里根。」路卡說。

「我的錯。」伊莉莎白說。「我想不用我說，各位也都知道要是這裡每個人都說了實話，那一切都會非常順利。因為我們都有著一個共同的目標。我們可以同心協力找到海洛英跟犯下殺人罪的那個傢伙，或那些傢伙。」

「但要是有人沒說實話——」伊博辛開了口。

「那麼，一場血戰是遲早的事情，」朗恩說。「還有騎驢子，[123]我們現在還可以騎驢子嗎，還是這種事情已經被禁了？」

幾位女服務生來收走了咖啡杯，午餐也隨之畫下了句點。

眾人各自回歸了他們的計謀與盤算——伊莉莎白還是願意拿筆錢賭自己對——而就在妮娜．米希拉起身要離開時，她開口問了一句：「那接下來呢？」

「接下來我們就看誰能撐過這個禮拜。」伊莉莎白說。

123 騎驢是英國海邊遊憩地的傳統付費活動，通常是給小朋友在夏天的海灘上騎。

第五十四章

喬伊絲

我們昨天跟一些很不妙的人物吃了頓午飯，非常好玩。我們租下了一個私人包廂，而你不難看出那讓某些人看著不太順眼。像我就在去洗手間的時候聽到有人小小聲說：「她以為她是誰啊？」

昨天出席的人有米契・麥斯威爾，他是海洛英的毒販，有路卡・巴塔奇，也是個海洛英毒販，你聽著會以為巴塔奇應該是義大利人，但其實不是。然後是珊曼莎與葛斯，我們在佩特沃斯有過一面之緣的那對夫妻。珊曼莎在我的臉頰上輕吻了一下，但葛斯只是說了一句：「艾倫在哪？」然後又說了一句「這跟我期待的不一樣」，只因為我告訴他艾倫在我家的一處暖氣前打盹。妮娜・米希拉也來了，而且還輕輕柔柔地談論著古柏切斯。冬天的太陽出來了，而我必須承認這整個村子確實看起來挺可愛的。她已經計畫著要搬進來，時間暫定在三十五年後。

我們沒有得到任何新線索，但這場聚會的本意也不是要得到什麼新線索。伊莉莎白只是想把所有關係人湊在一起，然後好好把樹搖個兩下。

給他們足夠的繩索，[124]是我們以前的說法，伊莉莎白實際上說的是：「且讓我們看看接下來誰會殺了誰。」

我的感覺是在場的每個人都知道一部分的真相，但沒有人知道全局生得怎樣，而我想那就是伊莉莎白所懷抱的期待。

所以我們的下一步就是等待。等待他們相互撕扯起來，我們就在一旁等著看有什麼祕密會從他們的口袋掉出來。

午餐之後，伊莉莎白告訴我她會脫隊個兩天。暫時我們會聯繫不上她。她說她有事情要處理，也許她說的是實話吧。

她的事不關我的事，而當然我們時不時都需要一點隱私。在這一帶尤其如此。我們偶爾會搞得像連體嬰一樣形影不離，而我知道那不是每個人都吞得下去。我個人是很開心，我喜歡在人群間轉來轉去。我喜歡跟人閒聊，聊什麼並不重要。

但伊莉莎白不一樣，對此我已然學會去尊重她。給她一點空間，再想去偷窺也要避免。但話說回來，我前幾天才看到髮型師安東尼走進她住的那條街，而安東尼可是一天到晚對我們耳提面命，說他不「出診」的，所以我想一定出了什麼事。我等下去店裡的時候可能會走那條風景比較美的路，順便瞄一眼她的窗簾有沒有拉起來。有拉就代表裡頭有文章。

安東尼去伊莉莎白家幹嘛？認識她的話，你就知道她大概進宮去了。去面見國王，領個獎章什麼的。他們一天到晚給特務這種待遇。那是護理師不太會有的待遇。但我敢說她要是見了查爾斯國王而沒有先告訴我，我一定不會讓她的耳膜好過。傑瑞有個朋友曾受邀去參加

---

124 整句英文俗諺是Give someone enough rope, and they will hang themselves.，意思是「給人足夠的繩索，他們就會把自己吊死」，換句話說就是把機會創造出來，人就會自己露出破綻。

一場花園派對，地點在白金漢宮。他是扶輪社還是什麼社的社長，而那個社團替一家安寧醫院募了一些錢。總之以結論而言，傑瑞的朋友沒去，他去打了高爾夫。你說這是不是很扯？

我想女王跟我一定能合得來。她給我的感覺很像伊莉莎白。也許還少一點距離感。

但沒了伊莉莎白可以找，我頓感自己閒得有點飄，而我不是每次閒起來都有那麼多招。我可以在屋子裡東摸西摸，或者跟艾倫一起看一下《大淘寶》，[125]但遲早我會需要找點事做，而且還得有個夥伴跟我一起做。傑瑞在的時候這不難：我可以當他填字遊戲的小幫手，或是把我對某件事情的看法跟他說。我現在常跟艾倫說我對某件事情的看法，而那效果本來是挺不錯的，直到你意識到自己這是在幹什麼。

也許我可以去找那兩個男生跟他們的感情詐騙案，然後湊個幾天熱鬧？我可以充當他們的女性視角。只不過照朗恩所說，伊博辛已經很擅長於寫出讓「碼頭工人都臉紅」的段落。

他們肯定也知道伊莉莎白會有幾天不上工，所以他們不會驚訝於看到我。我會烤點東西給他們吃。

也許我也應該去看一下莫文？不知道他是否還好？我們有點在避著彼此，這包括我們連遛狗的時間都會錯開。艾倫一隔著窗戶看見蘿西，就整個瘋掉了。牠會開始在地上打滾，秀出自己的肚肚。有時候看著牠，我真的會想起自己。

我現在就隔著窗戶，看到了外頭安東尼停車的地方。那是訪客用的一個停車位。而我確實知道你在想什麼——不騙你，我不傻。我知道他來這裡的真實原因。

我們幾天前埋葬了小雪——因為混在眾多的事情當中，我當時沒特別提。牠是隻有著白色耳尖，在我們入睡後稱霸這一帶的狐狸。波格丹給小雪掘了一個墳，「深度很足夠，所以沒人碰得到牠。」波格丹近期已經挖了不只一個墳，所以還挺駕輕就熟。這種事情不多，但看著波格丹挖墳，足以讓我改變死後想被火化的心情。

波格丹跟史提芬發現小雪是上禮拜的事情。而如今牠已經身在一個可生物降解的柳條籃子裡，讓大家可以往裡面放白色花朵。

出席的人數出乎意料地多。我想我們都以為牠是我們四個人的小祕密，但細節一被登在布告欄之後，前來致上哀思的有半個村子。原來大家都認識牠，只是叫著不一樣的名字，「來福」、「尖耳」、「月光」，創意五花八門。「小雪」這名字是史提芬取的，我自己都是習慣叫牠「狐狸先生」，所以也許我比較沒有想像力吧。喬安娜總是這樣念我。

魯斯金苑一個新寡的女人管牠叫哈洛，而在我們唱著詩歌讓牠入土為安之時，她也加入了不少人淚如雨下的陣容。

總之我想說的是在來致哀的人當中，天曉得有多久沒有公開露面過的，赫然是史提芬。他與伊莉莎白搭著彼此的肩膀，走向了社區農場，然後史提芬對出席的大家一一說了哈囉。大家對他也是東一句「老兄」，西一句「好久不見」或「哥」。伊博辛給了他一個擁抱，史提芬則露出了喜悅的笑意，然後管伊博辛叫著庫戴許。

朗恩略顯正式地握了他的手；擁抱對他還是困難了些。史提芬瞅了一眼朗恩的刺青說：「西漢姆聯是吧？看來我也得防著你。」然後朗恩也給了他一個擁抱。遇到我的時候，史提

---

125 Bargain Hunt，BBC One上的實境節目，由兩組參賽者從商店或市集購買古董，然後在拍賣會上出售獲利，價高者勝，另有名人參賽的版本。

芬說的是：「這不是喬伊絲嗎，原來妳在這兒。」

總之，那感覺就像是伊莉莎白在給我們機會說再見。至少那天抱著史提芬的我，一點也不想放手。

而當然，史提芬那天的頭髮完美無缺。

所以，沒錯，我並沒有看起來那麼傻。我心裡有數安東尼去是為了史提芬。而伊莉莎白會暫時「脫隊」，會暫時讓我們聯繫不上，是因為他們要帶史提芬去可以讓他獲得良好照顧的院所。她終於要放手讓他走了。她幾個月前就應該這麼做了，她自己也知道這一點，但有浮木可以抓，你就是會抓著不放。我有點納悶是什麼改變了她的想法？那會是他們倆可以討論的事情嗎？

安東尼把史提芬打理得很棒。伊莉莎白就是想讓史提芬看起來帥到不行。不論他要去的下一站是哪裡，伊莉莎白都希望史提芬能給人留下好的印象，都希望旁人能看得出來他是多麼特別，又是多麼被愛。

我不知道分開後的他們，日子要怎麼過。當然，史提芬會進入一個新的世界，但他周遭的牆壁早在很久以前，就已經朝著他縮緊。伊莉莎白愛他愛得徹底，也徹底為他所愛，而如今這一切都從她身邊被奪了去。

我希望他去的地方不會離她太遠，好讓她可以不時就去看看他。他們倆肯定已經在他們能溝通的範圍內，盡可能討論過了。有愛，就能找到語言。伊莉莎白並沒有來要我幫忙，也沒有來問我的意見，對此我完全能了解。經驗告訴我悲傷是一條獨行的道路。

我無從想像伊莉莎白的經歷。或許她感覺史提芬早已遠離。或許那就是他們所處的狀況。總之那是他們夫妻倆的事情，我只知道我會是她的支柱。我能做的，也就只是當她的支柱。

他們說時間會沖淡心頭的創傷，但那不過是童話。要是有人把實話講出來，天底下還有誰敢再去愛啊？我得說即便到現在，我都還是會在某些日子裡一想到傑瑞，就痛到想把心挖出來，也想把淚水都哭乾。好吧，不是某些日子，而是每個日子。而這樣的旅程，就是我最好的朋友才即將要展開的。

所以請原諒我，我就是想再任性地假裝一下我的伊莉莎白是要進宮去見英國國王。

第五十五章

朗恩早有預期門鈴會響起。估計的誤差值甚至只有幾秒。

伊莉莎白會告假個一兩天，所以朗恩知道那只能是喬伊絲來找。鬧到有點飄，想也知道，他只希望她能帶上蛋糕。他丟下在忙著的伊博辛與電腦宅鮑伯，去幫喬伊絲按開了門。

「一定是喬伊絲，還有她的蛋糕，鮑伯。」伊博辛說，「我跟你保證。」

「所以伊莉莎白去哪兒了？」朗恩一邊問他們，一邊替還沒進來的喬伊絲握著門。

伊博辛聳了聳肩。「去拿槍射人？」

喬伊絲出現在樓梯的頂端，手裡還捧著個特百惠的收納盒。艾倫在她身後邊蹓躂，邊嗅著哪裡有冒險的氣味。

「椰子與覆盆子。」她說著掀起了蓋子，算是讓人聞個香。「哈囉，帥哥們。」

鮑伯在她走進公寓時站起了身。

「坐坐坐，鮑伯，別管我。」喬伊絲說。

「來杯茶？」朗恩問。

「你有牛奶嗎？」

「沒有。」朗恩承認。

「你有茶嗎？」

朗恩想了想。「也沒有，喝完了。拉格啤酒行嗎？」

「我來給自己倒杯水吧。」喬伊絲說。她晃進了朗恩的廚房，然後回頭喊了一聲，「所以塔提亞娜的案子辦到哪兒了？」

「我們完全照著唐娜的建議在進行，一字不差。」伊博辛說。

「唐娜可沒有叫我們寫一首有十五個段落的情詩。」朗恩說。

「我是加了點自己的風格，」伊博辛坦承，「但重點是餌已經放好了，現在就看捕鼠夾何時會被觸發。」

喬伊絲走回了客廳，拉了張餐桌椅到朗恩的書桌邊，然後在鮑伯與伊博辛旁坐了下來。

「你做得開心嗎，鮑伯？」

鮑伯想了一下。「我想我應該是滿開心的吧，是的。說真的，我只是來這兒提供技術協助，真正難的事情是伊博辛在弄，我是說那些詩啊什麼的。但偶爾Wi-Fi連線會斷掉，這時我就派得上用場了。所以我覺得很好玩。」

「並且我們會討論世間的大小事。」朗恩說。

「沒錯，我們還會討論世界的大小事。」鮑伯說。

「鮑伯對世間哪件事情有什麼看法，朗恩？」喬伊絲問。「你們不是討論了很多？」

朗恩想了想。「他喜歡電腦。」

喬伊絲看向螢幕。伊博辛已經打起了字。「所以現在的狀況是？」

「我們已經同意要再付給他們兩千八百英鎊，」伊博辛說，「但我們跟塔提亞娜說銀行不讓我們轉帳給她。我們說銀行標註了這筆付款，他們對這筆款項相當存疑。」

「銀行在我買沙發的時候也做了一樣的事情，」喬伊絲說，「他們讓我跳足了火圈。」

「所以我們問他們在英國有沒有人能過來，幫我們把錢直接帶去給塔提亞娜。」

「共犯？」喬伊絲說。

「我們安排了會面，」朗恩說，「真人出現，我們交錢，然後唐娜跟她的夥伴就會一擁而上將他們逮捕。」

「所以抓到的會是塔提亞娜的朋友，而不是塔提亞娜本人。」喬伊絲說。

「沒有塔提亞娜這個人，」伊博辛說。

「喔，對。」喬伊絲說。

「我在跟這個塔提亞娜的朋友溝通，」伊博辛說。「他叫做傑若米，但是是有兩個m的Jeremmy。」

喬伊絲讀起了螢幕上還在進行中的對話。

傑若米：你錢準備好了嗎？

莫　文：多跟我說說塔提亞娜的事情，好嗎？你認識她多久了？她的眼睛真的像照片上一樣清澈湛藍嗎？你會看著看著就往她眼裡掉進去嗎？

傑若米：我星期三時間是自由的。

莫　文：我們沒有誰真的自由，傑若米，我們每個人身上都綑著枷鎖。你怎麼會有這麼特別的名字？那背後有什麼故事嗎？

傑若米：你星期三也有空嗎？

莫　文：你會把錢交給塔提亞娜本人嗎？要是這樣我真羨慕你。我得等一個多禮拜才能看到她的臉，才能吸進她的味道。

傑若米：最好能約在倫敦。倫敦跟星期三。

莫　文：那，恐怕沒辦法，傑若米。我的行動不太方便，而且倫敦我搞不懂。也太吵，你不覺得嗎？你受得了喔，傑若米？我想你應該是年輕人吧，城市的刺激喧囂讓你血脈賁張？你必須跑一趟到我這兒來。

對方暫且停止了回應。

「那就有趣了。」喬伊絲說。「如果他跑過來，然後在古柏切斯被逮，《切入正題》就又多了一個消息可以登。」

「我想讓莫文見見這個領錢的車手，」伊博辛說。「或許可以讓他感覺有事情有一個收尾。他還好嗎？」

「我最近沒跟他見面。」喬伊絲說。

「艾倫不會很想蘿西嗎？」

艾倫一同時聽到自己跟蘿西的名字，就翻倒在地上露出了肚肚。有這個榮幸摸下去的是朗恩。

「妳對昨天的午餐怎麼看？」朗恩問起喬伊絲。

「我不相信米契，不相信路卡，不相信珊曼莎，也不相信葛斯，」喬伊絲說，「雖然他挺霸氣的。」

「我看到你們開了個私人包廂，」鮑伯說，「餐廳裡大家議論紛紛。」

「但我也有一個感覺，」喬伊絲說，「如果他們當中有誰持有那些海洛英，或至少知道東西在哪兒，那他們就不會來赴宴了。我覺得他們都是來找線索的。」

「那庫戴許呢？」

「我想庫戴許應該是桌上的人殺的，」喬伊絲說，「至少是他們其中一人。」

「那那個我看到的人呢？」鮑伯說。「多明尼克，頭上被開了一槍的那個？」

「可能是他們其中一人下的手。」朗恩說。「壞蛋打死壞蛋。有什麼好可惜的？」

「感謝你，朗恩。」伊博辛說。「值此伊莉莎白中離的時候，你真的分攤了很多推理的重擔。」

「所以她去了哪兒啊，喬小絲？」

「她去哪兒你知道得不會比我少。」喬伊絲說。「我看到你抱了史提芬一下。」

「是，」朗恩說著撇開目光，看向了他手中拉格啤酒的商標。「我們幫得上忙嗎？」

「幫不上，」伊博辛說，「她知道我們內心是支持她的就好。」

電腦螢幕上跳出了新訊息。

傑若米：OK，我來找你。你錢真的準備好了嗎？

莫　文：喔，你人怎麼這麼好，傑若米，謝謝你，真是麻煩你了。平常很少人會這麼遷就比他們年紀大的人。你的善良與貼心我都感受到了。你晚上可以順便留下來吃個便飯嗎？我會很開心能多認識你一點。說不定等塔提亞娜來了之後，我們也可以成為好朋友！

「他們有注意到你的口氣已經不像莫文了嗎？」喬伊絲問。

「他們距離錢只剩下一線之隔，這時候他們會奮不顧身地相信一切，」伊博辛說。「他們玩的也是同一套把戲。想讓人失去判斷力，就把對方想要到不行的東西放在他們看得到但摸不到的地方，晃啊晃地。莫文想要的是愛；他們要的是莫文的錢。」

傑若米：晚餐我無法。我拿到錢就得走。你現金準備好了嗎？

莫　文：準備好了。整整兩千八百鎊。這錢花得太值得了。

傑若米：現在要五千鎊了。車馬費。

莫　文：我沒有五千鎊。

傑若米：去跟人討。不然我不能過去，到時候塔提亞娜會同時生我們兩個人的氣。

莫　文：嗯，那可不成。你什麼時候可以過來？

傑若米：明天。

「不行，」喬伊絲說。「我們要等伊莉莎白回來再行動。那會對她的心情有幫助。我是說逮捕。」

莫　文：下禮拜。我這禮拜要開一個睪丸手術。

伊博辛看向喬伊絲。「『罣丸』這個詞是我的爭論終結者，這種大絕一放就不會有男人想跟我討價還價了。」

傑若米：ＯＫ，那就下禮拜三。我們有你的地址。

莫　文：好極了。到時候見，不見不散，傑若米。

喬伊絲拍手，吵醒了艾倫。「太好了！那接下來怎麼辦？」

「我們的計畫是要喝點威士忌，看點斯諾克，」朗恩說。「我們倆都喜歡的運動只有這一個。」

「但其實我有慢慢能接受射飛鏢了。」伊博辛說。

「射不用說，飛鏢就好。」朗恩糾正了伊博辛。

「不然我也留下來？」喬伊絲說。「我們可以好好聊個天？」

「要是決定了看斯諾克，」伊博辛說，「那我們唯一可以好好聊聊的東西就是斯諾克。比如馬克．賽爾比[126]可以贏多少分，或是肖恩．墨菲[127]能不能做成那個極盡刁鑽之能事的安全球。[128]我們不會漫無目標地閒聊。」

「那不然我帶艾倫去散個步。」喬伊絲說。「鮑伯，你要不要陪我去？」

「我，嗯……」鮑伯好像有什麼話卡在喉嚨。

「你喜歡斯諾克嗎，鮑伯？」朗恩問。

「我，還真是，」鮑伯說。「我正要回家去看轉播。」

「那你會不會更想有兩個球迷陪你一起看？」

「是喔，會會會，肯定會，那樣看起來一定更過癮。」這麼說的鮑伯，活像個放學後被同學邀去家裡玩的少年。

「不跟斯諾克有關的事情，我們可是不聊的喔。」朗恩說。

「正合我意。」鮑伯說。

喬伊絲站起身來。艾倫在朗恩的地毯上追著自己的尾巴。

「你追不到的啦，艾倫。」朗恩說。

「人活著就是這麼回事，是吧？」喬伊絲說著套上了大衣。「永遠都有新的事情是我們伸出手卻得不到的。愛、錢、艾倫的尾巴。海洛英。每個人都在追著他們沒有的東西跑。除非如願以償，否則他們就會發瘋似地一直跑。」

「嗯嗯。」朗恩邊說邊打開了斯諾克的轉播。

「每天晚上都會重演一樣的劇本。我會夢到傑瑞。我知道我已經不能再擁有他，但我就是沒辦法死了這條心。」

伊博辛與朗恩都看了喬伊絲一眼，然後又互望了一眼。伊博辛微微點了個頭，朗恩則翻了個白眼。

---

126 Mark Selby，英國職業斯諾克選手，目前世界排名第四。

127 Shaun Murphy，英國職業斯諾克選手，目前世界排名第六。

128 安全球就是要打出一種讓對手無法進攻的球形，屬於撞球台上的防守招數。

「好吧，妳可以留在這兒，妳想聊什麼就聊什麼。」

「你們要確定喔，」喬伊絲說，穿到一半的大衣又被脫了下來。

第五十六章

妮娜．米希拉並不真的喜歡她的工作。尤其她不喜歡那份薪水，這是確定的。昨天與一堆毒販與藝品偽造犯同桌用餐，讓她對這一點感覺格外強烈，主要是她得小心翼翼地別把東西灑到洋裝上，畢竟她隔天還得把衣服疊好退回給ＡＳＯＳ。[129]

實際上，這並不公平。不過這份工作裡還是有零星的東西，是她真心喜歡的。她喜歡閱讀，喜歡蜷曲在單人沙發上，喜歡一頭栽入美索不達米亞的情慾政治中，這些是屬於有趣的部分。還有就是她也喜歡旅行，土耳其、約旦、伊拉克、她跑遍了天涯海角。她也挺開心能在研討會時跟同事睡成一片。她真正不喜歡的，除了薪水以外，就是教書了。或者更精確地說，就是學生了。

說起學生，她面前現在就有一個臉孔千篇一律，二十歲左右的男生，想必是一年級。他名叫湯姆或山姆，不然就是喬許。這男生穿著一件超脫樂團[130]的T恤，雖然寇特．柯本死的時候他遠遠還沒有出生。

他們在討論的，是為什麼有篇小論文他沒寫，題目是〈羅馬藝術與歷史記憶遭到的操

129　英國最大的時尚網購平台。

130　Nirvana，美國搖滾樂團，其活動雖隨著主唱寇特．柯本（Kurt Cobain，1967-1994）的辭世而畫下句點，但其對年輕世代的影響仍延續至今。

弄〉。

「你起碼有覺得閱讀的部分很好看吧？」妮娜問。

「並沒有。」男生說。

「是喔。」妮娜說。「還有什麼想補充的嗎？你覺得指定閱讀不好看的原因？」

「就是單純無聊，」男生說，「不是我的領域。」

「但你的學程題目是『古典文物、考古學與古文明研究』？所以照你說，你的領域應該是什麼？」

「我只是想說我每年付九千鎊的錢，可不是為了在書上看一群左翼學者改寫羅馬的歷史。」

「我想每年付九千鎊的應該不是你，而是你的爸媽吧？」

「少來你這個紈褲子弟那一套，」湯姆或山姆或喬許說，「我可以投訴妳。」

「嗯嗯。」妮娜說。「你短期間內不打算把小論文寫完了，我可以這麼認為嗎？」

「妳去翻翻我的檔案，」男生說，「我不需要寫什麼論文的。」

「ＯＫ，」妮娜說，「你想像中的自己是來這裡幹嘛？你希望在這裡學到什麼，又打算怎麼學？」

「學習當然是要透過經驗啊，」男生一副久經世事的智者模樣，好像他已經對傻子解釋事情解釋到膩了。「學習就是要透過與現實世界進行互動。看書的都是魯ㄕㄜ——」

房間外傳來了叩叩叩的聲音，但明明她已經在門上貼上了督導進行中的字樣。妮娜正要去把這個不速之客趕走，沒想門就在此時一開，竟然是葛斯走了進來，星期天午餐會上的那名加拿大巨漢。

「抱歉，這是私人的導師時間。」妮娜說。「葛斯，我有記錯嗎？」

「我有需要的東西，」葛斯說，「而且我現在就需要。我有敲門已經是妳運氣好。」

「我在指導學生，」妮娜說，然後看了男學生一眼。「某種程度上啦。」

葛斯聳了聳肩。

「所以你得等一會兒。我們在討論古羅馬的藝術。」

「我的字典裡沒有等這個字，」葛斯說，「我沒什麼耐性。」

「那可能是過動症。」男生說，很顯然挺開心房間裡多了個男人。

葛斯看向了男生，彷彿剛剛都沒注意到房裡還有別人似的。「你穿的那是超脫樂團的T恤？」

男生點了點頭，一副自己很懂的模樣。「是啊，這代表我的氣場。」

「你最喜歡他們的哪一首歌？」

「〈聞起來像——〉」

「你敢說〈聞起來像青少年的精神〉，[131]我就把你從窗戶扔出去。」

對於房間裡多了個男人，男生這下子明顯沒那麼開心了。

「葛斯，我在教學生。」妮娜說。

「我也是。」葛斯說。

---

131 Smells Like Teen Spirit，超脫樂團最著名的暢銷曲。

「嗯……」男生不知該說什麼。

「問題很簡單，」葛斯說，「超脫是有史以來第四偉大的樂團。請說出他們最棒的歌曲名稱。」

「〈那個賣掉……〉，呃。」

「你要是想說〈那個賣掉了世界的男人〉[132]，那請你把話給我吞回去。」葛斯說。「那是翻唱大衛．鮑伊的老歌。大衛．鮑伊可以是我們處理完超脫樂團後的下一個討論主題。」

「你饒了他吧，葛斯，」妮娜說，「他只是個孩子，而且是歸我管的孩子。」

「我不是小孩，」男生說

「我的幫忙你是要還是不要？」妮娜說。「不然乾脆我們今天就討論到這兒吧，反正你沒寫出論文，討論也沒有意義。」

「求之不得。」男生說著從坐姿彈了起來。

「慢著，你該寫的作文沒寫？」葛斯確認了起來。

「別難為他了，葛斯。」妮娜說。

「題目是什麼？我說你的作文。」

「羅馬藝術還是什麼的。」男生說。

「而你沒寫？這麼屌？」

「我只是……不覺得……那麼有……興趣。」

葛斯咆哮了一聲，捶起了胸膛。男生頭一低，本能地朝妮娜的方向躲了過去，而妮娜也伸出了手臂要保護他。

「你沒興趣？對羅馬藝術？你這死小孩是瘋了嗎。你在這個美麗的房間裡，還有這麼睿智的女人跟你聊羅馬藝術，結果你跟我說你沒興趣。你沒興趣？你還要三年後才真正需要出去找工作！你知道工作是什麼感覺嗎？爛透了。你以為你開始工作以後，還有機會跟人討論什麼羅馬藝術嗎？你以為到時候你還會有時間閱讀嗎？你到底對什麼有興趣？」

「我有一個抖音頻道。」男生說。

「接著講，」葛斯說，「我對抖音也有興趣。我在想著要不要斜槓一下。你的頻道是做什麼的？」

「我們做……速食的評論。」男生說。

「喔，這個我愛，」葛斯說。「速食評論。坎特伯雷第一好吃的漢堡是哪家？」

「犛牛館。」男生說。

「了解。」葛斯說。「我會去試吃看看。現在我需要跟這位米希拉老師說句話，所以我得請你快給我滾。」

男生並不需要被請第二遍，就直奔門口而去。葛斯伸出了巨人的手掌把他攔下。「滾之前記住三件事。一、你下禮拜沒把論文寫好，我會殺了你。這不是比喻。這跟你媽說『你再不整理房間我就宰了你』是兩回事。我是真的殺了你。你信是不信？」

男生點了點頭。

「很好，這次的機會別再浪費了，兄弟，我不跟你開玩笑。二、你要是跟人說我威脅你，我也會殺了你。懂嗎？一個字也別講出去。」

「懂。」男生說。

「懂是最好。每次有人對加拿大人說謊，上帝都會哭泣。然後是三、超脫樂團最好的單曲是〈碎片〉或〈心型的盒子〉。明白了嗎？」

「明白。」男生趕緊同意。

「我曾經替一個叫做泥巴蜂蜜的樂團當過兩場巡迴演出的貝斯手。你聽說過他們嗎？」葛斯說。

「應該有。」明明沒有的男生說。

「很好，他們的歌你給我去聽聽看，至於你的抖音我也會去點點看。去吧，冠軍。」

葛斯弄亂了男生的頭髮，看著他跑出了房間。然後葛斯回過頭，看向了妮娜。

「這孩子挺乖。上鎖車庫在哪兒，妮娜？」

「你嚇壞他了，葛斯，」妮娜說，「人家只是個孩子呢。」

「我無所謂，」葛斯說，「而且這同樣不是比喻，不是『電影看哪部都可以，我無所謂』的那種無所謂，我是真的無所謂，再無所謂也沒有了的無所謂。上鎖車庫在哪兒？」

「我不知道。」妮娜說。

「少來了。」葛斯說。「妳想來快的還是來慢的？我個人是強烈推薦快的。」

妮娜必須趕緊拿主意。她主要的考量只有一個。他們的目的是搞清楚誰殺了庫戴許——所以現在這一局該如何應對呢？這個男人是會幫他們一把，還是會礙他們的事呢？伊莉莎白要的就是這個場面，她就是要誤導這麼一大群人往某個方向踩踏，然後看能掀起什麼樣的大浪。妮娜的決心已下。

「假設我告訴你呢？」她起了個頭。

「這個假設不錯。」葛斯說。

「這對我有什麼好處？」

葛斯笑了。「好處很明顯啊。我就不會把妳扔出那扇窗。」

「葛斯，你好像很喜歡威脅要把人扔到窗外。」妮娜說。「我猜你這輩子，根本就沒把人丟出過窗外吧。」

「妳要不要重猜一遍，女士。」葛斯說。「上鎖車庫在哪兒？」

「我要一成，如果東西被你找到的話。」妮娜說。

「妳要海洛英的一成？」

「我想離海洛英愈遠愈好，」妮娜說。「但你賣掉海洛英賺的錢，我要一成。」

「嗯。」葛斯說，然後思考了一下。「妳怕是已經搜過車庫了吧，我想。我猜東西應該不在那兒？」

「那是因為我不知道該往哪兒看，」妮娜說，「你找起來可能運氣會好點。」

「那跟運氣無關，」葛斯說，「妳就是要跟它磨。」

「而且他們信任我，我是說伊莉莎白一夥人。他們跟我說的事情，我都可以告訴你。」

「妳怎麼不跟他們做這筆交易？」

「你覺得他們找到海洛英，會拿去賣錢嗎？」妮娜說。「所以跟他們交易哪有賺頭。」

「那倒也是，那些活寶會把東西白白送給條子。ＯＫ，那我們成交了，」葛斯說。「所以車庫在哪兒？趕緊說說，我接下來還得去犛牛館試試口味。妳說他們為什麼要叫犛牛館而不叫犛牛屋呢？」

顯然葛斯是認真想要個答案。她暫時停下了寫字的手。

「很抱歉，這我不清楚。你得去請教店家。」

「我會的，」葛斯說，「妳最好相信我會。」

妮娜遞過了地址。這到底是個很好的主意，還是個很爛的主意？她很確定這個問題的答案不會有中間值。

第五十七章

唐娜喝了一小口咖啡，念出了簡訊。

這事不急啦，但如果妳哪天有要結婚的話，妳覺得婚禮會辦得很盛大嗎？妳心裡大概會抓一個什麼樣的數字？我昨天在電影裡看到一名警官朝停車場裡的某人開槍，然後我就想到了妳。

「喬伊絲？」克里斯問。

唐娜點了點頭。伊莉莎白請他們去上鎖車庫旁盯梢，是昨天那場午餐之後的事情。「看看你們能夠瞧見什麼。」她是這麼說的。

「妳怎麼回？」

「我回說我不結婚，而且他們還沒有讓我配槍。」唐娜說。「而她說那太可惜了，兩樣東西都很適合妳。」

克里斯把雙筒望遠鏡舉起來，觀察了一下，然後又將之放了下來。「虛驚一場。所以妳不打算結婚？」

「有些事情要先做一做，」唐娜說。「印度還沒去，飛機還沒跳，也沒有真正賞過人拳頭。」

「嗯嗯，是該先把那些事情從心中排開。」克里斯說。「妳不會希望都要結婚了，心頭還懸著這些東西。」

「你肯定有張人生願望清單[133]吧？」唐娜說。

克里斯想了一下。「我還沒看過《鐵達尼號》電影，還有我想去布魯日觀光。但這兩件事情我應該都可以約妳媽去。」

「她身為一個女人還真是走運啊。」唐娜說。她這會兒也舉起了雙筒望遠鏡，掃視了一番。

「沒動靜。」她說。「你會覺得這是在浪費時間嗎？在小山丘上坐等海洛英毒販？」

「伊莉莎白說了他們會來，」克里斯說。「他們就會來。」

「她真的把你吃得死死的，是吧？」

「是，」克里斯說，「我選擇擁抱她下的咒。」

唐娜跟克里斯把車停在高高的山丘上，並從那兒俯瞰費爾黑文海岸邊的一排上鎖車庫。一模一樣的位置，他們以前也停過，那次他們是來執行對康妮．強森的監控，因為當時的她就在下頭的車庫裡辦公。如今康妮已經把辦公室搬進達威爾監獄的牢房，不過坊間傳聞她還是跟從前一樣忙。

他們跑來這裡開小差，班納登的馬匹被偷就沒人管，而且事情最近還持續擴散，最遠到皮斯馬許[134]都傳出了竊案。那一帶的馬兒現在稱得上「馬馬自危」，街頭巷尾則是遍地民怨。

但究竟是何人在這些竊案的背後搞鬼，克里斯與唐娜已經大概心理有底：安格斯．古奇在巴特爾[135]附近開了一間代客養馬的馬場，而他名下的前科可以說落落長。話說他不只代客養馬，他還代客偷馬，偷完還把馬配送到英國各地的下單客人手中。他開著一輛奧迪TT小跑車，所以其生意不錯應該是合理的推測。

破這案子花了他們倆大概一天，而他們也完全有足夠的證據把人抓起來。但他們沒有急於這麼做的原因，是為了裝忙，其實們是在忙著跟週四謀殺俱樂部合作，要把海洛英找出來。古奇只偷不殺，所以讓他順手再多牽幾匹馬，也還無傷大雅，反正不用多久，牠們就可以跟著合法的主人回家。

萬一被知道了他們在幹嘛，克里斯與唐娜馬上就會收到來自高級調查官里根的處罰，只不過他們倆現在在局裡乖得跟什麼一樣，對里根是尊重到家，完全不討罵。所以她也投桃報李，懶得去管他們倆。不論高級調查官里根現在的問題是啥，都不會是克里斯跟唐娜。而這也給了他們倆一些自由去揮灑。

就算她哪天問起他們為什麼要針對這個車庫盯梢——不過應該是不會啦，因為她以一個警察來講，好奇心算是發育不良——克里斯跟唐娜也會說他們收到了線報說費爾黑文的一個在地人突然手裡多出若干馬鞍，所以他們才過來調查。

「有搞頭了，」唐娜如是說，手裡的雙筒望遠鏡這被舉了起來。她把望遠鏡遞給克里斯，好讓他也瞧瞧她剛看到了什麼。

133　Kick the bucket（踢掉水桶）是人死的意思，bucket list 就是死前要做的事情列表。

134　Peasmarsh，班納登東南方的村名，其東南方不遠處就是萊伊。

135　Battle，村名，在黑斯汀斯的西北邊，有著名的巴特爾修道院。

米契・麥斯威爾左看右看，走在兩列車庫之間，同時有張紙被他握在手裡。就這樣他來到一七七二號車庫，並試著開起了門。門毫無反應。他從大衣中掏出一根鐵條，往鎖孔裡一插，再推了一下。若有似無的哐啷聲沿山坡傳了上來，但門還是文風不動。他再試了一回。

「那有個訣竅。」唐娜說。

在第五次嘗試時，鎖終於彈開了，米契於是打開了車庫門。

「所以米契・麥斯威爾可以劃掉了。」克里斯說。「他要是知道海洛英的下落，就不會來這裡搜了。我來傳訊息給老大。」

「老大？」唐娜說。

「伊莉莎白啦。」克里斯說。

「是我耍笨了。」唐娜說。「你的海泳計畫進行得如何？」

「我去游了一次，」克里斯說，「世界無敵宇宙冷。我是說，我有想到海水會很冷，但拜託，那也太誇張了。所以計畫改變，我要去學吹小喇叭。」

米契很顯然在車庫裡忙得挺起勁。他自然是在找海洛英，那些克里斯與唐娜可以告訴他那兒找不到的海洛英。

「你有查出珊曼莎・巴恩斯的什麼底細了嗎？」唐娜問。

「我打了通電話給奇切斯特[136]的刑事組，」克里斯說，「跟他們說我們在查馬匹的竊案，然後珊曼莎・巴恩斯的名字跳了出來。他們說她禮數很周到，行事從來沒出過包。」

「跟毒品有過牽扯嗎？」

「他們說她牽扯過的東西五花八門，不過做為窗口的警探也表示偷馬這還是頭一遭。」

克里斯又一次拿起雙筒望遠鏡觀察。「可憐的米契，沒個可以信任的人。」

「那真的很令人心酸，」唐娜說，「如果連海洛英毒販都對人生失望。伊莉莎白回覆了嗎？」

克里斯瞄了一眼手機。「連已讀都還沒。她在忙什麼？」

「那你呢？」唐娜說。「你有打算結婚嗎？」

「有的話我保證妳會是第二個知道的人。」克里斯說。

一輛黑色 Range Rover 緩緩駛進兩排車庫之間的巷子，停在一七七二號車庫外。

136 Chichester，西薩塞克斯郡的一個村子。

第五十八章

米契的聰明才智，豈是伊莉莎白能比，君不見在這個晴朗的星期一午後，他已經身在車庫中，東翻西找起那兒的紙箱。一聽到妮娜不小心提到車庫時，伊莉莎白的那個表情，他印在了腦子裡。這裡肯定藏著什麼東西。

費爾黑文鎮議會一名管資料的男職員在海洛英毒癮的驅策下，非常樂於把車庫地址提供給他。只不過他後來有一點火大，主要是米契告訴他，出於不可預見的狀況，自己暫時沒有海洛英可以提供給他。

哈尼夫已經搭機來英，並約米契約了以月底為期，要他找出海洛英。米契已經跟他保證這事不成問題。

要是多姆真的是他所屬組織裡的罩門，那他的死應該可以讓事情變得順利一點。要是米契最終找不到海洛英，也許哈尼夫可以諒解？但他肯定會找到的，他堅信這一點。

米契從一只箱子裡挑出一支經典的泰格豪雅腕錶，放進自己的口袋。別貪心，但也別浪費。

車庫門開啟在一道金屬的怒吼聲中，米契拔出手槍。路卡·巴塔奇的身形鑽進車庫，米契這才把槍塞回了束腰帶。

「我就想說你要搞多久，兄弟。」米契說。「你怎麼找來這兒的？」

「你車上的追蹤器。」路卡說。「你有什麼發現嗎？」

「一支好錶。」米契說。「海洛英沒看到。」

「還有別人來過嗎？那個加拿大佬？」

「要嘛他還沒來，要嘛他走時弄得整整齊齊。」米契說。「我是覺得他不是那種整齊得起來的人。」

路卡往一疊箱子上一坐，點了根菸。「那東西到底死到哪兒去了？」

「你沒聽說什麼風聲嗎？康妮．強森我還是信不過。」

「東西就這樣——」路卡用手指做了一個「一陣煙」的動作，「沒了，噗呼。你知道再這樣下去，我就得找別人給我供應海洛英了吧？米契，你總不能老是出這種問題吧？」

「我知道。」米契說。「我有個問題，你能老實回答嗎？」

「看你問什麼囉，」路卡說，「說出來試試。」

「ＯＫ，那這兒沒有路卡．巴塔奇，我要問的是約翰—路克．巴特渥斯。」米契說。「我的老搭檔，你有沒有跟阿富汗人聯絡過？」

路卡搖了搖頭。「我既不認識阿富汗人，也不想認識他們——他們是你的工作。」

「ＯＫ。」米契說。「你要確定喔？」

「我很確定。」路卡說。「我不需要蹚那種渾水。是說你問這個幹嘛？」

「他們有個人跑來了這兒。」米契說。

「來英國？」

「是。」

「但他們不是從來不來英國嗎？」

「我知道。」米契說。「他們想見我們。」

「死定了，我們。」路卡說。「他們想幹嘛？」

「我們遲早會知道的，我想。」米契說。「但總之要是能搶在他們出現前找到海洛英，事情會比較好辦。而海洛英並不在這裡。」

「我們對這個叫葛斯的傢伙了解多少？那個加拿大人。」

「顯然不夠。」米契說。「他太太我們比較認識，而她一個人就夠了。」

米契感覺到口袋裡沉甸甸的手錶。這拿來送給哈尼夫會是不錯的見面禮。他該被宰就會被宰，但禮多人不怪。

除此之外，說不定人家千里迢迢跑來英國見他，理由根本人畜無害。

米契跟著路卡出了車庫，進到了冬日的濱海寒風。

兩個男人一起對著在丘頂監視他們的兩位警官，歡樂地揮起了手。

第五十九章

珊曼莎·巴恩斯下週有場演講要講，對象是佩特沃斯女子學院的師生。講題是贗品與偽造手法，以及如何察覺自己是不是被詐騙了。這年頭要被騙真的是易如反掌。

她可以講的實例多到不像話。

比方說，如果你要買塗鴉神人班克斯的某幅作品，那這裡的重點就是畫作要附上一張正品證書，且發行機構必須要是一個叫害蟲控制辦公室[137]的組織。這張證書上會有訂書針訂著半張十鎊紙鈔，而另外半張將由害蟲控制辦公室留存。只要沒有這張證書，那畫就是假的。而假畫在任何狀況下，你都不要買它。

這是個極具巧思的認證手法，而珊曼莎這天下午都在做一件事情：把十鎊假鈔切成兩半，然後訂在有機構抬頭的紙上來製成證書的複製品，好搭配她在閣樓上印的那些班克西版畫。要是有買家真的去看個仔細，他們還是能認出她的東西有假，但在剛花了一萬鎊買簽名班克西畫作加正品證書之後，有幾個人會想去深究這一點呢？趕緊拿去裱起來掛在客廳，好讓朋友可以看見跟讚嘆，才是當務之急。遇到要轉賣，就只能盼著下一手藏家眼睛不要太利。這就是一直以來的做法。要是有人客訴，她就會把錢退給對方，但迄今她賣出的班克

137 Pest Control Office，班克西（一譯班克斯）作品的授權單位。

西、畢卡索、勞瑞、赫斯特與艾敏[138]不下幾千件，客訴紀錄還是零，硬要說就是有一幅康丁斯基[139]被外送員用扔的扔過某人的花園圍牆。她全額退費。

這是一種沒有受害者的犯罪。就跟她與葛斯即將犯下的另一種罪行一樣。

她在等葛斯回來，也等著他們的計畫就定位。古柏切斯的午餐會改變了一切。一切的一切。

天曉得他們差一點就錯過了這契機。天曉得她費了多少勁才說服葛斯這不會是白費力氣。「午餐？跟一群一隻腳進了棺材的老人？」但她做到了，她說動了他，而如今他們都感到慶幸。在返家的車上，葛斯是這麼說的：「妳說得對，妳說得真不是普通的對，寶貝。」

珊曼莎明白在外界的眼裡，他們的關係會顯得有點詭異。一個是符合一切定義的英國仕女，一個則是惜字如金、渾身像長著毛皮的加拿大巨漢，而且還不太屬於同一個世代——他小她二十歲。但從他用槍指著她的那一瞬間，他們倆就都明白這是真愛。他們自此走上了一條得踏著火前行的道路。珊曼莎靠的是她的機靈與手腕，葛斯靠的是他一臉凶神惡煞與那顆腦袋。有時候她會看著他們的銀行帳戶忍不住開心大笑。這一帶的慈善機構都靠著他們而活得很好，只不過珊曼莎知道那不過是在給自己的良心貼上狗皮膏藥。合著她沒繳任何稅金，所以善款算是她的一點心意。每次她捐錢給在地的慈善機構，葛斯都會翻個白眼，管她叫濫情主義者。葛斯只會捐錢給一個地方，那就是巴特錫貓狗之家。去年他給的金額是七十萬鎊。

珊曼莎在思考著下一步。

她沒有怎麼考慮米契・麥斯威爾與路卡・巴塔奇。他們肯定對自己做的事情很擅長，她想，畢竟走私毒品的生意很競爭，但她不覺得他們能找到海洛英。伊莉莎白。她就對了。她跟她的快樂夥伴。等他們找到海洛英的時候，珊曼莎與葛斯會在一旁久候多時。妮娜說溜嘴了車庫的事情，所以他們就將從那裡找起。葛斯今天已經出門去找了。伊莉莎白．貝斯特曉得車庫在哪兒，那個大學教授也曉得車庫在哪兒，而葛斯不消多久也會加入她們。裝海洛英的盒子不見得會在車庫，但她賭那兒不會空無一物，那兒一定會有某種蛛絲馬跡供他們去追蹤，一定會有什麼那位老太太看走了眼的線索。米契與路卡也把車庫的事情聽進腦子裡了嗎？果真如此他們應該也去進行查找了，而一旦找到地方，他們肯定會翻箱倒櫃要找到海洛英。葛斯會保證他們是這場比賽的贏家。葛斯從來不曾讓她失望。

他們決定要在明天開車前往車庫，路上也許可以聽聽真實犯罪題材的Podcast。他們現在聽的這個節目是在講一名冰球選手死在飛機的廁所裡。整個故事有十四集。

珊曼莎開始讀了一篇文章，主角是葛雷森．培里，[140]他是他們偶爾會打開電視看的藝術家。培里的作品如今很值錢，但怎麼看怎麼難偽造。她可以找到人代勞，這點她有信心，但說實在話，自己動手作還是最合她的意。獲利要多，零件要少。戴米恩．赫斯特的作品是她的最愛，一方面她看著覺得美，二來她偽造起來不用流太多汗。

樓下的門傳來一聲咿呀。一定是葛斯回來了，那她今天就收工了吧。她站起身來伸展了

138 Tracey Emin，1963-，土耳其裔的女性英國藝術家。
139 Wassily Kandinsky，1866-1944，俄羅斯畫家。
140 Grayson Perry，1960-，英國現代藝術家、作家兼廣播人。

一下，並同時聽著他在樓下走來走去，但他動作好像比平日安靜一點。他是不是瘦了？她希望沒有。他就是靠著他的雄偉重量，才讓她可以腳踏在地上，才讓她沒有飄到可以和威廉重聚的天上。

從屋子的最頂端爬下狹窄的梯子，珊曼莎來到了氣派的樓梯處。十五萬鎊，是這座扶手大樓梯的造價，因為它的建材裡有大理石與櫻桃木，還有少許象牙算是畫龍點睛之用，但請不要對任何人說。她朝下喊了一聲，「葛西，我在樓上。」

但葛斯要嘛是沒有說話，要嘛是珊曼莎沒有聽見他的回答，然後就是一記重擊打在她的後腦杓上，讓她砰砰作響地從扶梯滾下。吊燈上的千顆燈泡是她最後看到的東西。她總是夢想著有朝一日，自己可以飄到可以與威廉再見的天上，但她死前最後的感覺，卻是自己在往下。墜落，墜落，墜落。

第六十章

窗簾拉了起來，暖氣在送著暖，留聲機上播放著德弗札克。一切都如他們所說好的那樣。

生米已經煮成熟飯。米跟飯？這麼講對嗎？不管啦，反正是沒有回頭路了。他們都很確定這點。

他們已經談了數小時。期間他們笑過、哭過，兩人都明瞭笑與淚如今已然沒有分別。他看起來美美的，畢竟是穿上了西裝。波格丹在離開前給他們拍了張照片。在那之前他先抱過了史提芬，還跟史提芬說了他愛他。史提芬要波格丹不要三八。波格丹走時也抱了她一下，還問了她一聲妳確定嗎。

確定？怎麼可能確定。她這輩子對什麼事情都不會再確定了。確定這種事是年輕人，也是間諜的專利，而她已經兩者都不是了。

但他們說好了。史提芬給自己注射了藥物。他堅持。如果有必要，伊莉莎白也會對自己做同樣的事情。

「我們把時間整個搞錯了，妳知道。」史提芬說，他的頭在伊莉莎白的大腿上。「妳知道吧？」

「這沒什麼好驚訝的啊，」伊莉莎白說，「我們把大部分的事情都搞錯了，不是嗎？」

「那倒也是。」史提芬表達認同的聲音十分平靜。「妳這一錘下去真的是正中紅心，美女。我們以為時間是往前移動，是走著一條直線，所以我們滿腦子想著的都是怎麼跟上它的腳步。快點，快點，絕對不能落後。但時間並不是這麼回事，說真的。時間只是圍繞著我們打轉。一切的一切都永遠是現在。我們做過的事情，愛過的對象，傷害過的人，他們都還在那兒。」

伊莉莎白撫摸起他的頭髮。

「我慢慢有了這樣的體悟，」史提芬說。「我的記憶就像翡翠，清澈、明亮而真切，但每個新的一天都會變脆而碎裂成沙，我用手去抓只會通通落下。」

微妙中有點小小的難搞，這說的是注射。談不上創傷，但也不是平靜，更沒有造成什麼打擊，就是單純的微妙而難搞。就是在日常瑣事中過了一輩子之後的，又一件瑣事。

「那讓我看到了事情的布局，」史提芬說，「時間的布局。我做過的一切與我曾是的一切，都處於同一個當下。但我們還是會想著剛剛才發生完的事情，或是即將要發生的事情，我們會覺得那些事情比什麼都要緊。我的記憶不是記憶，我的現在不是現在，它們全都是同一種東西，伊莉莎白。那個男人？」

「哪個男人？」伊莉莎白問道。

「那個波蘭男人？」

「波格丹。」伊莉莎白說。

「是，就那小伙子，」史提芬說。「他不是……如果我這問題很笨，或是我們已經討論過這個了，都請原諒我，但他不是我兒子，吧？」

「不是。」

「我想也不是，畢竟他是波蘭人。」史提芬說。「但人生在世，有些事也不見得都是一加一等於二，是吧？」

伊莉莎白不得不同意史提芬的這番感觸。「一加一不是永遠等於二。」

「我本來想要問他，但不論他是與不是，我都會覺得荒謬莫名。妳有朋友嗎？」

「我有。」伊莉莎白說。「以前是沒有的，但現在不同了。」

「好朋友嗎？」史提芬問。「危機時可以共患難的那種？」

「算是吧。」

「現在這樣算是危機嗎？妳覺得？」

「嗯。」伊莉莎白說。「人生就是一場沒完沒了的危機啊，不是嗎？」

「那倒也是。」史提芬說。「所以死亡實在不應該被挑出來放大檢視，是吧？他們知道我們在幹嘛嗎？妳的朋友們？」

「他們不知道，」伊莉莎白說。「這是我們倆的祕密。」

「他們會諒解嗎？」

「應該會吧。」伊莉莎白說。「他們或許不會同意，但我想他們應該能諒解。」

「想想要是我們沒有認識，」史提芬說。「真難想像。」

「但我們就是認識了啊。」伊莉莎白說著從他的西裝肩膀上挑掉了一些棉絮。

「真難想像我會錯過多少事情，」史提芬說，「妳替我把社區農場照顧好，好嗎？」

「你沒有什麼農場。」伊莉莎白說。

「我在那兒種了蘿蔔。」史提芬說。

他們每天都會經過那裡，而史提芬每次都會看著蘿蔔說，「把那些給我挖起來，種點玫瑰好嗎，真是夠了。」

「我會替你看好。」伊莉莎白說。

「我知道妳會的。」史提芬說。「巴格達有一間博物館，妳知道吧。我們有一起去過嗎？」

「沒有，親愛的。」伊莉莎白說。他們不再有機會一起去的那些地方啊。

「我把博物館的名字幫妳寫下來了。」史提芬說。「就在我書桌上。那兒有距今六千年前的館藏，妳能想像嗎？而且在那些藏品上妳可以看見指紋，看見有不知誰家小孩跑進來讓作者分心而造成的刮痕。妳明白這些人都還活著嗎？所有死去的人都還活著。我們說人死了，只是因為我們需要一個字去描述那種狀態，但死了只代表那個人的時間停止了，不再往前走了，妳懂嗎？實際上沒有人會死，至少不會是什麼都沒有了的那種死。」

伊莉莎白親了一下他的頭頂，像是想把他給吸進身體裡。

「我懂，」伊莉莎白說，「但不論世間有多少不同的字眼，今晚的我都沒辦法把手放在你的手裡入睡。我只明白這一點。」

「這妳問倒我了，」史提芬說，「我對這一點沒有答案。」

「悲傷不需要答案，就像愛也不用。」伊莉莎白說。「這不是個問題。」

「妳牛奶買了嗎？」史提芬問。「到時會有人想喝茶。」

「牛奶的事情讓我來操心。」伊莉莎白說。

「我不知道我們來地球上走這一遭，是為了什麼。」史提芬說。「我真的不知道。但若我想找出答案，我會先從我有多愛妳找起。答案一定就在那份愛裡的某處，我確定。我很確定。冰箱裡還有半品脫，但那點牛奶肯定不夠。我偶爾會忘記自己愛妳，妳知道嗎？」

「當然。」伊莉莎白說。

「我很開心我想起來了，」史提芬說，「也很開心我再也沒機會忘記了。」

史提芬的眼皮開始垂了下來。維克多說了會這樣。她跟史提芬也在討論時談過會這樣。至少在他們最後一次一起讀信時候，他們盡可能討論過了。

「你睏了嗎？」伊莉莎白問。

「有一點。」史提芬說。「今天真的忙壞了，是吧？」

「是的，史提芬，今天超忙。」

「忙，但是是開心的忙。」史提芬說。「我對妳有滿心的愛，伊莉莎白。事情變成這樣我很遺憾。但我最好的樣子妳看到過，對嗎？我們的日子不全是這樣不堪的，對吧？」

「我們的日子是一場美夢。」伊莉莎白說。清醒時的史提芬，對此不會有一絲疑惑。他已經跑完了屬於他的馬拉松。

「他們會照顧妳的，是吧？妳的朋友？」

「他們會盡他們所能。」伊莉莎白說。他們都會思考如果處在史提芬的立場，他們會怎麼做。伊莉莎白又會怎麼做？她不曉得。但做出這決定的史提芬十分確定。

「喬伊絲，」史提芬說，「喬伊絲是妳的朋友。」

「她是。」

「還有告訴庫戴許，我很快會跟他見面。他有空的話週末就可以。」

「我會跟他講，我的達令。」

「我可能要閉上眼睛瞇一下。」史提芬說。

「你去，」伊莉莎白說，「我想你也辛苦了。」

史提芬闔上了雙眼。他的聲音聽起來昏昏欲睡。

「跟我說說我們初次見面的故事，」史提芬說。「那是我第一喜歡的故事。」

那也是伊莉莎白第一喜歡的故事。

「很久很久以前我見到了一個英俊的男人，」伊莉莎白說，「我對他一見鍾情。所以我就故意把手套掉在一間書店外面，讓他去撿。而他也果然撿起了手套，還給了我，然後從此改變了我的人生。」

「妳說他很英俊？」

「英俊到不行。」伊莉莎白說，眼淚已經在臉上流成兩條小河。「說出來怕你不信。還有你知道嗎，我的人生不該說是在那天改變了，史提芬。我的人生在那天開始了。」

「他聽起來像是個走了好狗運的傢伙。」史提芬在半夢半醒中說。「妳會在夢裡想到我嗎？」

「我會，而你也要在你的夢裡想到我喔。」伊莉莎白說。

「謝謝妳，」史提芬嘆了口氣，「謝謝妳讓我可以睡下。這正是我需要的。」

「我知道，親愛的。」伊莉莎白說著將輕撫的手放到他頭髮上，直到他的呼吸徹底停下。

第六十一章

喬伊絲

這個嘛，我不知道該怎麼說，也不知道該怎麼做。所以你可以就讓我這麼寫著嗎？讓我邊寫邊思考，好嗎？

救護車抵達現場是大概下午五點。警笛沒響，而那通常也說明了一切。沒什麼需要趕的了。

每次看到救護車，你是不是都會不禁猜想他們要往哪裡去，這是人之常情。有天他們也會換成來接你，然後其它人負責旁觀，負責竊竊私語。人生就是這麼回事。葬儀社開的是一種長版的白色廂型車，古柏切斯對這種車一點都不陌生。

史提芬走了。伊莉莎白陪他搭上了救護車。我搞清楚是怎麼回事後就立刻衝了過去，而由於我去得夠早，所以還看到了他的遺體被移置的過程，伊莉莎白則正在爬進救護車的尾巴。她對上了我的目光，點了點頭。她看上去像個遊魂，甚至於像是變了個人。我伸出手，她也將之握住。

我告訴她趁她走這一趟的時候，我會替她把家裡打理一下，為此她謝過了我，並說那算是幫了她一個忙。我問過程是不是很安詳，她說對史提芬來講是的。

我看著朗恩朝我們倆衝了過來，膝蓋與髖關節看起來都一拐一拐。他看起來好老。伊莉莎白趕在他跑到我們身邊前，拉上了救護車門。

朗恩抱著我，陪我看著救護車駛離。我應該要想到的，是不是？我早應該要猜到伊莉莎白跟史提芬在打什麼主意的。要是能先想到，我會怎麼說呢？你又會怎麼說呢？

沒什麼可說的，但我還是想說點什麼。

這不會是我想要做的決定，這個我確定。換成我是伊莉莎白，而傑瑞是史提芬，我會死死地巴著他。幫他找一個舒舒服服的安養院，每天去跟他見面，然後陪著他走過從認識我、認得我、認不得我，到完全不知道我是誰的過程。我不會提前離席，我會一直看到最後一秒。我的愛不容許我接受其他任何結果。我認識很多人都有另一半被送到安養院，在那慢慢等死，我覺得那連對自己最恨的敵人都嫌殘忍。但要結束這一切？我是說要在大限之前提早結束這一切？那不是我做得出來的抉擇。愛只要還有一絲氣息，我就永遠不可能出於主動去將之捻熄。

但我想那是因為我討論的是我的愛，對吧？要是我的愛還活著，但傑瑞的愛已經不在了呢？要是我只是單方面想著我只要還能看著、抱著他，自己就心滿意足了呢？要是開心的只剩下我一個人而已呢？要是我明知道他每個黑夜都只能一個人獨自睡去，白天只能一個人醒來在孤單、害怕與困惑之中，我還有辦法一個人開心下去嗎？

我真的完全沒有答案。失智症不見得會把所有人的喜悅與愛都奪走，但它會下足狠手。我們在失智症中還是能有說有笑，甚至放聲大笑，但確實，你會在當中聽到痛苦的呼號。我們在古柏切斯有過一場辯論，距今大概兩年的事了，我們辯的是安樂死。那場辯論激情，但也理性，而且深刻，加上溫暖，也十分動人，正反兩造都是。我已經不記得伊莉莎白當時有沒有開口了。我自己是說了幾句話，主要是稍微分享了我在臨終照護醫院的工作經驗，包括我們有幾次曾刻意提高特定藥物的劑量來加快最後階段的進度，為的是縮短那殘酷的痛苦。

但史提芬還沒有到那最後的階段，吧？也許每個人對「最後」有著不同的解讀？

他們倆肯定是一起深思熟慮後，才做了這個決定吧。真難想像那會是什麼樣的對話。正常狀況下，有此需求的人會去瑞士一趟；那兒有著名的尊嚴[141]機構——我們這裡就有兩三個人去。但那種決定通常得下得比你希望的早很多，因為你必須在身心兩方面都有能力給出你的同意，也必須有能力旅行。換句話說你不能等到最後關頭才這麼做，而這又會是另外一種酷刑。以上種種我都已經做過功課，不然呢。誰到了我這個年紀敢說自己沒有起碼去稍微研究一下，都是在說謊。

以伊莉莎白與史提芬的段數，他們自然不會需要向尊嚴機構求助。伊莉莎白想要什麼資源都弄得到手。就在救護車駛抵的同時，有一名家庭醫師正要離去，但他是個我在古柏切斯從來不曾見過的面孔。

我常開玩笑說伊莉莎白是個沒有情緒的人，而她有時候也真是如此，真的。但這回不一樣。她想說的時候自然會說，就看她什麼時候會準備好開口，這點我十分確定，但這肯定是史提芬的決定，是不？他向來是個非常堅強的男人，一個很有主見的男人。我不覺得他受得

141 Dignitas，針對身懷絕症和有不可逆身心疾病的患者，由合格醫護協助其自殺的機構；委託者需申請會員，並以病歷證明其所患症狀為當事人難以承受之失能，以供專業人員審核。委託者需前往瑞士面談。二〇二一年的資料是該機構有約一萬一千名會員，通過審核且已經實施安樂死者約百分之三，包括臺灣知名體育主播傅達仁先生。

了那發生在他身上的事情。眼睜睜看著人生在他身上一點點流失。而他現在還處在一個能自己決定做點什麼的位置。

我早應該看出來的。伊莉莎白休息幾天。安東尼親往去剪頭髮。我早該知道伊莉莎白與史提芬不打算分開生活，也該知道史提芬不會讓伊莉莎白照顧一個被失智症以一波波大浪砸在他腦子上的自己。他才不會讓她眼睜睜目睹自己走過那一切。有些人依循與我不同的規則在生活。我則一直害怕到不敢從規則中挪動。

我懂，我真的懂。要是傑瑞懇求我，我應該也會被說動，應該也會說那好吧。我不太想對自己承認這一點，但我恐怕真的會。天曉得愛可以有多少操作型定義，是不是？我不是說愛不珍貴，但珍貴的東西也可以強悍。

我看著救護車裡的伊莉莎白，並握著她的手，那是愛。而當我看著朗恩努力跑向她，那是愛。還有伊博辛替我帶艾倫出去，遛個短短半小時，那也是愛。

我在烤牧羊人派。下回過去我會將之擱進伊莉莎白的冰箱。以我對伊莉莎白的認識，我知道她家依舊會維持得一塵不染，但用吸塵器多吸一圈也不會怎麼樣，說不定我還會拿根蠟燭點一下。

我會想念史提芬，但其實我已經在想念他了。也許伊莉莎白也是同樣的感覺吧。而且最重要的是，那肯定也是史提芬自己的感覺。他肯定每天都在懷念他自己。

我會希望他們兩個這樣嗎？不。

我會希望別人為我做一樣的事嗎？不。

我會又蹬又喊地緊緊抓牢生命給我的每分每秒。我要整張人生的畫沒有缺了哪一角，且不論那張畫是壞是好。

我知道朗恩跟伊博辛今晚會聚在一起，我也知道我想加入他們會很歡迎，但我需要時間思考。我要思考傑瑞與史提芬，思考伊莉莎白與愛。

我會回想史提芬前幾天是怎麼跟我們說再見。那個驕傲的人夫，看起來是那麼帥氣，臉上笑容依舊散發著常年的魔力。那就是史提芬想留給我們的記憶，而他肯定該要有這樣的權利，是不是？

所以我就會把這樣的他存在記憶裡。史提芬給這個世界最後的訊息，「哈囉，老大」、「哈囉，老兄」。在冬日的陽光裡，鳥兒在頭頂，愛瀰漫於空氣。

第六十二章

高高的山丘上，傳來建築工地的嘈雜聲響，而在下方的養老村中，住民操持著他們的日常。狗狗追著狗狗，物流的廂型車在卸貨。信被投進了郵筒。

寒涼的是那派不上用場的太陽。古柏切斯像是披上了一件名為死亡的鎖子甲。

此刻是星期四的上午十一點，但該有人的拼圖室裡空空如也。

藝術史課的學員把他們的椅子疊好收了起來，那是慣例，而在中午的法文會話課進來之前，這些椅子哪裡也不會去。點點塵埃在空中先是漂浮，然後落定。週四謀殺俱樂部本日無處可尋。只有他們的缺席在發出回音。

朗恩正在傳訊息給寶琳，並不抱希望地希望她能終於有回應。喬伊絲去幫伊莉莎白採購了些生活所需，並在她家門外留下了那些東西。伊博辛坐在自家公寓裡，看著牆上那幅畫著船的作品。

那伊莉莎白呢？嗯，她暫且已經不存在任何一個時空裡。她不在任何一地，也不是任何東西。波格丹用眼睛將她盯緊。

喬伊絲打開了電視——但沒有節目引得起她的興趣。艾倫挨在她的腳邊，看著她哭泣。伊博辛想著也許他應該去散個步，但最終他還是繼續看著牆上的圖。朗恩收到了一則訊息，但來訊的是他的電力公司。

還有一樁謀殺案在等著破案，但謎團在今天會繼續是謎團。所有的時間線、照片與理論與計畫，今天都不會有什麼進展，今天屬於等待。或許他們將永遠走不到破案？或許死神這回用的戲法，已經將他們徹底打敗？這個局面還有誰有心去奮戰？

他們還擁有彼此，但那不包括今日。他們終將再一次露出笑顏、再一次彼此互嘴，再一次相互有不同的意見，再一次讓內心的愛湧現，但那都不是今天。這些東西在這個星期四，你看不見。

眼看著世間的一波波大浪在他們身邊拍打，這個星期四只有史提芬在他們心上。

第六十三章

喬伊絲

火化的地點在坦布里奇韋爾斯。我們一起組成了一個小小的分列式，抵達了現場。最前面的是靈車，然後是伊莉莎白、波格丹跟我搭的黑頭車跟在第二位。再來是朗恩用他送修回來的大發小車載著寶琳與伊博辛，排在第三位。能看到寶琳算得上是驚喜。殿後的是克里斯、唐娜與派翠絲三人。我不確定克里斯的這輛新車是什麼牌子，但它是銀色的車身，所以不會顯得格格不入。

我們原以為火化場會有一些人潮，但靠邊停好車，我們才發現那兒只有四個人，三男一女，全都看起來跟我們一樣年長。他們一一擁抱了伊莉莎白，然後向我介紹了自己。那兒有個瑪莉安，還有一個非常英俊的威爾弗里，但另外兩個名字我有點沒聽清楚。威爾弗里八成是波蘭人，因為他跟波格丹小聊了一下。他跟史提芬是在中東某地認識的——但我沒能掌握所有的細節。瑪莉安認識史提芬是大學時代的事情，你看得出他們有過一段情。

所以史提芬剩下的親友，就是這樣了。或者該說伊莉莎白覺得她需要邀請的，就是這樣了。我不覺得她有把網撒超過她非撒不可的地方。

以一個火化場而言，這裡的環境很讓人感覺愉悅。外頭是蔚藍的天，陽光明媚。波格丹、唐娜與克里斯就位去扛起了棺木，少了的一個人由葬儀社的人員彌補。但在最後一刻，朗恩點了點葬儀社員工的肩頭，接過了棺木的第四個角落。

我們首先成一排走了進去，我跟伊莉莎白勾著手臂。時間地點可能不太對，但我告訴她她跟黑色很搭，這是我的肺腑之言。但那讓我的膚色顯得有點蒼白，這有一點討厭。我戴了一只胸針，造型是一輪太陽，那一方面是因為我想投史提芬所好，一方面是因為那可以讓我有點閃耀。我瞄到威爾弗里對其看了個飽。

這類地方都會盡其所能地表現出溫柔與平靜，希望來到這兒的人可以覺得世界進不了這裡，就像這裡是個繭，讓裡與外獲得了隔離。但然後你會看到門的上面有個火警逃生口的標誌，於是現實的一切就又通通跑了回來。不知道是誰在橫排的椅子上留下了一支舊原子筆，蓋子還沒有蓋。

棺木就位後，波格丹過來坐到了伊莉莎白的另一邊。他剛剛哭過，她沒有。唐娜在後一排坐下，然後她三不五時會伸手去捏他的肩膀。那單純是為了讓他知道她在他身旁。我對伊莉莎白做起了一樣的事情，但沒有人在那兒對我做一樣的事情。

一位可愛的年輕女生主持了典禮的流程。她說了些史提芬的故事給在場的人聽——伊博辛花了點功夫蒐集——然後又唸了兩段文字是出自聖經，這個我知道是例行的規矩。我累計出席的喪禮也已經不算少，所以我知道死蔭的幽谷[142]真的是爆炸多人在走。我的喪禮上，可能會選用一些比較活潑的內容。我的個性其實不太肅穆得起來，但嚴肅大概也有其必要吧，我猜。我在傑瑞的告別式上只有一次讓哭泣停了下來，那是教區牧師在告訴我們神有多慈祥

142　典出聖經〈詩篇〉第二十三章第四節。

又多寬容的時候。

我試著想想伊莉莎白的感覺。我是說她知道自己在史提芬的逝去過程中所扮演的角色，那會是什麼感受呢。但我希望她能更去想想自己在史提芬的生命中所扮演過的角色。現場先是出現一首我不認得的詩歌，然後棺木開始緩緩地消失，同時某段古典音樂在背景響起。我還是不認得這段音樂——我沒有印象在某支廣告或什麼地方聽到過，史提芬對他的音樂就是這麼講究。伊莉莎白的啜泣就是始於這個環節，而環抱住她肩膀的是波格丹的手臂，至於我的手臂則是繞過了她的腰，但我能感覺得出不論是誰的手臂，她都沒有感覺。

我偷偷看了一眼，結果朗恩與寶琳都在如洪水般飆淚。伊博辛低著頭、闔著眼。再往後，我注意到瑪莉安已經不見。

我們事前說好了要回我家吃吃喝喝——沒必要租一個攤子然後讓伊莉莎白變成裡頭的展品。史提芬的朋友沒有跟我們一起回去；他們在火化場說了再見。瑪莉安其實未曾離去，她人在火化場外面，一張長椅上有她在哭泣的身影。威爾弗里跑去安慰起她。天底下誰沒有故事呢，是不？要是你跟著瑪莉安或威爾弗里回家，天曉得你會發現什麼？

我在家中飯廳的桌上放了張史提芬的照片。照片裡的他在抽著雪茄，並顯然還在說著笑。我點了幾根蠟燭，波格丹則架了一面棋盤。棋子被擺成了史提芬最後一場下贏的棋面。他試著向我解釋棋的輸贏，但我跟他說我還是專注在蠟燭為宜。

我們來了一點克里斯帶來的英國氣泡酒。買酒的是派翠絲，而且她是在多明尼克・霍特遇害後的酒廠買的，「因為來參觀的人買酒打七折。」她真是個深得我心的女人。

這是喝喝，至於吃吃的部分則主要是奧樂齊，[143]但也有一丁點維特羅斯來營造效果。

我打開收音機，轉到了Classic FM這個古典音樂台，氣氛馬上就出來了，就是穿插的廣告有一點微微地殺風景。

這兒的重點是用行動讓伊莉莎白看到我們都不會丟下她，讓她知道她不是一個人，而是有一群人，而這群人已經不再只是週四謀殺俱樂部，而是還包括一批我們好像在一路上撿拾起的流浪小動物或是迷途的遊魂。波格丹不在話下，還有唐娜、克里斯與派翠絲。寶琳如今看起來已像是固定班底。就連電腦宅鮑伯都來致了意。沒有莫文，雖然我跟他說了歡迎。「我不認識他本人」是莫文的回應。

克里斯有事情要宣布，但你看得出來他內心並不是很確定。有一下下我以為他是要求婚了，果真如此我會覺得有點過分，畢竟現在是這個局面，但他只是在再三強調要保密之後，跟我們說珊曼莎．巴恩斯被殺了。他說今天沒有要討論，但他感覺這事兒還是先讓我們知道一下比較好。

伊莉莎白趁此時機告了退。她短時間內不會調查什麼事情了。波格丹陪她一起走路回了家，再回來已經是一個小時左右後的事了。

我們聊了史提芬，聊了點珊曼莎．巴恩斯，但都沒有真正把心放在上面，畢竟少了伊莉莎白，這些事做下去還有什麼意義？唐娜跟男生們聊起了莫文與塔提亞娜。他們好像聊得挺來勁的。不論是怎麼個過法，日子還是要過下去。你可以把生活想像成一台推土機。

所有人都在大概九點左右離去，我把該洗的東西洗了洗。然後我們所有人現在要面對

143 Aldi，平價超市；維特羅斯則是高級超市。

的，都是漫漫長夜。

我想我會打給喬安娜。我知道現在頗晚了，但我想我的早跟晚跟她的早跟晚，應該是兩回事。我有次在星期六早上九點打給她，被她唸了一頓，但當時我已經起床三個小時了。我希望她可以把電話接起來。我只是想聽聽她今天過得怎麼樣，單純聊聊日常。也許再跟她嘮叨她爸一下。

艾倫知道我的惆悵。牠在我的椅子邊躺下，往我的腳上擱上牠的兩爪，確定我不會再受到任何一點傷。

第六十四章

朗恩用手臂摟住寶琳。

他想她，所以傳了訊息。她也想他，但她並沒有回訊息。他想她，所以傳了第二次訊息，這一次他說了個有匹馬打板球的笑話。她想他，也被訊息逗笑了，但還是沒回訊息。他想她，所以他明知道自己不應該，但還是撥了她的電話。她想他，但她沒接起電話。

他想她，所以他傳訊息跟她提到了喪禮。跟她說了他的感受，也說了他愛她，很想她。於是她請了一天病假沒去上班，做了一身黑色打扮，開車到古柏切斯，敲上了他的門板，給了他一個吻，然後告訴他去史提芬的喪禮不能打西漢姆聯的領帶，但最後還是算了，因為朗恩說他只有這一百零一條領帶。他說他覺得她穿黑色很好看，她回說這種時候這樣說不太應該，然後握起他的手就再沒放開。

「妳覺得這會兒有人在睡覺嗎？」朗恩問。

「不覺得。」寶琳說。「伊莉莎白會在流淚，喬伊絲會在烘焙，伊博辛會在外頭逛會兒，邊逛邊假裝自己還有史提芬以外的掛念。」

「妳覺得他們做得對嗎？我是說史提芬與伊莉莎白。」

「世間沒有什麼事情叫對，朗尼。」寶琳說。「沒有什麼叫對，也沒有什麼叫錯。如果那是他們想要的，那就沒有對錯。他們沒有傷害任何人，他們頂多是傷害了自己，而你應該要有能傷害自己的權利。」

「像是明知道不應該但還是傳訊息給前女友嗎?」朗恩說。

「協助你的另一半自殺跟傳訊息給你的前交往對象,是兩碼子事。」寶琳說。「更不用說的是,我才不是你的前女友。」

「妳不是嗎?」朗恩問。

「不是。」寶琳說,「我們倆都是莫名其妙的傢伙,朗尼。但那好像也不會怎麼樣,是吧?」

「我哪裡莫名其妙了。」朗恩說。「妳打著燈籠也找不到像我這麼不莫名——」

寶琳用手指按住了他的嘴。「噓!你就是莫名其妙。他們就是愛你的莫名其妙,朗尼。我是說你的那些夥伴。你就是個可愛、高大、強壯,又莫名其妙的男人。」

「對啦,妳最不莫名其妙了。」朗恩說。

「我自然是莫名其妙,不然我這會兒怎麼會跟你躺在同一張床上?我可不是插了一長排理性女人的隊才來到這裡。」寶琳說。

朗恩微笑了起來,然後又突然為了微笑而心生內疚。「我們該拿伊莉莎白怎麼辦才好?」

「給她時間就對了,」寶琳說,「反正我們就是當她的後盾,然後給她時間。她會需要幾個禮拜來——」

朗恩的手機響起。他看了一眼寶琳,寶琳點頭讓他把電話接起。莉茲這個暱稱在螢幕上亮起。

第六十五章

伊博辛睡不著。他知道會這樣。他知道他會醒一整晚，他也知道自己會滿腦子都在想什麼。

馬里爾斯。

他已經去村子裡繞了一圈。朗恩的窗邊有一團柔和的光線。寶琳肯定在裡面，而對此伊博辛感到十分欣慰。那今晚的朗恩就不需要擔心了，他需要的東西已經有了。朗恩總是裝得好像他什麼東西跟什麼人都不需要。欸，是不是有個誰也是這副模樣？

喬伊絲家也亮著一盞燈。她有艾倫陪著她。牠會很興奮能三更半夜不睡覺。她會眼睛看著電視上某個節目的重播，心裡想著傑瑞。搞不好她晚上打了電話給喬安娜。他希望喬安娜能察覺她母親為什麼突然想跟她說話。

死神來訪的日子，就是我們把跟所愛之人的關係放在手上掂量的日子。就是我們緬懷過去與恐懼未來的日子。我們會想起愛所帶來的喜悅，還有我們付出的代價。我們會一邊滿懷感激，一邊祈求憐憫。這就是為什麼喬伊絲會想起傑瑞，為什麼朗恩與寶琳會相擁在彼此懷裡，也是為什麼一個孤單的埃及裔老人家會走在古柏切斯村中，心裡想著馬里爾斯，想著另外一段人生。

或許有一天，他會談起他，但也或許，他永遠不會。這是一個一旦打開了就永遠蓋不回去的盒子，而面對那樣的狀況，伊博辛實在不知道自己的心臟夠不夠強。何況他又能跟誰說呢？伊莉莎白嗎？這個嘛，她現在應該可以懂了。朗恩？然後得到他一個尷尬的擁抱？喬伊絲？要是他看到她眼裡閃爍著同情，那該怎麼辦？伊博辛不確定自己會受得了。

還有一盞燈也亮著，毫無疑問。伊莉莎白的。如今那盞燈應該會一連許多個晚上都亮著。畢竟她這會兒身邊什麼都可以缺，就是不會缺少黑暗。

伊博辛腦中閃過了盒子二字。那個裡面裝著海洛英，引發了這麼多事件的盒子。還有那個裝著馬里爾斯，也包含了那麼多痛苦的「盒子」。他想他們現在應該會放棄找尋海洛英了吧。東西在誰手上？誰知道真相？誰殺了庫戴許？不論是誰做了這些事情，現在都可以全身而退了。

但那個裝著馬里爾斯的盒子。他有膽子打開它嗎？他敢說出那個故事嗎？

死神來訪的日子是屬於愛的日子。伊博辛對這兩樣東西都略知一二。也許是時候他——

他手機響了起來。

第六十六章

時間是凌晨三點，而波格丹在唐娜的懷中掉淚。

他哭的是自己做了什麼，還有他失去了誰。

他一直保持著勇敢又堅強，是為了伊莉莎白。他忍住了沒在她面前哭，除了在喪禮上。他只是默默地聆聽，然後有忙就幫。

他跟史提芬的最後一盤棋，距離現在大概一星期。其實那也不知道算不算下棋。波格丹表示要教史提芬規則，而史提芬也接受了。「我一直都想試試看這玩意。」

波格丹盼望著棋的下法可以在他的示範下，回到史提芬的腦海中，但史提芬只是頭一搖再搖。「這可把我搞迷糊了，小兄弟。」但他們會在棋盤的兩邊坐定，會一邊聊著天，然後波格丹可以演戲。史提芬永遠知道他在波格丹身邊就什麼都不用擔心，雖然他其實不太確定波格丹是誰。而波格丹在史提芬的身邊也一向感覺心安。

史提芬跟他說了計畫。伊莉莎白其實已經告訴他了，但波格丹還是很欣慰他能從史提芬的口中聽到。那聽的是一個確定。史提芬無意像某種色彩一樣慢慢淡掉，或是轉啊轉地轉進虛空。他想把生命的主控權抓在手裡，而波格丹也不想拒絕他的這項權利。

在喪禮上，波格丹坐在伊莉莎白的身旁，他很開心能夠這樣。唐娜也坐在他身旁，連結著他，他同樣很開心能夠這樣。

唐娜吻掉了他的淚水。

「跟我說說別的事情，」波格丹說，為的是用說話聲止住他的眼淚，「就當是搖籃曲。」

唐娜把頭埋進他的胸膛，輕聲細語地說，「珊曼莎．巴恩斯被鈍器擊中。但她是在階梯上跌死的。」

「謝謝妳。」波格丹說著，眼皮變重了。

「葛斯不知去向，」她接著說，「所以要嘛他是凶手，要嘛他在躲避凶手的追殺。」

「但殺她做什麼？」波格丹說。「難道她手裡有海洛英？妳怎麼看？」

「誰知道呢？」唐娜說。「米契．麥斯威爾跟路卡．巴塔奇都去了車庫但空手而回，所以也許他們去找了她？而葛斯還沒去過車庫，所以也許海洛英在葛斯手上？」

「嗯，」波格丹說，「我不覺得伊莉莎白會有心繼續往下查。」

「她想恢復得花不少時間。」唐娜說。「你覺得她跟史提芬的死有什麼關連嗎？你覺得她有沒有……你知道的？」

「沒有。」波格丹說。「那是犯法的。」

「但少來了，」唐娜說，「那肯定是伊莉莎白幹的吧，但我不怪她就是了，是她我可以諒解。至於犯法不犯法什麼的，她才不放在眼裡呢。」

「她幫助史提芬是犯法的，」波格丹說，「任何人知情不報也是犯法的。我知情不報是犯法的，妳知情不報也是犯法的。」

「我跟你同進退。」唐娜說。「當然這是假設啦，但你會幫她嗎？」

「我會幫伊莉莎白，我也會幫史提芬。」波格丹說。

「我知道你會的。」唐娜說。

「所以妳覺得也許海洛英在葛斯手裡？妳覺得他在某處找到了東西？」

「我覺得這值得去查一查。」唐娜說。「我覺得你是對的，伊莉莎白暫時派不上用場了。所以我們把這事兒處理起來豈不是挺好？就當是我們給她的一份禮物，你覺得呢？」

「我覺得這個禮物不太尋常。」波格丹說。

「她也不是什麼尋常女人。」唐娜說。

「妳真的覺得妳可以找——」

波格丹的手機開始在床邊的茶几上震動起來。這時是凌晨三點十五分。他望向唐娜，唐娜點了點頭讓他把電話接起。他的手機螢幕上顯示那是伊莉莎白。

「伊莉莎白，」波格丹說，「妳沒事吧？妳需要我嗎？」

「我需要你。」伊莉莎白說。「唐娜在你那兒嗎？」

「她在。」波格丹說。

「那帶她一起來，」伊莉莎白說，「我知道海洛英在哪兒了。」

第六十七章

她還有能睡下去的一天嗎？伊莉莎白躺在床上，納悶著一顆破碎的心怎麼能跳得這麼快。

差五分就三點了。任誰只要熬過夜或夜夜失眠過，都會告訴你三到四點永遠是最漫長的一個小時。在這個小時裡，殘忍的孤寂會化身獨裁的暴君。時鐘的每聲滴答，都痛在你的心上。

那是沒有辦法的事情，她必須不斷這麼告訴自己。史提芬下達了命令，而伊莉莎白懂得如何奉命行事。那是對的，是沒有痛的，史提芬主導了一切，控制著一切，而那也把最後的尊嚴還給了一個珍視尊嚴也值得擁有尊嚴的男人。

維克多在跟史提芬談過之後，給出了回報。我們達成了共識。史提芬知道自己想要的是什麼。

維克多給了她一個小盒子，裡面裝著戲法。他這盒子是從何而來她無意多問，她只想知道這東西用起來又快，又沒有痛苦。還有就是，沒錯，不會留下任何痕跡。不留痕跡是那東西最後的實用性。史提芬不會想看到她鋃鐺入獄，而且老實講，這片土地上大部分的法庭也不會想送她去坐牢，就怕罪證確鑿讓法庭沒有選擇。畢竟站在旁邊什麼都不做，你就是共犯。汝不可殺人。[144]

那位家庭醫師是她在特務時代的老朋友。她給了他一個時間跟地點，而他也準時出現。

他的資歷完美無缺，所以不怕人看。總是有人會想要看，所以有備無患。死亡時間、死亡原因，一個擁抱，還有對寡婦的幾句安慰，然後他就重新上路了。沒必要跑去瑞士這個異國，沒必要讓史提芬離開家中。

所以史提芬的痛苦告了一段落。他再也不用困在自己心靈的雜訊中，被偶爾清醒的刺痛折磨，那跟溺水之人偶爾浮出水面，但又只能等著被海浪給淹沒，沒有什麼不同。他再也不用走下坡，下坡接下來會全由伊莉莎白接手。痛苦全歸於她。但她很樂意，她活該忍受痛，痛就像在贖罪。

贖幫忙殺死史提芬的罪嗎？是這樣嗎？不，伊莉莎白的內疚不在於這個行為。她心底知道此舉是出於愛。喬伊絲也會同意此舉是出於愛。她為什麼要擔心喬伊絲的觀感？

這要贖的罪，是她在生命中所做的其他一切。無庸贅言，這包括她在漫長職涯中所做的那些，包括她簽署放行的那些，也包括她點頭附和的那些。她是為了自己的罪孽在繳稅。史提芬是被派到她身邊，然後又被帶離來作為一種懲戒。她會跟維克多講述這些；相信他會有相同的感覺。不論她生涯的使命有多高貴，都不足以化解她對生命的輕蔑。一天又一天，任務一個接著一個接，將邪惡消除在這個世界？等待著最後一個魔鬼死滅？別開玩笑了。新的魔鬼永遠會再出現，就像春天的水仙。

所以這一切為的是什麼？為什麼要流那麼多血？

史提芬對於她被玷污的靈魂，是天降的贈禮，而老天也知道這件事情，所以最終世界要將他帶離。

但史提芬認識過真正的她，是不？他看清了她是什麼樣的本色，看清了她是什麼樣的人，是不？而史提芬仍舊選擇了她，是不是？史提芬造就了她，這是事實。史提芬一片一片，把她黏了回去。

而如今她躺在這兒。恢復成原狀。裂開成一片一片。

往後的日子，該怎麼過下去？往後的日子，還怎麼過下去？她聽到遠遠的路上有車子的聲音。為什麼會有人在開車？這世間還有什麼地方可去？門廳的時鐘為什麼還在滴答作響？它難道不知道自己在幾天前，就已經停下了嗎？

在前往喪禮的路上，喬伊絲與她並肩坐在車內。她們沒有說話，因為實在沒什麼話好說。伊莉莎白一度望出車窗外，看到了一名母親撿起一個掉出來的填充玩具，還給了在推車中的孩子。伊莉莎白差點就噗哧笑了出來，她沒想到生命還有膽子繼續下去。他們還不知道嗎？他們還沒聽說嗎？一切都變了，一切的一切。但也一切都沒有變。沒有。日子還是一如往常地往下走。一位老人家在紅綠燈前褪下了帽子，目送靈車通過，但，除此以外，大街上毫無異狀。這兩種現實可以這樣並存嗎？

也許史提芬對時間的看法是對的？在車窗以外，時間邁著大步，往前，再往前，從來沒有錯失一步過。但在車內，時間已經開始倒流，已經開始內縮。

她與史提芬有過的生活，永遠會在意義上更重於她未來會再有的生活。她會花更多時間待在那裡，待在過去，她很清楚這一點。而隨著世界奔跑向前，她會一而再再而三地後退。直到有一天，你會相簿看得多，新聞看得少。有一天，你會選擇從時間中登出，讓時間忙時間的，而你忙你的。你會單純聽著有節奏的鼓聲敲動，但就是不想隨之翩然起舞。

她在喬伊絲身上看到了這一點。她看起來很有奔頭，看起來閃閃發光，但她身上有一部分，最重要的那一部分，已然深鎖。那部分的喬伊絲會永遠身處在一個乾淨整齊的客廳裡，那兒會有傑瑞蹺著腳，還有小喬安娜在拆著禮物，看起來滿面紅光。

活在過去。伊莉莎白以前一直不明白那是什麼感覺，但她現在明白了，明白得又強烈、又清晰。伊莉莎白的過去一直都太黑暗，太不快樂。家庭、學校、危險而見不得光的工作，不止一次的離婚。但，從三天前開始，史提芬成了她的過去，而她也將選擇活在這個過去之中。

喪禮上沒有一大群親朋好友，但她還是聚集了幾個人。她在想如果換一個時空，庫戴許會不會來送史提芬最後一程？畢竟史提芬在人生的最後幾個禮拜，可是一天到晚把庫戴許掛在嘴上。

伊莉莎白再一次把床邊的燈打開。她不睡了。或許她可以去散個步？趁著這時候外頭沒有人會來看望她，也沒有人會來致哀。她才想著她可能會遇到來例行巡視的小雪，然後才憶起了牠也已經不在世間。可憐的小雪。伊莉莎白啜泣了起來。她哭的是小雪，跟庫戴許。她會暫時把給史提芬的眼淚收起。給史提芬的眼淚是完全不同的等級。

可憐的狐狸。埋在農場的邊上，也埋在史提芬在最後的日子裡十分執迷的蘿蔔邊上。他從來不是會做園藝的人，那只是他又一次被自己的腦子耍了。

她不難想像他，那——

伊莉莎白從來不知道靈感的瞬間是從何而來。那突然讓所有的事情都說得通的一個念頭，那曾經一片黑暗處閃出的一道亮光。她能給出最接近的描述是靈感會突然來襲在兩個完全不同的想法湊在一起，然後突然搞懂了對方的時候。

史提芬在最後的時日裡一句一個庫戴許。「最近才見過他。」史提芬聊到社區農場，還有那些蘿蔔。「妳替我把社區農場照顧好，好嗎？」

喔，你這個冰雪聰明的男人，伊莉莎白心想。就算身在五里霧中，你也替我打亮了一道光。

自從不幹特務之後，伊莉莎白身上就有著特定的保護傘。呼救按鈕，緊急熱線，這些都是為了防止她的過去跑來追殺她。而這時的她突然意會到，她本人幾乎肯定擁有一個無法追蹤的電話號碼。一個代碼七七七。

她真傻。庫戴許在那天下午的第二通電話，是打到她家裡的號碼。庫戴許打給了她美好的史提芬。

史提芬現已成為伊莉莎白的過去，也許有朝一日，她會找到辦法去讓這一點變得可以忍受。但也或許，史提芬可以在她的未來裡，再多待個幾天。

伊莉莎白在想現在打給波格丹，會不會已經有點晚了。然後她想起了時間整個都已經停止，而且她睡不著，難道波格丹就會睡得著，所以最終她決定她要打這通電話。

但首先她套上了鞋子跟大衣，走到了山頂，為的是要百分之百確定。她撬開了社區農場棚屋的鎖，然後一切都得感謝朗恩，那兒有一把全新的鏟子在等著。

第三部

沒有什麼地方，比得上家

第六十八章

喬伊絲在大概二十分鐘前接到了電話，而如今她已經站在山頂之上，有件冬天的大衣包裹在她身上。伊莉莎白與波格丹已經在山上迎接她，而往下瞧有伊博辛、朗恩與寶琳在往上爬。

「希望我沒有吵醒妳。」伊莉莎白說。

「妳應該知道妳沒有，」喬伊絲說，「我在看《骨董公路行》，邊看邊哭。波格丹，你真的應該加件外套。」

「波格丹覺得外套是弱者的象徵。」伊莉莎白說。

「沒錯。」波格丹表示同意。

「早知道我就帶上保溫瓶。」喬伊絲這麼說的同時，伊博辛、朗恩與寶琳也來到了他們身邊。「我可以溜回去一會兒嗎？」

「今早適合抱一下。」朗恩說著給了伊莉莎白一個擁抱。伊莉莎白在遲疑中將之接了下來。

「我們還是不要把這個變成慣例吧。」伊莉莎白說著拉開了距離。「感謝大家過來。」

「我以為我們不找海洛英了，」喬伊絲說，「聽妳那麼說。」

「我本來也是這麼想，」伊莉莎白說，「但我剛剛醒著，這妳應該不難想像。我在想史提芬。」

「那還用說，」喬伊絲說。「連我都在想史提芬。好吧我在想史提芬跟傑瑞。」

「我在想著各式各樣的事情，在拿那許許多多的幸福懲罰自己。然後我想起了庫戴許，」伊莉莎白說，「真希望他能來參加喪禮。史提芬近來可是開口閉口都是庫戴許。」

喬伊絲看著朗恩在瞄了一眼波格丹之後，開始褪去了外套。男子氣概被比下去，他才不要。

伊莉莎白接著說。「但接下來我的思緒開始朝各個方向發散。為什麼史提芬會在最後的時光老把庫戴許掛在嘴上？他說他近期見過庫戴許，對此我們都以為他是在說他之前去過庫戴許的店裡，跟波格丹與唐娜一起的那次。」

「他不是嗎？」波格丹問。

「我剛剛才想到，」伊莉莎白說，「或許是我漏想了什麼。要是史提芬見過庫戴許，是真的很最近的事情呢？」

「意思是？」朗恩一邊問，一邊假裝自己沒在發抖。

「要是他是在聖誕節之後，才見到庫戴許呢？」

「妳是說在庫戴許失蹤之後嗎？」喬伊絲說。

「嗯，我們知道庫戴許身陷麻煩，」伊莉莎白說，「他打電話跟妮娜求救。那要是妮娜救不了他呢，他下一個會打給誰？」

「史提芬。」伊博辛說。

「庫戴許處在一個兩難中。」伊莉莎白說。「他誤打誤撞拿到一些上等的毒品，然後他判斷最好的做法，是偷了它們。」

「偷完的他需要一個他能信任的人？」唐娜說。

「正是，」伊莉莎白說，「一個犯罪老搭檔。一個他最近見過的人。一個他能夠完全信得過的人。一個不住在他附近的人。」

「但史提芬會一口回絕他吧。」喬伊絲問。

「也許吧，」伊莉莎白說，「但我覺得他沒有。我覺得庫戴許在二十七號來了一趟，當時我們跟唐娜與莫文在一起。兩個老人，一批值不少錢的毒品，還有追在他們身後的麻煩。你覺得除了古柏切斯，還有哪裡更適合藏盒子？」

「我們發現小雪的時候，」波格丹說，「史提芬說這塊地挖起來很硬。我當時聽到還沒在意。」

「而且他還要我照顧好他根本從來沒擁有過的社區農場。」伊莉莎白說。「一遍又一遍。庫戴許與農場。庫戴許與農場。」

「所以東西被埋在這裡？」唐娜說。「那就是妳的理論？」

「我們很快就會知道答案了。」伊莉莎白說。「波格丹，這個榮幸就交給你囉？」

波格丹提起新鏟子，挖了起來，並盡可能在離蘿蔔很近的地方下鏟。

「你需要幫把手嗎，波格丹？」朗恩問。

「我可以，朗恩，」波格丹說，「謝謝你。」

隨著波格丹一面挖，金屬一面摩擦在不退讓的土地上，伊博辛像個小學生似地舉起了手。

「不好意思，」伊博辛說，「這可能是個蠢問題，但史提芬為什麼要幫庫戴許？」

「他們是朋友，不是嗎？」朗恩說。「像你開口我就會幫。」

「如果是我要埋海洛英，你會幫我？」伊博辛問。「你難道不會說，海洛英別埋了，伊博辛，要不我們把東西送去警察局吧？還是說趁著黑幫要你的命之前，我們趕緊把東西還回去吧？」

「這個嘛，我肯定不會說要送去警察局。」朗恩說。

「好樣的。」寶琳說。

「但你的意思我懂。」朗恩說。「他為什麼要這麼做，莉茲？跟毒品這樣牽扯不清。這不是史提芬的作風。」

「可能是出於朋友的義氣吧，朗恩，」伊莉莎白說，「也可能是一時衝動。但最有可能的是他並不完全明白自己答應了什麼。」

這話讓現場稍微安靜了下來，黑暗的山坡上只剩下波格丹在鏟土的聲響，再就是朗恩把外套穿回去的聲音。

波格丹敲到了某樣硬硬的東西。

「有了。」他說著把鬆開的土從那還不知道是什麼的東西上撥開。他最終跪了下來，從洞裡拉出了一個小小的、矮矮的、醜醜的盒子，然後將之放到了地上。

「史提芬，你這老傢伙，」朗恩說。

這盒子的蓋子邊緣稍寬，方便掀起。所有人都對盒子行起短暫的注目禮。

喬伊絲覺得天氣實在冷到不能再等了。她跪在盒子旁邊，看向了其他人。「我當媽媽喔？」[145]

145 Shall I be mother? 英國俚語，要代表眾人做某件事之前所說的話。

獲得眾人的首肯後，喬伊絲把手指放到蓋子邊緣下，蓋子於焉鬆動起來。她確信盒子裡會空空如也。她也說不清為什麼，但她就是如此確信。她開始把手往上拉。

盒子並不是空的。盒子裡塞滿了白粉。

「我們能確定這是海洛英嗎？」朗恩說。「搞不好是洗衣粉？」

寶琳彎下腰，拿出鑰匙，在塑膠包裝上劃出一條縫。她弄濕了自己的手指，往白粉上蘸了一下，然後嚐了起來

「是海洛英沒錯。」她說。

「有妳這個隊友真好，寶琳。」伊莉莎白說。

「價值十萬鎊的海洛英。」朗恩說。

「已經奪走很多條性命的海洛英，」伊博辛說著環視起四周，就像是在看樹林裡有沒有狙擊手。

喬伊絲蓋上了盒子，將之夾到她的腋下。「我可以說句話嗎？可以讓我做一段正式的發言嗎？」

其他人表示麥克風是她的了。喬伊絲不確定該用什麼樣的字句來表達她想傳遞的意思。但就來吧。

「通常這個時候，伊莉莎白會跳出來發號施令。但今天我不依。伊莉莎白手上有更重要的事情要做。所以今天我還是要當主角，別怪我，伊莉莎白，但這就是我的立場……波格丹，可以拜託你把外套穿起來嗎……我們現在手上有了其他人都在尋找的東西。也是所有人都不惜殺人也要得到的東西。這個小盒子。庫戴許、多明尼克・霍特、珊曼莎・巴恩斯，天

曉得還有誰。再就是目前還沒有人知道海洛英到了我們手裡，由此我們擁有了一個很大的優勢。」

「講得很好。」伊博辛說。「很伊莉莎白。」

「謝謝。」喬伊絲說。「所以我的提議是這樣。伊莉莎白，妳想做多做少都隨妳的意思，我們都支持妳。至於其他人，還能睡得著的，就回去補個眠。然後很快我們會放出風聲說海洛英在我們這裡。不提我們在哪裡找到東西，不提東西現在在哪兒，只提海洛英在我們手裡。接著我們就等。」

「等他們也來殺我們嗎？」朗恩說。「確實很伊莉莎白。」

「正是如此。」喬伊絲說。「我們就等著看誰會來要我們的命。我們會拿海洛英做餌，吸引他們自投羅網，看這能不能帶我們找到殺死庫戴許的凶手，不論下這毒手的人是隨。事情總要做下去才會知道結果，沒錯吧？正所謂不入虎穴焉得虎子。」

說到這裡，她給了大家一個她最銳利的眼神。她沒打算接受哪個人的反對。

「這就是我們送給史提芬的禮物。ＯＫ嗎，伊莉莎白？」

伊莉莎白對她的朋友點了點頭。「妳剛剛好像把誰唸成隨了，但除此之外，ＯＫ。」

第六十九章

他此前從來沒參加過社交晚宴。社交晚宴就是長這副模樣嗎？在傳統上該吃烤肉的週日午餐[146]吃蔬菜咖哩？

「把火關小。」派翠絲對克里斯說，然後幫喬伊絲倒了杯酒。

克里斯心想這就是場社交晚宴無誤。至少是差不多的東西。唐娜與波格丹。喬伊絲與伊博辛。克里斯與派翠絲。海洛英已經找著了，不然呢，克里斯此前在懷疑個什麼勁兒，而如今他們只需要做一件事情，那就是用海洛英當餌來逮住殺人凶嫌。就這麼簡單。

「我建了一個WhatsApp群組，名字是『誰殺了庫戴許？』，」伊博辛說。「你們當然都被我加進去了。我給你們看一下試算表，我現在要力行無紙化。」

「你知道他們為了生產這些手機，開採了很多鈷礦吧？」派翠絲說。

「拜託，」伊博辛說，「一次一條戰線好嗎。」

一堆手機同時發出五花八門的通知聲。

「朗恩與伊莉莎白也在群組中，」伊博辛說，「但我覺得我們現在不應該給伊莉莎白過高的期待。你同意嗎，波格丹？」

「我同意，」波格丹說。「是。」

「而朗恩還是抵死不從，他就是不想去理解WhatsApp的運作。」伊博辛補充說。

唐娜打開了手機上的附件，讀了起來。「『都死了誰？』這破題有點猛。」

「謝謝。」伊博辛說。「誰死了？庫戴許死了。多明尼克．霍特死了。珊曼莎．巴恩斯死了。按照唐娜所說，那個叫連尼的男人也死了。」

「他是米契的手下，」唐娜說，「在阿姆斯特丹被殺。我昨天在咖啡機旁聽說的。國家犯罪調查署的一個小組成員想在我面前炫耀。」

「妳把他的名字給我。」波格丹說。

「那是個她，」唐娜說，「不要再這麼死腦筋了好嗎。」

「讓我把他加進死亡名單。」伊博辛說。「蔬菜咖哩聞起來好香，克里斯。」

「你確定我沒有可以幫得上忙的地方嗎？」喬伊絲說。

「該切的都切了，該削的都削了，該小火燉上的都燉上了。」克里斯在爐火前說道。「你們就專心喝酒，聊毒品引發的命案，還有唐娜被撩的事。」

「OK，我把連尼加進『都死了誰？』了。」伊博辛說。

「所以『誰還活著？』」波格丹念著螢幕上的字。

「米契．麥斯威爾還活著，」伊博辛說，「路卡．巴塔奇還活著，還有葛斯應該還活著，只不過他從他妻子死後就一直失蹤到現在。我會說『誰還活著？』清單上的某個人會是我們『都死了誰？』名單上至少某個人的凶手。我們必須把妮娜．米希拉與莊裘．梅洛也加進『誰還活著？』，畢竟他們從一開始就參與在這當中。喬伊絲，妳怎麼不看手機？」

146 英國人習慣在星期天（做完禮拜）的午後，一家人歡聚並享用一頓豐富的午晚餐，且因為常以烤肉當主角，所以叫做Sunday Roast，或者也依時間被稱為Sunday Lunch或Sunday Dinner。

「我的試算表打不開，」喬伊絲說，「但我保證我都有跟上你們的討論。妮娜・米希拉會是個非常迷人的凶手。但莊裘・梅洛則可能有點『淫』？[147]現在還可以說人『淫』嗎？」

「我們可以加入那個老是去監獄裡拜訪康妮・強森的中年女人嗎？」唐娜建議。

「吃的來囉。」克里斯邊說邊端著整鍋冒煙的咖哩到了桌上。那是張這麼多年來都爹不疼娘不愛的桌子。曾經桌上只鋪滿外帶菜單、舊報紙與偶爾的犯罪現場照片，而如今你看看。一票人熱熱鬧鬧地圍著一人一副刀叉的桌面，並各自把白飯用勺子舀到自己的盤子上。他這一路走來改變真不小。但他也注意到有張珊曼莎・巴恩斯陳屍的大照片就躺在秋葵旁，所以也是有一些事情一路走來，始終如一。

「這也太好吃了吧，以蔬菜來講。」唐娜說。

「真的耶，」喬伊絲說，「朗恩一定會很討厭。」

「他今天去跑哪兒去了？」派翠絲問。

「他跟寶琳去做芳療了。」伊博辛說。

「所以他們和好了？」派翠絲說。「這兩隻是在演《愛之船》[148]喔。」

「在波蘭，我們不叫《愛之船》，我們叫《愛之山》，」波格丹說，「有一集裡面有人凍死。」

「盡量吃。」克里斯說。他一直想要說點這樣的話。對話的流動十分順暢，而食物也真的不差。唐娜是對的：你真的吃不出來那是茄子。

「你們的馬匹竊案辦得如何了？」喬伊絲問。

「我們從沒辦過這麼硬的案子，」唐娜說。「我們到處都跑遍了。馬找不到就是找不到。」

「海洛英現在在哪兒？只是好奇。」克里斯說。

「在一個安全的地方。」喬伊絲說。

「那通常指的是妳的茶壺，喬伊絲。」唐娜說。

「我的茶壺裝不下那麼多海洛英，」喬伊絲說，「所以東西被放在我的微波爐裡。」

「不會還在原本的盒子裡吧？」波格丹說。「那很髒。」

「不會，我把盒子好好刷了一下，它現在完全可以用來裝我放在水槽底下的各種有的沒有的東西。」

「勤儉之家，永不匱乏。」伊博辛說。「克里斯，你可知道茄子其實是一種水果，同時美國人之所以管茄子叫蛋植物，[149]是因為早期的品種外皮呈白色，而且還有著橢圓的外型。你不知道吧？」

「不，我不知道。」克里斯說。

「我寄篇詳細的文章給你看。」伊博辛說。「唐娜，我得跟妳更新一下塔提亞娜案的處理狀況。我想我們應該是有了一點突破。」

又一次，手機此起彼落地響起。那是一封群組訊息。克里斯看了一眼。發訊的是朗恩，而出於某種不知名的原因，訊息裡是一張熊貓戴著帽子的照片。他們看到伊博辛編纂了一則

---

147 Wet在英國俚語裡是「遜咖、腦袋不靈光」的意思。

148 Love Island，戀愛實境秀。

149 茄子在英式英文裡叫 aubergine，而在美式英文裡叫 eggplant。

回應，然後乓一聲將之傳了出去。謝謝你，朗恩。

「你們打算怎麼讓他們知道海洛英在你們手裡？你們要如何去設下陷阱？」派翠絲問。

大家相處得還真是融洽啊，克里斯心想，對話的流動是真的很順暢。這個場面說是成功，會太過分嗎？他覺得應該是不會。

「那還不簡單，」伊博辛說。「明天我又要去會見康妮．強森了。我會跟她說我們找到了海洛英，然後我會請她絕對別說出去。」

「接著我們就等著她把事情說給所有人聽。」喬伊絲說。「我不會反對再來點那種酒，派翠絲。我們就稍安勿躁，等著看有沒有誰要來殺我們。」

第七十章

這次伊博辛拿出了精神科醫師該有的專業精神。他先是完成了與康妮的一小時諮商，讓她的鐘點費完全沒有白花。他們這個小時裡談到了痛苦，也談到了我們在想要逃避痛苦時，會把自己扭曲成什麼形狀。

正要離開前，伊博辛投下了重磅炸彈。

「你們剛挖出來了？」康妮問道。「價值十萬鎊的量？」

「他們是跟我說十萬鎊，沒錯，」伊博辛說，「我對於市場行情不是那麼在行。」

「那一共有多重？」康妮問。

「一點二公斤，」伊博辛說，「喬伊絲用廚房秤秤出來。」

「一點二公斤，阿富汗直送。」康妮說著展開了心算。「大概十一萬鎊。沒有加其他料嗎？」

「這我不清楚，」伊博辛說，「我可以去問寶琳。」

「那東西有多白？」康妮問。

「非常白。」伊博辛說。

「大概是純的，這麼說起來，」康妮說，「等他們加工完，市價可能會到四十萬鎊。」

「我以為妳只懂古柯鹼。」伊博辛說。

「漁夫也要知道薯條的價格啊。」[150]康妮說。「你們打算拿這東西怎麼辦？」

「我們還不知道。」伊博辛說。「是妳會怎麼做？」

「我會賣了它，伊博辛。」康妮說。「我是毒販。」

「喔，也是。」伊博辛附和了一聲。「但如果設身處地，妳覺得我們該怎麼做？」

「伊博辛，最簡單的辦法就是報警，把東西交給警方。」康妮說。「但你們那群人何曾怎麼簡單怎麼來過？」

伊博辛點點頭。「確實，我想如果我們覺得這東西可以帶我們查出是誰殺了庫戴許，我們是可以將之交給警方。但我不覺得喬伊絲或伊莉莎白有那麼信任高級調查官里根，而且她們倆應該會覺得自己查還方便點，機會也大點。」

「你們的調查有什麼進展嗎？」康妮問。

「這個嘛，米契．麥斯威爾與路卡．巴塔奇還在找海洛英，」伊博辛說，「他們好像很有幹勁。」

「所以你就知道海洛英的吸引力。」康妮說。

「然後珊曼莎．巴恩斯也被殺了。但她的丈夫葛斯現在下落不明。或者搞不好也已經死於非命。但他好像又不是那種會隨便就死掉的人，所以他大概是在逃吧。」

「他們知道你們找到海洛英了嗎？」

「我們誰也沒說，」伊博辛說，「我們正在策劃下一步。」

「這個嘛，我保證事情不會從我這兒流出去。」康妮說。

「我就等妳這句話，康妮，」伊博辛說，「我想我們之間是有一份信任的。」

「但我可以提供點觀察嗎？」康妮問。「從我的專業角度？」

「當然，」伊博辛說，「妳知道我向來鼓勵坦誠的交流。」

「一點二公斤算不上是很多海洛英，」康妮說，「如果放大格局來看。」

「那在喬伊絲的微波爐裡看起來，還挺多的啊。」伊博辛說。

「我只是想讓你知道，」康妮說，「米契與路卡不會為了區區一點二公斤的海洛英殺人。」

「那這一路為什麼會死這麼多人？」伊博辛說。

「多得離譜。」康妮說。「所有人都在像無頭蒼蠅，追著某樣也不知道存在還是不存在的東西跑，而阿富汗那邊已經派了個人過來。這關乎的是某件更不得了的事情，或某個更不得了的人物，我的話你記住了。」

「但妳這些觀察回答不了誰殺了庫戴許的問題？」

「這個嘛，那是你的工作，不要推給我。我很忙的，你要知道，」康妮說。「但庫戴許偷了英格蘭南部兩大毒梟的東西。隔天他就被一槍斃命。這邏輯，不難理清吧。」

「所以妳覺得是路卡或米契殺了庫戴許？引他到鄉間小路上斃了他？」

「我是會這麼幹啦，」康妮說，「但我對你的朋友沒有不敬之意。」

「但會是路卡還是米契呢？」伊博辛問。

康妮走到門邊，替伊博辛開了門。「我會說最後一個死的，大概就是凶手了吧，不是嗎？」

150　炸魚薯條是英國的國菜。

「他們倆都還活著，康妮，」伊博辛說。

「那，我們就看看那能維持多久吧，好嗎？」

「妳不跟我一起出去嗎？」伊博辛問。

「我要留在這裡，」康妮說。「我還跟別人有約。」

康妮碰了一下伊博辛的手臂，送走了他。這是她第一次做出此舉。那一瞬間給人的感覺十分親近，很不像康妮慣常的行徑。那代表著什麼意義？我信任你？我關心你？我感激你？任何一種都代表著進步已經開啟。

伊博辛踏出監獄，重新呼吸起自由的空氣；他會在開車回家的路上思考怎麼三選一。

而他一邊鑽進車裡，一邊留意到正走進監獄的，是一個中年女性。

第七十一章

從有好幾層的立體停車場屋頂看出去，有著讓人死也願意的風景。英吉利海峽向遠處延伸至無窮無盡。你可以將此處改建為公寓，米契一邊這麼想，一邊察覺到前方的車輛。房產開發，這行當現在很夯。找幾個地方議員賄賂一下，不用擔心自己會被殺，然後配色還可以挑到自己爽。也許等這一切都告一段落後，他會來思考一下。前提是他能活下來的話。

米契把他的黑色Range Rover開到路卡的黑色Range Rover旁停下。而路卡的Range Rover旁是一輛黃色小車，精確地說是飛雅特的Uno，而正從當中把自己從摺疊中攤開來的，是葛斯。他一臉遊民的模樣。

「你最近是都無家可歸喔，兄弟？」米契問。

「是啊。」葛斯說著往頭頂伸展起手臂。「謝謝你們來。」

「誰叫你發了有我家地址的訊息過來說我要是不來，你就要朝我家扔汽油彈。」米契說著，一邊把手當刷子，把一些香腸捲的麵包屑從外套上撥下來。

「我是前院窗戶被你砸了塊磚頭。」路卡說。

「這個嘛，總之你們來了，」葛斯說，「那才是重點。」

寒風颼颼地颳在費爾黑文街道的高空中。葛斯究竟把他們叫來幹什麼？他難道也掌握了跟他們一樣的情報嗎？

「尊夫人的事情我很遺憾。」路卡說。

怎麼突然扯到葛斯的太太？葛斯看起來也是一頭霧水。

「你說什麼？」他說。

「我說我很遺憾尊夫人出了事。」路卡把話重複了一遍。

「他太太怎麼了？」米契問。

「有誰殺了她。」葛斯說。

「天啊，」米契說。到底還要死多少人？最好是零人。或至少死的不是要他。「抱歉了，兄弟。」

「她是你殺的嗎？」葛斯問他。

「不是。」米契說。

「那你抱歉什麼？我這會兒聽說海洛英在那些老人住的村子裡。你們也聽說了嗎？」

「聽說了。」路卡說。

米契點了點頭。他昨晚從康妮・強森的一個手下口中耳聞了這件事。

「所以我們要怎麼拿到海洛英但不殺了他們？」葛斯問。

「我們可以客客氣氣去拜託他們？」路卡提議。

「或是跟他們談個條件。」米契說。試想，把毒品拿在手裡走進與哈尼夫的會議，那是怎樣的一幅光景？當然你不想把毒品拿在手裡，也可以將之放在袋子裡，但你知道那只是種比喻。要是這代表他得花錢搞定四名領退休金的阿公阿嬤，那他也認了。他寧可口袋開花也不要腦袋開花。對哈尼夫奉上海洛英、握手禮、對不起這三樣法寶，然後永遠從這個玩命的行當裡蹺頭。下一站房地產。不然就氣泡酒。

「我不來談條件那套。」路卡說。

「所以你凡事都是客客氣氣求來的囉？」葛斯問。「還是聽我的吧。你們倆湊個二十萬鎊。我們再走一趟古柏切斯，帶上槍，還有一箱子現金。他們交出海洛英給你們，你們拿出十萬鎊給他們，然後我們走人。」

「那還有十萬鎊呢？」路卡說。

「另外十萬你們交給我，」葛斯說，「算是感謝我的幫忙，還有給我的精神補償。」

「這樣吧，」路卡說，「要不米契跟我走這一趟，亮個槍，然後海洛英往兜裡一放，如何？不用給他們十萬鎊，也不用給你十萬鎊。這樣你覺得還行嗎？」

「我覺得不行。」葛斯說。

路卡笑了起來。「葛斯，我們是做毒品生意的，而你是不知從哪兒冒出來，走投無路的骨董商家。所以你還是趕緊回家，把你太太葬了，然後想辦法多賣幾個老爺鐘吧。」

米契完全不確定路卡所說是個好主意。葛斯的真身感覺有各式各樣的可能性，其中就以他只是單純骨董商的可能性最低。至於那個村裡的老人家米契也是見過的，他們既不是被嚇大的，也不像傻瓜。

「葛斯，」米契說，「我們給你五萬鎊，也給他們五萬鎊。不拿槍。」

路卡搖起了頭。「算了，米契。我們殺了他走人吧。」

「不要再殺人了，」米契說，「拜託。」

他們聽到下方離他們不算近的街上傳來警笛聲。三個男人都像三隻狐獴一樣定在原地，直到警笛聲漸漸消散到遠方，他們才又恢復了對話。

「最後一個，我保證。」路卡說著伸手到插在背後褲子裡的一把槍，將之對準了葛斯。

曾經有過一名聯合式橄欖球[151]選手叫喬拿．羅姆，[152]他是一名紐西蘭的毛利人，重點是他用他的體型與速度改寫了橄欖球運動的規則。此前沒有人在橄欖球運動中看過像他這樣的存在。這名巨漢，這名大到犯規的人肉坦克，移動起來卻一點也不失優雅而敏捷。而那一瞬間劃過米契腦海中的畫面，就是彷彿喬納．羅姆的身影，不過當然他實際看到的是葛斯衝向路卡，抱住路卡的腰部，然後將之拋下立體停車場的女兒牆。當場有一陣由驚異引發的沉默，再來是一聲巨大而遙遠的清脆碎裂聲，最後則是汽車警報器的哭號。米契瞪著葛斯。葛斯在推完人後梳起了頭。

「他怎麼會知道我太太死了？」葛斯問道。

「蛤？」米契說。他原本想要多說一點，但最後出口的就只有這樣。

「他怎麼知道我太太死了？」葛斯重複了一遍。「知道這事兒的只有條子跟凶手。」

「所以，他——」米契說。

「他殺了她，我愛的她。」葛斯說。「我知道我看起來不像個多情種。但我是。」

「我看得出來。」米契邊說邊試著恢復一點冷靜。「所以現在呢？」

「我想我們有大概七分鐘可以離開這裡。」葛斯說。「用你的車吧。」

「我們去哪兒？」米契問。

「去古柏切斯，」葛斯說。「看我們能不能把你的海洛英拿回來。」

「不殺人，」米契說。「我這下子是認真的了。真的夠了。」

「我不能保證什麼，」葛斯說，「但只要他們不亂來，就一根寒毛都不會少。」

米契聽到尖叫聲傳來自底下的民眾，那讓他從骨子裡犯起噁心。為什麼到處都在死人？他到底是漏看了什麼？

拜託讓這一切趕緊有個結果。也拜託讓他能活到最後。

151 Rugby union，橄欖球運動的全稱，即平常略稱為rugby的橄欖球。

152 Johna Lomu，1975-2015，紐西蘭橄欖球選手，也是第一位真正意義上的國際級橄欖球明星，對該運動影響深遠。

第七十二章

伊博辛知道現在就是只能等了。一定會有人為了找海洛英，跑來古柏切斯。現在每一部通過大門的陌生車輛，都可能載著死神。

所以即便只有今天，能有東西讓他們稍微分心也是挺好的事情。

塔提亞娜的朋友「傑若米」會在今晚過來取錢。或至少傑若米應該是這麼想的。老實講，等待著傑若米的可能會是一頓他意想不到的排頭。不斷在蛻變中的喬伊絲已經備好了節目，就等他上門入甕。

他們約好晚上六點，全體在喬伊絲的公寓集合。唐娜已經在那兒享受著喬伊絲的款待了。所以要是有人打算今天就來偷海洛英，起碼他們會有一些數量上的優勢可以把人打退。

伊博辛提早了一點時間把鮑伯邀過來，理由他自己也不太明白。好吧，也許他明白。一切就交給時間判斷。

「你肯定對我們有一些感想吧，鮑伯？」伊博辛邊問邊倒起了兩杯薄荷茶。

「說真的，我從來不覺得我有資格去對誰有什麼感想，」鮑伯說。「我向來不善於與人互動。誰對我來講都是一個謎團。」

「每個真正的靈魂都是不可知的存在，」伊博辛說。

「這話誰說的？」鮑伯說。

「我、佛洛伊德、榮格、還有別的一些人，」伊博辛說。「這就是何以我喜歡我的工作。

你能知道的就是那麼多。我們永遠都無法與彼此真正心靈相通。」

「確實。」鮑伯表示同意。

「我認識一個女人，」伊博辛說，「一個古柯鹼毒販，她可以彈一下手指就把人殺了。但是在禮拜一，她把手放到了我的手臂上，就像戀人一樣。」

「我不覺得那可以跟殺人相抵。」鮑伯說。「還是我這麼想錯了？」

「不，喔天啊不，你這麼想沒錯。」伊博辛說。「另外她今天還送了我一大把美麗的花。我擱在水槽裡。」

「我是喜歡花，」鮑伯說，「但我從來沒想過要給自己買一點。買花會讓我覺得自己有點蠢。有回我買了些蘭花，幾年前的事了，而我一邊付錢，一邊還此地無銀三百兩地跟男店員說這是買給我太太的。我也不知道自己是怎麼了。總之，我把那些花留在火車上了。」

「但我覺得跟你工作很愉快，鮑伯，」伊博辛說，「這幾個禮拜。」

「我不覺得自己有幫上太多忙，」鮑伯說，「至少在後半段沒有。」

「但你覺得還滿好玩的吧？」

「說實話，還挺好玩的。」鮑伯說著喝了一小口茶。「常常我不是在玩網路猜謎、讀一些資訊，就是在等午餐時間來臨，這次的事讓我的生活有了些插曲。我想我太多時間都太孤僻了。」

伊博辛點了點頭。「有得選擇感覺很不錯，是不是？」

「斯諾克轉播很好看，」鮑伯說，「挺過癮的。我甚至連喬伊絲的問題都回答得挺開心。」

這感覺挺讓人陶醉的，是不？伊博辛本以為他再不會有機會感覺陶醉了。

「你知道嗎，鮑伯，二十歲的時候，我是個醫學院學生。」

「我不知道，」鮑伯說，「我那時在我老爸經營的工廠裡，當工程師。」

「喔，看得出來。」伊博辛說。「多說點你的事兒？」

「不不不，」鮑伯說，「你才要多說點你的事兒，伊博辛。」

「你確定？」

「我們還有半個小時左右。」鮑伯說。

「那倒是，」伊博辛說著又穩穩地靠回了椅背。他刻意不直視鮑伯，而是改把目光寄託在牆面那艘船上。他經年累月在不同辦公室之間換來換去，都沒有換掉這幅畫。「我以前住在伯爵府，[153]你知道那裡嗎？」

「我知道，在倫敦。」鮑伯說。

「正是。」伊博辛說。「我沒什麼錢，但我靠獎學金撐過了最落魄的時候。我會念一整天的書，等天黑就回到那個小不啦嘰的小套房。那年是一九六三吧，好像。」

「披頭四[154]，」鮑伯說。

「披頭四，」伊博辛表示同意。「我的英文不錯；小時候在學校學過。我跟英國同學處得挺好，我喜歡去咖啡廳外食，偶爾我會去聽聽爵士樂，如果剛好免費。」

「聽起來挺愜意的。」鮑伯說。「餅乾我可以來一塊嗎？」

「請用。」伊博辛說著朝盤子比了比。「有天晚上我遇到一個男人叫馬里爾斯。」

「是喔。」鮑伯含著嘴裡的巧克力消化餅說。

「他也喜歡爵士。是不如我喜歡，但也可以樂在其中，我認識他是在克倫威爾路旁的一間酒館，店名叫櫻桃酒館。」

「嗯哼。」鮑伯說。

「現在已經沒有了，」伊博辛說，「原址現在變成了一間特易購Metro。」155

「哪裡現在沒變成特易購？」鮑伯說。

「我總是會一個人在那兒坐著，」伊博辛說。「我會帶上報紙，只不過內容我其實都讀過了，報紙只是我減少尷尬的道具。而馬里爾斯就坐在隔壁桌，身邊也有一份報紙。你覺得我們該準備出發，去找喬伊絲了嗎？」

鮑伯看了看手錶。「時間很夠。」

伊博辛點了點頭。「嗯，我想也是，鮑伯。總之我後來發現，馬里爾斯他是德國人。你瞧不出來，因為他看起來不像。硬要說的話，他看上去比較有芬蘭味，而一開口，他對我說的是『我猜，那報紙你看過了吧』」，而我一開口對他說的則是『我怕是記不得了』，但他請我喝了酒。我那時其實不喝酒的，但應他之邀我還是點了杯啤酒，因為恭敬不如從命，你說是吧？」

「正是，」鮑伯說，「願意融入可以給人好印象。」

「我一品脫喝了個老半天，」伊博辛說，「他倒是喝得非常快。當然也有可能那只是普通

---

153 Earls Court，倫敦肯辛頓附近的高級住宅區。

154 披頭四在一九六三年三月發行首張專輯，引爆了英國的披頭四熱。

155 特易購做為英國的量販業龍頭有四種店面，由小到大分別是Express、Metro、Supercenter與Extra。

快，我想，你懂的。」

「凡事都是比較而來的。」鮑伯說。

「沒錯。」伊博辛說。「然後我們聊了天，他跟我說他在帝國學院讀化學，校址也在倫敦。」

「帝國學院我知道。」鮑伯說著伸出手，目標是下一片餅乾。「這個吃一片不可能會夠喔，你覺得呢？」

「這是糖與油的綜合體，」伊博辛說，「我們都挺為其瘋狂的。爵士樂團於焉開始演奏，他們是一支四重奏，非常柔和的四重奏，但他們知道自己在幹什麼，所以我開始聆賞起來，而馬里爾斯也開始傾聽，然後不知不覺，我們就成了共享爵士樂的兩名聽眾。」

「那聽起來很溫馨。」鮑伯說。

「是很溫馨，」伊博辛說，「溫馨用在這裡沒錯。那是我當時長那麼大，第一次跟誰一起做同一件事情。馬里爾斯中途去了洗手間，我是說上廁所，我趁此時把剩下的啤酒一飲而盡，然後等他回來時，我已經加點好了一人一杯新的啤酒，對此他說了謝謝，並問了我有沒有吃過伯爵府地鐵旁邊的那間義大利餐廳。我沒有，但我說我有，因為我不確定什麼才是正確的回答，結果他提議我們等聽完四重奏以後去那兒用晚餐，對此我說我有別的計畫，但他說取消就好了。」

「你有別的計畫嗎？」

「當然沒有，那時候的我能有什麼計畫。」伊博辛說。「所以我點了白酒蛤蠣義大利直麵，馬里爾斯說他一樣就好。」

「然後呢？」鮑伯說。

「好問題，」伊博辛說。「每個故事都得有個『然後呢』的瞬間。然後他散步陪我回家，我們互道了晚安，然後他說如果我覺得今天好玩的話，他下個禮拜同一時間還會在同一家酒館出現。」

「所以好玩嗎？」

「好玩。」伊博辛說。「所以我舊地重返，同樣帶了份報紙，有備無患，你懂吧？」

鮑伯點了點頭。「嗯嗯。」

「而這次我要了杯葡萄酒，」伊博辛說，「因為我感覺我可以做自己了。而這天表演的仍是同一支四重奏，我們事後去了同一間餐廳，然後聊到了德國、聊到了埃及，聊到了我們為什麼會離鄉背井，然後我稍微講起了我當時從來不提，現在也幾乎絕口不提的父親，而在我們的桌底，他在摸索中把我的手握進他手裡。你必須要小心翼翼，那是當然。」

「當然。」鮑伯說。

「我們開始同居，並在大概一個月後，搬進了一處兩房的公寓，」伊博辛說，「在漢默史密斯。[156]你知道那裡嗎？」

「我大概知道。」鮑伯說。

「然後馬里爾斯找了份騎腳踏車替某家報社送報的工作，而我則當起了店員賣雨傘，為的就是能負擔那個住處。我繼續念我的書，他念他的。他有份內定的工作在等著他。對方是

156 Hammersmith，也在倫敦的肯辛頓附近，是有藝術氛圍的河畔地區。

拜耳——他們當時是家化學業者，說不定現在還是。他是那麼地堅強，又是那麼地脆弱，而我做成了我自己，那是我曾經覺得永遠不可能的事情。然後我偶爾會亂講一堆關於愛，有的沒有的東西，鮑伯，但我們是真的沐浴在愛河中。我想我應該從來沒說過這件事情。」

「是沒有，」鮑伯說。「確實沒有」。

「他的課程即將告一段落，」伊博辛邊說邊瞪著牆上的船，「而他的工作會帶他到曼徹斯特。所以我們必須做一個決斷。走下去，或是到此為止。我看不出我們在一起能有什麼未來。當時的社會跟現在不一樣。我這並不是在抱怨——人生在什麼年代都是命。我去研究了改課程的可能性，看能不能轉學到英格蘭北部的大學，對此我得到的回答是沒問題。主要是我成績很好。所以我就想說，你知道的？」

「衝一把看看，」鮑伯說，「走一步算一步。」

「走一步算一步。」伊博辛表示同意。「我此前的行動都是出於恐懼的驅策。但那時我選擇了縱身一躍，我決定要聽從愛的指揮。凡事都有頭一回。」

「沒錯。」鮑伯說。

「然後有人敲上了我的門。」伊博辛說。「那大概是晚上九點半。五月，行將天黑之際。我有牛排在紅酒裡燉著。那是一名警員來通知我，他說我的公寓室友騎腳踏車被撞，不幸身亡，地點就在河岸街[157]旁邊，他想知道我有沒有他父母的聯絡方式？」

「我在聽。」鮑伯說。

「我並沒有他爸媽的聯絡方式，因為他們從來不與馬里爾斯聯絡，但我還是說了我會聯繫他們，而你可以看到警員的臉上露出如釋重負的表情。就此我得以假裝是他雙親的代理人，統籌起他的後事。我們在聖潘克拉斯[158]進行了火化，然後我主動表示要保管骨灰。」

「骨灰現在在哪兒？」鮑伯說。

「在一個保險箱裡，」伊博辛說，「保險箱在船畫的後面。」

鮑伯抬頭看向了畫。「你不打算將之擺出來供人瞻仰？」

「習慣養成就很難改了吧，我想。」伊博辛說。「我把自己的愛鎖了起來，再沒人在桌子底下摸索我的手。」

鮑伯點了點頭。

「我想我們的時間應該差不多了？」伊博辛說。「很感謝你當我的聽眾。」

鮑伯看了看手錶。「是，我們應該要出發了。」

於是兩人一同起身。

「謝謝你，鮑伯。」伊博辛說。

「這沒啥，」鮑伯說，「我很期待能知道後來怎麼樣了。」

「你都聽完了啊，我都講完了。」伊博辛說。

「嗯嗯，是喔，」鮑伯說，「那再來呢？」

157 The Strand，西起特拉法加廣場的一條著名街道，位於泰晤士河北岸。

158 St Pancras，倫敦北邊的墓園。

第七十三章

葛斯開起車，跟他過日子如出一轍。兩者都有一種絕對而冷靜的篤定感，他很篤定自己凌駕在規則之外。

但這並不是說他的生活或開車很魯莽，事實上恰恰相反。沒錯，他會闖紅燈，但他會確定左右沒車後再闖。沒錯，他會利用人行道來避免堵車，但遇到人行道上有行人經過並受到驚嚇，葛斯會按下車窗來賠不是。他甚至讓一名在等公車要回村子的婦女搭過便車，只因為他差一點就把那名女士給輾過去了。

天色黑漆漆的一片，但他非絕對必要不開燈。「英國太多光害污染了，米契，」他說。「在我們加拿大，你可看到滿天星斗。」

米契會說他此刻的心情是很糾結的。他才剛眼睜睜看著自己的老朋友被推下停車場的五樓。但現在他又在前往取得海洛英，希望能救自己一命的途中。毒販人生的起伏與反轉，就是這麼樸實無華。

「你確定東西就在這裡嗎？」他又問了一遍葛斯。

「你說海洛英嗎？我確定，」葛斯說，「別擔心。」

「別擔心？」米契說。「這禮拜拿不到東西我就沒命了，你知道嗎？」

「你這麼覺得嗎？」葛斯說。

「不是我覺得，是我知道。」米契說。

「你不覺得這很怪嗎？」葛斯說，這會兒他出於米契看不懂的某種原因，開到了逆向車道上。

「我沒一件事覺得不奇怪。」米契說。「你為什麼要逆向？」

「對向沒車的時候，我都愛怎麼開就怎麼開。」葛斯說。「但你不覺得奇怪嗎，事情鬧得這等雞飛狗跳，就為了區區十萬鎊？」

「我在這一行裡什麼都看過了。」米契說。

「你是個聰明人嗎，米契？」葛斯問。「你捫心自問？」

這是個好問題。過去的米契覺得自己還挺聰明。在這一切發生之前。在貨開始出不去，人又一個個被殺之前。要是他之前的順遂都只是走運而已呢？不擇手段與福星高照可以帶你走上好一段路。米契意識到自己的自信受了點打擊。他的岳父對他說過，人會最先失去的三樣東西就是膝蓋、視力，再來就是自信心。米契再次看向了葛斯——這個活像座小山的男性，像是對世事非常在乎與非常不在乎的綜合體，而且比例正好一半一半。

「尊夫人的事情，我真覺得很遺憾。」

「謝了，兄弟。」葛斯說。「我這人遇事不太會往心裡去，但這次我真的挺往心裡去的。」

「你想要說一說嗎？」

「不想，」葛斯說，「尤其不想跟你說。」

「你真覺得是路卡殺了她嗎？」米契問。「感覺上也許——」

「我講了我不想跟你說話。」葛斯關上了對話的大門。

米契在他們驅車前往古柏切斯的路上，意識到葛斯是他們當中的老大。那也許是米契的海洛英，但葛斯的老婆剛沒了命，而且葛斯才剛把路卡・巴塔奇從停車場頂樓扔下去，再就是要跟葛斯比誰的槍更大支，他恐怕也沒得比。所以米契很樂於暫且當個小弟。但他想有件事他們倆心裡應該都有數：一旦海洛英到了手，一切說法恐怕都得重新來過。

第七十四章

喬伊絲的公寓裡，這會兒來了五個人。喬伊絲、伊莉莎白、朗恩與伊博辛全都已各就各位，外加他們的新朋友電腦宅鮑伯。伊博辛看得出來鮑伯有點窘，那種好像披頭四旁邊多出第五名團員的窘。伊博辛很開心自己終於開心得起來了，他開心自己終於把馬里爾斯的事情，對某人一吐為快了。

沒一會兒前，公寓裡是有六個人的，但喬伊絲剛把唐娜派到外頭，躲進樹叢後面了。從他們挖出海洛英的那一刻開始，喬伊絲就把整件事情都計畫好了。這讓伊博辛感覺認識她是件很榮幸的事情。

筆電架好了，茶倒了，不夠的椅子也從喬伊絲的餐桌周圍調動過來了。萬事俱備，門鈴的嗶聲也如東風降臨，而他們都知道，這會是門鈴今晚最後一次響起。這一晚到了這個份兒上，艾倫已經躬逢其盛了三聲門鈴，為此牠已經樂不可支到一個魂不附體。

喬伊絲為其開門的，是一名年輕人，而他顯然沒預期會受到這麼一大群人的歡迎。

「快進來，」喬伊絲說，「你一定是傑若米吧。」

「錢呢？」傑若米問。

「傑若米」：「塔提亞娜」理論上的「特使」。只可惜他並不如他看起來的聰明。電腦宅鮑伯發現「塔提亞娜」與「傑若米」在發訊息的時候，用的是一模一樣的ＩＰ地址。

所以傑若米並不是感情詐騙集團的員工，他也不是在替感情詐騙集團跑腿，傑若米就是感情詐騙集團。他就是那個隔空騙了莫文五千鎊的人，而他今天來是為了再騙五千鎊。

但他這次，恐怕不會再那麼走運了。

「天啊，急什麼呢，親愛的。」喬伊絲說，並讓他除了跟著她進入公寓以外，沒有別的選擇。

傑若米看了看四周。「莫文呢？」

「他有事來不了了。」伊博辛說。「坐下說話——我們有個提議給你。」

「我得趕回去。」傑若米說。

「胡說，」朗恩說，「現在才幾點。坐下當會兒聽眾。」

「你得委屈一下坐飯廳的椅子了，」喬伊絲說，「今天的座位是先搶先贏。」

傑若米找了位子坐下，眼神一瞬間注視起了所有人。雙手環抱著大包包。

「我們一樣一樣來。」伊博辛說。「首先你一毛錢也拿不到，這醜話我得先說。」

傑若米緩緩地搖起了頭。「五千鎊，」他說，「放這袋子裡。不然就有人要挨子彈了。」

伊博辛出於習慣，看向了伊莉莎白。

「別看我喔，」伊莉莎白說，「今天是喬伊絲的局。」

「包包裡有槍，是嗎？」朗恩說。

傑若米點了點頭。

「你為了幫朋友的忙，搭火車下來，見一個老人家，這樣你帶槍的意思是？」

「我這人就是習慣有備無患。」傑若米說。

「最好是，但隨便啦，你高興就好。」朗恩說，「不然這樣，我們來玩『手裡有槍的人舉手』。」

年輕男人舉起了手，然後看到伊莉莎白也做了一樣的事情。朗恩露出了驚喜的表情。

「本來沒把握妳今天會有帶，莉茲。」

「我只是傷心欲絕，」伊莉莎白說，「不是死了。」

朗恩點了點頭，轉頭看向男人。「所以就算你有那把你其實沒有的槍，我們也不是手無寸鐵，所以你給我閉嘴，好好把事情聽完，我們不會多留你任何一會兒。」

伊博辛看著喬伊絲點點頭，顯得十分滿意。

第七十五章

克里斯在吃著地瓜炸成的薯條。他試著說服自己地瓜條不輸薯條，但那當然是自欺欺人。但人生在世，我們為了把日子過下去而必須說服自己的事情，何曾少過？派翠絲看著他推著地瓜條，在盤子裡繞來繞去。

「我懂，親愛的。」她說。「我吃的是清蒸魚，所以你的痛我感同身受。」

黑橋酒館這會兒生意相當興隆，尤其以週三晚上來講是真的不錯。這裡的老闆之一被克里斯逮捕過，罪名是在A272公路上酒駕。那輛保時捷很不錯，如果他沒記錯，所以海蘆筍[159]與西班牙香腸[160]顯然頗有賺頭。

克里斯從高級調查官吉兒．里根走進黑橋的第一秒，就注意到了她。吉兒掃描著室內，像是在尋找誰。

「假裝我們在聊天。」他對派翠絲說。

「我們不是本來就在聊天嗎？」派翠絲說。

「吉兒．里根剛走進來。」克里斯說。「假裝我說了什麼有趣的事情。」

派翠絲用力拍了桌子三下，假裝笑到哭，並擦拭起並不存在的眼淚。

「我只是要妳笑一下而已。」克里斯說。然後他驚恐地發現派翠絲驚動了高級調查官里根。更令他驚恐的是，里根看到了他。然後致命的一擊是，克里斯察覺到里根要來找的，就是他自己，同時她還朝著克里斯逐步走近。

「她過來了。」克里斯說。「別忘了，我在抓馬賊。」

吉兒從鄰桌拉了把椅子，擠進了克里斯跟派翠絲中間。她朝派翠絲笑了笑。「妳肯定就是派翠絲了吧；我是吉兒．里根。」

她們握了下手。

「打擾兩位了，不好意思。」吉兒說。「我找不到人幫我，身邊的同事沒有一個不討厭我。」

「妳知道我們在同一棟樓裡工作嗎？」克里斯說。「妳有必要找我找到餐廳裡來嗎？」

吉兒揮起手，要克里斯別哪壺不開提哪壺。「你跟蹤米契．麥斯威爾跟路卡．巴塔奇，有什麼發現嗎？」

「我沒有在跟蹤他們，」克里斯說著叉起了一片地瓜條。「我一直都在查馬的竊案。」

「我沒時間了，克里斯，」吉兒說，「路卡．巴塔奇死了。」

「那真是可惜了。」克里斯說。

「是真的很可惜。」吉兒說。「因為他是我們的人。」

「他不是海洛英毒販嗎？」派翠絲說。「我知道國家犯罪調查署辦案尺度很寬，但這也

---

159 Samphire，英國在五月盛產的蔬菜，是一種生產在海邊的多肉植物，跟蘆筍沒什麼關係。海蘆筍的長相很特別，有人說像翠綠的珊瑚，也有人比喻成纖細的鳥骨。

160 Chorizo，一譯喬利佐香腸，是一種起源於伊比利半島的豬肉香腸，通常以豬腸做為腸衣。色呈深紅，通常經過發酵、醃製與煙燻等製程。

太不擇手段了吧。」

「他本來是海洛英毒販，」吉兒說，「但後來我們在克拉里吉飯店逮到他跟一包古柯鹼、兩名妓女，還有他的小姨子在一起。那之後他就替我們做事了。」

「他是誰殺的？」克里斯問。

「怎麼殺的？」派翠絲問。「妳想吃綠花椰就自己來。」

「你知道有個男人叫葛斯的嗎，克里斯？」

「不知道。」克里斯說。

「你在追查那些馬的時候，沒有恰巧碰上他嗎？」

克里斯搖了搖頭。

「不過認真講，」派翠絲說，「他是怎麼殺了路卡？」

「路卡被他扔下立體停車場的頂樓。」吉兒說。

「是喔。」派翠絲邊說邊懷著崇敬點起了頭。「哪裡的停車場啊？」

「攤牌吧。」克里斯說。「就當我知道妳在說的是誰好了。妳找來這裡想幹什麼？」

鋼琴前的一個女人剛彈起了〈小舞者〉，[161]輕柔的琴音自餐廳的一隅傳來。

「〈小舞者〉，」派翠絲說。

「我麻煩大了，」吉兒說。「但犯罪調查署的其他人都在幸災樂禍。」

「妳做人這麼差喔？」克里斯問。

「拜託，你又不是剛認識我。」吉兒說。

克里斯笑著點起了頭。「妳我是還行啦。我是不喜歡從自己的辦公室裡被掃地出門，但妳還有點正派警察的樣子。」

「天啊，你要不乾脆把她娶回家算了。」派翠絲說。

「我是路卡．巴塔奇的上線，」吉兒說，「他是我的人。這整個行動都是我一手策劃。海洛英也是我放出去的餌。」

「妳在釣魚？」克里斯說。

吉兒點起頭。「我們前陣子都在給米契．麥斯威爾的營運添亂，前後長達好幾個月。我們攔下了很多海洛英，抓捕了好幾個他們用來跑腿的小兵，考驗了路卡的忠誠，然後也測試了他提供的線報真假。」

「而這就是當中的一次大行動？」

吉兒再次點起頭。「你的薯條我吃一根，可以嗎？」

「這些是地瓜條喔，先跟妳說清楚，」克里斯說。

「喔，是喔，那就算了。」吉兒說。「我們獲准讓這批海洛英通過海關，然後我們打算亦步亦趨地一路追下去。」

「目標是把麥斯威爾逮個人贓俱獲？」克里斯說。

「正是。」吉兒說。「我們準備追蹤各種風吹草動、各種照片、影片，有的沒有的，然後等海洛英一安全落到路卡的手中，也就等於是落到我的手中，我們就要一鼓作氣地收網逮人，把麥斯威爾繩之以法。」

---

161 Tiny Dancer，英國傳奇歌手艾爾頓．強的歌曲。

「只不過海洛英自始至終都沒有進到路卡的手裡？也就是沒有進到妳的手裡。」

「我最大的夢魘，」吉兒說，「中間人，夏瑪。」

「庫戴許。」克里斯說。

「三更半夜把車開出去，讓自己送了命，海洛英也不知去向。」

「價值十萬鎊的海洛英流落街頭，而妳一點東西存在過的證據都沒有？」

「搞不好那盒子裡裝的是洗衣粉，」吉兒說，「除非我們能測試並證明那是我們的海洛英。」

「所以他們派你們浩浩蕩蕩從倫敦下來，」克里斯說，「表面上是要查命案，但其實是要把海洛英找出來？」

「嗯，這兩點並不衝突啦，」吉兒說，「但你說得也沒錯。是說路卡原本覺得他已經嗅到方向了。他掌握了新的情報，然後他今天打算去確認自己的想法。」

「然後他就被從停車場丟下去了，」派翠絲說。她說完就分心去看鋼琴師了。「是〈無心的呢喃〉！」

162

「所以我現在一面頭很大，一面又得繼續查。」吉兒說。「而且滿屋子的人我沒一個信得過，他們都知道這事兒會掉腦袋的只有我，而只要我一下台，我的缺可是大家搶破頭。」

「這份亂勁兒。」克里斯說。

「真的好亂，」吉兒說，「而且這亂勁兒最後都會被算到我的頭上。所以我才來找你幫忙，你是警察我也是警察，你幫不幫我這個忙？路卡生前說的情報，你心裡有數嗎？」

克里斯想了一下。「假設說唐娜跟我之前真有在查這個案子呢？」

「克里斯，我知道你們有在查。」吉兒說。「是我讓你們去查的。」

克里斯挑起了眉毛。「我以為國家犯罪調查署不信任我們。」

「他們是不信任你們，」吉兒說，「但我不信任國家犯罪調查署，所以我決定賭一把。」

「那要是我幫妳這一次呢？」克里斯說。

「那麼，嗯，我不知道耶。」吉兒說。「你突然這麼一問，我能想到的就是保證不把你私闖倉庫的監視錄影畫面秀給別人看，就是多姆．霍特被殺那天的那些錄影畫面，你意下如何？」

克里斯低頭看起他的地瓜條，微微點了點頭，然後回望起吉兒。

「妳知道我闖進去？」

「我知道你闖進去，我知道唐娜去了足球賽。」吉兒開始用手指數了起來。「我知道有個叫伊博辛．阿里夫的人會每週一次去給康妮．強森探監。我知道他還偕一名叫喬伊絲的女人去見了一個叫珊曼莎．巴恩斯的女人，而喬伊絲恰好在你發現多姆．霍特屍體的時候，出現在倉庫外面。我知道他在多姆．霍特的屍體旁拍了文件的一堆照片。我還知道她有個幫手是朗恩．李奇，而這男人是傑森．李奇的父親，也就是你兩個禮拜前去拜訪過的那個傑森．李奇。」

「夠了。」克里斯說，但吉兒還意猶未盡。

「我知道十天前，珊曼莎．巴恩斯、路卡．巴塔奇與米契．麥斯威爾去了一個養老村，

162 Careless Whisper，英國轟合唱團的八〇年代名曲。

然後他們現在三個死了兩個。我知道唐娜發現了庫戴許・夏瑪的手機，但我苦無證據，所以我希望你們有好好利用這支手機。但最要緊的是，我知道你們愈是討厭我，偷偷調查起來就會愈賣命，只求打臉我。還有我知道你、唐娜，還有這個你們似乎老泡在一起的小團體，是我保住飯碗最大的指望。」

「嗯哼，」克里斯說，「但我也說過妳是個好警察。」

「所以你們找到了？」吉兒說。

「海洛英？」克里斯問。「是，我們找到了。」

「可以交給我嗎？」吉兒說。「你覺得？」

「看情況。妳能協助我們找出殺庫戴許的凶手嗎？」克里斯問。「妳覺得？」

「嗯，」吉兒・里根說，「這個嘛，我可以跟你們說有幾個人肯定沒有殺庫戴許。這有幫助嗎？」

「這肯定是個好的開始。」克里斯說。

第七十六章

傑若米不得不確認一下她有沒有聽錯伊博辛的話。

「海洛英？」他問。

「是這樣啦，我們不知道該拿這玩意兒怎麼辦才好，」喬伊絲說，「但我們是想說，欸，我們運氣還不錯，你看起來是個犯罪者無誤，而且你正好要來找我們。」

「你們這東西是怎麼來的？」傑若米問。

「我們是在社區農場裡挖到的，」伊莉莎白問，「信不信由你。天曉得它怎麼會跑去那兒。」

「所以我們就想說，」伊博辛說，「與其將之交給警方……」

「行政程序很多。」喬伊絲說。

「……或許我們可以搞點副業，幫自己賺點零用錢。」伊博辛給出了結論。

「身為靠退休金過活的人，這位兄弟，我們手頭常常都很緊。」朗恩說。

「所以你意下如何？」伊莉莎白說。「這包海洛英給你，你拿去賣，賺的錢我們再分？」

傑若米思考了一下，期間沒有人打擾他。但最終他還是不買單。「我不喜歡這樣。我不認識你們。把我的五千鎊交出來，我馬上走人。」

「他這叫欲擒故縱，」喬伊絲說，「我在《大淘寶》上看多了。好吧，傑若米，我們上網搜尋過海洛英的行情了，海洛英可以值很大一筆錢。」

伊莉莎白將海洛英遞給傑若米，而他則弄溼手指，沾了下去。

「我們不傻，」喬伊絲說，「我們只是看起來傻，我們算過了這些海洛英可以值個兩萬五千鎊。」

伊博辛看到傑若米抽動了一下。他知道袋子裡的海洛英價值，遠遠不止這個數。貪婪是人性的共業。

「這貨就值一萬五，頂多。」傑若米說。

「我都跟你說了我們不傻。」喬伊絲說。

「你怎麼說，小伙兒？」朗恩說。「要不要幫忙一幫子老骨頭過幾天好日子？」

「你可以分我們個五千鎊，剩下的兩萬鎊歸你，如何？」伊博辛提議。

傑若米再一次環視起在場所有人。這個老奸巨猾的罪犯。「五千鎊買這袋海洛英？」

「只要你覺得合算？」伊博辛說。

傑若米覺得合算。對此伊博辛並不感到意外。傑若米此來是想撈個五千，而這下子他可以一口氣帶走九萬五的利潤。

「還有不是我們信不過你，親愛的，」喬伊絲說，「但你能不能在我們讓你走之前，用銀行轉帳付清這五千鎊？這樣我們心裡有個底。」

傑若米已經在把那價值十萬鎊的海洛英裝到他的大包包裡，他很顯然正陶醉在削爆了的喜悅中。鮑伯把銀行帳號給他，傑若米則點開了手機上的網路銀行。

喬伊絲替他把包包拉鍊拉起。「我拿一些巴騰伯格蛋糕給你帶著在火車上吃，要不要？火車站的自助餐不見得有開。」

「不了，謝謝。」傑若米說，然後完成了轉帳交易。

「這可是你的損失喔。」喬伊絲看向鮑伯，鮑伯看向他的電腦螢幕。

伊博辛不得不佩服喬伊絲。她自然先徵得了唐娜的允許。在海洛英離開她公寓前，她能不能讓這東西派上點用場？「我知道你們遲早會想把東西收回去，」喬伊絲當時對唐娜說，「但我們稍微借用一下下，妳不介意吧？」

「一毛不少。」鮑伯確認了入帳的數字，闔上了電腦。

這代表傑若米剛轉帳了五千鎊，一毛不少地，進了被他騙走五千鎊的莫文戶頭。

「你閃吧。」朗恩說。傑若米連想都沒想，就帶著包包裡滿載而歸的海洛英，出了公寓門口。

喬伊絲拿起了手機，撥給了唐娜。「他出發了。沒錯，整袋東西都在他大包包裡。希望你們在樹叢後面沒有冷到。」

第七十七章

「妳家還挺別緻的。」葛斯對喬伊絲說，並同時用槍直指著喬伊絲。葛斯當然不是第一次來到喬伊絲的公寓。

他們原本早就該到喬伊絲家了，但他們剛進村，就跟一個自稱她代表古柏切斯停車委員會的女人大吵了一架，而葛斯在知道他終於遇到比自己還「盧」的對手後，只好回頭把車停到大馬路上。

「謝謝你的誇獎，」喬伊絲說，「我請了居家清潔服務，他們每個星期二早上會來兩個小時。我抗拒了好久，才接受請人代勞打掃這——」

「東西在哪兒？」米契．麥斯威爾說，他的槍也指著喬伊絲。

「你們其中一把槍可以指別人嗎？」喬伊絲說。「伊莉莎白不要——她剛失去了她先生。指朗恩如何？」

「我也剛失去我太太。」葛斯對伊莉莎白說。「請您節哀。」

喬伊絲轉頭對米契說。「我恐怕得說你們晚了一步，麥斯威爾先生。半個小時前東西還在這兒。」

「蛤？」米契說。他開始肉眼可見地顫抖了起來。「誰拿走了？」

「你臉色不太好看，」伊博辛說，「我這人說話比較直，你不介意吧？」

「我的老天爺，」米契說，「快告訴我東西在哪兒。」

「警方拿走，」朗恩說，「變成證據了。」

米契放下了槍。「你們把東西交給警方了？我的海洛英？」

「恐怕如此。」伊博辛說。

「我死定了，你們懂嗎？」米契說。「你們害死我了。」

葛斯笑了起來。他的狂笑帶有一種魔性，很快地喬伊絲也跟著笑了起來，明明自己還被他的槍口指著。冷靜下來後，他望向了怒不可遏的米契。

「你還在狀況外嗎，米契？這麼老半天，你還沒搞清楚這裡是怎麼回事嗎？」

第七十八章

他們剛剛偵訊的年輕人叫湯瑪斯．梅鐸。他不論被問到什麼都是一句「無可奉告」，就是在被問到是誰賣的海洛英給他的時候，他說了是「五個退休老人」，但就連他的律師都對這個回答一頭霧水。

湯瑪斯．梅鐸想跳針「無可奉告」是他的自由；但他有落落長的前科跟滿滿一袋海洛英在身上，所以他在監獄裡注定是有得待了。

至於那五名退休老人，吉兒不覺得湯瑪斯．梅鐸會在法庭上主動透露這則資訊。

吉兒職責所在，還是得問一下唐娜實情，而唐娜告訴她湯瑪斯．梅鐸是名感情詐騙犯，專騙寂寞老人的錢，而這答案已足以確保吉兒不再追問下去。

她取回了她的海洛英；也確保了她的職位無虞。她還穿戴上了手套與大衣，因為她正在冷死人的組合屋辦公室裡跟克里斯與唐娜，同享著一瓶酒。

「不是米契．麥斯威爾或多姆．霍特，」她說，「他們自始至終都被我們跟蹤。包括庫戴許遇害的當晚。」

「路卡．巴塔奇呢？」唐娜問。

「也不是他。」吉兒回答，並把她的酒一仰而盡。

「妳確定？」

「確定，」吉兒說，「因為他在我住的地方。」

「天啊。」唐娜說。

「天啊。」吉兒說。

「但我好像稍微可以理解。」唐娜說，對此吉兒擠出了淺淺的微笑。

「所以你私闖了一間倉庫，」吉兒說，並以隔著手套握著的酒杯比劃了一下。「教唆人改動了犯罪現場，私藏了刑案調查的證物，而我則是搞上了一名關鍵證人。這麼算起來我們是半斤八兩，一丘之貉了吧，要我說的話。」

「妳對他被扔下停車場是怎麼想的？」唐娜問。

「我想我也只能往前看了吧，」吉兒說，「感謝你們兩位保住了我的工作。」

「女士。」唐娜稍稍敬了個禮。

「那妳願意幫助我們囉？」克里斯說。

「我想那是做人的基本道理吧。」吉兒說。

「妳肯定調查過想搶生意的毒販吧，」克里斯說，「說不定有誰想要染指毒品這一塊嗎？」

「米契跟路卡在此地沒有競爭者，」吉兒說，「在海洛英這方面沒有就是了。」

「有新進者想要擠進來，分一杯羹嗎？」克里斯說。

「我實在想不到有誰會知道這筆貨的存在。」吉兒說。

「還有阿富汗人也在對海洛英窮追不捨？」唐娜說。

「老實講我不明白為什麼，」吉兒說，「也許他們擔心自己被警方盯上了？」

「有不少人的性命得算在這些海洛英頭上，」克里斯說，「庫戴許、多姆・霍特、被拋下停車場的路卡、被推下樓梯的珊曼莎・巴恩斯。有人殺了他們全部。而且都只是為了那一小包海洛英。荒謬。」

第七十九章

不過分地說，葛斯成為了房間裡的矚目焦點。他放下槍，找了個位子坐下。

「坐下，米契，」他說，「我來問你們一個問題。」

米契坐了下來。

「我稍早問過米契，」葛斯說，「都沒有人覺得怪嗎？一堆人追著這筆海洛英跑？」

「大家追著海洛英跑不是很正常嗎？」喬伊絲問。

「但十萬鎊的量，」葛斯說，「值得拚成這樣，值得把這麼多命賠上？」

「我是因為——」米契插話失敗。

「我知道你為什麼急著找到海洛英，」葛斯說，「你的整個生意運作搖搖欲墜，而一名阿富汗人要來取你性命。你想取回海洛英合情合理。但我呢？我搶成這樣做什麼？我老婆？你想躲掉的那個阿富汗人？我們幹嘛都追著區區十萬鎊追得這樣滿頭汗？我們可都是有錢人耶。」

「我只能想到……貪心？我不知道啦，」米契說，「我其實沒有認真想過。」

「所以你們為什麼要追這海洛英？」朗恩追問起。「活像一群發了瘋的蒼蠅，你們一個個都是。」

「有人猜得到嗎？」葛斯邊問邊環顧起全室。

伊莉莎白抬起頭來。「我可以猜猜看。」

「妳說。」葛斯說。

「有件大事兒我著實無法理解，」伊莉莎白說，「史提芬到底為什麼要答應幫忙庫戴許？為了賣海洛英嗎？庫戴許不會這麼要求，史提芬也萬不可能同意。而庫戴許怎麼就突然覺得他懂得籌劃一宗毒品交易？那也是讓我百思不得其解的另外一個問題。」

「我不奇怪妳覺得奇怪。」葛斯說。

「那一小盒海洛英，來到這個國家，」伊莉莎白說，「所經之處寸草不生，無人倖免。大家拼了命想找到它，庫戴許拼了命要藏起它，而我能想到的理由只有一個。重點根本不在海洛英身上。」

葛斯點了點頭，讓伊莉莎白說完那句關鍵的話。

「盒子才是本體。」

「我的喬治啊，[163]她好像答對了。」葛斯說。

「盒子？」朗恩一臉狐疑。

「你午餐那天肯定看到了盒子，葛斯，」伊莉莎白說，「在米契的手機上？」

「我們差點就不來赴約了，」葛斯說，「但珊曼莎對你們幾個有種特殊的感覺，並且她對海洛英也有點興趣。只不過我們一眼看到那盒子，就忘了什麼海洛英不海洛英。我從來沒見過那麼美的東西。珊曼莎能在死前看到它，我覺得很慶幸。六千年前的東西，你敢相信嗎？其原料是骨頭，而不是陶土。同時上面還刻有魔鬼之眼。」

「我確實注意到了一些刻痕，」喬伊絲說，「經你這麼一提。」

「妳再唬爛嘛，不要停，喬伊絲。」朗恩說。

「這些東西被人劫掠過，」葛斯說，「數百年前。從埃及——」

「喔！」關鍵字讓伊博辛產生了反應。

「伊拉克、伊朗、敘利亞。他們都會掠奪寺廟，當中有些人還是考古學家，不過他們共同的身分都是搶匪。搶來的東西，會被他們走私出去。我見過這些東西會不時冒出頭來，但那些理應要是非賣品，而賣家應該要有坐不完的牢。但像這個盒子我是頭一回見到。喔，天啊，我真是開了眼界。那些聰明的阿富汗小子走私了一個價值幾千萬鎊的盒子到英國，米契，而他們對你完全是一聲不吭。大家殺了殺去是為了那個盒子。你那十萬鎊海洛英根本沒人稀罕。」

米契立馬把槍口對準了喬伊絲。「把盒子給我交出來，快！」

葛斯則把槍口對準了米契。「不，喬伊絲，快把盒子給我。」

「不需要再有人受傷了，」米契說。「那是我的盒子，大家做事總要講道理。我會收下盒子，然後把盒子還給哈尼夫，槍到此為止，麻煩事也到此為止。」

「兄弟，我可是賠上了我太太，」葛斯說，槍口仍文風未動。「盒子歸我才對。」

米契把槍口一轉，對準了葛斯。「也許還得再死一個人？」

「搞不好喔。」葛斯說。

米契扳開了槍的保險。葛斯也是。

「兩位帥哥，」喬伊絲說，「我無意打擾你們的雅興，但盒子已經不在我這兒了。」

163 喬治在這裡是上帝的代稱，因為兩個字在英文裡都是G開頭。

「喔，不不不，」米契說，「人家我就差這麼一點了。」

「它在我家水槽下放了幾天，但那兒慢慢飄出了霉味，而且愈來愈重。艾倫很不喜歡，所以我就把東西拿出去，讓清潔隊來收了，」喬伊絲說。「它現在應該在坦布里奇韋爾斯的垃圾場了吧。」

第八十章

喬伊絲

這天過下來，還真是一言難盡啊。艾倫跟我都累壞了。牠臉朝下趴在地毯上，吐著舌頭，而我則打算在就寢前把所有事情付諸紙上。我要用清單的格式來做這件事，並按照事發順序把今日種種條列成簡單的重點，因為我實在太睏了。

1. 店裡進杏仁果奶已經有段時間了，但其實在跟喬安娜吵了一架之前，我一直沒怎注意到這點。早先我假裝在那兒隨便看看，然後我看到兩個人把杏仁果奶拿了起來，又放了回去。你就是可以感覺到杏仁果奶會有流行起來的一天。我發了張我站在杏仁果奶旁豎起大拇指的照片給喬安娜，但還沒有收到回覆。她好像是去丹麥出差吧，所以也許還沒看到訊息。
2. 艾倫被一隻松鼠追著跑。老實講我希望牠偶爾可以自己保護自己。牠最終是躲到了我的兩腿後面，松鼠則停在我大約五碼前，跟牠小眼瞪大眼。
3. ＩＴＶ上多了一個午後的新益智秀，名字叫《但問題是什麼？》。我完全看不懂那節目在幹什麼，但你猜主持人是誰？邁可．瓦格宏恩！他可真是闖出名堂來了，是不是？來自蘇格蘭亞伯丁的一位女士贏得了烤肉組，我明天還要再準時收看。
4. 自稱傑若米的那個男人從倫敦下來找我們，身上帶了個大包包，他懷著的期待是有人會白白拿出五千英鎊給他。一如許多覺得可以從我們這邊占到便宜的人，他敗興而歸了。茶、餅乾、一等一的八卦？是，這些我們都不會怠慢。但英鎊、海洛英、鑽石呢？沒門兒。總之，我們用了前幾天挖出來的海洛英當道具，然後長話短說就是，莫文被騙走的錢都分毫不差地討回來了，而傑若米的下一站則是監獄。

5. 伊博辛好像有哪裡跟平常不太一樣。別問我是哪裡不一樣，但等外務沒那麼多了之後我一定會去查出來。

6. 米契．麥斯威爾與葛斯（很抱歉，我這才意識到我不知道葛斯姓什麼）帶著槍來討海洛英（至少我們本來是這麼以為）。我們表示海洛英已經在警察手裡了，結果米契當場崩潰給我們看（我是不確定他是有多樂在工作啦），但葛斯笑了，而他笑的原因我們也很快就知道了。

7. 海洛英根本不是癥結所在。裝海洛英的盒子才是。那是個有六千年歷史的古文物，且說是可以驅邪避凶，雖然看起來好像有點效果不彰，我不得不說。伊莉莎白說她早就洞悉了一切，但老實講我覺得她是當場才恍然大悟，不然她此前不可能什麼都沒對我們說。總之能再次看到她氣場這麼強，真是太好了，所以上面這些話我都沒告訴她，我只是簡單說了一句：「幹得漂亮。」

8. 我跟他們說我把盒子拿出去，給清潔隊收走了，米契．麥斯威爾聞言嚇得面無血色——你簡直可以看透他，看得一清二楚。他奪門而出。應該是逃命去了吧，我想。葛斯很沉得住氣地說：「世事難料啊，好似撞球開球」，這個說法還挺有趣的，然後我們就一起喝了杯茶。他說他覺得我們把每件事都處理得很棒，並表示我們要是哪天需要工作就去找他。接著他跟伊莉莎白交談了一會兒，而我就讓他們自便了。

9.正要走的時候，葛斯注意到我從庫戴許車庫中拿回來的一幅「畢卡索」。他一邊看，我一邊說我知道那是幅贗品，但我就是喜歡，而他搖了搖頭，對我說那是真的。很顯然英國大部分的假畢卡索都出自他死去的妻子之手。「這是畢卡索畫的，不是我太太」是他的原話。所以我名下多了一幅畢卡索。我傳了訊息跟喬安娜說，但還是沒有收到回答，我想也許網路在丹麥就是比較慢，但絕對不是沒有，因為我上網查過了。

10.然後最後一件事，我就要去躺下了。伊莉莎白事後讚美了我，說我臨場反應很快，對此我笑得合不攏嘴。自從在史提芬去世後稍微挺身而出以來，我的潛力之大也讓自己挺吃驚的，我覺得。在伊莉莎白身邊待久了，我顯然耳濡目染了她的一些優點。我希望跟在一起，她也沾染到了我的一些優點。總之她對我的表現評價很高。「在莫大的壓力下表現得極為冷靜，我這麼說妳不介意吧？」我告訴她我不介意，一點都不介意。因為當葛斯對我們透露盒子的祕密時——我一直放在水槽底下的那個盒子是違反了一大堆法律的東西，而且價值幾百萬又幾百萬英鎊——我確實，在一瞬間下定了決心。我決定要告訴他們我把東西當垃圾拿了出去。

因為我並沒有把東西當垃圾拿出去，其實。盒子還在我水槽底下。只不過我確實把用來通水管的那瓶通樂從盒子裡拿了出來。

伊莉莎白說她對是誰殺了庫戴許有了個頗值得期待的想法，而那個盒子將可以在我們證明的過程中幫上忙。然後她也為如何證明想好了另外一個計畫。

第八十一章

「我在想這會不會是美索不達米亞的東西。」伊莉莎白說，同時間莊裘正在檢視他桌上的盒子。

莊裘．梅洛的辦公室跟你可能期望的一模一樣。兩面從地板直通天花板的書架牆，另一面牆有由中柱隔開的窗戶可俯瞰肯特大學的校園，然後是花瓶、骷髏頭、菸斗，或是印著「全世界最棒的叔叔」的馬克杯，布滿了每一處表面。

為了騰出空間來查看盒子，他盡可能清空了寫字桌。椅子上跟地板上的那一落落紙張就是這麼來的。他的電腦在窗台上，旁邊立著一頭銅牛。

「如果妳是猜的，那妳猜得不錯，」莊裘說。他用一支細刷掃除掉盒子上的點點塵土，「甚至可以說是正中紅心。」

「史提芬提到過，巴格達有一間博物館。」伊莉莎白說。「他廢話很少，就算在以前口齒伶俐的時候也一樣。他跟庫戴許肯定一起認出了這不是個普通盒子。」

「這確實是很了不得的發現；我必須要通報上去。」莊裘說。「但我們是不是能稍微跟它獨處一下？就一兩個小時？我從來沒有見過這種等級的文物。」

「史提芬說過你可以在某些個文物上看到指紋跟磨痕。」伊莉莎白說。

「嗯，他說的就是這件東西，」莊裘說，「指紋跟磨痕上頭都有。而這是被海洛英毒販走私進來的？」

「在無意間吧，我想。」伊莉莎白說。「他們以為自己只是在進口海洛英。所以這肯定是從阿富汗來的。」

「有道理，」莊裘說，「哪裡有戰亂，哪裡的民眾就會想要保護他們的資產。或是變賣他們的資產。」

「那這是宗教性的物品嗎？」伊莉莎白問。

「在那個遙遠的年代，沒有什麼東西不是宗教性的。」莊裘說。「那是個神魔亂舞的時代。這我會說，是一個罪惡盒。它原本應該是被放在某座重要陵墓的外頭，負責驅邪。這應該是在很多年前被劫掠走的。伊拉克人肯定會很清楚。」

「所以下一步是什麼？」伊莉莎白說。

「我會通報外交部，讓他們知道我們的發現。」莊裘說。「他們會派人過來收東西，驗明正身，接洽伊拉克方面，然後一年之內，東西就會回歸巴格達。但我們或許可以提出要求，讓東西在我們這邊展覽一陣子。」

「我等不了一年。」伊莉莎白說。

「妳說啥？」莊裘說。

「我不想等，」伊莉莎白說，「我得跟你老實說，莊裘。我有一個提議，而且你非答應不可。」

「天啊。」莊裘說。

「我想讓這盒子前進巴格達，」伊莉莎白說，「而且我想在裡頭放進史提芬的骨灰。」

「他的骨灰？」

「他繞著彎這麼請求過我。」伊莉莎白說。「現在我明白了。所以等會兒我們這兒結束，我會把盒子帶回去，然後在英國與伊拉克在進行你說的那些交涉並達成一致之前，盒子會由我保管。」

「我不覺得妳應該把盒子帶——」

「你怎麼想我都沒差，」伊莉莎白說，「我希望你知道這句話並不代表我不尊重你，只不過事情就這樣定了。你覺得你有辦法編出一套說詞嗎？」

「我想我可以試試看吧。」莊袞說，但口氣不是很有把握。

「好極了。」伊莉莎白說。「我別無所求，只要你試試看就好。我們之所以能得到這個盒子，都是因為庫戴許跟史提芬選擇保護了它。別忘了，庫戴許還賠上了自己的一條命。」

「還是不清楚他是怎麼犧牲的嗎？」莊袞說。

「我是希望這盒子還有最後一個故事要說，」伊莉莎白說，「最後一隻被它瞄準的魔鬼。」

「還真深奧。」莊袞說。

「有什麼後門是我們可以鑽鑽看的嗎？」伊莉莎白問。「若想讓盒子可以早日前往巴格達？」

「這個嘛……那不會是正規的程序。」莊袞說。

「做對的事當然得不拘小節。」伊莉莎白說。

「但我確定辦法是有的。」莊袞說。「妳願意把這個問題放在我這兒幾天嗎？連同盒子一起？」

「當然，」伊莉莎白說。「我知道一切交給你我就可以放——」

堅定而尖銳的震動聲驟然充斥在空氣中，宣告起火警。

「不會吧，」莊裘說。「有時候響個幾秒鐘，它會自己停。」

他們等了幾秒鐘，但警報還是沒停。莊裘看了眼盒子又看了眼外面。

「來吧，」他說，「盒子在這裡不會有事的。要是真的有火警，我們再衝回來把它拿出去。」

莊裘輕輕拍了拍盒子；伊莉莎白最後看了一眼窗外。她看見喬伊絲默默在從校園疏散。伊莉莎白也拍了下盒子，跟著莊裘離開了辦公室房間。

「妳先往四面都是建築的空地那兒移動，」莊裘說，「我去探探是怎麼回事。」

「你說了算。」伊莉莎白說著下了一座螺旋石梯。石梯的開口處是一個綠草如茵的寬敞四合院，這會兒當中滿滿的都是學生與他們臉上洋溢的喜悅，那喜悅來自火警所贈予他們的興奮感與短暫的自由。

他們一個個是多麼年輕啊，只不過他們當中許多人會感覺自己老。他們的外表是多麼地姣好，只不過他們當中一些人會覺得自己醜。伊莉莎白記得自己也曾躺在這樣的草地上，這樣的四合院中，那已經是距今將近六十年前的事了。但當然那並不是六十年前，因為她人依舊在那兒，她仍能嗅到那草與香菸的氣味，同時還有別人的粗花呢外套手臂劃過她的。她仍能品嚐到那紅酒與親吻，只不過兩種東西都始終未能讓她培養為喜好。她可以聽到男孩們想要引人注目的呼聲。她可以呼吸那些空氣。那時的她是多麼年輕而姣好，又是如何覺得自己又醜又老。現在的她感覺自己年輕又美麗——那是史提芬的功勞。史提芬確保了她能知道自己是誰。不論是今天，還是六十年前，史提芬是對的，他往往都是對的：不論我們此刻恰好活在哪一個當下，我們的記憶都也是真實的一部分。四合院左手邊的大鐘有其職責在身，這點誰也無從否認，但它述說的故事並不完整。

兩個女孩在她的左手邊吻了起來。其中一人是初吻，那是會永世活在她記憶中的一吻。發生過的事情無從不曾發生。史提芬的死無從不曾發生。伊莉莎白的童年無從不曾發生，但葡萄酒與吻與愛與遏止不住的笑意，也同樣無從不曾發生。晚宴上的眼神窺視，最後一次的填字遊戲提示，那些旋律、那些落日、那些步履，無一會不曾發生。

無一會不曾發生，直到一切都不曾發生。

而喬伊絲、朗恩與伊博辛？他們短時間內也不會退回到不曾發生。伊莉莎白知道她孤單得非常徹底，但同時她也知道另一件事，那就是她並不孤單。她會存在於這種狀態裡一段時間，她覺得。那個有經驗的女孩用一隻手肘把自己撐了起來，而那個初體驗的女孩則抬頭看著天空，思索著自己是不是剛進入了一種新的生活。

伊莉莎白也仰躺起來，望向了天空。也望向了雲端。史提芬不在那兒，但他總會在哪兒，而她當然可以在雲端找尋他，就像她也可以在任何一個地方找尋他。找尋他的微笑、他的懷抱、他的友情，還有他的勇氣。伊莉莎白哭了起來，然後又隔著眼淚微微笑了起來。這是從糟透了的那天以來，她第一次笑得出來。

火災警報停了下來，莘莘學子依依不捨地回歸起大教室跟圖書館。伊莉莎白撐起自己，並把草跟土從裙子上拍乾淨。

走回石梯的途中，她遇到了莊裘從鄰近的門中走了出來。

「虛驚一場，」莊裘說。「希望妳沒覺得太無聊。」

「你多慮了，」伊莉莎白說，「我可樂了。」

他們爬到了莊裘辦公室的樓層，他打開了門，她尾隨在後。

兩堵牆，是整面書架。一堵牆，有俯瞰四合院的外窗。花瓶、骷髏頭與菸斗，還有一個印著「全世界最棒的叔叔」字樣的馬克杯，布滿了一張張桌子。

就是盒子沒了。

一如伊莉莎白所預料。

畢竟那盒子還有一個故事沒說。

也還有最後一隻魔鬼要捉。

第八十二章

英國高速公路上的休息站，適逢灰暗又下雨的一月天。不是誰都會想待的地點。所以這裡才會那麼完美。

而，以這天的狀況來講，辛苦一點會有其補償。

那盒子，怎麼著，是有六千歲了嗎？它此刻就在後車廂靜靜躺著。價值幾百萬英鎊不在話下，只要你找對買家。而只要你夠專業，對的買家就多的是，絕對不會缺。事實上他們其中一個再一會兒，就會咚咚咚地跑來。到時他們咖啡喝一喝，貨交一交，然後呢？運出國嗎，肯定要的。目的地，也許是黎巴嫩？

六千歲。而人類還覺得自己很重要。

環顧四周，有個帶著公事包的男人在一臉悲傷地打著電玩機台。一個眼睛布滿血絲的年輕媽媽推著嬰兒車，來來回回，感覺在殺時間。有個看似十來歲的少女在電話裡聽到了什麼，一副不可置信的表情，而一個裹著大衣的老男人在一張塑膠桌前低著頭、駝著背，面前還有一杯沒喝的咖啡。

你不禁會開始思考。

我們都是歷史長河上微不足道的一眨眼，活在一個壓根不在乎我們是死是活的世界。你覺得六千年前做出這盒子的不知道哪個人，會在乎我們做不做皮拉提斯，或有沒有一日五蔬果嗎？我們對生活有抱不完的怨，訴不完的苦，但我們還不是巴在上頭捨不得放手？這豈不是很不合理嗎？

沿著這公路有條加了頂蓋的步道。那在一九六〇年代肯定看起來超炫的，既流線又有未來感。當年大家一定覺得未來就長這樣子。結果，沒想到吧？未來這不就來了嗎，結果還是跟過往一樣灰暗，一樣了無生氣。不論當年他們想用這條步道達成什麼，也不論他們宏大的願景是什麼，他們都搞砸了。世上就沒有不會搞砸的事物，也沒有不會搞砸的人物。

就在那瞬間，葛斯那絕不可能被認錯的大個頭，從橋樑的窗戶上出現了。他來了。另外一個懂這道理的人，來了。

肚子裡的蝴蝶，認真地飛了起來。

人類面對徒勞無功，鮮少能吞得下去。人類會找來各式各樣的東西去賦予它們短暫的生命意義。宗教、足球、星座、社群媒體。勇氣可嘉，凡此種種，但沒有人不在內心深處的深處知道，生命既是隨機的偶發事件，也是一場毫無勝算的戰役。我們沒有誰會被記得。假以時日，這些日子都會被光陰的沙漠掩沒。就連葛斯打算為這個盒子付出的五百萬鎊，也將歸於塵土。所以趁你能享受的時候，趕緊享受。

這些思索早已有人做過，沒錯，但這些想法確實能撫慰人的心頭。因為，一旦你真正接受了萬事萬物的虛空，殺人真的會變得容易許多。

就像殺庫戴許，比方說。

第八十三章

朗恩鮮少冒險往北，但每次這麼做他都覺得津津有味。一九八四年，他曾與約克郡的礦工兄弟一起夜衝。再就是跟杜倫郡的鋼廠工人。他們的酒量都可以把考克尼出身的東倫敦藍領喝到倒。曾有三名條子在諾丁漢的一間警局裡打斷了他的三根肋骨。正好一人一根。諾丁漢算是北英格蘭嗎？朗恩覺得算。他們此刻的目的地是一處高速公路休息站，地點在華威，而就連華威也算得上是北英格蘭。以防萬一，他在他的西漢姆聯T恤上套了一件厚毛衣。寶琳最近一直在幫他買衣服，因為按她所說，「我得跟你一起被看見，親愛的，你說是吧？」

「這裡的食物靠不住，」喬伊絲說著打開了特百惠的食物收納盒，裡面是巧克力棒果布朗尼。她、伊莉莎白與伊博辛是擠在後座的三條沙丁魚。波格丹是司機，目前車速都穩定地保持在九十五英里。

伊莉莎白睡著了嗎？她的眼睛閉著，但朗恩覺得那很難讓人相信。

唐娜跟克里斯在進行著另外一條線。高級調查官里根的那條線。顯然他們現在都是好朋友了。條子這種生物永遠讓人捉摸不定。他們行事有自己專屬的定律。

伊莉莎白已經通知了警方，要他們下午三點到。但交易其實會在兩點完成，而伊莉莎白已經做好了被警方追究她說謊的心理準備。

朗恩開始思索，「伊莉莎白好像從來沒被追究過什麼後果，」然後他想起了他自己也是。失去至愛的哀慟嚇壞了他，特別是發生在伊莉莎白身上。看到她被打擊成這樣，看到竟然也有冰山可以弄沉她。你面對愛必須小心再小心，那是朗恩對這件事的看法。前一分鐘她們還在幫你買毛衣，在草地滾球的球場上陪你抽大麻，下一分鐘你就在乎起來了，你的心就不再只屬於你自己一個人了。他低頭看著自己的毛衣，露出了微笑。他再過一百萬年也不會給自己挑中這樣的衣服，但你又能怎麼樣呢？

「來點布朗尼嗎，朗恩？」喬伊絲從後座丟來了問題。

「我就不用了。」朗恩說。他守身如玉，是希望能在休息站來一頓完整的英式早餐。他希望他們騰得出這點時間。

「寶琳真的會往她的布朗尼裡面擱大麻嗎？」喬伊絲問。

「是真的，」朗恩說，「大麻跟椰子。」

「我在想我是不是也應該試試看大麻。」喬伊絲說。

「大麻會讓妳話變得很多，」伊博辛說。

「是喔，那或許我還是別試了，」喬伊絲說，「現在你就已經插不上話了。」

就在前方，朗恩發現了沿整條高速公路興建，長長的有蓋步道。髒兮兮的窗戶，還有那早就褪色的原色條紋圖案。波格丹在九十英里的車程中，頭一回離開了快車道，並讓車像箭矢一般射進了通往休息站的匝道。

「我們到了！」喬伊絲說。

伊莉莎白睜開了雙眼。「什麼時候了？」她問。

「一點五十二，」波格丹說，「跟我預告的一樣。」

波格丹鎖定一個為了不引人注目，離出口處夠遠，但又能對有蓋步道進行觀察的停車位。朗恩已經可以聞到英式早餐的香味了。他知道他們不是來吃飯的，但人總是可以有一個寶琳說的「副業」。說起副業，寶琳的副業是在eBay上賣鐵娘子樂團[164]用過的二手鼓棒。她會從費爾黑文的樂器店整箱整箱進貨，五十枝一箱。

而說起箱子就讓人想起盒子，而說起盒子，那個不可能被認錯的葛斯身影出現在髒兮兮的步道窗戶後面。

「來吧。」朗恩說。

「加油喔，大家。」波格丹說。

164 Iron Maiden，出身東倫敦的重金屬樂團，整團是四個大男人。

第八十四章

葛斯可以感覺到步道被他一踏上就搖搖晃晃。那是座鏽跡斑斑，沒有人愛的步道。他喜歡。他已經按下了手機上的錄音鈕。他對這種事駕輕就熟。

自從他從停車場頂樓把路卡．巴塔奇扔下去之後，警方就一直在找他。葛斯可以明白警方在幹嘛。他們絕對抓不到他，這輩子別想，但警方如果不抓他，那就是怠忽職守了，試試總是需要的。他來到了步道尾端的階梯，嗅到了廉價的烤物味道與尿臊。英國人從來不抱怨的代價，就是真的得忍受很多事情。想想這要是在加拿大，或是義大利。

義大利可能會是葛斯的下一站。那兒是個舔舐傷口的好地方，而葛斯背負著他從小到大第一次受的傷。他昨晚原已準備好要出發，沒想到伊莉莎白在林中深處的屋子裡找到他。

伊莉莎白究竟是怎麼找到他的？葛斯毫無頭緒，但他很高興她辦到了。她說了她知道些什麼，也說了她圖的是什麼。她把殺害他妻子的凶手是誰告訴了他，並要他去復仇。

葛斯走過了公共廁所，走過了一名帶著公事包，一臉悲傷地打著電玩機台的男人，走過了一個滿眼血絲並推著嬰兒車的年輕媽媽。葛斯把手放到她的肩膀上並撂下一句「事情會慢慢好轉的，妳做得很好」，然後繼續走過她。有個老男人在一張桌前駝著背、低著頭，臉下方是杯紙杯裝的咖啡。葛斯把手伸進口袋裡，遞過了一張十鎊的鈔票。「給你買點吃的，老爹，」他說。葛斯覺得對人好很有趣。這原本不是他會做的事情，但如果是珊曼莎，她就是會隨口幫年輕媽媽打個氣，就是會給點錢讓老人家有得吃，所以葛斯決定他此後也要比照辦理。

然後葛斯看到了殺死他太太的凶手。他在她對面坐了下來。

「嘿，妮娜。」他說。

「葛斯，」妮娜說，「謝謝你來見我。」

「妳有我要的東西，」葛斯說，「我們速戰速決吧。我趕著出國，而我猜妳也是吧？」

「我哪兒都不用去，」妮娜說，「沒人知道盒子在我這兒，除了你。沒人看到我偷了盒子。而你看起來也不像是會爆料的人，所以我應該可以高枕無憂。」

伊莉莎白跟葛斯說了盒子被偷的事。伊莉莎白表示一知道了盒子的真相，她就把嫌犯名單縮小到了兩人：妮娜，還有她的教授老闆莊袞。伊莉莎白的一個朋友觸發了警報，另外一個懂電腦的朋友則安裝了一只小攝影機，然後妮娜就自投羅網了。接著有個出身KGB的傢伙開始尾隨妮娜。他們知道盒子在她手裡，但沒有她為盒子殺了庫戴許的證據。而這也是葛斯來此的目的。

他昨晚致電妮娜，告訴她他使盡了渾身解數都找不到盒子，而要是東西哪天因緣際會到了她手裡，他有個客戶會很樂於收購，且價錢不是問題。這話其實也是實話，但葛斯知道他不會是那個最後得到盒子的人。盒子伊莉莎白要了，而當伊莉莎白告訴他她要盒子的理由時，他欣然同意了。葛斯的報償是能看到殺妻仇人被抓去坐牢。理想的狀況下他會想親手宰了她，但以伊莉莎白之精明，他沒有全身而退的可能性。人一旦遇到剋星，就要有自知之明。

「東西帶了嗎？」葛斯問。

妮娜打開她腳邊一個亮藍色的IKEA購物袋。袋裡赫然就是那個盒子。

「我可以摸摸看嗎？」葛斯問了聲。

「當然，」妮娜說，「但別打鬼主意，否則我東西拿了就走。」

葛斯忍不住笑了。他摸了摸盒子。那感覺有點令人陶醉。珊曼莎肯定會喜歡，他確信這一點。他們瘋了，一個接一個，珊曼莎、妮娜、庫戴許。幼稚至極，為了一個盒子這麼沉不住氣。葛斯被盒子的身價弄得內心小鹿亂撞，這是沒錯，但盒子本身他是還好。所以有人在很久很久以前做出了這個盒子？少臭美了好嗎？所以它上頭有魔鬼的眼睛？沒有這種東西好嗎？葛斯很清楚。魔鬼就算存在，也是行走在我們之間。

但庫戴許為其捨棄了自己的生命，妮娜為其動了殺心。要珊曼莎為其出手殺人大抵也沒有問題，葛斯必須要接受這一點，只不過妮娜成功地先下手為強。妮娜一得知葛斯知道盒子的來歷，她就當場簽署了格殺令，排好了珊曼莎的死期。然後趁著他去吃個漢堡，她便執行了珊曼莎的死刑。

只不過，如今稍微細想，妮娜是怎麼得知的內情？葛斯擔心自己難道有某種「破綻」可以供人看穿。要是有弱點，那他就太不像他了。還有就是萬一妮娜沒有殺害珊曼莎，那真兇會是誰呢？

他在想要是條件許可，妮娜應該也會一併殺了他吧，但葛斯沒那麼好殺就是了。之前很多人嘗試都失敗了。

「妳照我跟妳說的把公司開好了嗎？」葛斯邊問邊掏出了手機。

妮娜點了點頭。

「那麼妳就會在那五百萬鎊入帳時一秒收到通知，」葛斯說，「那之後就看妳的本事了。」

他們決計追蹤不到那個帳戶，但要如何把錢轉進一般帳戶，妳就要自個兒傷腦筋了。辦法妳可以上網查。」

「不然你以為我最近都在幹嘛。」妮娜說。

「妳為什麼非殺他不可？」葛斯說。「我唯一做不出來的就是這件事。」

「我誰也沒殺。」妮娜說。

「妮娜，」葛斯說，「我的腦迴路跟其他人不一樣，妳懂嗎？」

「我懂。」妮娜說。

「那就別想唬弄我，」葛斯說。「妳也不需要。我尊重妳的做法。妳看到機會，妳打算看著別人在那兒團團轉，自己賺個五百萬。」

「謝謝。」妮娜說。

「但我還是不懂，妳為什麼要殺他？嚇唬嚇唬他，然後拿走東西不就好了？」

「那傢伙都八十了，葛斯。」妮娜說。

「ＯＫ。」葛斯說。

「這盒子有六千歲，」妮娜說，「你有辦法想像六千年是什麼概念嗎？我們一個個都輕如鴻毛，葛斯。我們一副自己重如泰山，一副我們活著有某種意義存在的樣子，但這顆行星存在了不知多少個百萬年，我們都不存在，將來我們不在了，這行星也將繼續存在不知道多少個百萬年。我們的每次呼吸都在往死亡靠近。人命沒有什麼了不起。」

「妳這樣說，也推得太乾淨了吧，」葛斯說。「至少妳也承認自己就是貪心，然後妳對別人死活完全不在意。妳明明可以光偷東西而不傷及性命。」

「他要我把東西送去博物館。他信任我。」妮娜說。「他相信我會把東西帶到對的人手裡。他是看著我長大的，我爸媽他都認識。你覺得這樣的他，會眼睜睜看著我把盒子賣了而一聲不吭嗎？」

「怎麼不丟個一百萬給他？」葛斯說。「一百萬搞不好就能讓他閉嘴。」

「他不會答應的。」妮娜說。「但你可以這麼想。他老了，他很愉快、很充實地過了一輩子，且不論大家說的充實是什麼意思。他打電話給我，他信得過我，他告訴我他手裡揣著什麼。我跟他說不要緊張，跟他說我們會想辦法把這件事搞定，跟他說我會幫他。我很冷靜，所以他也跟著冷靜了下來。我們於是喬好了要碰面——」

「在林子裡？」葛斯說。

「偷窺的眼睛少一雙是一雙。」妮娜說。「我跟他一聊完就聽出來了，他內心也有點興奮起來了。」

「這確實是挺令人興奮的啊。」葛斯說。

「他開車到肯特，轉進山徑，要跟某個他信得過的人碰面。我走上去就是一槍。他什麼都沒看到，也來不及有感覺，更沒有時間恐懼。他的生命結束在一瞬間，人生如此夫復何求，你說是不是？活得久，死得快，是不是很夢幻。我算是幫了他一個忙。」

「他死得沒有痛苦，而妳有五百萬可賺？」

「雙贏。」妮娜說。「我把我爸媽決計不會做的事都做了。我真的是窮夠了。」

「妳槍法還挺準的。」葛斯說。「要隔著擋風玻璃讓人一槍斃命，並不容易。相信我，我是行家。」

「YouTube影片。」妮娜說。「我這人學東西就是快。我追求的就是無痛，所以我看了很多獸醫殺馬的影片。」

「天啊。」葛斯說。「人家還說我心理有病。」

「我沒病，」妮娜說，「我只是沒錢，只是有債要還，只是做著一份我恨之入骨的工作。我爸媽都不在了。而可以再也不用工作的機會又突然從天而降。」

「這盒子並非來自天堂，」葛斯說，「這盒子是地獄直送。」

「這就是個普通的盒子。」妮娜說。

葛斯開始大搖其頭。

「所以我做了理性叫我去做的事情，」妮娜說，「如此而已。」

葛斯思考了一下。他覺得哲學果然十分有趣。但，不論他從什麼角度切入，妮娜的謬論都很難令他苟同。殺人，好吧，如果他們做了什麼錯事。如果他們真的該死。但為了錢？那可不成。他是因為伊莉莎白向他解釋了，他才意識到路卡．巴塔奇沒殺珊曼莎。路卡會知道珊曼莎死了，是因為他在替警察辦事。惟替警察辦事也幾乎一樣該死。

但路卡不是沒殺過人，他殺了很多人。而既然你殺過很多人，你就該想到自己哪天會被人扔下停車場。哪天也會有人把葛斯扔下停車場，或是用卡車把他輾過去，葛斯屆時不會有任何怨言。但庫戴許命不該絕。

「妳可以不用殺他的，妳知道嗎？」葛斯說。「妳原本可以兢兢業業地在工作上拚拼看，妳知道嗎？」葛斯又說。「把日子往下過，把債還一還，然後或許為妳自己的問題拿出一點責任感。」

妮娜點了個頭。「我想是吧，但這樣輕鬆多了。」

「妳的態度不太好。」葛斯說。

「我這輩子都態度很好，但也很窮。」妮娜說。「這會兒我態度一變壞，錢就來了。」

「那殺死我太太，也是理性叫妳去做的事情嗎？」

「你太太？」妮娜說。「珊曼莎？我可沒有殺她。」

「別騙我。」葛斯說。

「我殺了庫戴許，」妮娜說，「但他沒有一點感覺。我沒有殺你太太。你要是覺得我殺了你太太，那你給我五百萬鎊做什麼？」

「是妳殺了她。」葛斯說。「沒有什麼五百萬鎊。他們開的條件只是我讓妳招供，他們就讓我消失。」

「誰會讓你消失？」妮娜說。

「妳覺得會是誰？」喬伊絲說，同時只見她、伊莉莎白與波格丹一起在桌邊坐下。

「不，這是……你們這是在做什……」妮娜沒法兒把話說完。

「跟我們走吧，請。」伊莉莎白說。「別掙扎，別廢話。葛斯，你有二十分鐘可以消失不見。」

「遵命。」葛斯說著把手機遞給伊莉莎白。「全都在裡面了。」

「你們不能這麼做。」妮娜說。

「但我們就已經在做了啊，親愛的。」伊莉莎白說。

她轉身看向葛斯。「那你現在要去哪兒？」

「西班牙，」葛斯說，「我喜歡他們的塔帕斯。[165]妳跟妳的悲傷相處要注意一點，別急，慢慢來。」

「我會的，」伊莉莎白說，「那你別再殺人了。」

「只殺壞人，女士，我保證。」葛斯說。他轉過身，所有人目送他離開，身後拖著巨大的影子。

「你們就這樣放他走了？」妮娜邊說邊被波格丹像趕羊一樣，趕到了停車場，走在後面的是伊莉莎白與喬伊絲。

「沒錯，那是我們跟他談好的條件。」伊莉莎白說。

「我們也可以談個條件嗎？」妮娜急著提議。

「不可以，親愛的。」喬伊絲說。

妮娜環顧起四周。「那我可要開始叫囉？」

「那我就陪妳一起叫，」伊莉莎白說，「而且不要不相信，我叫起來可能會沒完沒了。」

165 Tapas，西班牙小點。

第八十五章

氣溫大抵在零度以下，整片的雨在下著，米契．麥斯威爾在坦布里奇韋爾斯垃圾場爬著一座巨大的垃圾堆，那是座山一樣的廢金屬與爛泥，而臭味則在他上下左右連滾帶爬的過程中開始巴在他身上。他沒辦法把那嚇死人的汗水從眉毛上抹去，主要是天曉得他手套上那一抹抹不可言說的東西是什麼。就在這樣的過程中他搜索著、往深處鑽著洞，就為了找到那個可以救他一命的盒子。此時的他就像隻被嚇壞的小動物，拾荒只為存活。他腦中閃過了他的遊艇，停泊在普爾港[166]的那艘。他曾經請到踢足球的傑米．瑞德納普[167]到船上來烤肉。他腦中又閃過了他住處的那些馬廄、他女兒的愛馬，還有他們計畫要在期中假期[168]去的滑雪之旅。他想起了他的觸控螢幕電視與喀什米爾毛衣、他的金瓶頂級伏特加與拳擊賽的前排座椅。他還想起了英國航空上的頭等艙，想起了史考特[169]的晚餐，想起了在斯隆街[170]量身訂做的奧利佛布朗[171]

---

166 Poole Harbour，在英格蘭南岸多塞特郡的一個自然港灣。
167 Jamie Redknapp，1973-，曾在利物浦踢球的英國足球員，現為天空體育台的帥哥評論員。
168 英國中學多分三學期，每個學期中間會有約五天的期中假期。
169 Scott's，英國倫敦的高級米其林餐廳，以海鮮料理聞名。
170 Sloane Street，著名的高級購物街。
171 Oliver Brown，男裝名牌。

西裝，也想起了有直升機停機坪與睡前酒可喝的城堡。總歸他想起了悠閒與舒適，想起了安靜又昂貴的奢華日子。

他想起了他的孩子跟他們的學校，還有他們在泳池邊的那些朋友。一截鐵片劃過他的外套，割傷了他的手臂。他罵了聲髒話，腳底一滑，然後朝垃圾山底摔下。血開始滲出了衣物，但他只能重新往上爬。眾人生活過所留下的這一團廢物，臭不可聞。但那當中的某處就藏著那個盒子。那當中的某處，就有他的救贖。

他跟哈尼夫約好的時間是兩點，他們要在蓋特威旁的一間機場旅店見面。哈尼夫開口要他帶盒子過來，還撂話說要是米契不來，他們會找到他，幹掉他。

但米契不打算讓今天變成他的忌日。他不能死，畢竟他已經熬到了現在，畢竟他已經為自己建立起了那樣優渥的生活——從他小時候住的破房子，到他現在讓孩子們爽住的大房子。他也希望自己的成就不是靠賣海洛英得來，但他的出身並沒有給他太多的選擇。他就是在海洛英周遭長大，搞定海洛英就是他的強項。

但在這之後，只要他找到盒子，等他找到盒子，這種生涯就到頭了。路卡死了，阿富汗人再也不會信任他。是時候多元發展了。他已經在跟英國氣泡酒的圈內人洽談。薩塞克斯有塊土地，具體而言在迪奇林，那是一片坐北朝南的山坡地，土質是白堊土，可以說條件都齊了。米契會買下地，那些人會負責經營，那會是宗正經的生意。

那要是他找不到盒子呢？這個嘛，那計畫就得改變一下。他還是會去蓋特威，但他不會去麗笙酒店的鋼琴酒吧，而是會直奔辦理登機的櫃檯，神不知鬼不覺地搭上下午三點的班機飛往巴拉圭，他在那兒有認識的人。

他的老婆小孩今早已經飛出去了。凱莉跟了他這麼久，她絕對知道米契絕對不會閒著沒事叫她包袱款款，帶上小孩出國。她在起飛前傳了訊息給他。阿富汗人沒辦法在巴拉圭抓他，這是肯定的。想這麼做，他們得先過哥倫比亞毒梟這關，米契諒他們也不敢。

米契還在垃圾山的坡面上爬著，也不管手臂在流血，衣服已溼透，瘀黑的雙腿傳來陣陣痛覺。他一離開喬伊絲的公寓就直衝垃圾場，但這裡一開始並不能讓人亂爬。所以他是打了兩通電話，再加上肯特郡議會的一個人脈出了點力，才讓他今天有九十分鐘可以上來東翻西找。一群身穿螢光反射外套的工作人員在組合屋裡取暖，你隔著窗戶看得到窗戶上有熱茶造成的蒸汽，而他們肯定在想這個穿著厚外套的利物浦佬到底是哪根筋不對勁。其中一個比較熱心的清潔隊同仁甚至主動要幫忙，但這件事米契想自己來。他們誰都沒印象有肯特郡的垃圾車運來什麼小陶盒。

米契踩到一個用低沉的玩具嗓音緩緩說著「愛我呦」、快要沒電了的娃娃。一陣風吹來，肯德基的盒子直撲他的臉上。他伸手將之打掉，然後繼續攀爬的步伐。山頂沒剩幾步路就到，風在他四周呼號，順勢捲來的氣味屬於被人拋諸腦後的一切，或云被捨棄的一切。盒子還是不見蹤影。米契知道他無望找到盒子了。他知道自己非逃不可了。那代表讓妻子拋下工作，讓孩子們離開朋友，代表他得重新來過，在一個陌生的處所。他把臭氣吸進肺裡，絲毫不去抗拒。然後一瞬間他漏了一拍心跳，因為他看見了一個盒子。他開始向下挖，挖穿了尿片與烤麵包機，並藉此清出了一道視線。剎那間，他腦中萌生某種想像中的光輝，但隨著他扯開了一團糾結成義大利麵的衣架，映入眼簾的卻只是一個橘色的板條箱。也是啦，不然呢。米契不禁笑了。

米契一步步接著往上爬，但其實他已經基本放棄尋找了，他只是急切地想要登頂。登頂幹嘛？誰知道呢？人就是莫名其妙地地想要登頂，不是嗎？

米契爬上了一台冰箱，污泥中的冰箱呈現綠色。這就是了。垃圾山的頂峰，再想往上爬也沒有了。他小心翼翼地找支撐，讓自己立在上面。一個內心支離破碎、身上流著血、渾身還溼透了的男人，站在世界之巔。他俯視起山頂的景觀。但眼前什麼都沒有。有的只是灰色的雲、灰色的雨，還有灰色的霧氣。

巴拉圭一定會陽光普照得多，而他一定能在那兒找到工作做。創個業。某種正經的行當。種水果或什麼的。要是有哥倫比亞人想過來打聲招呼，那也無妨。他會向他們表明心跡，說自己已經退出這場遊戲。他們會繼續賣他們的古柯鹼，而他會繼續想辦法把香蕉種甜。如果巴拉圭有在種香蕉的話啦。

米契從他的勞力士上抹去了咖啡色的污漬。下午一點。是時候出發去蓋特威機場了。他把兩手撐在左右膝蓋上，休息了一下，一方面恢復一下剛剛攀爬時所耗掉的體力，一方面為下山做好準備。等下要是不塞車的話，他應該可以——

一陣痛楚射穿了米契．麥斯威爾的左臂。他一把抓了上去。他先感覺到雨水從他的臉上湧下，然後才意識到雨已經停了。米契雙膝一軟，癱跪了下來，然後膝蓋在身下一滑，他便倒在了冰箱表面的污泥上。他先在冰箱上又多躺了一會兒，然後米契．麥斯威爾才在垃圾山頂，忍著炙燒的心，一邊於痛苦、髒污與將他團團圍住的灰暗之中喘不過氣，一邊最後一次闔上了眼睛。

第八十六章

伊博辛把手肘靠在巡邏車的車頂上，聽著車流在遠方轟隆作響。克里斯與唐娜偕高級調查官吉兒．里根抵達，大概是喬伊絲與伊莉莎白離開了一刻鐘後的事情。朗恩剛好有時間溜去享用他的全套英式早餐，而伊博辛鮮少看到他如此開懷。他這會兒在車子的另一端，心滿意足地隔著他的新毛衣，往肚皮上輕拍，那毛衣穿在他身上，顏色其實還挺好看。

「我們管那顏色叫什麼？櫻桃色嗎？」伊博辛說。

「紅色。」朗恩說。

三名警官在他們的巡邏車後頭聽著錄音的內容。然後他們一個個從車內鑽了出來。吉兒舉起了手機。

「錄音裡的另外一個聲音？」吉兒首先發難。「是葛斯嗎？」

「絕對不會錯。」伊博辛說。

「他在哪兒？」克里斯問。

「他逃走了，」朗恩說。「我們攔他不住，個頭太大了。」

「你們叫我們三點來這兒，」吉兒說，「但這手機錄音是兩點開始的。」

「那不歸我管，」伊博辛說，「妳得去問伊莉莎白。」

「那伊莉莎白呢？」克里斯問。

「回古柏切斯了，」伊博辛說，「至少就我所知。我們暫時會多給她一點個人的空間。」

伊莉莎白與喬伊絲正在回家的路上，而開車載她們的是羅伯茨布里奇計程車公司的馬克。馬克收到的指示是這趟出車要絕對準時，而且他將沒辦法跟朗恩一起去吃全套的英國早餐。他看起來不無垂頭喪氣的模樣，但內心深處他仍是個專業的計程車司機。

「所以你跟朗恩兩個策劃了這整件事情。」克里斯問。

「我們是兩個能幹的男人。」伊博辛說，同時間朗恩打了個飽嗝，然後道起了歉。

「我確認一下，」吉兒說。「你們叫我們下午三點到，還說你們會把妮娜・米希拉、葛斯與盒子都交給我們。現在我看到了米希拉，但葛斯跟盒子去哪兒了？你們還叫我們要相信你們？」

「妳這樣問，」伊博辛說，「我只能說，我們已經給了你們海洛英，然後現在又給了你們庫戴許・夏瑪與珊曼莎・巴恩斯命案的凶手。」

「女凶手。」朗恩說。

「英文裡現在不分男女，一概用凶手一詞了，朗恩。」伊博辛說。

「但那個多半殺了路卡・巴塔奇的男人神祕地消失了。搞不好他還殺了多姆・霍特。」吉兒說。「還有盒子在哪兒？」

朗恩聳了聳肩。

「我保證妳就這麼認了，會比較快，女士。」唐娜說。「我認真說那會省下妳很多時間。」

「盒子會浮出水面的，我確定。」伊博辛說。「至於葛斯嘛，天理昭昭不是不報，只是時候未到。但我猜您的上司們應該會很滿意於看到兩宗命案真相大白，海洛英也找了回來。我想這會兒你們應該已經檢驗過東西了吧？」

「純到不能再純。」克里斯說。

「所以你可以連米契．麥斯威爾也一起逮捕了。」伊博辛說。

「我會說那也是一種成果。」朗恩說。他示意要大家看向大發汽車，只見波格丹從車裡鑽了出來，並把妮娜帶向了他們。

吉兒迎了上去，宣讀了妮娜的權利，將她上了銬，然後領著她走向了警車。

克里斯看向波格丹。「那些傢伙耍了我們，這我懂。但你不可能不知道你們兩點要來這兒吧？」

「一點五十二。」波格丹說。

「但你還是對我們說了謊。」克里斯接著說。「你對唐娜說了謊？」

波格丹看向了唐娜。

「他沒有對我說謊，」唐娜說，「我也知情。葛斯是妮娜唯一會說實話的對象。而沒有了妮娜的自白我們就什麼都沒有了。為了逮住妮娜我什麼都願意做。畢竟波格丹愛上我，第一個知道的就是庫戴許。」

「我也跟一個在健身房的人說了。」波格丹說。

「不要破壞氣氛，寶貝。」唐娜說。

克里斯看著他面前的這一群妖魔鬼怪。朗恩與伊博辛。唐娜與波格丹。他搖了搖頭。

「那盒子呢？」他問。

「伊莉莎白需要盒子一用，」伊博辛說，「我希望這足夠讓你原諒我們？」

第八十七章

哈尼夫看著他的手錶，喝掉了他的咖啡。米契．麥斯威爾好像沒有要來。看樣子他是不會手裡拿著盒子，突然走進蓋特威麗笙酒店了。

那就算了。哈尼夫已經想好了全盤的計畫。薩伊德替盒子找到了出價的買家，那是一個住在斯塔福郡，口袋裡有一千萬鎊不花不痛快的瑞典人。他們為什麼不走常規的供貨鏈，而要大費周章去設計一條東彎西繞的新走私路線呢？因為假設他們跟米契與路卡說了那東西究竟是什麼，這兩人肯定會要求分一杯羹。但也許他還真應該把他們倆拉進來分一杯羹；雖然是馬後炮，但那樣他們辦起這事應該會更上心一點。但就是哈尼夫也已經開始耳聞他們的出貨開始有了一些問題，所以，說真的，他壓根就不應該相信這兩個人。

哈尼夫託付了一個年輕親戚去寸步不離地跟著那盒子，並要他從路卡．巴塔奇處把盒子取回。哈尼夫甚至買了輛摩托車來補償他給對方添的麻煩。但後來盒子人間蒸發，他的親戚也變成在追著空氣跑。

哈尼夫搞砸了，簡單講就是這樣。他以為自己的計畫很巧妙，但顯然他沒有把功課做好。一堆人賠了錢，一堆人沒了命，而這全都是因為他。

但話說回來，你總不能每犯點小錯就到處去跟人道歉吧，是不是？瘋子才會那麼做。你走過的路不管留下了什麼混亂，都與你無關。

要是就這樣飛回阿富汗，他也是死路一條，所以仔細想想，哈尼夫決定在倫敦待下，這樣可以遠離薩伊德的魔掌。海洛英交易是一條陡峭的學習曲線，更是一個非常非常有賺頭的行業，但也許是時候他帶著他從這當中累積的能力，去做點別的事情了？重新開始，像張白紙，人生不留遺憾。

一個大學時代的朋友問他要不要去避險基金上班，他在派對上認識的某人則建議他勇闖政壇，還說他有可以替哈尼夫引薦的人脈。

有得選擇還真是不賴。

第八十八章

卡洛琳在替康妮殺人，一直都是。需要她的時候，你就打電話去找紹斯威克[172]的一名女洗衣工，開口說你有衣服要洗。她動作快、可靠，而且在傳統上由男性稱霸的這個產業中，堪稱一股清流。

康妮正在傳電郵給卡洛琳，要告訴她一點好消息。有人替他們幹掉了路卡·巴塔奇。康妮的電郵都經過一種除了委內瑞拉以外、在全世界都違法的先進軟體加密。卡洛琳自然還是會留下五成的訂金，那是她們平時說好的事情。

康妮跟卡洛琳近日忙得不可開交。

機會落到你的頭上，你得一眼就看得出來。不然你以為康妮怎麼能有今天的發展。當然這不包括坐牢的部分，坐牢當然是挺倒楣的，這個發展指的是成為英格蘭南岸首屈一指的古柯鹼毒販。

而如今她一邊讀著一封薩伊德寄自阿富汗的電郵，一邊也已經成為英格蘭南岸的海洛英銷售龍頭。

但康妮內心有點過意不去。至於為什麼會這樣她也還在苦思。她產生了罪惡感，而她體認到這於她是一種新的情緒。這種情緒她一點也不喜歡，但破天荒頭一遭，她不想躲開。就照伊博辛說的去做，讓情緒通通進來。與之一起坐下，就算覺得痛也無妨。而罪惡感的痛確實壓在她心上。

一切都始於伊博辛跟她說了庫戴許的事情。

康妮很高興他們逮到了殺死庫戴許的女人，她是真心這麼想。庫戴許根本是圈外人，不是嗎？如果你是圈內人，你自然知道某個點上會有人來對你開槍。這是這一行的必然。但庫戴許只是無辜被捲進了他不該被捲進的事件。康妮很引以為豪的就是沒有事瞞得了她，但即便是這樣的她，原本也不曉得是誰對庫戴許扣下了扳機。毒品界似乎沒人對這事兒有一丁點概念，而現在她總算明白了。這事兒原本就跟毒品界沒什麼關聯。

但從伊博辛對她說了庫戴許的事之後，她便開始計劃了起來。米契與多姆原本就已經陷入了麻煩，而這事又讓他們的立足更加不穩。康妮察覺到了他們的弱點，察覺到了可以取他們而代之的機會，並且也真正發動了攻勢。事實上一聽伊博辛說罷事情，她就對多姆．霍特起了殺心。伊博辛走後兩個鐘頭，她就用電話聯繫上了紹斯威克的女洗衣工。

她記得她跟伊博辛進行過一番殺人跟買凶殺人是不是同一件事情的討論。他們的結論是意見不同也可以彼此尊重，但或許伊博辛真的比較懂。

卡洛琳替康妮殺了多姆．霍特；至於麥斯威爾手下的三當家連尼．布萊特之死，則是被卡洛琳轉包了出去；路卡．巴塔奇原本就排在連尼的後面。

珊曼莎．巴恩斯曾經來會見過她。她與康妮英雄所見略同。她提議她們兩個女人聯手。康妮聽完了她的意見，體認到了珊曼莎與葛斯能帶給她生意的好處，並承諾珊曼莎她會加以考慮。她們握了手，然後幾分鐘後康妮又一通電話打給了女洗衣工。外傳警方是真的認為妮

172 Southwick，西薩塞克斯郡的一個小鎮，在布萊頓西邊五英里處。

娜・米希拉也殺了珊曼莎。可憐的妮娜。不過在康妮的經驗裡，你只要殺過人，被定型就是遲早的事了。那是這份工作的宿命。

在殺珊曼莎的時候，卡洛琳原本想順手也殺了葛斯，但他當時還沒進門。肯定是有什麼異狀驚動了他。好吧，那也沒辦法，那個加拿大佬顯然具備某種求生的本能。現在他已經從英國離境，而這就代表他成了一條沒有綁緊的線頭，說不定哪天得有人去補一手。

問題是，她有什麼好內疚？

卡洛琳殺的每一個人，都是業內中人，所以那不是康妮的罪惡感來源。情況如果逆轉過來，他們隨便一個都會要康妮的命，不會有什麼遲疑。

與薩伊德的合約已經簽訂，她現在已是海洛英進口的大盤商，但那也不是她感覺到內疚的理由。海洛英的進口就算不是她，也會有別人去做，既然如此那還是她來好了，是不是？

事實上她很清楚。她怎麼會不清楚。是因為她對伊博辛說了謊。更糟糕的是，她利用了伊博辛。前幾天他要離開前，她原本想要說聲抱歉，但她還沒想好話要怎麼說。康妮不確定自己這輩子有沒有說過抱歉，而且是真心的那種。她讓她的花藝師去幫伊博辛服務一下，幫他設計了花的擺放，但那也不等於道歉就是了。

康妮閉上了眼睛。她試著思考起葛斯，在逃亡的葛斯。他遲早會發現是康妮下令殺害了他的妻子，屆時他必然會來找她算帳。那倒是無妨——康妮覺得想這種事情還滿有樂趣的。葛斯vs.康妮，那會是場很有看頭的對戰。

但葛斯的影像不斷被替換成了伊博辛，伊博辛那和善的眼神，那溫厚的靈魂。他對她的信任。她試著專心想著槍、毒品與混亂，但伊博辛的善良總是更加強悍。總有那麼一天，康妮會想出該怎麼說抱歉。

第八十九章

喬伊絲

那個盒子，那個簡簡單單的小盒子，曾經容納過魔鬼的惡靈，然後又接續成為了海洛英一大包、通樂一瓶、萬用表面保養清潔劑，還有垃圾袋的容器，現在則裝起了史提芬的骨灰。莊裘帶著盒子飛去了伊拉克。他把照片貼到了ＩＧ上。我不曉得原來教授也可以用ＩＧ。

盒子回到了在巴格達，它該待的地方，而我們獲得了公開的邀請，只要我們人在附近，就歡迎我們過去走走看看。外交部在某個點上也參與了此事，但伊莉莎白還是打了通電話。

伊莉莎白會在下個月飛過去一趟。她答應過史提芬兩人有朝一日會同遊巴格達。她很快會偕維克多先飛去杜拜，為的是追查某些柏特妮．維茨案[173]的後續線索，而顯然從杜拜飛到巴格達並不會太辛苦。

她回來以後，我們究竟要拿她怎麼好，大家都還沒什麼頭緒。波格丹會趁她出門的期間把公寓重新裝潢。他下手不會太重。你絕對不能把所有事情都粉飾一空。

古柏切斯最不缺的就是寡婦與鰥夫。與鬼魂共枕同眠，然後孤零零地睜開雙眼。你必須要咬著牙往下過，而伊莉莎白也會加入這群人的陣容。當然村裡不是每個人都協助過送伴侶最後一程，但，我只跟你還有那根不會說話的門柱說，這麼做的人也沒有你以為的少。愛，有它的治外法權。

我們聽他們說米契・麥斯威爾死於在垃圾場找盒子的過程中。正所謂凡動刀者，也終將死於刀下。[174]朗恩的髖關節，仍繼續在折磨他。

你會以為人愈接近死亡，愈會將之視為大事一樁，但我的觀察是反過來才正常。我就並不怕死。比起死我比較怕痛。我想史提芬會做出他做出的選擇，就是因為他在這一點上與我有志一同。

我還有什麼事情能跟你說呢？喬安娜給我買了一個氣炸鍋。我目前還有很多實驗在做——波隆那肉醬麵跟一些英式香腸捲——但到目前為止效果都還不錯。我突然意識到自己最近曾用燒水的壺子裝過鑽石，也曾把一整包海洛英往微波爐裡藏，所以說你真的不曉得什麼東西會在哪天就派上用場。

莫文很開心能拿回他的五千英鎊，但這並不代表他的心不受傷。我會說這起碼是教訓一場，但我最近聽說莫文又打算把整筆錢拿去給一名證券營業員投資，只因為對方天外飛來一筆地寄了電郵給他，說是有什麼「專家不想讓人知道」的祕密基金可以搶進。唐娜不得不晃過去再跟他曉以大義。

朗恩與寶琳剛去哥本哈根度週末回來。我問那兒是什麼模樣，他說那兒跟國外的其他地方沒什麼不一樣。聽這回答，朗恩要是哪天死了，我想我們應該不用大費周章把他的骨灰運

173　詳見本系列第三集《擦身而過的子彈》。

174　典出《馬太福音》第二十六章第五十二節：耶穌對他說：「收刀入鞘吧！凡動刀的，必死在刀下。」

到巴格達。

另外，我發誓我沒有亂講，他把一件淡紫色的polo衫穿在了身上。那真的讓他的眼睛顯得更明亮了。

伊博辛最近有點沉默。我想是身邊有悲傷存在讓他有點不知所措吧。我是覺得他什麼都太往心裡去，太什麼事情都往自己肩上攬了。我也會因為別人難過而跟著難過，這沒什麼問題，但生命從不會讓你沒有自己的悲傷需要拖著前進，所以你要格外小心。有時候你就是得把身上那件厚重的大衣脫掉，是不是？

我看到他跟電腦宅鮑伯一起吃午餐，那是星期六的事情。我覺得很開心。伊博辛有時候太依賴朗恩，太需要朗恩陪了，同時我覺得他跟鮑伯有很多共通點。

今年的水仙花季結束得特別早。[175]我已經看著水仙開花看了快八十年，但它們對我仍是一種奇蹟。還能繼續在這裡，看著許多人已經看不到的花朵，就是一種奇蹟。年復一年，水仙花都會探出頭來，看看還有誰能在這裡觀看這場秀。不過它們今年真的謝得太早了，原因我大概猜得到是全球暖化造成溫度變高，同時我也知道大家最終都是死路一條。但這並不影響你欣賞花的美麗，是不是？花可以給人希望，這一點不受世界末日的影響。

艾倫去獸醫那兒走了一趟，原因是有貓咪把牠的鼻頭抓傷。朗恩很壞，說什麼他不敢相信艾倫一隻狗會打輸貓貓，但艾倫就不是打架的料啊，牠的長處是愛人。獸醫說艾倫的狀況很好，還說我顯然給了牠很好的照料。我說艾倫其實也把我照料得很好。

我覺得我們應該要來休養生息一下，你說對吧？來幾個月沒有命案、沒有屍體、沒有鑽石與間諜，也沒有槍枝、毒品或哪個人要來殺我們的日子吧。伊莉莎白需要一點時間重新站起來。

我來跟你說說我希望日子能換點什麼口味。幾場婚禮，我也不在乎結婚的是誰。唐娜跟波格丹，克里斯跟派翠絲，朗恩跟寶琳，甚至是喬安娜與她的足球球會老闆男友都好。人老了就會遇到這種狀況。葬禮太多，婚禮太少。而我愛婚禮。婚禮有幾場都一起上吧。愛有多少就一起來吧。

有件事我忘了講。你可記得現在說話的幾個禮拜前，在這一切雞飛狗跳開始前，我提到有個男人叫艾德溫・梅亨？說是一個新住戶，不多時就要搬進古柏切斯？

我當時有點按捺不住，是因為他名字很特殊，由此我對他誕生了許多美好的遐想。搞不好他會是個摩托車特技演員或電視摔角選手。

嗯，搞了半天那只是誤植，他的名字不是艾德溫・梅亨，而是艾德溫・梅修，拼法沒有其他歧義的梅修，而這其實一整個合理了很多。我去看了他，才發現他就穿著一件毛衣跟一條燈芯絨的褲子。他出身倫敦郊區的卡爾夏登，並曾經是一名工料測量師。[176]他在大概四年前死了妻子——這個間隔應該對得起他太太了，我想——而他恰好與喬安娜同年並且也同樣住在倫敦的女兒，說服了他搬進這裡。我問他他女兒是不是還在喝一般的牛奶，他說她沒

175 水仙的花期一般是十二月到隔年三月。

176 quantity surveyor，簡稱QS，一個起源於英國的老牌職業，目前是全球各大工程團隊都不可或缺的專業職缺。此專業在台灣的高等教育體系中被歸在土木工程或建築科系，但課程比重不高，另台灣的技職教育體系裡也沒有工料測量師的證照分類。

有。他說上禮拜她給他做了一杯薑黃拿鐵，結果他實在是喝不習慣。

總之，艾德溫的女兒艾瑪——很可愛的名字，我要是也被取名叫艾瑪就好了——覺得古柏切斯或許能讓他的生活翻開新的一頁。對於這點我毫無疑問，但你看得出他有點半信半疑。沒有不敬之意，他說，但我擔心這裡的生活步調會讓我覺得太慢。說得好像卡爾夏登是英國版的拉斯維加斯。

但他很感激我給他帶來了檸檬蛋白霜，並且他說要是我哪天有東西需要修理，他的那點本事應該派得上用場。水龍頭、架子，儘管開口就是了，他說。我說我有一幅畢卡索需要人幫忙掛起來，他一聽就笑了。

他給我們倆泡了壺茶，然後在走進客廳的時候假裝他找不到茶壺保溫套，但明明那用毛線打成的套子就擱在他的頭頂。艾倫整個玩瘋了。我答應了要帶他四處參觀一下，順便給他介紹一些朋友。他很快就能習慣這裡，這你一眼就能看得出來。改天我會把我以為他叫「梅亨／混亂」的趣事說給他聽，今天不急但改天一定。

古柏切斯就是這麼回事。你以為這裡恬靜又安逸，就像是夏日村莊裡的一方池塘。但事實上這裡沒有一刻是靜下來的，這裡隨時都處於動態之中。而那個動態就是衰老，與死亡、與愛、與悲傷，還有在最後一刻被抓住的各種瞬間與機會。一言以蔽之就是老年的急迫感。沒有什麼比自己死定了更能讓你覺得自己活著。而那也讓我想起了一件事。

傑瑞，我知道你應該是讀不到這些東西，但誰又說得準呢？說不定你此刻就在我的身後讀著這一切。果真如此，那你在後車廂市集中買到的銀製肉汁船現在變得非常時尚。所以當年你是對的，錯的是我。另外，如果你看得到我在寫些什麼，我愛你。

順便說一聲，我並不是要故意要這樣無病呻吟，我只是覺得累了，只是有種我需要放個假，隨便去哪裡好好放鬆一下的感覺。喬安娜打算買一間度假用的小木屋在科茲窩，[177]也許那裡就很適合我。我真的對於她所達成的每一樣成就都很引以為豪。她終究回覆了我豎起大拇指與杏仁奶果合照的訊息，當中她說我正式取得了文青的資格。我把這事告訴了朗恩，對此他說他近日也要找時間來當個假文青。

我等會兒要來做帕芙洛娃。[178]但我要用芒果來做。我這選擇你應該沒想到吧？我是在《週六廚房》[179]節目上看到他們這麼做。我會做到讓伊博辛、朗恩與伊莉莎白都能吃個夠。

對了，我去見艾德溫的時候，他問了我在古柏切斯有沒有參加什麼社團。

我在古柏切斯是不是什麼社團啊、俱樂部啊的成員？

我想這個問題應該改天再來詳談，你不覺得嗎？

我該上床睡覺了。我知道這聽起來很傻，但寫起東西的我感覺比較不孤單。所以且不論你是誰，都謝謝你給我的陪伴。

然後說不定，只是說不定，還會剩下一些可以拿去給艾德溫・梅修。

177　Cotswolds，在英格蘭西南部，有英國最美小鎮的盛譽。

178　Pavlova，帕芙洛娃是以烘烤過的蛋白霜打底，然後加上打發的鮮奶油與水果所做成的甜點。其蛋白霜基底看起來就跟芭蕾舞孃安娜・帕芙洛娃（Anna Pavlova，1881-1931）的雪白舞衣一般，因而得名。

179　Saturday Kitchen，BBC One上的烹飪實境秀。

致謝

太多人在這本《魔鬼的最後一眼》裡出了一份力，需要我去感謝，但首先我想從你們感謝起——各位讀者。我想呼應喬伊絲在本書壓軸的那短短一句話。謝謝你們給我的陪伴。我們的這段關係讓我非常開心。願其能長長久久，年年如新。

這本新作是《週四謀殺俱樂部》的第四集，同時我保證這不會是最後一集。但我也必須說，接下來我會讓大家稍微多等一會了，主要是我接下來會開始寫一些新東西，具體而言是一個公公與媳婦搭檔當偵探的辦案故事。我保證你們會喜歡這個新系列，但也如我所說，大家不用擔心再也看不到喬伊絲、伊莉莎白、伊博辛與朗恩了，他們都還會在這裡陪著我們，而且來日方長。

接下來我就要開始點名致謝了，而且一如所有曾為了讓書從無到有而拚上老命的人會明瞭，我的這些感謝都是發自內心。

我要感謝我神隊友一般的作家經紀人，茱麗葉．慕慎思（Juliet Mushens），順便歡迎一下一個新小朋友來到這個世界，賽斯．派翠克—慕慎思（Seth Patrick-Mushens）。你的媽媽很了不起，賽斯，你真的是走了運了。

茱麗葉有一個非常非常棒的團隊，他們用專業的技術、優雅的態度與很棒的幽默感，把我照顧得很好。感謝你們，麗莎．狄布拉克（Liza DeBlock）、瑞秋．尼利（Rachel Neely）、奇婭．埃文斯（Kiya Evans）、卡翠歐娜．費達（Catriona Fida），還有整個慕慎思娛樂（Mushens Entertainment）的團隊，跟你們合作是我莫大的榮幸。另外我也要大大感謝我在美國的經紀人，珍妮．班特（Jenny Bent）。

我有很多事情要感謝我棒極了的英國編輯哈莉葉．波頓（Harriet Bourton），包括她說服了我《死亡的小盒子》不是什麼很好的書名。另外我也要說一聲謝謝的是維京出版那無與倫比的週四謀殺俱樂部團隊：艾美．戴維斯（Amy Davies）、喬琪雅．泰勒（Georgia Taylor）、奧莉薇亞．米德（Olivia Mead）、蘿西．薩法提（Rosie Safaty）與莉迪雅．弗里德（Lydia Fried）。謝謝幹起活像在研究跡證的珊姆．法納肯（Sam Fanaken）與她傑出的英國銷售團隊，也謝謝琳達．韋伯格（Linda Viberg）與她令人激賞的國際銷售團隊。我要好好肯定一下的是讓人十足驚豔的企鵝有聲書團隊，因為他們經手起有聲書總是如此一絲不苟。唐娜．帕琵（Donna Poppy）照常完成了她無從挑剔的校閱任務，她就是這一行的翹楚無誤，而納塔莉．沃爾（Natalie Wall）與安妮．安德伍德（Annie Underwood）則自始至終緊盯著這本小說的製作，過程堪稱一個天衣無縫。理查．布雷沃利（Richard Bravery）再次產出了超爆漂亮的封面設計（上頭的狐狸小雪很搶戲，牠耳尖的細節你可以去稍加注意！）感謝凱倫．哈里森—丹寧（Karen Harrison-Dening）周詳又深入的各種思慮。也感謝湯姆．威爾登（Tom Weldon）不間斷的支持與智慧的分享。

我的美國出版團隊表現也毫不遜色，而且因為時差的關係，你可以在每天比較晚的時間給他們傳電郵。感謝我傳奇人物般的編輯潘蜜拉．多爾曼（Pamela Dorman），還有她身為準傳奇的左右手潔拉米．歐爾頓（Jeramie Orton）（我在英文版裡面寫到傑若米這個人物的時候，使用的拼法是有些異於平常的 Jeremmy，我在想我是不是潛意識裡想要以此來向妳致敬？）然後我還要感謝不可或缺的布萊恩．塔特（Brian Tart）、凱特．史塔克（Kate Stark）、瑪莉．米雪兒絲（Marie Michels）、克里斯提娜．法扎拉洛（Kristina Fazzalaro）、瑪麗．史東（Mary Stone）、艾莉克絲．克魯茲—希曼內茲（Alex Cruz-Jimenez），還有潘蜜拉．多爾曼圖書（Pamela Dorman Books）與維京企鵝（Viking Penguin）團隊的其他成員。順便說一聲「維京企鵝」這名字真的很適合當童書的書名。我們來談談具體的數字吧。

關於這本系列作的第四集，我有三件事要特別提一下。首先我要感謝拉吉．畢斯拉姆（Raj Bisram）針對骨董與贗品圈所提供的真知灼見。拉吉可以分享的一些故事真的稱得上精彩絕倫（只不過並沒有哪個故事——我最好講清楚——裡頭有人被殺）。再來我要感謝現實中的路卡．巴塔奇把名字借給我，然後我要對你媽媽凱伊（Kay）說聲對不起，我竟然把她的寶貝兒子寫得那麼壞。是她跟我保證了隨便寫都ＯＫ。最後我要說的是，電腦宅鮑伯這個角色是百分之百虛構，但我會很想大大地致敬一下約翰。約翰是我母親所住養老村裡的居民，而且他真的曾經設定好電腦，讓大夥兒可以提前三小時跨年。約翰——我想說出來大家也不會意外——客氣到沒想讓他的全名在這裡被印出來。

對我的家人，我只能獻上永恆的謝忱。我感謝我兩個未曾停止讓我感到謙卑與喜悅的孩子，露比（Ruby）與桑尼（Sonny）。我感謝我母親布蘭妲（Brenda），還有她對世界不曾稍減的好奇心。我感謝我哥哥麥特（Mat），他了不起的太太阿妮莎（Anissa），還有我的阿姨珍．萊特（Jan Wright）。阿姨這一年過得相當艱辛，但她也在面對逆境的過程中展現了十足的勇氣。

此外我也要感謝我閃亮的新家人。我自覺非常幸運能受邀進入一個新天地，認識理查

（Richard）、莎樂美（Salomé）、喬（Jo）、馬特（Matt）與尼可拉（Nicola），乃至於我的新外甥與外甥女米卡（Mika）、里奧（Leo）與內妮（Neni）。

而當然我能結識這些新家人，是我美麗的妻子英格麗（Ingrid）所牽起的緣分。英格麗，我要謝謝妳給了我最精彩的一年。謝謝妳給我的愛、智慧、冰雪聰明，也謝謝妳總是知道怎麼讓這本書變得更好。我更要謝謝妳為我的生命所帶來的一切，其中當然也包括貓貓萊索。我愛你們兩個。

比較令人遺憾的是我沒有機會能見到威爾弗里（Wilfried），也就是英格麗的父親一面，所以我擅自決定了讓他在本書裡軋上一角，就算是我在向他自我介紹，也當作我在對他說聲謝謝。我希望他能認同我這個女婿。

最後我想進一步藉本書，特別向一群人致意，那就是有親人被失智症帶走過，或是現在正與失智家人在一起生活的每一位。這本書是獻給我摯愛的外公外婆，弗來德與潔希．萊特（Fred and Jessie Wright），他們兩老都在人生的最後階段，以不同的方式失去了他們原本銳利、勇敢與風趣的心靈，就像有什麼東西將之淹沒在水裡。我一邊描寫著史提芬，一邊在心裡想著他們，也想著很多人，特別是海柔．巴克（Hazel Buck），也就是我們的好朋友露西．巴克（Lucy Buck）的母親。在我寫《魔鬼的最後一眼》的期間，海柔曾在我們共進的薩塞克斯午餐中，從頭微笑到尾。我想對弗來德外公、對潔希外婆、對海柔、對露西與迪迪（Didi），也對千百萬受到失智症影響的大家說的是，不論你們在失智症中經歷了什麼，也不論你們是怎麼樣去面對這一切，我都願我的力量與愛，能與你們同在。

臉譜小說選 FR6604

魔鬼的最後一眼

The Last Devil to Die

原著作者	理察・歐斯曼 Richard Osman
譯　　者	鄭煥昇
書封設計	蕭旭芳
責任編輯	廖培穎
校　　對	聞若婷
行銷企畫	陳彩玉、林詩玟
業　　務	李再星、李振東、林佩瑜
副總編輯	陳雨柔
編輯總監	劉麗真
事業群總經理	謝至平
發 行 人	何飛鵬
出　　版	臉譜出版 台北市南港區昆陽街16號4樓 電話：886-2-25007696　傳真：886-2-25001952
發　　行	英屬蓋曼群島商家庭傳媒股份有限公司城邦分公司 台北市南港區昆陽街16號8樓 客服專線：02-25007718；25007719 24小時傳真專線：02-25001990；25001991 服務時間：週一至週五上午09:30-12:00；下午13:30-17:00 劃撥帳號：19863813　戶名：書虫股份有限公司 讀者服務信箱：service@readingclub.com.tw 城邦網址：http://www.cite.com.tw
香港發行所	城邦（香港）出版集團有限公司 香港九龍土瓜灣土瓜灣道86號順聯工業大廈6樓A室 電話：852-25086231　傳真：852-25789337
馬新發行所	城邦（馬新）出版集團 Cite（M）Sdn. Bhd.（458372U） 41, Jalan Radin Anum, Bandar Baru Sri Petaling, 57000 Kuala Lumpur, Malaysia. 電話：603-90563833　傳真：603-90576622 電子信箱：services@cite.my
一版一刷	2024年5月
I S B N	978-626-315-484-1

城邦讀書花園
www.cite.com.tw

售價：480元

國家圖書館出版品預行編目（CIP）資料

魔鬼的最後一眼／理察・歐斯曼（Richard Osman）著；鄭煥昇譯. -- 一版. -- 臺北市：臉譜出版：英屬蓋曼群島商家庭傳媒股份有限公司城邦分公司發行, 2024.05
面；　公分. --（臉譜小說選）
譯自：The last devil to die.
ISBN 978-626-315-484-1（平裝）
873.57　　113003476